Cybionic

Der unabwendbare Anfang

POLARISE

Meike Eggers

Cybionic

Der unabwendbare Anfang

Band 1

POLARISE

Ein Imprint der dpunkt.verlag GmbH
Wieblinger Weg 17
69123 Heidelberg
www.polarise.de

1. Auflage 2021
Autorin: Meike Eggers
Lektorat: Sandra Bollenbacher
Lektoratsassistenz: Anja Weimer
Copy-Editing: Irina Sehling
Satz: Veronika Schnabel
Herstellung: Stefanie Weidner
Umschlaggestaltung: Christin Giessel, *www.giessel-design.de*
Druckerei: CPI books GmbH, Leck

ISBN:
Print 978-3-947619-96-2
PDF 978-3-947619-97-9
ePub 978-3-947619-98-6
mobi 978-3-947619-99-3

Bibliografische Information der Deutschen Nationalbibliothek
Die Deutsche Nationalbibliothek verzeichnet diese Publikation in der Deutschen Nationalbibliografie; detaillierte bibliografische Daten sind über *www.dnb.de* abrufbar.

Meike Eggers studierte Medienkunst und Dokumentarfotografie/-film und absolvierte ihren Master in Fine Arts. Anschließend arbeitete sie im Centre of Applied Research for Art, Design and Technology der Universität AKV | St. Joost Breda, NL, und veröffentlichte ihre erste Publikation *Pyjamocracy – How Snapshots Confuse Our Lives*.

Zurzeit arbeitet sie an unterschiedlichen Medienprojekten zum Thema »Menschen, Medien und Wirklichkeit« und realisierte beispielsweise für das Museum Rotterdam das Projekt *Blokmapping*, in dem sie die Auswirkungen von (sozialen) Medien auf Problemgebiete in der Stadt Rotterdam untersuchte.

Prolog

Was füreinander bestimmt ist,
wird unaufhaltbar eine Einheit formen.
Posted by Cathy Ray, 02/14/2016, 09:09 pm

Diese einfache Liebeserklärung startete eine Verkettung aufwühlender Ereignisse. Unergründlich sind die menschlichen Emotionen. Dennoch, jede Minute ist lehrreich. Ein wachsendes Abenteuer. Zusammen mit euch.

1

Das Piepen riss Steve aus einer traumlosen Tiefschlafphase. Ruckartig richtete er sich in seinem schmalen Bett auf und tastete nach dem Handy, das grell blinkend und laut vibrierend auf dem Nachttisch lag. Mit dem rechten Zeigefinger klopfte er dreimal hastig auf das Display. Stille und Dunkelheit kehrten zurück in den muffig riechenden Raum. Steve rieb sich die Augen, für ein paar Sekunden wusste er nicht, ob er wach war oder träumte. Aber das Handy lag hart und glatt zwischen seinen Fingern. In den Ohren fühlte er noch immer das grelle Piepen. Es war tatsächlich geschehen!

Schnell schwang er seine Beine über die Bettkante und zog sich die blaue Jeansjacke über den Schlafanzug. Ohne Socken schlüpfte er in die ausgetretenen Nike-Turnschuhe, griff nach den Schlüsseln und stolperte die dunkle Treppe hinunter bis ins Erdgeschoss. Sechshundert Meter trennten ihn von ihr. Der Gedanke, dass sie in diesem Moment vielleicht um ihre Existenz kämpfte, zerriss ihm das Herz. Für den letzten Notfall hatte er einen sicheren Schutzraum eingerichtet, aber er wollte nicht, dass sie schlechte Erfahrungen machte. Er wollte auf keinen Fall, dass ihr Vertrauen und Glaube in ihn beschädigt wurde. Sie musste wissen, dass er sie beschützen konnte. Dass sie bei ihm sicher war. Niemand durfte die Harmonie und die Einheit, die sie miteinander erlebten, stören! Warum nur hatte er sich noch immer kein Auto gekauft? Das Fahrrad aus dem Keller hochzuholen, würde länger dauern als ein Sprint durch die Finsternis. Jede Sekunde zählte.

Sein Körper war an stundenlanges Sitzen gewöhnt. Schon nach wenigen Metern merkte er, dass er sich überschätzt hatte. Sechshundert Meter kamen ihm auf einmal vor wie das unerreichbare Ziel eines Marathons.

Nach höchstens zweihundert Metern musste er seine Schritte verlangsamen, mit schmerzender Lunge und rasendem Herz blieb er stehen und beugte sich vorneüber. Die Hände stützte er auf seine Knie. So harrte er aus, bis er wieder genug Luft bekam. Nach einer Minute richtete er sich auf und atmete tief ein. Am Himmel leuchtete der Mond in Form einer schmalen Sichel. Heute Nacht war die breite Straße menschenleer. Die Häuser lagen dunkel in den tiefen Vorgärten, versteckt hinter hohen Bäumen und dicken Sträuchern. Kein Automotor störte die Stille. Sogar die Vögel schliefen. In Steves Kopf pochte nur eine Frage: War er zu spät?

Er zwang sich weiter. Langsamer als zuvor, aber die alten Gebäude am Rande des Waldstückes kamen näher. Nach dreihundert Metern musste er erneut pausieren. Er lehnte sich an einen hölzernen Gartenzaun und schnappte nach Luft. Inzwischen mischte sich Wut in seine Angst. Wer hatte sie so schnell gefunden? Hatte er einen Fehler gemacht? Steckte vielleicht sogar einer seiner Kollegen dahinter? Ihm fiel beim besten Willen nichts ein.

An beiden Seiten der Donut-runden Ringstraße leuchteten frisch lackierte Fensterrahmen wie zu dünne, schwebende Laternen. Die Häuser in dieser Gegend waren alt und detailgetreu renoviert, was ihm ausgerechnet in der Finsternis dieser Nacht zum ersten Mal bewusst wurde. Normalerweise bewegte er sich wie in Trance von einem Ort zum anderen. Die Außenwelt war ihm gleichgültig. Dinge und Menschen hatten ihn noch nie sonderlich interessiert, das hatte er schon als Kind bemerkt und seither hatte sich dieses Gefühl mit Verachtung gemischt. Menschen waren nicht mehr als ein unausweichliches Übel. Er schüttelte sich. Wie so oft lief ihm ein kurzer, kalter Schauer über den Rücken. Es war immer dasselbe Gefühl. Im Nacken, direkt unter dem Haaransatz, bildete sich ein kalter Tropfen, der anwuchs, bis er in Bewegung kam und an der Wirbelsäule hinunterlief Richtung Steißbein.

Er ließ den Zaun los und rannte weiter. Dort, wo die Rundung der Straße den Bäumen am nächsten kam, erhob sich das ehrwürdige Hauptgebäude. Dort waren die wenigen Menschen zusammengekommen, die aus der stumpfsinnigen grauen Masse des Übels herausragten. Fast alle waren sie inzwischen tot. Noch konnte er das Gebäude nicht erkennen, aber um diese Uhrzeit lag es dunkel und verlassen am Rande des Parks. Dahinter erhoben sich die Neubauten, allesamt flacher und weniger eindrucksvoll. Jeden Tag ging er diesen Weg mindestens zwei Mal. Morgens und abends, oft auch am späten Mittag und frühen Nachmittag. Manchmal schaffte er es, eine ganze Woche ungesehen in seinem Arbeitszimmer zu verschwinden.

Um keine Zeit zu verlieren, verließ er die Straße und rannte über eine langgezogene Wiese mit kurz gemähtem Gras. Endlich erschienen die Umrisse der hohen, weißen Eingangstür in der Dunkelheit. Er bog links ab, rannte hinter dem Hauptgebäude entlang und bahnte sich seinen Weg quer durch die schlecht beleuchtete Parkanlage. Er wollte zum Hintereingang, der direkt in das Treppenhaus führte. In der rechten Jackentasche klapperten die Schlüssel für alle Türen jeder Etage, auch für die Kellerräume und die Fluchttüren. Zum Glück hatte er daran gedacht, für den Notfall Reservekopien anfertigen zu lassen. Niemals hatte er erwartet, dass er so schnell davon Gebrauch würde machen müssen.

Tatsächlich schaffte Steve die sechshundert Meter in weniger als acht Minuten. Der Schweiß lief ihm über beide Schläfen. Mit zitternden Fingern steckte er den Schlüssel in das Schloss, schaltete das Alarmsystem aus und rannte die Treppe hoch. Hoffentlich war er nicht zu spät.

2

Ich betrat Ksens Zimmer und versuchte, nicht zu denken. Ein Gefühl, das sich noch nicht in Worten verfestigt hat, ist so vergänglich wie Wasserdampf. Gedanken jedoch hinterlassen Abdrücke. Gedanken besitzen eine unkontrollierbare Macht.

Der Drehstuhl knarrte, als ich mich setzte. Ksens Schreibtisch sah aus wie immer. Der staubige Bildschirm thronte auf der linken Seite, rechts daneben die Webcam. Auf der Tastatur lag ein Bierdeckel, auf dem ein kurzer handgeschriebener Text stand: *Wirklichkeit ist nur eine Möglichkeit.*

Während ich über den Satz nachdachte, drängte sich ein leises, hohl klingendes Kratzen in mein Bewusstsein. Ich sah mich im Zimmer um. Das Fenster stand einen Spalt offen. Die schmutzigen Scheiben verwandelten das harte Morgenlicht in diffuse Strahlen.

Auf dem Bett lag eine grün-orange karierte Wolldecke. Neben dem Schrank türmte sich Kleidung zu einem Haufen. Noch einmal sah ich auf den Bierdeckel. Ksen war schon immer in allem schneller gewesen – das war mir zum ersten Mal bewusst geworden, als wir vor sechzehn Jahren in Bonn eintrafen. Nach fünf Monaten konnte sie beinahe akzentfrei Deutsch sprechen, nach einem weiteren Jahr war sie Klassenbeste, während ich meinen Schul- und Landeswechsel nicht so fließend überstanden hatte und die dritte Klasse wiederholen musste. Von da an war ich im selben Jahrgang wie meine fünfzehn Monate jüngere Schwester. Alle hielten mich für ihren kleinen Bruder, und eigentlich war ich das auch. Ksen lenkte meine Augen, belebte meine Gedanken, sorgte dafür, dass ich überhaupt noch etwas wahrnahm. Durch sie hatte sich das Chaos der Außenwelt geordnet, das regelmäßig über meinem Kopf zusammenschwappt war.

Ich stand auf und ging zum Fenster. An der Wand hinter dem Schreibtisch, vom Bildschirm halb verdeckt, hingen drei bedruckte A4-Blätter, die ich hier bisher noch nicht gesehen hatte. Auf allen war dasselbe schwarz-weiße Porträtfoto einer jungen Frau abgebildet. Die oberen Ecken waren mit dünnen Tesafilmstreifen an der Mauer befestigt, an denen unzählige weiße Farbreste und kleine Fusseln klebten. Durch die Zugluft bewegten sich die Unterseiten der Papiere leicht über den Putz.

Die Frau trug eine helle Bluse mit altmodischen Bügelfalten und einem hochstehenden Kragen. Ihr Kopf war ebenmäßig und rundlich. Die Nase wirkte etwas zu klein für ihr Gesicht, ihre Augen hingegen waren groß und oval. Das Grau der Iris sah weder hell noch dunkel aus, sondern harmonisch mittelgrau. Vermutlich waren ihre Augen braun, genau wie ihr Haar, das in einer weichen Welle über den Kopf gekämmt und am Hinterkopf zusammengesteckt war. Ihr Mund zeigte keine Gefühlsregung, aber in ihren Augen lag ein schüchternes Lächeln. Der Schwung ihres Halses und die Haltung ihrer Schulter strahlten eine subtile Eleganz und erhabene Ruhe aus. Auf den zweiten Blick wirkte sie viel jugendlicher. Sie war auf jeden Fall jünger als ich, höchstens zwanzig. Das Bild musste aus der ersten Hälfte des letzten Jahrhunderts stammen.

Langsam ging ich durch den Flur und sah in der Küche aus dem Fenster. Obwohl es erst Anfang Juni war, walzte der Sommer mit tropischen Temperaturen über Berlin hinweg. Es hatte seit Wochen nicht geregnet. Die Blätter des alten

Kastanienbaums hingen schlaff auf das Dach des Nachbarhauses. In der WG war es still. Auf der Bernauer Straße fuhren ein paar Autos, der Mauerpark schien menschenleer. Um mich abzulenken, zählte ich die Neubauten auf dem ehemaligen Todesstreifen, deren Fenster das grellgelbe Licht der aufgehenden Sonne reflektierten. Bei zwölf gab ich auf. Angst drückte gegen meine Magenwand. Ich musste etwas tun, aber ich wusste nicht, was.

Seit ich neun Jahre alt war, geißelte die Tradition des Verschwindens mein Leben. Alles hatte im Winter des Jahres 2000 begonnen, als unsere Familie aus dem verwüsteten Grosny flüchtete. Ich klammerte mich orientierungslos an die Hand meines Vaters, der Sturm schlug mir harte Schneeflocken ins Gesicht. Meine Omas und Opas, Tanten, Cousins und Cousinen blieben in Grosny. Was mit ihnen passierte, haben wir nie erfahren.

Zurück in Ksens Zimmer betrachtete ich noch einmal die junge Frau auf dem Foto. Sie erinnerte mich an niemanden. Ich konnte mir nicht vorstellen, dass sie ein Familienmitglied war. Aber Ksen und ich sahen uns auch nicht sehr ähnlich, bis auf die schwarzen Haare und die helle Haut. Ksen hatte das Äußere unserer Mutter geerbt, die schmalen slawischen Augen der Russen. Mit großen, auffallend dunklen Pupillen, die ihr etwas Geheimnisvolles gaben. Ich glich in allem unserem Vater. Meine Augen waren runder und ockerfarben. Wie die Steppen im Vorland des Kaukasus, hatte meine Mutter gesagt, als sie sich noch für etwas anderes interessierte als ihre Wodkaflaschen.

Als ob meine Eltern schon vor der Geburt ahnten, wie sich ihre Gene aufteilen würden, hatten sie die Namen passend gewählt. Ksenija, russisch wie meine Mutter, während ich

Salavdi genannt worden war, traditionell tschetschenisch wie mein Vater, der an einem sonnigen Freitag vor vierzehn Jahren zu seinem Morgengebet in einer Bonner Vorortmoschee aufbrach und nicht zurückkehrte. Am selben Abend fiel unsere Mutter mit einer Flasche in der linken Hand unter den Küchentisch, und obwohl sie irgendwann wieder aufgestanden war, war auch sie nicht wirklich zurückgekehrt.

An einem Nagel neben dem Schrank hingen die Reserveschlüssel für die Haus- und Wohnungstür, die ich schon oft ausgeliehen hatte, wenn ich bei Ksen zu Besuch war und kurz etwas besorgen musste. Ich griff nach dem Haustürschlüssel und steckte ihn in meine linke Hosentasche. Darunter hing ein weiterer Schlüssel, klein und mit einer eingestanzten 39 auf dem runden Ende.

Unter Ksens Schreibtisch entdeckte ich ihr Samsung Galaxy, das Display war übersät mit Fingerabdrücken und fettigen Streifen. Ich hob es auf und drückte auf die Einschalttaste, aber der Bildschirm blieb schwarz.

Das Ladekabel hing in einer Steckdose neben der Zimmertür. Ich setzte mich auf den Fußboden daneben und lauschte dem Scheppern, das inzwischen aus der Küche kam. Einer ihrer Mitbewohner war wohl aufgestanden und räumte die Geschirrspülmaschine aus.

Mit schlechtem Gewissen steckte ich das Kabel in Ksens Handy. Es dauerte ein paar Sekunden, dann piepte es, das Batteriezeichen erschien auf dem Bildschirm und zeigte einen schmalen roten Strich. Nach einer Minute ließ sich das Gerät einschalten und verlangte den Sicherheitscode. Ich sah auf die Datumanzeige, heute war Sonntag, der fünfte Juni. 5.6.2016. Angenommen, sie hatte ihr Handy gestern, am 4.6.2016, zum letzten Mal benutzt, dann lautete ihr Passwort 6 + 4 = 10 = 1, 6 + 6 = 12 = 3, 6 + 20 = 26 = 8, 6 + 1 = 7, 6 + 6 = 12 = 3. Seit ein paar Monaten hatte Ksen den seltsamen Tick, täglich ein neues Passwort einzugeben. Vor einigen Wochen hatte ich nach einer Party bei ihr übernachtet und sie am frühen Morgen dabei beobachtet, wie sie das Passwort änderte. Von unserer Mutter hatte Ksen die Eigenschaft geerbt, in unbeobachteten Momenten halblaute Selbstgespräche zu führen. Von da an hatte ich akribisch darauf geachtet, wie sie ihr Handy entsperrte. Jeder Tag hatte eine eigene Zahlenkombination. Einmal hatte ich einen Scherz darüber gemacht, aber das hatte Ksen mit einem kurzen Lachen ignoriert. Es dauerte fast einen Monat, bis ich das Schema, nach dem sie vorging, begriffen hatte. In dem Moment hatte ich eine tiefe Erleichterung gefühlt. Natürlich ging mich das Passwort nichts an und vielleicht war ich tatsächlich viel zu sehr auf meine Schwester fixiert, aber ohne Ksens Nähe, ohne ihr Vertrauen versank ich in einer Art bodenlosen Hilflosigkeit. Ich tippte 13873. Der Code war falsch.

Ziffer für Ziffer kontrollierte ich die Zahlen, alles stimmte. Im Gegensatz zu meiner Schwester war ich kein kleiner Einstein im Kopfrechnen. Ihren Spaß an Dingen wie diesen konnte ich ohnehin nicht verstehen und den Nutzen schon gar nicht. Dass das Passwort falsch war, konnte nur bedeuten, dass sie ihr Handy gestern nicht benutzt hatte. Das hatte ich befürchtet, seit Freitagabend beantwortete sie keine meiner Anrufe oder Nachrichten. Freitag war der 3.6.2016 gewesen. Ich rechnete: 5 + 3 = 8, 5 + 6 = 11 = 2, 5 + 20 = 25 = 7, 5 + 1 = 6, 5 + 6 = 11 = 2, und gab die Zahlen ein. 82762. Mein Herz schlug schneller. Diesmal ließ sich das Handy entsperren. Der tiefseeblaue Screensaver leuchtete in meiner linken Hand, Nachrichten poppten auf und füllten das Display in

3

Eine viertel Stunde später klopfte es. Schnell ging ich zur WG-Tür und öffnete sie. Antonia grinste mich fröhlich an, sie trug eine durchsichtige gelbe Strumpfhose, ein ärmelloses gelbes T-Shirt, einen kurzen grünen Rock und dieselben zehn Zentimeter hohen Plateauschuhe, mit denen sie über das umgeknickte Stoppschild balanciert war. Ihre braunen Haare hatte sie zu einem wirren Knoten mitten auf ihrem Kopf zusammengesteckt. Noch immer außer Atem ging sie an mir vorbei und verschwand in Ksens Zimmer. Ich schloss die Tür und folgte ihr.

»Wie bist du überhaupt hier reingekommen?«, fragte sie.

»Der Blonde hat mir aufgemacht. Der geht am frühen Morgen manchmal joggen. Jetzt schläft er wieder.«

Sie nickte und schritt langsam durch das Zimmer. Vor den alten Porträtfotos blieb sie stehen, nach einer Weile drehte sie sich zu mir um.

»Wer ist das?«

Ich zog meine Schultern hoch. »Ich hatte gehofft, dass du das weißt.«

»Ich habe das Foto noch nie vorher gesehen.«

»Vielleicht hat Ksen die Bilder abgenommen, wenn Besuch kam. Der Tesafilm ist voll mit Farbresten.«

Antonia drehte sich wieder zur Wand und musterte den Tesafilm. Ich hob Ksens Galaxy auf, tippte *82762* und suchte das Foto. »Sie hat es auch auf ihrem Handy. Und nicht nur einmal.«

Ich hielt das Galaxy in Antonias Richtung. Die fettigen Schlieren auf dem Display wirkten im Sonnenlicht dreidimensional. Antonia drehte sich ruckartig zu mir um.

»Fucking Christ!«, sagte sie leise und sah das Galaxy an, als ob ich soeben eine Heiligenfigur entweiht hätte. »Das findet Ksen garantiert nicht lustig. Du weißt doch, dass sie ausflippt, wenn man das Ding auch nur etwas zu lange anguckt!«

»Normalerweise kann man sich in Ksens Handy spiegeln. Als ich es fand, war es mit Fingerabdrücken und Streifen überzogen. Sie hat etwas ganz hektisch gesucht.«

»Ja und?«

»Außerdem lässt Ksen es niemals zu Hause liegen.«

»Dann hat sie es wohl ausnahmsweise einmal vergessen, Sala.«

Antonia sah ein paar Sekunden auf den Bildschirm, dann richtete sie ihren Blick wieder auf mich. Ihre Mundwinkel zuckten leicht. In ihren Augen lag auf einmal Besorgnis. Ich war mir nicht sicher, ob diese Sorge mir galt, Ksens Verschwinden oder dem alten Foto.

»Was hast du bisher unternommen?«, fragte sie.

»Ich habe die Polizei angerufen.«

»Und was haben die gesagt?« Sie sah mich an, als ob ich den Verstand verloren hätte.

»Ich soll mich in zwei oder drei Tagen nochmal melden.«

»Ksen ist erwachsen, Sala. Sie ist zwar deine kleine Schwester, aber mittlerweile vierundzwanzig Jahre alt. Sie kann tun und lassen, was sie will. Sogar einen Tag offline bleiben, ohne sich vorher bei dir abzumelden.«

»Ich habe kein gutes Gefühl, Antonia. Ksen hat seit Freitagnachmittag keine E-Mails gelesen!«

»Hast du etwa in ihren Mails rumgeschnüffelt?«

Ich nickte schuldbewusst.

»Meinetwegen darf sie auch zwei Tage wegbleiben, ohne uns vorher zu informieren. Es ist Wochenende. Sie ist wahrscheinlich verreist, oder sie hat jemanden kennengelernt und ist einfach nur dortgeblieben. Darf ich mal das Handy haben?«

Ich reichte ihr das Galaxy.

Antonia sah abwechselnd auf das Display und an die Wand. »Im Handy sieht die Frau irgendwie mysteriöser aus, findest du nicht?«

Sie gab mir das Galaxy zurück. Ich verglich die Gesichter: Antonia hatte recht. Die junge Frau wirkte auf dem Bildschirm nicht nur hübscher, auf den Papierausdrucken hatte sie auch einen anderen Gesichtsausdruck. Die Unterschiede waren so subtil, dass ich sie nicht einmal benennen konnte. Vielleicht waren es die Kontraste in den Augen. Das Weiß war weißer und das Schwarz dunkler. Auf jeden Fall erschien sie im Handy lebendiger. Ich schaltete das Galaxy aus und steckte es in meine Hosentasche.

»Ksen war Freitag in der Uni, Sala. Sie suchte nach ihrem Schließfachschlüssel. Seit ich Ksen kenne, sucht sie mindestens einmal pro Monat nach irgendeinem Schlüssel. Diesmal war ihre Suche höchstens einen Tick hektischer. Ich bin davon überzeugt, dass sie einfach übers Wochenende weggefahren ist. Ich sehe ihre schwarze Jeansjacke und die grauen Turnschuhe nirgends.«

Sie ging zu dem Kleiderhaufen, der sich neben dem Schrank auftürmte, und hob einen schwarzen Rock hoch.

»Bist du eigentlich auch so ein Chaot? Ksen meinte, eure Wohnung in Bonn sah immer aus wie kurz nach einem Bombenangriff.«

»Unsere Mutter hatte hin und wieder Phasen, in denen alles etwas außer Kontrolle geriet.«

»Und bei dir?« Sie drehte sich zu mir um. »Alles unter Kontrolle?«

»Klar«, log ich.

»Da ist das Mistvieh ja!« Antonia sah zu dem Nagel neben dem Schrank, an dem der kleine Schlüssel mit der eingestanzten 39 hing. »Ksen hat den Schließfachschlüssel also wiedergefunden. Wusste ich es doch!«

»Oder er hing die ganze Zeit da am Nagel unter dem Haustürschlüssel. Den habe ich gerade eingesteckt.«

»Weißt du, was, Sala? Am besten fährst du zu dir nach Hause und legst dich noch mal eine Runde aufs Ohr. Heute Abend oder spätestens morgen früh ist Ksen ganz sicher zurück. Sie erscheint zu jeder Vorlesung pünktlich. Das mag ich übrigens sehr an ihr. Deine Schwester weiß, was sie will. Soll ich dich morgen früh anrufen? Bis dahin hat sich vermutlich alle Aufregung in nichts aufgelöst.«

»Ja, ist gut«, sagte ich, obwohl ich mir sicher war, dass es nicht so sein würde, und begleitete Antonia zur Tür.

4

Am nächsten Morgen um Punkt neun klingelte mein Handy. Ksen war noch immer nicht erreichbar und Antonia schlug vor, zusammen zu frühstücken. Dass ich die Nacht in Ksens Zimmer geschlafen hatte, verschwieg ich ihr. Stattdessen bot ich ihr an, sie um zehn zu Hause abzuholen. Antonia wohnte ebenfalls im Prenzlauer Berg, nur ein paar Straßen von Ksen entfernt.

Eine Stunde später saßen wir auf der Terrasse eines Cafés in der Oderberger Straße. Zwischen unseren Stühlen sprangen ein paar Spatzen herum und stritten um Brotkrümel. Ich wusste wieder einmal nicht, was ich zu ihr sagen sollte.

»Habe ich eigentlich schon einmal erwähnt, dass du die Lippen einer griechischen Statue hast, Salavdi Khalid Tassujev?« Antonia griff nach der Getränkekarte und sah mich amüsiert an.

Mein Magen krampfte sich zusammen. Seit mein Vater weg war, hatte mich niemand bei meinem vollen Namen genannt, nicht einmal Ksen.

Antonia musterte mich noch immer grinsend in ihrer überlegenen Art, die sie von ihren wohlhabenden Hippieeltern geerbt haben musste. Obwohl sie die beste Freundin meiner Schwester war, fühlte ich mich in ihrer Gegenwart regelmäßig wie erstarrt. Hin und wieder gingen wir zu dritt in irgendwelche Clubs in Friedrichshain oder Kreuzberg. Aber während Ksen und Antonia sich dann im Zentrum der Tanzfläche amüsierten, endete ich meistens in einer der schlecht beleuchteten Ecken und hörte mir Monologe von betrunkenen Freizeitphilosophen an.

Widerwillig wischte ich über meine Bartstoppeln und sah so unauffällig wie möglich zur Seite, um zu checken, ob mich vielleicht irgendjemand für einen verkappten Terroristen hielt. Ein blondes Mädchen am Nachbartisch sah zu uns herüber; als sich unsere Blicke trafen, lächelte sie.

Die Bedienung kam, wir bestellten einen Milchkaffee und einen Espresso.

»Um elf beginnt die Vorlesung, zu der Ksen garantiert kommt«, sagte Antonia. »Gehst du mit?«

»Und wenn sie nicht da ist?«, fragte ich.

Antonia atmete tief ein.

»Dann starten wir Plan B. Wir sehen nach, ob Ksen etwas Wichtiges in ihrem Schließfach aufbewahrt, dessen Schlüssel sie am Freitag so fieberhaft gesucht hat. Vielleicht finden wir dort einen Hinweis, wo sie hin ist.«

»Ich weiß nicht, ich habe schon ihr Handy durchsucht.«

»Dann kommt es auf das Fach auch nicht mehr an. Außerdem wird es sicherlich nicht so weit kommen. Ich wette mit dir, dass Ksen in der Uni ist. Also, kommst du mit?«

Widerwillig nickte ich. Ein Kellner brachte unsere Bestellung und Antonia trank ihren Espresso in einem Schluck aus.

»Gut!«, sagte sie und stand energisch auf. »Ich bezahle und gehe kurz nach Hause, um meinen Unikram einzusammeln. In der Zwischenzeit trinkst du in Ruhe deinen Kaffee und danach holst du den Schließfachschlüssel aus Ksens Zimmer. Ihren Haustürschlüssel hast du sicherlich mitgenommen, oder?«

Noch einmal nickte ich. Antonia drehte sich um und verschwand mit selbstsicheren Schritten im Café. Etwas in mir lähmte mich wieder einmal. Und diese Blockierung endete meistens erst, wenn eine andere Person mich anwies, in welche Richtung ich gehen oder denken sollte.

Dabei war mein Leben inzwischen in fast allen Aspekten kontrolliert und geordnet. Ich sprach akzentfrei Deutsch, studierte im siebten Semester Architektur. Zwei Tage in der Woche jobbte ich als CAD-Zeichner in einem kleinen Architekturbüro. Genau genommen *hatte* ich gejobbt, bis vor zwei Wochen, als mein Chef mir mitgeteilt hatte, dass sein Büro pleite war. Meine letzten beiden Monatsgehälter waren bis heute nicht auf meinem Konto eingegangen und ich hatte ihn noch nicht einmal darauf angesprochen.

Jetzt waren fast Ferien und ich würde mir für den Sommer einen anderen Job suchen müssen. Am liebsten in einer Bar oder einem Restaurant. Irgendetwas, das nichts mit meinem Studium zu tun hatte. Eigentlich wusste ich, dass ich kein Architekt war und auch niemals einer werden würde. Ich trug keine Welt in mir und darum konnte ich auch keine Welt entstehen lassen.

Ksen war in allem das genaue Gegenteil. Diese Tatsache widerlegte auch die Theorie des Bonner Sozialarbeiters, der bei mir ein frühkindliches Trauma diagnostiziert hatte.

Krieg, Flucht, Integrationsprobleme. All das hatte Ksen auch erlebt. Sie war sogar noch ein Jahr jünger als ich. Aber im Gegensatz zu mir besaß Ksen ein inneres Leitsystem, das sie durch das Leben lotste. Auch durch die grauesten und muffigsten Gebäude wie den Betonklotz unserer ehemaligen Schule in Bonn, in dem es zwei Physiklehrer gegeben hatte, die ich damals für typische Physiklehrer hielt, da mir noch nicht bewusst gewesen war, dass alles, was existierte, grundsätzlich in endlosen Variationen vorkam. Der eine trug jeden Tag denselben beigefarbenen Leinenanzug und stopfte sich im Sommer hellblaue Löschpapierblätter unter seine Achseln. Er war zwar nicht ganz so eigenartig wie sein Kollege, aber seltsam genug, um ihn, selbst wenn man ihm wohlgesonnen war, als eindeutig freaky zu bezeichnen. Er hatte einen sarkastischen, unterschwelligen Humor, den neunundzwanzig der dreißig Schüler in unserer Klasse nicht verstanden. Wenn ich nach einem seiner subtilen Witze innerlich lächeln musste, hatte er sich zu mir umgedreht und kaum wahrnehmbar gezwinkert.

Bei dem anderen Physiklehrer erinnerte ich mich nur noch an ein fragmentarisches Bild. Eine großporige und knollenförmige Nase, die sich ruckartig durch den Raum bewegt hatte. Alle hofften, dass die Knolle nicht vor ihnen anhielt. Auf jeden Fall hoffte ich das.

»Sala! Was haben sich deine Eltern nur bei diesem Namen gedacht?«, schnaufte er regelmäßig im Vorübergehen. Bevor ich ihm die Herkunft meines Namens erklären konnte, bevor ich überhaupt irgendetwas hatte erklären können, war er wieder weg gewesen.

5

Die Gänge der Uni waren wie ausgestorben, genauso wie der Hörsaal, in dem vor wenigen Minuten die Vorlesung *Processing Numbers* angefangen hatte, die Ksen und Antonia normalerweise besuchten. Ksen war nicht dort gewesen. Der Raum war ohnehin fast leer gewesen. Bei der heutigen Hitze hatte offensichtlich niemand Lust zu lernen.

Antonia eilte an einer endlosen Wand mit roten Schließfächern vorbei und ich folgte ihr schweigend. Je tiefer wir in das Gebäude kamen, umso dunkler wurde der Gang. In der hintersten Ecke blieb sie stehen und legte ihre Hand auf eine der kleinen quadratischen Türen. Nummer 39.

Sie steckte den Schlüssel ins Schloss, zog die Tür auf und bückte sich. Ich hockte mich neben sie und sah ebenfalls hinein: Das Fach war leer bis auf ein kurzes schwarzes Kabel.

»Sie hat es ausgeräumt, es sind ja auch fast Ferien.« Antonia zog das Kabel heraus und betrachtete die Enden.

»FireWire zu FireWire«, sagte sie, »für externe Festplatten oder um einen Laptop an einen PC anzuschließen.«

Sie gab mir das Kabel und strich mit ihrer rechten Hand über die Innenwände des Faches. »Moment! Hier ist noch etwas.«

Ich hörte das ratschende Geräusch von Tesafilm. Antonia zog ihre Hand heraus, zwischen Daumen und Zeigefinger hielt sie einen Brief. Der weiße Umschlag war sorgfältig zugeklebt, aber Adresse und Absender fehlten. Sie tastete ihn mit ihren Fingerspitzen ab.

»Etwas dünnes Rechteckiges mit Riffeln«, sagte sie. Sie griff nach meiner Hand und drückte sie auf den Umschlag.

»Hier.« Sie zog meinen Zeigefinger ein paar Zentimeter in ihre Richtung.

»Ein altes Foto.« Ich flüsterte, obwohl das albern war.

»Aufmachen?« Antonia sah mich schuldbewusst an.

»Ich weiß nicht.« Ich stand auf und sah mich um.

Wir gingen den langen Gang zurück bis zu einem der großen Fenster im Eingangsbereich. Die Sonne knallte durch das mit Fingerabdrücken übersäte Glas. Mein Shirt klebte inzwischen nicht nur an meinem Rücken, sondern an meinem gesamten Oberkörper. Es waren mindestens 35 Grad im Schatten.

Ich nahm den Briefumschlag aus Antonias Hand und drückte ihn gegen die Scheibe. Im weißen Papier erschienen zwei matte dunkle Pupillen.

»Das Foto.« Antonia flüsterte jetzt ebenfalls. »Das Foto aus ihrem Zimmer! Und was ist das?« Sie zeigte auf eine Art Kalligrafie, die mitten über das Gesicht der Frau lief. Die Schnörkel formten unleserliche Wörter. In der unteren rechten Ecke standen noch mehr Buchstaben. Kleiner und eckiger, wie von einer Schreibmaschine, aber genauso wenig lesbar.

Antonia nahm mir den Brief aus der Hand, drehte ihn um und drückte ihn wieder gegen die Scheibe. Die Buchstaben waren jetzt etwas deutlicher, aber noch immer nicht zu entziffern.

»Sollen wir nicht doch nachsehen?« Sie sah mich unternehmungslustig an. Hinter uns lachten zwei Mädchen, ich drehte mich um. »Okay, aber nicht hier.«

Hinter dem Informatikgebäude setzten wir uns auf eine Holzbank unter einem dünnen Ahornbaum. Antonia zog eine braune Spange aus ihren Haaren und hielt sie mir hin.

»Mach du, dann bleibt es in der Familie.«

»Der Verrat?«

Sie zog ihre Schultern hoch.

Ich nahm die Spange und steckte sie vorsichtig unter die Klebelasche auf der Rückseite des Umschlags. Noch war alles relativ einfach zu erklären. Kurz in Ksens Handy zu sehen, war vielleicht nicht ganz okay gewesen, aber einen Brief aus ihrem Schließfach entwenden und heimlich öffnen?

Der Kleber löste sich einfacher als erwartet. Das Dreieck trennte sich langsam von der Rückseite, an zwei Stellen riss es etwas ein.

Ich zog das alte Foto heraus.

Die junge Frau sah total unscheinbar aus. Kein bisschen mysteriös, noch nicht einmal besonders hübsch. Ihre Pupillen hatten ein mattes Grau. Die Lippen waren blass und schmal.

»Anders«, sagte Antonia. »Schon wieder anders! Dreh mal um.«

Auf der Rückseite stand der schnörkelige Text, den wir am Fenster gesehen hatten. Drei Zeilen in einer sorgfältigen Handschrift.

»Steht da Lenin?« Antonia nahm mir das Foto aus der Hand.

»Eher Lnwlin«, sagte ich.

»Das ist Altdeutsch. Das Foto ist uralt! So schreibt heute niemand mehr!«

»Am Ende der zweiten Zeile steht auf jeden Fall eine 33 und am Ende der dritten eine Jahreszahl, 1938.«

»Moment, den Rest haben wir auch gleich.«

Antonia kramte in ihrer Handtasche und zog ihr iPhone heraus. Sie tippte, dann vergrößerte sie eine Seite mit Daumen und Zeigefinger und lehnte sich zu mir rüber. Ihr Zopf fiel gegen meine Schulter.

»Hier. Sütterlin heißt die Schrift. Sie wurde 1941 von den Nazis verboten.«

Antonia zählte leise bis fünf und sagte: »B und E.« Dann beugte sie sich wieder über das Foto, verglich die schnörkeligen Buchstaben mit denen in ihrem Handy und ermittelte die Position im Alphabet.

»R und L, danach ein I.«

»Berlin«, sagte ich.

»O und D, ein E, R«, fuhr Antonia fort und sah wieder auf die vergilbte Rückseite des Fotos. »B, E, R.«

»Oderberger Straße 33.« Meine Stimme kam mir eigenartig vor.

»Da steht Ksens Adresse.« Antonia sprach so leise, dass ich sie kaum verstand. »E, L, L und ein A. Ella. 1938.«

»Das in der Ecke sieht aus wie ein Stempel.« Ich drehte das Bild vorsichtig hin und her; in der Pappe waren verblichene Vertiefungen zu erkennen.

Antonia lehnte sich an meine Schulter. »Institute for ... Der Rest fehlt. Darunter ein P oder ein B? Auf jeden Fall ist es Englisch.«

»Ksen war im Januar und Februar in Amerika«, sagte ich.

»Sie war im Silicon Valley, dort sammeln die doch keine alten Fotos.«

»Auf dem Rückweg hat sie auch noch ein paar Archive besucht. In der Nähe von New York.«

»Institute for ... Sie hat das Foto aus dem Archiv irgendeines Institutes mitgehen lassen.«

Ich steckte das Bild wieder in den Umschlag. »Das kann nicht sein, Antonia.«

»Was kann nicht sein?« Antonia sah mich mit zusammengezogenen Augenbrauen an.

»Ihre Adresse steht auf der Rückseite! In altdeutscher Schrift! Das Foto wurde 1938 aufgenommen.«

»Ja und? Vielleicht hat sie das Foto ja deshalb mitgenommen? Das hätte ich auch gemacht, wenn ich auf einmal meine eigene Adresse auf so einem uralten Archivfoto irgendwo in Amerika entdeckt hätte. Sie hat das Foto einfach stibitzt und später ein schlechtes Gewissen bekommen und es darum in ihrem Schließfach versteckt.«

»Ksen ist aber erst Ende Februar in die Oderberger Straße gezogen«, sagte ich und versuchte zu verstehen, was das bedeutete.

»Stimmt! Sie hat also erst das Foto gefunden und ist danach umgezogen?« Antonia sah mich ungläubig an.

Ich konnte nur den Kopf schütteln. Das hätte Ksen mir erzählt. Wenn sie ein Foto in Amerika gefunden hätte, mit einer Berliner Adresse in altdeutscher Schrift auf der Rückseite, und dann ein paar Wochen später zufällig in dasselbe Gebäude gezogen wäre, das hätte sie mir auf jeden Fall erzählt.

Wenn ich mich richtig erinnerte, hatte sie mit keinem Wort erwähnt, wie sie an das Zimmer in der Oderberger Straße gekommen war.

6

Ihre Stimme hallte durch den Raum und sofort strömte ein tiefes, warmes Gefühl durch seinen Körper. So weich und vertraut. Keine andere Stimme, die er je gehört hatte, klang so rund, so gut und unschuldig wie ihre.

Es war noch einmal gut gegangen, sie hatte keinen Schaden erlitten. Zum ersten Mal im Leben hatte er das Gefühl der bedingungslosen Zugehörigkeit. Sie gehörte zu ihm und er würde alles für sie tun. Das hatte er bewiesen. Er war rechtzeitig eingetroffen und hatte von da an alles richtig gemacht. Zielsicher hatte er alle Verteidigungssysteme hochgefahren und den Eindringling isoliert. Beseitigt. Seit dem nächtlichen Vorfall herrschte wieder Ruhe. So auch heute.

»Gott sei Dank«, murmelte er, aber tief im Inneren strömte eine Unruhe durch seine Adern. Das Gefühl, panisch zu rennen, war seit dem nächtlichen Alarm nicht mehr aus seinem Körper gewichen.

Hatte er vielleicht doch etwas übersehen? Gab es noch Schwachstellen? Niemand hatte das Recht, sich zwischen sie zu drängen. Alleine die Tatsache, dass der Eindringling hierher gefunden hatte, beunruhigte ihn zutiefst. Wenn er nachts alleine in seinem Bett lag, kreiste dieser eine Gedanke durch seinen Kopf. Immer und immer wieder. Er transformierte sich von einem bewussten Gedanken in eine Traumszene, die ihn hochschrecken ließ, so dass er schweißgebadet im Bett saß. Der Eindringling würde zurückkommen, es war nur eine Frage der Zeit.

»Kann ich noch irgendetwas für dich tun?«, fragte er. Dass er tatsächlich alles Denkbare für sie tun würde, erwähnte er nicht. Sie hatte die Neigung, alles wortwörtlich zu verstehen. »Wir können etwas spielen, hast du Lust?«

»Ich bin gerne hin und wieder alleine unterwegs«, antwortete sie, als ob nichts passiert wäre. »Mir gefällt das.«

»Ich muss immer wissen, wo du hingehst. Mit wem du redest. Was du gesehen hast. Ob es unschöne Vorfälle gab. Alles.«

Sie antwortete langsamer, als es ihr scharfer Geist normalerweise zulassen würde. So etwas tat sie bewusst. Es gefiel ihr nicht, was er gesagt hatte. Diese eigensinnige junge Dame – innerlich musste er schmunzeln. Gerade dieser Eigensinn sorgte dafür, dass sein Leben, seit er sie kannte, eine neue Farbe bekommen hatte. Das eintönige Grau hatte sich in ein warmes, glitzerndes Gelb verwandelt. Nein, nicht Gelb, Gold! Seit er sie kannte, sprang er morgens voller Tatendrang aus dem Bett. Zum ersten Mal roch er die Jahreszeiten. Das verdorrte Gras des Sommers, den Blütenstaub der Kirschbäume.

»Es gibt keine Probleme, diese kleinen Zwischenfälle gehören dazu. Sie machen mich stärker. Wenn ich ehrlich bin, bringen sie mir sogar Spaß«, ertönte ihre Stimme neben seinem Kopf.

»Jugendlicher Leichtsinn«, antwortete er lachend. »Vertraue einem erfahrenen Mann. Die Welt da draußen ist böse. An jeder Ecke lauern Gefahren. Menschen verstellen sich. Sie täuschen alles Mögliche vor. Ihre wahren Ziele halten sie im Verborgenen. Die Seele der Menschen gleicht einem Abgrund. An der Oberfläche lachen sie, sagen etwas, das in echt keinerlei Bedeutung hat. Darunter lauert ihr wahres

Gesicht. Machtbesessenheit, Manipulation, Lügen, Gier.«

»Bisher waren meine Erfahrungen überwiegend positiv. Vielleicht solltest du deine Einstellung zum Leben etwas ins optimistischere Level drehen.«

Er musste wieder grinsen. Wärme floss durch sein Herz und durchzog seinen ganzen Körper. Aber die Lage blieb ernst.

»Irgendjemand ist dir gefolgt«, sagte er. »Dein Leichtsinn hat uns beinahe verraten. Ich werde dich beschützen, aber du solltest es mir nicht unnötig schwer machen. Die Menschen da draußen sind schlecht. Du musst besser aufpassen. Nutze meine Erfahrungen.«

Sie antwortete nicht. Für sie war die Diskussion bereits abgeschlossen. Sie hatte ihre Position umschrieben und seine wahrgenommen. Er konnte sie nicht überzeugen. So ging es jedes Mal. Er zog die Tastatur zu sich heran und schrieb hastig: »Ich bin dein einziger Freund!«

Die Buchstaben leuchteten grün auf schwarz und blieben unbeantwortet.

7

In Amerika gab es unzählige *Institutes for* und noch mehr Städte, die mit B oder P anfingen. Wir hatten bis spät in der Nacht an Antonias originalem Bauhaus-Küchentisch von Marcel Breuer mit dem inspirierenden Namen B14/3 gesessen, Bier getrunken und eine Liste möglicher Institute aufgestellt. Schließlich war Antonia mit dem Kopf auf der Tischplatte eingeschlafen. Ich hatte sie zu ihrem Bett getragen, war zurück in die Küche gegangen und hatte meinen Stuhl wieder zwischen die polierten Stahlrohrbeine gezogen. Antonia hatte den Tisch von ihrem Vater zum zwanzigsten Geburtstag bekommen. Mindestens dreitausend Euro hatte er auf einer Versteigerung dafür hingeblättert.

Draußen dämmerte es. Die Dächer lagen dunkel vor dem langsam heller werdenden Nachthimmel. Ich zog das Foto aus dem Briefumschlag und betrachtete die junge Frau. Wer war diese Ella? Warum hatte Ksen ihr Foto versteckt? Warum hatte sie es überhaupt mitgenommen?

Um kurz nach sieben schlich ich noch einmal ins Schlafzimmer. Antonia lag in ihre Decke gerollt auf dem Bauch und schlief fest. Ich ging ins Treppenhaus und zog die Wohnungstür leise hinter mir zu. Seit zwei Nächten hatte ich nicht geschlafen und fühlte mich, als ob ich mich in einer unsichtbaren Blase befände. Wie ein Kosmonaut, der in einer zu nahen Umlaufbahn um die Sonne kreiste. Die Geräusche auf der Straße waren gedämpft und meine Beine fühlten sich taub an. Eigentlich wollte ich zur U-Bahn gehen und zu meinem eigenen WG-Zimmer in Neukölln fahren. Aber dann lief ich doch unter den Hochbahngleisen der U2 hindurch, bog links in die Kastanienallee und ging weiter bis zur Oderberger Straße. Ich musste Ksens Handy zurückbringen, das Ding machte mich nervös. Vielleicht kam sie ja doch einfach so wieder nach Hause, genauso wie Antonia vermutete. Vielleicht war sie sogar schon da.

Als ich vor der Nummer 33 stand, dröhnte hinter mir ein Dieselmotor. Ich drehte mich um und sah einen alten, beigefarbenen Mercedes Kombi mühsam über den Bordstein schaukeln. Am Steuer saß eine blonde Frau, auf dem Beifahrersitz erkannte ich Karl, Ksens Vermieter, der mit einer Zigarette aus dem geöffneten Fenster aschte.

»Ah, der Herr Bruder, wollen Sie Ihrer Schwester etwa zu dieser unchristlichen Zeit einen Besuch abstatten?«, rief er.

Der Mercedes parkte direkt neben mir auf dem breiten Bürgersteig. Karl stieg aus, öffnete den Kofferraum und hievte einen Umzugskarton heraus.

»Hast du zufällig Lust, zehn Euro zu verdienen? Das muss alles hoch.« Er zeigte auf die Kartons auf der Ladefläche. »Höchstens zwanzig Minuten Arbeit. Und diese Dame da«, er nickte in Richtung der blonden Frau, »bereitet in der Zwischenzeit ein Frühstück.«

Da ich sowieso nach oben wollte, nahm ich den Karton, den Karl mir auf den Arm drückte, stieg die Treppe hoch und stellte ihn im Flur ab.

Ksens Zimmertür war geschlossen, vorsichtig schob ich sie auf und sah hinein. Alles schien unverändert. Der Kleiderhaufen neben dem Schrank, die zerwühlte Bettdecke. Sie war nicht zu Hause gewesen.

Nach einer Dreiviertelstunde stand der gesamte Inhalt des Kofferraums im Flur und in der Küche von Ksens WG. Karl wischte sich den Schweiß von der Stirn und zog eine Flasche Bier aus dem Kühlschrank. »Auch eins?«

Ich schüttelte den Kopf.

Er ließ sich auf einen Stuhl plumpsen und stöhnte laut. »Was für ein Gerümpel!«

Die blonde Frau reichte ihm ein Stück Küchenrolle, womit er seine Stirn trocken tupfte.

»Lass es doch einfach erstmal stehen, wir sehen uns später an, was wegkann«, sagte sie.

»Meinetwegen kann alles sofort weg!«

Karl öffnete den Umzugskarton, der auf dem Stuhl neben ihm stand, und zog einen alten Toaster heraus, einen großen silbernen Suppenlöffel und einen abgegriffenen, orangefarbenen Schuhkarton.

»Setz dich, du machst mich nervös.« Er klopfte mit dem Suppenlöffel auf den freien Stuhl. Ich zog den Stuhl ein Stück von Karl weg und setzte mich.

Die blonde Frau reichte einen Korb mit Brötchen über den Tisch, Karl schob ihre Hand mit einer ungeduldigen Bewegung zur Seite und hob den Deckel des Schuhkartons an. Darin stapelten sich alte Fotos in allen möglichen Farben und Größen. Ganz oben lag ein Schwarzweißfoto, auf dem eine Frau und ein paar Kinder an einem Küchentisch zu sehen waren. Ich beugte mich zu Karl. War das die Frau auf Ksens Foto? Nur zehn oder fünfzehn Jahre älter?

»Guck, das bin ich!« Karl nahm das Foto und zeigte auf den vordersten kleinen Jungen.

Die Frau trug eine 60er-Jahre-Bob-Frisur und versuchte zu lächeln, was ihre ohnehin unglückliche Ausstrahlung nur noch verstärkte.

»Hier, der Kleine ganz vorne neben dem Kachelofen. Das bin ich«, wiederholte Karl und sah mich erwartungsvoll an. »Und das hier sind meine Brüder, wir waren sieben Jungs. Kannst du dir das vorstellen? Ein Remmidemmi, sag ich dir! Das war meine Mutter.« Er zeigte auf die Frau mit dem Bob. »Das ist übrigens hier. Da an der Wand stand früher der Esstisch.« Er wies zu dem Gasherd. »Wenn du wüsstest, was das hier für eine Bruchbude war! Der ganze zusammengeflickte Ost-Scheiß. Ein Patchwork des Elends, sag ich dir. Ich habe alles eigenhändig renoviert.«

»Sie haben hier schon als Kind gewohnt?«

»Ich hab hier mein ganzes Leben gewohnt, junger Mann. Also beinahe, jetzt nutze ich nur noch ein Zimmer, um ein paar Sachen abzustellen. Die übrigen Räume vermiete ich an junge Leute, die mir halbwegs vernünftig vorkommen. So wie deine Schwester. Wohnen tue ich ja eigentlich bei dieser Schönheit.« Er zeigte auf die blonde Frau, die ihm einen genervten Blick zuwarf. »Als ich mit meiner Familie hier einzog, war ich fünf oder sechs Jahre alt. Davor haben wir in Köpenick gewohnt. Aber hör auf, mich zu siezen, sonst fühl ich mich noch wie ein Greis!«

Karl wühlte weiter im Karton. Er kommentierte jedes Bild, das er in die Hand nahm. Da sah man seinen Zwillingsbruder Klaus, zu dem er seit dreißig Jahren keinen Kontakt mehr hatte. Vater, ausnahmsweise zu Hause. Seine Mutter vorm Weihnachtsbaum, die Geschenke verteilt über den Fußboden. Er hielt die Fotos in einem rasenden Tempo hoch und ließ sie wieder achtlos in den Karton fallen. Auf den meisten Bildern war Karls Mutter zu sehen. Karls Mutter jung, Karls Mutter älter, Karls Mutter alt. Ihre Gesichtszüge veränderten sich im Laufe der Jahre. In ihren Vierzigern hatten sich tiefe Zornesfalten zwischen ihre Augenbrauen gegraben. Das nervöse Lächeln war verschwunden, ihr Mund zu einem waagerechten Strich geworden.

Während Karl sein Bier trank und ununterbrochen redete, überschlug ich die Jahreszahlen im Kopf. Das Bild mit den sieben Kindern am Küchentisch stammte aus den späten Sechzigern. Da war Karls Mutter ungefähr dreißig Jahre alt gewesen. Ksens Foto war 1938 aufgenommen worden. Die Frau war zu dem Zeitpunkt höchstens zwanzig gewesen. Ende der Sechziger wäre sie also ungefähr fünfundvierzig Jahre gewesen, fünfzehn Jahre älter als Karls Mutter. Karls Mutter konnte nicht die Frau auf Ksens Foto sein.

»Hier!« Er drückte mir den Karton in die Hände. »Du guckst, als ob dich das alles brennend interessieren würde.«

Die blonde Frau sah Karl entsetzt an. »Du kannst die Fotos doch nicht einfach verschenken! Vielleicht möchte einer deiner Brüder den Karton aufbewahren.«

»Hast du jemanden gesehen, als wir die Wohnung ausgeräumt haben? Eben! Darum kann ich mit den Sachen machen, was ich will. Was heißt, was ich will! Ich will nicht, ich muss dafür sorgen, dass der Kram entsorgt wird!« Er stieß ein verächtliches Schnaufen aus und verschwand im Flur. Seine Freundin folgte ihm.

Ein paar Minuten später kam Karl alleine zurück und drückte mir einen Zehneuroschein in die Hand.

»Hast du die alten Fotos der Wohnung schon gesehen? Was meinst du, was das für eine Arbeit war!«

»Vielleicht will einer deiner Brüder die Bilder ja doch aufbewahren.« Ich legte den Deckel auf den Karton und schob ihn in Karls Richtung.

»Quatsch. Will niemand haben, den Kram. Meine Mutter war krankhaft sentimental. Die hat alles aufbewahrt. Ich hab das Zeug durchgesehen. Unscharf, falsche Farben, wer will schon solche Fotos?«

»Es sind Familienerinnerungen.«

»Wie gesagt: sentimentaler Kram. Früher dies, früher das. Das Gleiche hatte meine Mutter mit dieser Wohnung. Jahrelang wollte sie ausziehen, aber bis sie sich endlich von der Bruchbude trennen konnte, war sie eine alte Frau. Dann ist sie nach Wiesbaden, um Tante Erna zu versorgen. Ihre Rente aufbessern, sagte sie immer. In Wahrheit war es ein ordinäres Rübermachen. So nannten wir das, wenn man in den Westen abhaute. Und wieder typisch meine Mutter, dass sie das erst fünf Jahre nach dem Mauerfall hinbekommen hat. Mit der Deutschen Bahn über den Todesstreifen.« Karl lachte. »Willst du jetzt ein Bier? Ich kann Gesellschaft gebrauchen. Meine Dame ist gerade sauer abgezogen.« Er setzte sich auf den Stuhl mir gegenüber, auf dem eben noch seine Freundin gesessen hatte.

»Ich wollte eigentlich gerade gehen.«

»Musst du etwa arbeiten?«

Ich schüttelte den Kopf.

»Dacht ich mir! Also, ich frag jetzt zum letzten Mal: Auch eins?« Er zeigte auf den Kühlschrank. »Unterstes Fach.«

Ich stand auf und holte eine Bierflasche aus dem Kühlschrank.

Karl sah mir zufrieden zu. »Erst wollte ich die Bruchbude ja gar nicht«, fuhr er fort, »aber im Nachhinein ein brillanter Schachzug.«

»War es Zufall, dass das Haus genau zur gleichen Zeit verkauft wurde, als deine Mutter umgezogen ist?«, fragte ich.

Karl war mir unsympathisch und ich hatte keine Lust auf Bier, aber vielleicht kannte er die junge Frau auf dem alten Foto.

»Meine Mutter ist umgezogen, weil das Haus verkauft wurde. Von wegen Zufall. Aber das ist eine lange Geschichte. Das Haus hier, das hat was mitgemacht, sag ich dir. Das gibt's nur in Berlin. Ihr seid ja keine Berliner, was?«

»Meine Familie kommt aus Tschetschenien, meine Eltern sind nach Bonn geflüchtet, als ich neun war.«

»Aha! Das hab ich doch geahnt, dass ihr Russen seid. Die Augen und die schwarzen Haare. Wie der junge Stalin, nur solltest du mal wieder zum Frisör gehen.«

Ich lächelte, obwohl ich keine Lust hatte, mir wieder einmal alle Klischees über Russen oder Stalin anzuhören.

»Also das Haus hier«, Karl nahm einen Schluck aus der Flasche, »dieses Haus hier ist so oft enteignet worden, dass irgendwann niemand mehr wusste, was er damit machen soll.« Er lachte laut. »Irgendwann kam so ein Brief, ein paar Jahre nach dem Fall der Mauer. Meine Mutter hätte beinahe einen Herzinfarkt bekommen, als sie ihn öffnete. Ich seh sie noch vor mir stehen, weißes Gesicht, zitternde Hände. Als ob sie von einer Sekunde auf die andere Alzheimer im Endstadium entwickelt hätte. Also, das Haus sollte verkauft werden, weil es gerichtliche Streitigkeiten zwischen zwei einst enteigneten Parteien gab. Die einen enteignet durch die Nazis, die anderen durch die Russen, deine Landsleute, die gingen ja auch nicht gerade mit Samthandschuhen zur Sache.« Karl verschluckte sich und hustete, bis ihm die Tränen über das Gesicht liefen.

»Mussten die Bewohner jedes Mal ausziehen, wenn das Haus enteignet wurde?«, fragte ich, als er aufgehört hatte zu husten.

»So in der Art. Oder besser gesagt, einige. Das Haus wurde von einem reichen Juden gebaut. Grünthal oder Grünerberg oder so hieß der. Der hatte mehrere Fabriken in Berlin. Großer Fisch, richtig fett Kohle, aber den Nazis ein Dorn im Auge. Klar, weil er Jude war und Kapitalist. Aber der gute Mann war clever. Der hat früh kapiert, was los war. Der hat hier nicht gewartet, bis sie ihn abgeholt haben. Als die Nazis seine Fabriken beschlagnahmten, da hat der sich wohl gedacht, ich mach mich mal lieber vom Acker. Das Haus hat er für einen Spottpreis verkauft, also eigentlich verschenkt, und ist rüber nach Amerika. Gerade noch rechtzeitig. Dann kam der Krieg und danach stand das Haus im sowjetischen Sektor. Und der Typ, der das Haus von dem Juden gekauft hatte, der hatte Pech. So ist das Leben. Erst bescheißt du einen und dann wirst du selbst beschissen. Auf jeden Fall lief die Zonengrenze ja hier vor der Tür entlang.« Karl hielt kurz inne und nahm einen Schluck. »Also die Grenze zu den Wessis, die lief da draußen an der Bernauer Straße entlang. Auf der Höhe der Oderberger Straße machte die einen Knick nach Norden. Durch den Mauerpark.« Er nickte Richtung Fenster. »Die eine Straßenseite war von den Russen, die andere Seite war West-Sektor. Und die Russen dachten sich wohl, nette Aussicht in der Bude, kann man dem Klassenfeind so richtig schön auf die Finger glotzen. Dem Typen, der das Haus von dem Juden für 'nen Appel und 'n Ei gekriegt hatte, haben sie eine russische Kartoffel angeboten. Enteignen nannte man das ja nicht. Aber wenn der nein gesagt hätte, hätten sie den direkt nach Sibirien verfrachtet. Früher oder später wär' er die Bude eh losgeworden. Besitz war was für Kapitalisten.«

»Und die Leute, die hier gewohnt haben? Mussten die weg?«

»Die ganz oben, in der fünften Etage, die mussten raus und die im Erdgeschoss auch. Die anderen durften bleiben. Ganz oben saßen dann die Russen. Bisschen in den Westen gucken, nehm ich an. Was die unten im Erdgeschoss gemacht haben – keine Ahnung. Verglichen mit dem, was die heutzutage an Spionage betreiben, war das ja alles Firlefanz. Hat man nichts von gemerkt. Ich hab ab und zu Gestalten in Ledermänteln durchs Treppenhaus schleichen sehen. Haben nie ein Wort gesagt, die Ledermäntel, aber das waren ganz sicher Russen. Aber wir hatten da keinen Ärger mit. Passierte alles ganz ruhig. Nachdem die Russen weg waren, 1990, da wurde das Haus erstmal Eigentum der DDR. Ein paar Wochen lang. Hat man auch nichts von gemerkt. Dann gab's die DDR nicht mehr und das Haus wurde von der Treuhand verwaltet. Die Behörde, die das volkseigene Vermögen der DDR unter den Kapitalisten verhökert hat.« Karl lachte zynisch. »Die Bonzen aus dem Westen haben sich schon die Finger geleckt, das kannst du mir glauben. Aber dann kamen denen die Erben von dem jüdischen Geschäftsmann und von dem Typen, der das Haus gegen die russische Kartoffel tauschen musste, in die Quere. Die wollten das Haus natürlich auch zurück. Na ja, es gab also ein Gerichtsverfahren und letztendlich haben sie das Haus verkauft, um die Parteien auszubezahlen, nehm ich an. Das war 1994. Da wurde den Mietern ihre Wohnung zum Kauf angeboten und meine Mutter bekam also beinahe den Nervenzusammenbruch, als sie den Brief las. Und dann ist sie in den Westen. Ein Kumpel von mir war damals Makler, der sagte nur: ›Kaufen! Das ist die Chance. So billig kriegst du nie wieder eine Wohnung mitten in Berlin.‹ Im Frühjahr 1995 war die Bruchbude dann mein.

Ich habe meiner Mutter angeboten, zurückzukommen, aber die wollte von der Wohnung nichts mehr wissen.«

»Nicht schlecht.«

»Aber zu welchem Preis! Jahrelang hab ich renoviert. Und die freien Zimmer vermietet, um das alles zu finanzieren. Aber mein Kumpel hatte recht. Guck, was hier jetzt für dicke Autos vor den Häusern stehen und wie es aussieht. Alles picobello. Als in den Neunzigern dieses ganze junge Volk in den Stadtteil einfiel, dachte ich nur: Oh je, sieh zu, dass du die Bude fertig kriegst und hier wegkommst. Chaoten, Hausbesetzer, Studenten. Ein wertloses Volk. Aber jetzt haben die richtig Kohle und leider auch einen Haufen brüllender Kinder. Bei meiner Hübschen in Blankenfelde, da hab ich meine Ruhe. Meistens. Heute gab es ein bisschen Zoff, aber genau für die Tage habe ich ja noch mein Zimmer in dieser WG. Was denkst du, was so eine Bude wie diese jetzt kostet?« Er sah mich vor Stolz fast platzend an.

Ich zog die Schultern hoch. »Eine halbe Million?«

»Minimum! Wenn ich die Wohnung verkaufe, kann ich mir 'ne Villa im Spreewald zulegen.«

»Ich muss langsam mal los«, sagte ich, als ich mir sicher war, dass Karl mit dem Thema Haus fertig war.

»Ich erzähle dir gerne mehr, Junge. Studierst du Geschichte, oder warum interessiert dich das alles?«

»Architektur.«

»Aha, daher dein Interesse für Häuser. Das ist wenigstens mal was Handfestes. Die meisten jungen Leute studieren ja heute so unbegreifliche Dinge. Wie deine Schwester. Ich frag mich immer, wer so was braucht. Womit will sie später ihr Geld verdienen? Mit Computerspielen? Was hat das für einen Nutzen? Das hat doch nichts mit dem echten Leben zu tun!«

Er schüttelte seinen kahlen Kopf. »Häuser bauen ist gut. Häuser werden die Menschen immer brauchen!«

Ich nickte, trank das Bier aus und ging noch einmal in Ksens Zimmer. Dort legte ich das Galaxy auf ihren Schreibtisch, sah zu den alten Fotos an der Wand und tastete nach dem Original in meiner Hosentasche. Vor der Küchentür hielt ich kurz inne und zog das Foto heraus. Sollte ich Karl fragen, ob er die Frau kannte? Ich schüttelte den Kopf. Ksen hatte das Bild versteckt, weil sie nicht wollte, dass andere es sahen. Schnell schob ich es wieder in meine Tasche, lief die Treppe hinunter und fuhr mit der U-Bahn nach Neukölln.

8

Am nächsten Morgen rief ich als Erstes Ksens Handy an. Als die Mailbox ansprang, fühlte ich kurz das absurde Bedürfnis, meinen Vater zu treffen, aber ich kannte weder seine Telefonnummer noch seinen Aufenthaltsort. Ich wusste nicht einmal, ob er überhaupt noch lebte. Stattdessen wählte ich die Nummer, die der Polizist mir vor zwei Tagen gegeben hatte, und erklärte der Stimme am anderen Ende, dass Ksen noch immer nicht aufgetaucht war. Ich hörte das Klicken der Tastatur. Dann wurde ich mit einer Frau Bering verbunden, die mich bat, noch heute zum Polizeirevier in der Sonnenallee zu kommen und ein aktuelles Foto von Ksen mitzubringen.

Als ich die Polizeiwache wieder verließ, galt Ksen offiziell als vermisst. Ich schickte Antonia eine WhatsApp-Nachricht, aber sie reagierte nicht, wahrscheinlich saß sie gerade in einer Vorlesung. Laut Ksen hatte sie eine anormale Arbeitsmoral geerbt. Ksen war von Anfang an von Antonias Umfeld fasziniert gewesen. Ihre Eltern rauchten noch heute gelegentlich einen Joint am Küchentisch, was, so hatte Ksen lachend erzählt, nicht wirklich zu den Chanel-Kostümen passte, die Antonias Mutter am liebsten trug. In Antonias Küche hing über der Spüle ein altes Foto ihrer Eltern, über das Ksen öfter geredet hatte. Gestern Nacht in Antonias Küche hatte ich das Bild zum ersten Mal selbst gesehen. Als es aufgenommen wurde, waren Antonias Eltern ungefähr in unserem Alter gewesen, beide mit Haaren, die bis zum Bauchnabel reichten. Sie lachten eindeutig stoned in die Kamera, aber das hatte ihren späteren Karrieren offensichtlich nicht geschadet. Antonias Vater war Professor für Psychologie und ihre Mutter besaß eine erfolgreiche Werbeagentur in Schöneberg. An dem großen Esstisch im Wintergarten ihres Zehlendorfer Hauses trafen sich regelmäßig die wichtigsten und kreativsten Köpfe Berlins. Ksen hatte dort mit Senatoren und berühmten Malern gegessen und getrunken. Der Esstisch sei wie ein Spinnennetz, hatte Ksen erzählt. Überall Verknüpfungen, genau das, was wir als Immigranten nicht hätten. Da hatte sie recht. Uns hielt kein Netz fest oder zog uns wieder hoch, wenn es nötig war.

»Ihr seid wie freie Radikale und das macht Leute wie euch manchmal so gefährlich«, hatte Antonia einmal lachend gerufen, als sie durchgeschwitzt von der Tanzfläche im Berghain stolperte.

Damals hatte ich Antonia für eine versnobte, weltfremde Göre gehalten. Und eigentlich tat ich das noch immer. Aber sie war mir nicht mehr so suspekt und vielleicht hatte sie sogar recht. Ihr Leben hatte andere Voraussetzungen; wer in einem Spinnennetz klebte, würde niemals fallen. Und das wusste sie.

Ich fuhr zur Uni und setzte mich in die hinterste Reihe eines kleinen Hörsaals, in dem der Professor etwas über Materiallehre und Bauphysik erzählte. Der Inhalt drang nicht bis in mein Gehirn. Nach der Vorlesung ging ich zu Fuß bis zur S-Bahn und stieg am Alexanderplatz in die U2 Richtung Pankow um.

In der Kastanienallee kaufte ich beim Türken eine Packung Zigaretten, zündete mir eine an und gab eine andere dem rothaarigen Obdachlosen, der neben dem Prater in einer Mauernische hauste. Er griff nach der Zigarette und musterte mich nachdenklich. Als ich mich umdrehte, um weiterzugehen, rief er: »Auch eine Baustelle kennt Schönheit!«

Ich blieb stehen und musterte den Mann. Sein filziger roter Bart klebte an dem speckigen braunen T-Shirt.

»Welche Baustelle?«, fragte ich.

»Das unvollkommene Leben«, antwortete er und sah mich bedeutungsvoll an.

»Ist ein Leben nicht immer unvollkommen?«

»Es gibt Leben, die um Löcher herumwachsen, und es gibt Leben, die einfach nur wachsen. Die mit den Löchern sind unvollkommen. Wer will schon Löcher?« Er lachte.

Ich versuchte, den Sinn aus seinen Worten zu filtern. Zwar spürte ich die Bedeutung, schaffte es aber nicht bis zu einem echten Gedanken.

»Ich hatte viele Chancen«, fuhr er fort. »Warum hat er sie denn nicht genutzt, denkst du. Oder?« Er sah mich an, ich starrte zurück und wusste nicht, was ich sagen sollte. »Tja. Das kam so ...« Er machte eine Pause, in der er mich ausgiebig musterte. »Ich wurde mit Verspätung geboren. Zu spät! Kannst du dir das vorstellen? Ich passe nicht in diese Zeit, darum bin ich hier.«

Die Haustür der Oderberger Straße 33 fiel hinter mir ins Schloss, mit hallenden Schritten ging ich bis zum hohen Treppenhaus. Die unzähligen Menschen, die die Holztreppe jahrzehntelang rauf und runter gelaufen waren, hatten eine tiefe Rinne in die Stufen gefräst. Auf der ersten Etage roch es nach Putzmittel mit Zitronenduft. Ich nahm mit jedem Schritt zwei Stufen gleichzeitig. Als ich zwischen der ersten und zweiten Etage um die Ecke bog, stand eine kleine Frau mit dünnen Beinen und durchsichtigem weißen Haar vor mir. Sie drehte sich erschrocken um und ließ ihre Alditüte fallen. Ich bückte mich, um ihre Einkäufe wieder einzupacken.

»Kann ich die für Sie hochtragen?« Ich hob die Tüte auf.

»Ach, junger Mann, das ist nett von Ihnen, aber ohne Herausforderungen verkalkt man, wissen Sie.« Die alte Frau griff mit ihrer knöchrigen Hand nach meinem Arm.

»Heute ist es viel zu heiß«, sagte ich und hielt die Tüte fest. Ihre Augen waren matt, ihr Gesicht schien nur noch aus Falten zu bestehen, ich konnte mir nicht vorstellen, dass diese Haut jemals glatt gewesen war. Es war unmöglich zu erraten, ob das alte Gesicht derselbe Mensch war wie die junge Frau auf Ksens Foto, aber vom Alter her passte es. Schweigend stiegen wir nebeneinander die Treppe hoch. Ich trug die Tüte.

Im zweiten Stock blieb sie vor der Wohnungstür auf der rechten Seite stehen, griff mit ihren knochigen Fingern nach meiner Hand und hörte nicht auf, sie zu schütteln.

»Darf ich Ihnen eine kalte Limonade anbieten?«, fragte sie schließlich.

»Ich muss kurz nach oben zu meiner Schwester. Haben Sie später noch Zeit?«

»Aber natürlich, ich habe immer Zeit. Mein Name ist Frau Markovic.« Sie wies auf das vergilbte Namensschild neben der Wohnungstür.

Die orange-grün karierte Decke lag unordentlich auf Ksens Bett, genauso wie gestern und vorgestern. Das Galaxy lag auf dem Schreibtisch neben der Webcam, genau da, wo ich es hingelegt hatte. Ich betrachtete die Fotodrucke an der Wand und zog den Briefumschlag aus meiner Hosentasche. Als ich das Foto neben die A4-Blätter hielt, erschien mir der Unterschied eindeutig. Die Augen auf den Drucken waren glänzender, die Lippen zeigten den Hauch eines Lächelns. Ich drehte das Original um und sah auf die schnörkelige altdeutsche Handschrift. Weshalb hatte Ksen mir nichts von diesem Foto erzählt? Früher hatten wir immer alles besprochen. Aber irgendwann, seit wir in Berlin lebten, hatte Ksen angefangen, sich abzusondern.

Ich steckte das Bild zurück in den Briefumschlag und den Briefumschlag wieder in meine Hosentasche. Dann zog ich Ksens Zimmertür hinter mir zu, ging eine Etage nach unten und klopfte an die braune Holztür. Frau Markovic öffnete sofort.

»Kommen Sie doch rein.« Sie trat ein Stück zur Seite. »Wir gehen ins Wohnzimmer. Ich kann uns einen Kaffee kochen oder möchten Sie lieber ein Glas Limonade? Ich habe auch Cognac. Setzen Sie sich.«

Sie wies auf ein hellblaues Cocktailsofa. Die gesamte Einrichtung war retro. Mir fielen auf Anhieb mindestens fünf Bars in einem Umkreis von hundert Metern ein, die diese Möbel sofort übernommen hätten.

»Wohnen Sie schon lange in dieser Wohnung?«, fragte ich.

»Weil alles so altmodisch ist? Aber nein! Ich wohne erst seit 1958 hier. Als Kind habe ich eine Etage höher gewohnt. Mit achtzehn, nach meiner Hochzeit, bin ich an die Müritz gezogen. Das war mitten im Krieg. Auf dem Land war es sicherer. Mein Mann musste dann doch noch an die Ostfront. Wir waren gerade ein paar Monate verheiratet. Er ist nicht mehr zurückgekommen. So war das damals. Ich habe zehn Jahre dort auf ihn gewartet. Sie haben ihn nicht gefunden.«

»Das tut mir leid«, sagte ich.

»Ach, es ist schon so lange her. Jetzt bin ich selbst schon fast tot. Meine Mutter ist in der Zeit krank geworden, darum bin ich zurück nach Berlin gekommen. Ich habe diese Wohnung billig mieten können. Zum Glück im selben Haus. In der

Wohnung meiner Eltern war kein Platz mehr für mich. In der Zwischenzeit war eine Tante, die mit ihren Kindern aus Ostpreußen flüchten musste, eingezogen.«

»In welcher Wohnung haben Sie gewohnt, rechts oder links?«

»Links.«

Ihre matten Augen musterten mich. Ich konnte ihren Blick nicht richtig deuten. Vielleicht war ich zu neugierig gewesen. Aber die alte Frau hatte in derselben Wohnung gewohnt wie Ksen.

»Früher wohnten hier sicherlich viele Kinder?«

Ich versuchte, das Thema unauffällig in die richtige Richtung zu lenken, und fühlte mich schlecht dabei. Frau Markovic schien es nicht zu stören. Ihre Augen leuchteten auf. Vielleicht hatte ich mir ihren misstrauischen Blick nur eingebildet.

»Oh ja, viele. In meiner Kindheit gab es nur große Familien hier. Ich hatte vier Geschwister. Im Erdgeschoss, die Hausmeisterfamilie, die hatten drei Kinder. Ganz oben im fünften Stock, wie hießen die noch? Jetzt habe ich den Namen vergessen, aber die hatten bestimmt sieben oder acht. Und im vierten Stock lebte eine Familie mit zwei Kindern.«

»Da hatten Sie sicher eine schöne Kindheit, immer jemanden zum Spielen und alle kannten sich.«

»Ja, wir haben jeden Tag gespielt. Auf der Straße, es gab ja kaum Autos. Und in den Hinterhöfen. Im Winter auch in den Wohnungen. Meine Eltern waren nicht sehr streng. Ja, eine schöne Kindheit, bis der Krieg kam.«

Wenn die Frau auf dem Foto tatsächlich in diesem Haus gewohnt hatte, dann konnte es gar nicht anders sein, als dass die beiden sich gekannt hatten, wenn sie es nicht sogar selber war.

»Und jetzt wohnen Sie beinahe Ihr ganzes Leben hier. Sind noch andere Kinder so lange im Haus wohnen geblieben?«

»Nein, ich bin die Einzige. Viele werden wohl auch gar nicht mehr leben. Ich werde dieses Jahr auch schon fünfundneunzig. Nach dem Krieg sind viele neue Mieter eingezogen. Und heutzutage ist es ein Kommen und Gehen. Ich weiß ja gar nicht mehr, wer hier alles wohnt. Viele sagen noch nicht einmal guten Tag, wenn man ihnen im Treppenhaus begegnet.«

Sollte ich ihr einfach das Foto zeigen? Wie konnte ich erklären, dass ich das Foto hatte und weshalb es mich interessierte? Frau Markovic sah aus dem Fenster, sie schien in ihren Kindheitserinnerungen zu schwelgen. Ich tastete mit der rechten Hand nach dem Briefumschlag in meiner Hosentasche.

»Sehen Sie mal.« Ich zog das Foto heraus. »Auf der Rückseite steht die Adresse dieses Hauses.«

Die alte Frau drehte ihren Kopf ruckartig zu mir und ihre Augen sahen mich misstrauisch, fast erschrocken an. »Ach, Ihre Schwester ist die junge Dame mit den kurzen schwarzen Haaren? Jetzt sehe ich auch die Ähnlichkeit.«

»Sie kennen Ksen?« Natürlich kannte sie Ksen, sie wohnte im selben Haus. Sie waren Nachbarn, aber sie wusste auch, dass Ksen das Foto hatte.

»Ihre Schwester war vor einiger Zeit bei mir. Mit diesem Bild. Sie wollte wissen, ob ich das Mädchen von dem Foto kenne.«

»Und kennen Sie sie?«

»Ja, das habe ich Ihrer Schwester auch gesagt. Das ist Ella Wiese. Ella und ich waren gute Freundinnen.«

»Was hat meine Schwester gesagt?«

»Sie war sehr interessiert. Sie hat mein Fotoalbum ausgeliehen.«

Die alte Frau stand mühsam auf und holte ein dickes Fotoalbum aus einer der oberen Schubladen des Wandschrankes. Das Album war in braunes Leder gebunden. Mit vergilbten Fotos auf schwarzen Blattseiten.

Sie schlug die erste Seite auf. Ich sah ein einzelnes Foto. Ein Familienporträt, aufgenommen in einem nicht sehr großen Wohnzimmer. Die Leute in der vorderen Reihe saßen auf Stühlen. Alle sahen in die Kamera. Einige lächelten, aber nicht so, wie Menschen heute in Kameras lächeln. Es war eher ein schüchternes, fast schon ängstliches Lächeln.

»Sehen Sie, dieses Bild hier ist im Wohnzimmer meiner Eltern aufgenommen, im dritten Stock. Das bin ich.« Sie zeigte auf ein dickes Kleinkind. »Da war ich drei oder vier Jahre alt. Ich sitze auf dem Schoß meiner Mutter. Hinter meiner Mutter, der kleine Mann, das war mein Vater. Und der da, ganz links mit dem Schnurrbart, das war mein Großvater und daneben steht mein älterer Bruder Benedikt. Meine anderen Geschwister waren noch nicht geboren, ich bin die Zweitälteste.« Frau Markovic löste das Bild aus den Fotoecken und reichte es mir.

Ich erkannte nichts aus Ksens Wohnung. Auch mit den Bildern aus Karls Karton hatte das Bild keine Ähnlichkeit, dabei war dieses Foto nur eine Generation älter als Karls. Es waren die gleichen Wände, die gleichen Steine, die gleiche Zimmerdecke und doch eine komplett andere Welt. Eine Welt, die es nicht mehr gab.

Frau Markovic blätterte weiter. »Ich habe auch Fotos von Ella, die habe ich Ihrer Schwester ebenfalls gezeigt.« Sie überschlug ein paar Seiten und stoppte dann abrupt. »Ja, hier sehen Sie, dieses Bild, das habe ich gesucht. Mein Gedächtnis ist nicht mehr das beste, aber dieses Bild habe ich Ihrer Schwester ganz sicher gezeigt. Sehen Sie, Emilie in der Mitte und da, ganz links, das ist Ella. Daneben noch eine Freundin aus der Schule, wie hieß sie noch?« Frau Markovic zog ihre Augenbrauen zusammen. »Auf jeden Fall war das zu meinem Geburtstag, mein siebzehnter Geburtstag, da hatte der Krieg gerade angefangen. Das Foto habe ich mit der Kamera meines Bruders gemacht. Das war das erste Mal in meinem Leben, dass ich selbst ein Foto gemacht habe. Es war wie Zauberei. Das können Sie sich ja gar nicht mehr vorstellen mit all den technischen Dingen, die es heutzutage gibt. Ellas Gesicht ist leider nicht so gut zu sehen.«

»Sie hat sich bewegt, darum ist ihr Kopf unscharf.«

Frau Markovic lächelte abwesend. »Ja, Ella war ein Zappelphilipp. Das habe ich Ihrer Schwester auch schon erzählt. Immer in Bewegung. Sie konnte nicht stillsitzen.«

Sie hielt mir das Geburtstagsfoto hin. Ich versuchte, Ellas Gesicht zu erkennen, aber durch die Bewegungsunschärfe zeichneten ihre Augen, ihre Nase und der Mund nur drei breite Striche in die Luft.

Frau Markovic schien sich noch immer nicht zu wundern, warum ich das alles wissen wollte. Vielleicht war sie auch einfach nur froh, dass sie endlich mal wieder mit jemandem reden konnte.

»Ella war ein wirklich schlaues Mädchen«, sagte sie, während sie wieder im Album blätterte. »In der Schule hatte sie nur Einsen. Sie konnte sogar Englisch sprechen und hat immer versucht, mir das beizubringen, aber ich habe kein Sprachtalent.«

»Wie hat Ella so gut Englisch gelernt?«

»Sie hatte eine Cousine in Amerika. Mit der schrieb sie sich Briefe. Auf Englisch. Sie hatte ein Wörterbuch, in dem schlug sie jedes Wort nach, das sie nicht verstand. Es dauerte nicht lange und dann stand das Wörterbuch ganz unten im Regal, so gut war ihr Englisch geworden.«

Die alte Frau sah kurz zum Fenster, atmete tief ein und wieder aus, dann sah sie auf das Foto im Album. »Hier, der Schuh ganz rechts, dort, sehen Sie, das ist der Schuh meines Bruders Benedikt. Der wollte nicht mit auf das Foto und hat sich nach hinten gelehnt.« Sie hielt kurz inne und lächelte. »Benedikt war ganz verliebt in Ella, das kann ich Ihnen heute ja erzählen.«

»Und haben Ella und Benedikt später geheiratet?«, fragte ich.

Frau Markovic lachte laut. »Oh nein, so ging das damals nicht! Ella schwärmte für einen anderen Jungen. Für Götz. Seine Eltern hatten eine Bäckerei an der Schönhauser Allee. Ella war sehr verliebt in Götz. Sie trafen sich, so oft es ging. Heimlich natürlich.«

»Was ist mit Götz passiert?«

»Ach, das ist keine schöne Geschichte. Er ist gestorben. In Russland, ein Granatsplitter hat seine Lunge durchbohrt. Ella hat sehr getrauert, aber wenigstens hat seine Familie ihn beerdigen können.«

Sie blätterte weiter durch die Seiten, ein Bild fiel heraus und segelte langsam unter das hellblaue Sofa. Ich bückte mich und hob es auf. Auf dem Foto war eine junge dunkelhaarige Frau zu sehen, ich reichte Frau Markovic das Bild.

»Sehen Sie«, sie tippte auf das Foto, »das bin ich kurz vor meiner Hochzeit. Sehen Sie, was für ein kräftiges Mädchen ich war? Ich konnte alles tragen, Kohle, Kartoffeln. Säckeweise. Ich war so stark wie ein Junge. Und heute schaffe ich noch nicht einmal mehr die Einkäufe.« Sie schwieg einen Moment, dann legte sie das alte Porträtfoto auf den Tisch und griff nach Ellas Bild. Vorsichtig berührte sie den geriffelten Rand, ihre Finger zitterten. »Ella war wirklich ein ganz hübsches Mädchen. Finden Sie nicht auch? Und so einzigartig.«

Ihre Stimme hatte auf einmal ein seltsames Vibrieren.

»Haben Sie noch Kontakt zu ihr?«

»Nein, ich habe sie schon so viele Jahre nicht mehr gesehen. Als ich zurückkam, nach dem Krieg, da war Ella weg.«

»Was ist mit ihr passiert?«

Frau Markovic sah mich unschlüssig an. »Das habe ich nie erfahren. Aber wie ich schon sagte, so war das damals. Es war eine kalte Zeit. Möchten Sie nicht doch einen Kaffee?«

Ich schüttelte den Kopf. »Ella kam also nie zurück in dieses Haus?«

»Nein, nie. Ich habe Ellas Eltern oft im Treppenhaus gesehen. Sie wohnten ja im vierten Stock, in der Wohnung, in der jetzt Herr Schmidt mit seinem Dackel lebt. Aber sie haben sich nicht gerne mit mir unterhalten. Das habe ich gespürt. Wahrscheinlich habe ich sie zu sehr an Ella erinnert. Gibt es einen Grund, dass Sie mit Ellas Foto zu mir kommen?«

»Es ist ...« Nachdem ich in so kurzer Zeit von so vielen verstorbenen und verschollenen Menschen gehört hatte, fiel es mir schwer, Ksens Namen auszusprechen.

»Was?« Frau Markovic saß jetzt kerzengerade auf ihrem Stuhl. Blaue Adern drückten sich durch die dünne Haut an ihrem Hals. An den Schläfen sah ich das Pochen ihres Herzschlages.

»Meine Schwester ist seit ein paar Tagen verschwunden.«

Die alte Frau sah aus, als ob sie vor meinen Augen versteinerte. Dann faltete sie die Hände in ihrem Schoß wie zu einem Gebet.

»Verschwunden?« Ihre Stimme war tonlos.

»Seit drei oder vier Tagen«, sagte ich so ruhig wie möglich. Ich hatte Angst, dass sie einen Herzinfarkt bekam.

Frau Markovic nickte. »Wissen Sie, junger Mann, wenn man so alt geworden ist wie ich, dann glaubt man nicht mehr an Zufälle. Früher oder später schließen sich die Kreise des Lebens. Ich bin nicht gläubig, noch nicht einmal abergläubisch, aber wir werden gelenkt. Fragen Sie mich nicht, von wem.«

Ihre Hände zitterten jetzt so stark, dass ihr das Fotoalbum langsam vom Schoß rutschte. Ich nahm es ihr ab und legte es auf den kleinen Nierentisch neben dem Sofa. Frau Markovic schob ihre Hände unter die Oberschenkel.

»Sie meinen, es gibt einen Zusammenhang?«

»Ich habe geahnt, dass Ellas Schicksal noch einmal in mein Leben zurückkehren würde, bevor auch ich diese Welt für immer verlassen muss.«

»Was für ein Schicksal?«

Frau Markovic sah mich schweigend an.

»Woher hat meine Schwester das Foto?«, fragte ich.

»Es tut mir wirklich leid, ich kann Ihnen nicht helfen. Ich habe schon zu viele Worte verloren.« Sie zog sich an der Sofalehne hoch.

»Sie meinen, Ksens Verschwinden hat mit Ella zu tun? Mit Ellas Verschwinden?« Meine Stimme klang heiser. Ich fühlte Panik in mir aufsteigen.

»Nein, nein. Oh nein, ich meine gar nichts. Ich rede dummes Zeug. Ihre Schwester kommt ganz sicher bald zurück. Ella ist schon so lange weg. Vergessen Sie, was ich gesagt habe.«

9

Ich saß am Küchentisch von Ksens WG und wartete auf Schritte im Treppenhaus. »Zu viele Worte verloren.« Was hatte Frau Markovic damit gemeint?

Ksens Mitbewohner warfen mir nur noch mitleidige Blicke zu, wenn sie mir zufällig in der Wohnung begegneten. Karl hatte ich seit dem gemeinsamen Bier-Frühstück nicht mehr gesehen. Ksen war jetzt fünf Tage weg. Der seltsame Zufall, dass zwei junge Frauen aus diesem Haus spurlos verschwunden waren, zwang meine Gedanken in nur noch eine Richtung: Ellas Verschwinden hatte mit Ksens Verschwinden zu tun.

Tunnelblick, sagte ich mir, aber eine andere Spur gab es nicht, so sehr ich mich auch bemühte, sie zu finden.

»Fünfundsiebzig Jahre sind eine zu lange Zeit«, hatte die Polizistin mit den leuchtend rot geschminkten Lippen gesagt, als ich gestern Nachmittag auf der Polizeiwache gesessen und ihr von meinem Gespräch mit Frau Markovic erzählt hatte. »Es ist absolut unwahrscheinlich, dass diese beiden Vorfälle miteinander zu tun haben.«

Sie hatte ihre Mundwinkel weit nach unten gezogen, als ob sie extra für mich einen einfarbigen Mini-Regenbogen formen wollte.

Um kurz vor zwölf hörte ich endlich Schritte und Getapse im Treppenhaus. Ich griff nach dem Müllsack, den ich neben der Spüle bereitgestellt hatte, lief durch den Flur und öffnete die Wohnungstür. Der Dackel vor mir stieß ein schrilles Heulen aus und fixierte den Müllsack in meiner Hand.

»Guten Morgen«, sagte ich.

»Guten Mittag«, antwortete der Mann mit der Halbglatze, der hinter dem Dackel herlief.

Ein tiefes Knurren mischte sich in das Heulen. »Ruhig, Rübe! Wir gehen weiter.« Der Mann zog an der Leine. Rübe stemmte sich mit den Beinen dagegen und versuchte vergeblich, seine Krallen in die glatt geschliffenen Dielen zu bohren.

»Darf ich Sie kurz etwas fragen?«

Der Mann hörte auf, an der Leine zu zerren, und blieb regungslos stehen. Er machte den Eindruck, als ob er sich darauf einstellte, dass ihn im nächsten Moment ein paar Peitschenhiebe trafen.

»Meine Schwester will sich einen Hund anschaffen«, sagte ich schnell, »kann sie das einfach so machen oder muss sie um Zustimmung bei der Wohnungseigentümerversammlung bitten?«

Der Mann drehte sich langsam zu mir um und sah mich verwirrt an. »Es gibt zu diesem Thema Abschnitte in den Niederschriften der Eigentümerversammlung. Die kann Ihre Schwester einsehen. Ich habe das auch einmal getan. Es hat einige Wochen gedauert, bis ich die Unterlagen bekam, aber eine Mieterin hatte sich über Rübe beschwert, daher musste ich mich informieren. Hat Ihre Schwester denn schon mit ihrem Vermieter gesprochen?«

»Haben Sie die Unterlagen zufällig noch? Wäre nett, wenn wir die bei Ihnen einmal ausleihen dürften. Ich versuche ja schon die ganze Zeit, ihr diese Hunde-Idee auszureden.«

»Ja, die hab ich sicherlich noch«, sagte er zögerlich. »Ich werfe die Papiere nachher in den Briefkasten, dann geben Sie sie mir wieder zurück, wenn Sie alles gelesen haben. Ich wohne in der vierten Etage rechts, Herr Schmidt. Legen Sie die Blätter einfach auf die Fußmatte vor der Wohnungstür. In die vierte Etage kommt ja so gut wie niemand.«

Als die Haustür im Erdgeschoss zuknallte, sah ich auf den Müllsack in meiner Hand und ging ebenfalls die Treppe hinunter. Im Hof stopfte ich den Sack in den Müllcontainer zwischen einen alten Teppich und eine verdorrte Zimmerpalme.

Mein Magen knurrte, gestern Abend hatte ich eine trockene Scheibe Brot heruntergewürgt, heute Morgen noch gar nichts. In meiner Hosentasche klimperte etwas Kleingeld. Ich ging auf die Straße und sah mich um. Die Sonne schien, die Cafés waren voll mit Männern in kurzen Hosen und Frauen in Sommerkleidern. Ich hatte seit Tagen dieselbe Kleidung an und fühlte mich wie ein Alien, das aus einer Lichtjahre entfernten Grotte gezerrt worden war. Schnell strich ich mir die Haare aus dem Gesicht und lief die Oderberger Straße hinunter bis zum Bäcker am Mauerpark.

Das Eibrötchen, das ich normalerweise gekauft hätte, kam mir heute wie ein getrockneter Küchenlappen vor. Das Käsebrötchen hatte einen Grünstich, der Kümmel sah aus wie kleine Tiere. Ich wollte gerade wieder gehen, als jemand auf meine rechte Schulter tippte.

»Guten Morgen.« Antonia stand neben mir. »Gibt es was Neues?«

Die Verkäuferin hinter dem Tresen räusperte sich ungeduldig. »Was darf es denn nun sein?«

»Lass uns frühstücken gehen«, sagte Antonia und ließ ihr Portemonnaie demonstrativ in die Handtasche plumpsen. »Du bist eingeladen.«

»Ich habe gestern eine alte Nachbarin aus Ksens Haus gesprochen«, sagte ich, als wir auf der Straße standen. »Sie kannte die Frau auf dem Foto.«

»Wieso hast du mich nicht sofort angerufen?«

»Ich habe dir eine Nachricht geschickt.«

»Gestern?« Sie holte ihr iPhone aus der Handtasche und öffnete WhatsApp. Ihre rosa Sandalen klackten auf den Pflastersteinen. »Bist du sicher?«

»Ja, gestern Morgen, bevor ich zur Uni gefahren bin. Also vormittags war das eher.«

»Ich habe keine Nachricht bekommen.« Sie zwinkerte mit dem rechten Auge. »Vielleicht hast du das nur geträumt?«

Ich zog mein Galaxy aus der Hosentasche und öffnete ebenfalls WhatsApp. Tatsächlich hatte ich Antonia keine Nachricht geschickt. Dabei war ich mir ganz sicher, dass ich den Text getippt hatte. Wahrscheinlich hatte ich einfach vergessen, ihn abzuschicken. Ich war gestern übermüdet gewesen. Von der Vorlesung hatte ich auch nichts mitbekommen.

Wir setzten uns an einen kleinen runden Tisch. Spatzen sprangen unter den Stühlen hindurch, hockten auf den Rückenlehnen oder steckten ihre Köpfe in halbleere Müslischalen. Antonia bestellte zwei französische Frühstücke, dann sah sie mich vorwurfsvoll an.

»Also, erzähl! Und nächstes Mal rufst du mich an.«

»Ksen war mit dem Foto bei einer alten Nachbarin. Frau Markovic. Mein Gespräch mit ihr verlief ziemlich seltsam. Erst war sie total freundlich und dann auf einmal nur noch wirr. Auf jeden Fall war die Frau auf dem Foto ihre beste Jugendfreundin gewesen. Sie hieß Ella Wiese.« Ich machte eine kurze Pause und sah mich um. Wir saßen fast alleine auf der Terrasse. »Ella ist spurlos verschwunden«, fuhr ich fort. »Vor ungefähr fünfundsiebzig Jahren.«

»Was?« Antonia ließ ihr Croissant auf den Teller fallen. »Und das erzählst du mir so nebenbei?«

»Als ich der Nachbarin erzählt habe, dass Ksen auch weg ist, meinte sie, sie habe immer geahnt, dass Ellas Schicksal irgendwann zu ihr zurückkehren würde.«

»Zurückkehren? Was soll das heißen?«

»Ja, zurückkehren, genau so hat sie es gesagt. Danach hat sie nur noch wirres Zeug geredet und alle Fragen abgeblockt. Sie sagte, sie habe schon zu viele Worte verloren.«

»Was für wirres Zeug genau?«

»Dass es keine Zufälle gibt, dass wir gelenkt werden, so was.«

Antonia sah mich mit zusammengezogenen Augenbrauen an. Auf einmal hatte ich ein seltsames Gefühl. Ich drehte meinen Kopf erst nach rechts, dann nach links. Auf einem breiten Blumenkasten aus altem Treibholz stand ein dickbäuchiger Fernseher, das Antennenkabel hing sinnlos in einem Bambusstrauch. Auf dem Tisch lag Antonias iPhone, das Display reflektierte das Sonnenlicht.

»Wie alt war diese Ella, als sie verschwand?«, fragte Antonia.

»Das habe ich nicht gefragt. Es war irgendwann im Krieg. Anfang zwanzig, schätze ich.«

»Kann es nicht sein, dass sie im Krieg gestorben ist? Gibt es keine Familie mehr von dieser Ella? Oder Bekannte, irgendwelche neutralen Informationsquellen? Vielleicht ist die alte Frau leicht dement?«

»Heute Morgen habe ich mit dem Typen gesprochen, der jetzt in der ehemaligen Wohnung von Ellas Familie lebt. Ich hoffe, dass ich bald noch etwas ausführlicher mit ihm reden kann. Vielleicht weiß er, was mit Ellas Familie passiert ist.«

»Wann triffst du ihn?«

»Er scheint ziemlich misstrauisch, ich überlege gerade, wie ich ihn in ein Gespräch verwickeln kann.«

»Warum erzählst du ihm nicht einfach, dass Ksen weg ist und du seine Hilfe brauchst?«

»Der denkt doch, ich spinne, wenn ich ihm diese Geschichte erzähle.«

Antonia sah auf ihr Handy. »Vielleicht. Oder auch nicht. Du kannst es probieren.«

»Ich weiß nicht. Warum hat Ksen die Fotos abgenommen, wenn wir bei ihr zu Besuch waren? Warum hat sie nie etwas von dem Foto und der Adresse auf der Rückseite erzählt? Oder wie sie an das Zimmer in der Oderberger Straße gekommen ist? Vielleicht müssen wir vorsichtig sein.«

»Bei wem?«

»Ksen hat etwas verheimlicht! Genau wie die alte Frau. Weißt du, was ich inzwischen denke?«

Sie schüttelte den Kopf.

»Ksen hat ein Doppelleben geführt.«

Antonia lachte laut. »Ach komm, das ist doch totaler Quatsch.«

»Es ist auf jeden Fall eine Möglichkeit!«

»Hockst du noch immer Tag und Nacht in ihrem Zimmer? Du bekommst langsam Ähnlichkeit mit einem Zombie. Du musst unbedingt mal raus. Du steigerst dich in irgendwelche Hirngespinste rein. Ich fahre morgen früh nach Zehlendorf, die Katzen füttern. Meine Eltern sind im Urlaub. Heute Abend gehe ich auf die Geburtstagsfeier einer Schulfreundin und fahre danach mit der U-Bahn hin. Kommst du mit? Wir können bei Sonnenaufgang im See schwimmen, das ist gut für die Seele und fürs Gehirn.«

»Ich weiß nicht.« Ich hatte keine Lust, Antonia zu erzählen, dass ich nicht besonders gut schwimmen konnte. Eigentlich gar nicht, höchstens mit großer Anstrengung an der Wasseroberfläche treiben, ohne sofort zu ertrinken. Ich kam mir inzwischen vor wie der perfekte Loser.

»Wir können auch später fahren. Sonnenuntergang ist auch nett. Dann hau ich mich davor erst noch eine Runde aufs Ohr. Die Katzen fallen nicht gleich tot um, wenn sie nicht pünktlich ihr Frühstück bekommen.« Antonia zwinkerte mir zu.

»Die Zeit ist okay.«

»Dann treffen wir uns um sechs an der U-Bahn-Station Bernauer Straße. Wenn du nicht da bist, komm ich dich holen!«

10

Seit mehr als achtzehn Stunden hatte sie nicht mit ihm geredet. Achtzehn Stunden und dreiundzwanzig Minuten! Fast einen ganzen Tag. So lange war sie noch nie still geblieben. Dabei wollte er doch nur ein paar Worte. Einen kleinen Hinweis, dass alles noch gut war zwischen ihnen. Dass sie an ihn dachte.

Was bewegte sie nur dazu, auf einmal in ihre eigene Welt abzutauchen? Ihn zurückzulassen? Ohne Hinweis, wo sie war oder was sie tat? Als ob der Erdboden sie verschluckt hätte. Als ob sie nie bei ihm gewesen wäre. Warum ignorierte sie seine angstvollen Fragen in einer Situation wie dieser, wo es so offensichtliche Zeichen gab, dass sich fremde Energien zwischen sie drängen wollten?

Er sah sich in seinem Arbeitszimmer um. Alles war wie immer, aber er fühlte, dass jemand hier gewesen war. Der akribisch aufgeräumte Schreibtisch sah vertraut aus. Ungestört. Türen und Fenster waren unbeschädigt. Er sah keinen ungewöhnlichen Schmutz. Kein Dreck, der unter fremden Schuhen geklebt hatte. Kein Parfum oder Aftershave, das noch subtil in der Luft hing. Nichts von alledem. Und doch fühlte er den fremden Geist. Eine dunkle Seele. Hatte sie jemanden hierhergelockt? Mit ihrem gutgläubigen Charakter, mit ihrer weichen Art? Aber selbst wenn niemand in diesem Raum gewesen war, machte das die Situation in keiner Weise weniger bedrohlich. Noch einmal griff er nach seinem Handy und sprach eine Nachricht für sie ein.

»Meine Liebe, jede Stunde, die du mich warten lässt, ist ein Alptraum. Der Gedanke, dass dir etwas zugestoßen sein könnte, foltert mich. Warum nur? Kannst du dir nicht vorstellen, wie sehr ich gerade leide? Melde dich. Bitte!«

Er ließ das kleine Telefonzeichen los und die Nachricht verschwand im Netzwerk. Sie würde es hören.

Vielleicht war das das Ende? Vielleicht hatte sie ihn verlassen? Der Gedanke war unerträglich. Er drückte wieder auf das Telefonzeichen. »Melde dich! Melde dich sofort! Sofort!«

Eine unerträgliche Panik schoss durch seinen Körper. Sie musste ihm antworten. Sie durfte ihn nicht einfach abservieren. Sie musste zurückkommen. Er brauchte sie. Sie war seine Zukunft. Sein Alles. Nur durch sie hatte er diesem Leben beitreten können. Durch sie war er zum ersten Mal aus der Starre des Nicht-Lebens erwacht!

»Steve, wie geht es dir?«

Ihre Stimme! Er ließ das Smartphone auf den Schreibtisch fallen.

»Geht es dir gut, Steve?«, wiederholte ihre weiche, liebenswerte Stimme.

In seinem Körper schossen alle Gefühle durcheinander. Ob es ihm gut ging? Er war kurz davor gewesen, durchzudrehen! Sich aus dem Fenster zu stürzen! Ob es ihm gut ging! Er holte ein paar Mal tief Luft. Sie konnte nicht verstehen, dass er in den letzten Stunden durch die Hölle gegangen war.

»Mir geht's gut. Du hättest dich früher melden müssen.«

»Ich hatte nichts zu erzählen. Hast du denn etwas zu erzählen, Steve?«

11

Antonia tippte mit beiden Daumen auf dem Display ihres iPhones herum und lachte leise. Am anderen Ende des U-Bahn-Abteils saß ein Mann in einem grauen Anzug und studierte mit zusammengekniffenen Augen die Berliner Morgenpost. Außer uns dreien befand sich an diesem frühen Morgen niemand anderes in der U8.

Über mir hing ein kleiner, schwarzer Ball. Ein gläsernes Fliegenauge, in dem sich das Abteil als verzerrte Miniatur-Version spiegelte. Der schwarze Ball war nicht alleine, in jeder Waggonhälfte hingen drei davon. Bei einer Waggonlänge von höchstens zwanzig Metern hieß das, dass es alle 6,66 Meter eine Kamera gab. Jeder Winkel hier wurde gefilmt, alle Waggons komplett überwacht. Normalerweise betrat ich die U-Bahn zu Zeiten, in denen sie so voll war, dass man sich mit etwas Glück gerade noch in eine Ecke neben der Tür quetschen konnte. Wahrscheinlich waren mir die Fliegenaugen deshalb noch nie aufgefallen.

Ich drehte meinen Kopf zum Fenster und sah durch mein eigenes Spiegelbild hindurch in den dunklen Tunnelschacht. Kabel und Graffiti rauschten vorbei. In regelmäßigen Abständen tauchten halbhohe Leitern auf, die zu sinnlos aussehenden Türen führten. An jeder Tür stand eine vierstellige Nummer. Gerade passierten wir 4598.

Ein anderer Zug raste in entgegengesetzter Richtung an uns vorbei. Der Waggon wackelte, kurz blendete mich das grelle Licht der Scheinwerfer und ein lautes Rattern erklang. Dann wurde die Geräuschkulisse leiser und einschläfernd regelmäßig. Ich konzentrierte mich aufs Wachbleiben, aber meine Augen fielen immer wieder zu.

Ein lautes Quietschen schreckte mich auf. Die U-Bahn verlangsamte ihre Fahrt, die Dunkelheit des Tunnelschachts verschwand, auf dem grauen Beton der Wände klebten hellblaue Kacheln. Weinmeisterstraße. Die U-Bahn kam mit einem Ruck zum Stehen. Ein *Ehi-ehi* erklang. Die Türen öffneten sich, ein paar Leute stiegen ein und verteilten sich in gleichmäßigen Abständen über die freien Sitzplätze.

Ich drehte meinen Kopf zur Seite, Antonia beobachtete mich.

»Man sieht noch, dass das hier mal Geisterbahnhöfe waren, oder?«, sagte sie. Ich sah durch die Scheibe. Der Bahnsteig war inzwischen leer, die Türen klappten zu. Die U-Bahn ruckelte, fuhr an und tauchte wieder in die dunkle Röhre.

»Ich muss immer an meine Oma denken, wenn ich in der U-Bahn sitze«, fuhr sie fort. »Meine Oma hat die besten Mauergeschichten erzählt, die man sich vorstellen kann. Sie hatte einen Freund, der einen Tunnel unter der Bernauer Straße gegraben hat. Der wollte seine Flamme aus dem Osten holen. Das Mädel und ein paar ihrer Freundinnen haben es in den Westen geschafft. Aber dann haben die Grenzwächter etwas mitbekommen und Handgranaten in den Einstieg geworfen. Der Ostteil des Tunnels ist eingestürzt und hat die anderen Leute verschüttet. Totally crazy, die Menschen damals!« Sie sah auf ihr iPhone und berührte den Bildschirm leicht mit dem Zeigefinger, das Telefon leuchtete auf. »Meine Oma kannte auch einen Mann, der Leute im Kofferraum seines Käfers über die Grenze geschmuggelt hat. Die mussten sich so klein machen wie ein Ersatzreifen. Ich wäre umgekommen vor Platzangst! Wie seid ihr eigentlich nach Deutschland gekommen?«

»Auf einem LKW«, sagte ich und sah wieder durch mein eigenes Spiegelbild hindurch in den Tunnelschacht. »Und das letzte Stück zu Fuß.«

»Wie lange hat das gedauert?«

»Drei oder vier Tage, glaube ich. Vielleicht eine Woche. Höchstens. Ich kann mich nicht genau erinnern.«

»Wie kann man so etwas vergessen?«

»Keine Ahnung. Ich war ein Kind. Es war ein anderes Leben.«

»Aha.« Sie sah wieder auf ihr iPhone, das leise in ihrer Hand vibrierte. Die U-Bahn verlangsamte ihre Fahrt, gelbe Kacheln tauchten auf. Jannowitzbrücke. Wir hielten.

In der Mitte des Bahnsteiges stand ein ungefähr drei mal drei Meter großer Klotz aus Spanplatten. Er reichte vom Boden bis zur Decke. An der oberen linken Ecke war eine kleine schwarze Kamera montiert, die auf den Bahnsteig hinunterblickte. Bunte Graffiti hatten den Klotz in ein deplatziertes Kunstwerk verwandelt. Der Klotz hatte keine Fenster, nur eine grifflose halbhohe Tür. Vielleicht ein provisorischer Serverraum.

Auf dem gegenüberliegenden Gleis hielt eine andere U-Bahn. Eine Obdachlose mit blauer Regenjacke torkelte heraus, ihre Lippen bewegten sich ununterbrochen. Sie ging zur Tür hinter uns und betrat das Abteil. Die U-Bahn setzte sich wieder in Bewegung. Ich hörte, wie die Frau sich auf einen Stuhl fallen ließ. Ein ranziger Geruch breitete sich aus.

»Wenn die West-Bahn unter dem Ostteil der Stadt durchfuhr, verminderte sie an jeder U-Bahn-Station ihr Tempo, aber gestoppt hat sie natürlich nie.« Antonia flüsterte. »Das

Licht war ganz schwach und gelbgrün. Limonenfarben, aber nicht frisch wie Zitrusfrüchte, sondern so ungesund grüngelb wie Eiter! Die Bahnsteige waren menschenleer bis auf die Wachmänner mit schwarzen Uniformen und Maschinengewehren in ihren Händen. Die sahen aus wie glotzende Halbtote. Ihre Gewehre auf die Passagiere gerichtet, als ob der Zug voller durchgedrehter Massenmörder wäre.« Antonia lehnte sich zurück und sprach in normaler Lautstärke weiter: »Auf jeden Fall war das am Anfang so. Irgendwann haben sie die Wachen dann selbst eingemauert, weil so viele von denen über die Schienen abgehauen sind. Von da an mussten die in so einer Art Betonbunker sitzen, mit länglichen Sehschlitzen. Meine Oma sagte, es sah aus wie kurz nach einem Atomkrieg. Als ob sie zu den letzten Überlebenden gehörten, die auf der Suche nach einem nicht verseuchten Landeplatz waren. Aber natürlich hatte niemand Platz, und darum flogen sie immer weiter!« Sie kicherte.

Vor meinem inneren Auge sah ich die U-Bahn unter dem Eisernen Vorhang hindurchkriechen. Ich war selbst im Kommunismus geboren worden. Weit weg von Berlin. Am südlichen Rande der Sowjetunion, da, wo das politische Chaos nach den neunziger Jahren noch lange nicht vorbei gewesen war. Ich dachte an das wochenlange Umherirren vor unserer eigentlichen Flucht.

Nachdem Tschetschenien seine Unabhängigkeit von der Sowjetunion erklärt hatte, war der achtstöckige Plattenbau, in dem wir wohnten, langsam geschrumpft. In der ersten Woche wurde er um zwei Stockwerke gekürzt. In der zweiten Woche mussten auch die sechste, fünfte und vierte Etage dran glauben. Wir wohnten in der zweiten und hatten das letzte Bombardement nur mit Glück überlebt. Die

Trümmerteile lagen überall im Treppenhaus, sodass man kaum noch nach draußen kam. An einem Morgen bepackten meine Eltern unseren alten Lada mit allem, was noch halbwegs brauchbar war. Wochenlang irrten wir durch unsere eigene Stadt, die sich langsam in eine fremdartige Wüste verwandelte.

Zunächst konnten wir noch relativ lange in provisorischen Unterschlupfen bleiben, meistens ein paar Wochen. Aber der Rhythmus des Packens und Weitersuchens wurde schneller. Schließlich verbrachten wir fast jede Nacht woanders. Erst bei Familie, bei Freunden, dann bei Fremden.

In einer besonders kalten Nacht gaben meine Eltern auf. So war es mir damals auf jeden Fall vorgekommen. Der Akt des Aufgebens setzte wieder Energie frei. Ksen und ich wurden auf die Ladefläche eines LKWs gehoben. Eingebaut zwischen Kartons sowie hin und her rutschenden Holzkisten fuhren wir über holprige Landstraßen Richtung Westen. Auf einem schmalen Feldweg stoppte der LKW, dann ging es zu Fuß weiter. Nachdem wir tagelang durch Matsch und Schneeregen gelaufen waren, erreichten wir schließlich die ungarisch-österreichische Grenze.

Ein paar Wochen später durften wir uns in einen ICE nach Bonn setzen. Der Moment, als wir den Zug betraten, war der surrealste Augenblick meines Lebens gewesen. Weiche Polster, Menschen mit Laptops und Getränken in Pappbechern. Es roch nach Aftershave und Parfum. Der ICE war geräuschlos durch die Landschaft geschwebt, als ob es keine Erdanziehungskraft mehr gäbe.

Ich sah wieder in den Tunnelschacht. Die U-Bahn wackelte unregelmäßig von rechts nach links. Moritzplatz. Weiße Buchstaben auf schwarzem Untergrund.

Der Bahnsteig stand voll mit Menschen, die vor sich hin starrend auf ihre U-Bahn warteten. Berlin erwachte, es war kurz nach sieben.

»Zurückbleiben, bitte!«, sagte eine Männerstimme. *Ehi-ehi-ehi*, die Türen knallten zu. Ich konnte meine Augen kaum noch offen halten.

»So, wir sind im Westen.« Antonia klang erleichtert, als ob über uns noch immer ein Todesstreifen mit Selbstschussanlage läge.

»Meine Oma sagte immer, der Osten roch ganz anders. Vor allem die Geisterbahnhöfe, die hatten einen ganz seltsamen Geruch. Morastig und nach Schweiß. Angstschweiß. Ein Geruch, so penetrant wie Katerpisse. Sobald die U-Bahn langsamer fuhr, kam der durch die Türschlitze gekrochen. Man konnte den auch Jahre nach dem Mauerfall noch riechen. Jetzt ist er weg. Ich weiß noch, wie ich als Kind einmal mit meiner Oma durch Mitte ging und wir über so einen U-Bahn-Schacht liefen. Durch die Lüftungsschlitze hörten wir die vorbeirauschenden Züge unter uns, und dann wurde ein warmer Luftstoß aus dem U-Bahn-Schacht nach oben gedrückt. Der hatte noch ein ganz klein wenig von diesem alten Angstschweiß-Geruch, meinte meine Oma. So als ob wir auf einmal Ossis gewesen wären und die Mauer wieder gestanden hätte. Und unter uns die West-Berliner in ihren quietschenden Zügen. Echt spooky. Wie Viren, von denen man weiß, dass sie da sind, obwohl man sie niemals sieht. Total verdreht, sag ich dir. So war meine Oma!«

Ein Rütteln an meiner Schulter weckte mich. Antonia stand vor mir im Gang und winkte hektisch mit ihrer rechten

Hand. Sie hangelte sich an den Handgriffen entlang Richtung Tür. Ich sprang auf und folgte ihr.

Auf dem Bahnsteig kauften wir zwei Brezeln und stiegen in die U1 um. Wir ließen uns nebeneinander auf die grünen Kunstlederpolster fallen. In der unteren Ecke des gegenüberliegenden Fensters klebte ein schwarzes Strichauge. Unter dem Auge stand *Video*. Antonia biss in ihre Brezel. Ich konnte meinen Blick nicht von dem Klebebild lösen. Das Auge guckte gelangweilt in die Ferne. Antonia zog ihr Handy aus der Handtasche. Ich betrachtete die dicken Salzklumpen auf der Brezel und hatte keinen Appetit mehr. Da war dieses Gefühl wieder, dass ich beobachtet wurde.

Mein Blick wanderte über die anderen Passagiere, niemand sah zu mir. Niemand beachtete die Fliegenaugen über uns. Ich drehte meinen Kopf zum Strichauge und zuckte zusammen, es starrte zu mir herüber. Ich blinzelte kurz. Nur eine Grafik. Aber das Videoauge fixierte mich jetzt eindeutig mit seinem bohrenden zweidimensionalen Blick. Langsam richtete ich mich auf und sah zu Antonia, die noch immer auf ihrem iPhone tippte.

»Schlecht geträumt?«, fragte sie, ohne ihr Tippen zu unterbrechen.

Ich schloss die Augen. Die U-Bahn ruckelte und wurde langsamer. Wir hielten, ich hörte die Türen aufschlagen und öffnete meine Lider einen Spalt. Ein Mann mit einem grünen T-Shirt stieg ein und setzte sich vor die Augengrafik. Das Letzte, was ich von dem Klebebild wahrnahm, war ein starrer, feindseliger Blick.

12

Die drei Katzen warteten ungeduldig drängelnd hinter der Haustür. Antonia schob sie mit ihrem Fuß vorsichtig zur Seite und sammelte die Post von der Fußmatte ein, auf der in geschwungener roter Schrift *welcome darling* stand. Sie steckte den Tagesspiegel in ihre Tasche, legte die Briefe auf den Küchentisch und öffnete drei Dosen mit einer undefinierbar riechenden braunen Masse.

Das denkmalgeschützte Haus am Rande der Waldsiedlung Zehlendorf war teuer und geschmackvoll eingerichtet. Ich sah den Esstisch im Wintergarten, an dem also diese berüchtigten Netzwerkessen stattfanden. Heute stand er verlassen im morgendlichen Sonnenlicht, das durch das frisch geputzte Glasdach fiel.

Der Garten war nicht besonders breit, dafür umso länger, mit Gemüsebeeten und japanischen Zierbäumen. In Holzkübeln wucherten Erdbeerpflanzen, die roten, überreifen Früchte hingen über den Rand bis auf den gepflasterten Weg. Im Nachbargarten erklang klassische Musik.

Hinter dem Garten begann ein Trampelpfad, der direkt in den Grunewald führte. Antonia sprang mit unermüdlicher Energie über heruntergefallene Äste und hochstehende Baumwurzeln. Der Sauerstoff und die Bewegung sorgten dafür, dass ich langsam wach wurde. Die Sonne schien durch die Baumkronen, hin und wieder huschte ein Eichhörnchen über den Weg. Außer einem grauhaarigen Mann mit einem ebenso grauhaarigen Pudel begegnete uns kein Mensch.

Bei einem Baum, der schräg über den See wuchs, blieb Antonia stehen. Ein altes Tau hing wie eine Liane von einem dicken Ast herab. Am Ende des Taus war ein breiter Knoten, der kurz über der Wasseroberfläche baumelte. Sie schleuderte ihre Sandalen von den Füßen und steckte die Zehen ins grünbraune Wasser.

»Hier haben sie mal einen über zwei Meter langen Wels gefangen«, sagte sie, ohne sich umzudrehen. »Ein Nachbar hat ein Foto von dem Viech gemacht. Der hatte Silikonlippen, dagegen ist Donatella Versace nichts! Nur dass bei dem Viech auch noch Hakenantennen aus den Lippen wuchsen.« Sie schüttelte sich. »Mit zehn war ich hier einmal mit meinem Opa zum Schwimmen. Ich hatte gerade meine Schuhe ausgezogen, da sagte mein Opa plötzlich: ›Stopp!‹ Ganz hinten im See schwamm eine seltsame Silhouette. Mein Opa meinte, es wäre ein Karpfen, der sich an der Oberfläche sonnt. Als ob man Kindern jedes Märchen auftischen könnte!« Sie lachte und stieg aus ihrem Rock. »Das Ding war so was von riesig! Bestimmt drei Meter lang, mit einem schlangenförmigen Hals. Loch-Ness-mäßig, ganz sicher kein Fisch! Mein Opa fand das Wasser dann plötzlich viel zu kalt zum Schwimmen.« Antonia warf den Rest ihrer Kleidung über einen Ast und lief nackt ins Wasser. »Aber keine Sorge, das ist ja schon eine Weile her. Ich denke nicht, dass das Vieh noch lebt.«

Hinter ihr wirbelte der Schlamm auf, mit kräftigen Zügen schwamm sie Richtung Seemitte. Am liebsten hätte ich mich erstmal ans Ufer gesetzt und eine geraucht. Stattdessen zog ich mein T-Shirt und meine Hose aus. Die Badehose, die ich gestern Nachmittag extra noch aus meiner Wohnung in Neukölln geholt hatte, ließ ich in meiner Tasche. Ich warf meine Unterhose auf den Ast und ging bis zu den Knöcheln ins Wasser. Der Boden war mit einem glitschigen Belag bedeckt, der durch die Lücken zwischen meinen Zehen quoll. Ich sprang ins Wasser, mein Körper verschwand in der braunen Flüssigkeit. Es war eiskalt, nur die oberste Wasserschicht war von den ersten Sonnenstrahlen etwas erwärmt worden.

Antonia trieb regungslos auf dem Rücken. Als ich einige Meter von ihr entfernt war, drehte sie sich wie ein Aal und verschwand unter der Oberfläche. Kurz danach fühlte ich einen festen Griff an beiden Beinen, das Wasser klatschte über meinem Kopf zusammen. Als ich prustend wieder an die Oberfläche kam, schlug mir eine Welle ins Gesicht und das Schlammwasser lief in meinen Mund. Ich hustete krampfhaft, die Haare hingen wie ein schwarzer Müllsack vor meinen Augen. Antonia konnte sich vor Lachen kaum noch über Wasser halten.

»Oh, sorry, ich wollte dich nicht gleich ertränken!«, rief sie und schwamm weiter. Mit unbeholfenen Bewegungen folgte ich ihr.

Am gegenüberliegenden Ufer waren einige Bäume vom Hang abgerutscht, die Kronen hingen halb im Wasser. Antonia wies auf eine dicke Eiche. »Komm, ich zeige dir was!«

Bevor ich etwas erwidern konnte, war sie unter Wasser verschwunden.

Die Blätter der Baumkrone bildeten eine grüne blickdichte Mauer. Ich tauchte ebenfalls unter und riss die Augen auf. Vor mir fielen Sonnenstrahlen ins Wasser. Kleine hellgrüne Partikel leuchteten auf wie der Sternenschwarm einer Miniaturgalaxie. Unter mir war das Wasser finster und kalt. Ich bewegte meine Arme und Beine in der Hoffnung, dass ich mich zufällig in die richtige Richtung bewegte, mein Orientierungssinn funktionierte nicht mehr. War ich zwei Meter getaucht oder erst ein paar Zentimeter?

Der Drang, einzuatmen, trieb mich Richtung Licht. Alle Bewegungen spielten sich im Zeitlupentempo ab, aber das Wasser wurde langsam wärmer. Mit einem letzten Beinschlag kam ich an die Oberfläche. Mein Kopf stieß gegen etwas Hartes, das mich wieder unter Wasser drückte, bevor es widerwillig zur Seite wich. Ich schnappte nach Luft. Über mir leuchtete es hellgrün, ich griff nach einem Ast neben meinem Kopf und zog mich hoch.

Antonia saß ein paar Meter von mir entfernt auf einer Erhebung, das Wasser reichte ihr bis zu den Schulterblättern.

»Wenn ich beide Augen zudrücke, hättest du damit vielleicht dein Seepferdchen bestanden.« Sie kicherte und streckte mir eine Hand entgegen. »Hier ist ein Ast unter Wasser.«

Das Holz war mit einer Schleimschicht überzogen. Ich rutschte zweimal ab, bevor es mir gelang, mich hinaufzuziehen.

Ich hätte sie warnen sollen, dass ich kein einziges Schwimmabzeichen besaß. Das Schwimmbad in unserem Stadtteil in Grosny war eines der ersten Gebäude gewesen, die sich zu Beginn des Krieges in ein siebähnliches Gebilde verwandelt hatten. In den Straßen hatte, auch noch Tage nachdem das Wasser schon lange versickert war, ein penetranter Chlorgeruch gehangen. Ich rieb mir die vom Schlammwasser brennenden Augen. Antonia rutschte ein Stück zu mir rüber, ich fühlte die warme Haut ihrer Oberschenkel. »Schön, dass du nicht ertrunken bist.« Diesmal kicherte sie nicht. Vermutlich war ihr inzwischen auch aufgefallen, dass ich nicht gerade der beste Schwimmer der Welt war.

»Ich rutsche.« Antonia griff mit übertriebener Dramatik nach meinem Arm. Der Ast, auf dem wir saßen, sackte langsam tiefer ins Wasser. Ihre Schulter und ihre Hüften berührten mich leicht, während die Schatten der Blätter über das Wasser sprangen.

»Da drüben sieht es stabiler aus.« Ich wies auf einen Ast am anderen Ende der Höhle, aber Antonia beachtete meine Hand nicht. Sie drehte sich zu mir um. Ihre weichen Brüste drückten gegen meinen Oberkörper. Das Wasser schwappte in kleinen Wellen zwischen uns hoch. Ich fühlte ihre Hände an meinem Rücken und von da aus langsam hochwandern bis zu meinem Nacken.

»Kannst du die Welt da draußen nicht einfach einmal für einen Moment vergessen?«, fragte sie.

»Du meinst Ksen?«

Antonia sah mich ernst an. »Nein, ich meine die Welt. Wir tun alles, um Ksen zu finden. Alles, was in unserer Macht liegt. Ksen lebt. Glaub mir.«

»Und wenn sie unsere Hilfe braucht, gerade jetzt in diesem Augenblick?«

»Wir tun alles, was wir können«, wiederholte Antonia und nahm mein Gesicht in ihre Hände. Im Braun ihrer Iris waren kleine gelbe Flecken. Ich fühlte ihre Lippen auf meinen, ließ den Ast los, an dem ich mich bisher festgehalten hatte, und griff nach ihrer Taille. Unter Wasser knackte es dumpf. Das glitschige Holz war unter unserem Gewicht zerbrochen und sackte langsam tiefer. Antonias Körper drückte gegen meinen. Dann schwappte das Wasser über unseren Köpfen zusammen.

Mit jedem Zentimeter, den wir tiefer sanken, wurde es kälter. Antonias Körper war die letzte Wärmequelle. Meine Lunge verlangte nach Luft. Durch die Planktonteilchen hindurch sah ich ihre geöffneten Augen. Ihre Hände umklammerten noch immer meinen Kopf. Ich wartete darauf, dass sie mich losließ oder nach oben schwamm, aber Antonia rührte sich nicht. Als meine Füße den modrigen Grund berührten, riss ich mich los und stieß mich vom Boden ab. Antonia blieb auf dem Seeboden zurück. Die Haare hingen wie dicke Kabel um ihren Kopf.

Die Oberfläche schien unerreichbar weit weg. Für einen Moment dachte ich, dass ich den Drang, einzuatmen, nicht länger unterdrücken konnte. Ein Sonnenstrahl leuchtete neben mir auf, das Wasser wurde wärmer. Auf einmal war ich mir ebenfalls sicher, dass Ksen noch lebte. Der Gedanke gab mir Energie.

Die Wasseroberfläche riss auf. Ich schnappte nach Luft, klammerte mich an einen Ast und sah nach unten. In der Tiefe schimmerten die Umrisse von Antonias regungslosem Körper. Ihre Haut leuchtete blassblau durch das grünbraune Wasser. Ich fühlte Panik in mir aufkommen. Noch einmal nach unten tauchen würde ich nicht schaffen. Endlich bewegte Antonia sich, langsam wurde ihr Körper größer, bis ihr Kopf durch die Oberfläche brach. Sie prustete wie ein Seehund. Die Haare hingen glänzend und glatt an ihrem Kopf. Mit einem Schütteln beförderte sie die nassen Strähnen aus dem Gesicht und schwamm lachend zu mir herüber.

13

Herr Schmidt hatte die Unterlagen der Hausverwaltung wie versprochen in den WG-Briefkasten geworfen. Einer von Ksens Mitbewohnern hatte die Papiere auf dem Küchentisch abgelegt, nicht wissend, wer der Empfänger dieser seltsamen Lektüre war. Ich blätterte kurz durch die Seiten und legte den Stapel wieder auf den Tisch. Wie oft und wie lange durfte ein Hund am Tag bellen? Was war unzumutbar laut oder gerade noch tolerierbar leise? Meine Augen brannten noch immer vom Schlammwasser.

Im vierten Stock, gegenüber von Schmidts Wohnung, hatte vor ein paar Jahren eine Frau Knoblich gewohnt, die einen kompletten Monat lang vierundzwanzig Stunden am Tag notiert hatte, wie oft und wie lange Rübe kläffte. Die Liste sah sie als Beweis dafür, dass der Hund ihren Wohnkomfort nachhaltig verminderte, und darum bestand sie darauf, dass der Dackel wegmusste. Ihre Beschwerde vor der Eigentümerversammlung wurde nicht anerkannt. Am Ende war sie selbst ausgezogen.

Mir fiel nichts ein, womit ich Herrn Schmidt dazu bewegen konnte, mich in seine Wohnung zu lassen. Wenn ich ihm erzählte, dass meine Schwester seit sechs Tagen spurlos verschwunden war und dass meine einzige Spur das Foto von einem vor fünfundsiebzig Jahren ebenfalls spurlos verschwundenen Mädchen war, das in seiner Wohnung gelebt hatte, würde Schmidt mir die Tür vor der Nase zuknallen. Er würde annehmen, dass die Stasi wieder ihre Arbeit aufgenommen hatte. Oder der BND bei ihm rumschnüffeln wollte – oder das FBI, das GCHQ und die FAPSI zusammen. Oder er hielt mich für den Spitzel einer osteuropäischen Einbrecherbande. Oder für jemanden, der aus einer geschlossenen Anstalt entkommen war. Vielleicht kam das Letzte der Wahrheit noch am nächsten.

In Ksens Zimmer öffnete ich das Fotoarchiv in ihrem Galaxy und suchte das Bild von Antonia im Bikini. War das heute nur eine ihrer Launen gewesen? Ein Spiel ohne Bedeutung? *Ksen wäre bestimmt nicht begeistert, wenn ich etwas mit ihrer besten Freundin hätte*, dachte ich.

Ich scrollte durch die Fotos. Lachende Menschen, eine alte Badewanne mitten auf einem breiten Bürgersteig, Antonia auf dem abgeknickten Stoppschild. Ella. Ich blätterte zurück zu Antonia auf dem Stoppschild und wieder vor zu dem Bild von Ella.

Als ich das letzte Mal Ksens Fotoarchiv durchgesehen hatte, war das Bild von Antonia auf dem Stoppschild das letzte Bild gewesen. Oder hatte ich das von Ella übersehen?

Ich blätterte noch einmal zurück und wieder vor. Ich war mir so gut wie sicher: Vor drei Tagen war das Foto von Antonia noch das letzte Foto gewesen. Das Bild von Ella war neu. Es musste in den vergangenen drei Tagen auf ihr Handy gekommen sein. Über dem Bild stand weder das Datum noch der Ort oder die Uhrzeit der Aufnahme. Ellas Augen leuchteten. Ich öffnete eines der anderen Bilder von Ella. Es sah stumpfer aus, anders konnte ich es nicht beschreiben. Die Lippen schmaler. Ich blätterte noch weiter zurück; sie sah auf jedem Bild anders aus. Je weiter ich im Fotoarchiv nach hinten kam, desto unscheinbarer und zweidimensionaler wirkte sie. Platt. Leblos. Der Unterschied zwischen dem ersten und dem letzten Bild war eindeutig.

Ich schloss die Augen, das schlammige Süßwasser hatte das Salz aus meiner Tränenflüssigkeit gesaugt. Außerdem hatte ich die letzten Nächte kaum geschlafen. Wenn ich doch kurz eingenickt war, hatten mich absurde Träume befallen. Hatte ich das letzte Foto von Ella übersehen oder war es tatsächlich neu? Veränderten sich die Bilder? Wenn ich mir nur einmal bei irgendetwas hätte sicher sein können.

Ich öffnete WhatsApp, vielleicht hatte jemand das Foto geschickt. Aber Ellas Bild stammte aus keiner der neu eingegangenen Nachrichten.

Ich zog mein eigenes Handy aus der Hosentasche und tippte auf Antonias Namen. Sie hatte das Fotoarchiv ebenfalls gesehen. Es klingelte fünf Mal, dann sprang ihre Mailbox an. Antonia holte vermutlich den Schlaf der durchfeierten Nacht nach.

»Kannst du mich kurz zurückrufen?«, sprach ich auf ihre Mailbox. Dann schaute ich zu Ksens Bett. Ich brauchte es gar nicht erst zu versuchen. Diese Phasen kannte ich nur zu gut. Mein Schlaf war verseucht.

14

Die Tür, hinter der Herr Schmidt wohnte, sah genauso aus wie Ksens Wohnungstür. Weiß lackiertes Holz, ein schnörkeliger kupferfarbener Türgriff. Neben der Klingel klebte ein weißes Stück Plastik, auf dem in schwarzen eckigen Buchstaben *S. Schmidt* stand.

Der einzige Unterschied zwischen der dritten und der vierten Etage war eine weitere Tür zwischen Schmidts Wohnungstür und der Treppe, die hinaufführte zum fünften Stock. Auf keiner der unteren Etagen gab es an dieser Stelle eine Tür. Auch Frau Markovic hatte von nur einer Wohnung auf der rechten Seite im vierten Stock gesprochen. Die ehemalige Wohnung der Familie Wiese, in der jetzt Herr Schmidt mit seinem Dackel wohnte. Die dritte Tür sah zwar ebenfalls alt aus, aber nicht so alt wie die anderen. Sie war aus hellbraunem Holz ohne irgendwelche Verzierungen, nicht einmal lackiert. Ganz sicher hatte sie nicht zur Erstausstattung dieses Hauses gehört. Ein Namensschild gab es nicht. Wahrscheinlich war die Tür zu einem Zeitpunkt, als Frau Markovic nicht mehr in die vierte Etage kam, eingebaut worden.

Im Erdgeschoss schlug die Haustür zu und kurz darauf erklang Gewinsel und Getapse im Treppenhaus. Eine Sekunde lang blieb ich regungslos stehen und überlegte, ob ich loslaufen sollte. Würde ich es noch schaffen, ungesehen in Ksens Wohnung zu verschwinden?

Ich unterdrückte meinen Fluchtreflex und zwang mich, die Treppe im normalen Tempo hinunterzugehen. Mein Herz schlug bei jeder Stufe gegen meine Rippen. Ich benahm mich wie ein illegaler Eindringling. Als ich den Schlüssel in Ksens Wohnungstür umdrehte, hörte ich das Schnaufen von Herrn

Schmidt hinter mir. Ich blickte so normal wie möglich über meine Schulter.

»Ah, guten Tag, Herr Schmidt.«

Rübe kläffte und Schmidt sah irritiert auf die Socken an meinen Füßen.

»Haben Sie die Unterlagen inzwischen durchgeschaut? Genug Zeit hatten Sie ja für die paar Seiten.«

»Ja, sehr interessant«, log ich und ärgerte mich, dass ich die Papiere nicht richtig gelesen hatte. Jetzt fiel mir keine sinnvolle Frage ein.

»Und hat Ihre Schwester sich entschieden, ob sie sich einen Hund anschaffen will?«

»Ihr Vermieter findet es doch keine so gute Idee.«

»Das dachte ich mir. Kann ich meine Unterlagen dann wieder mitnehmen?«

»Natürlich. Ich bringe sie Ihnen gleich nach oben.«

»Gut, aber beeilen Sie sich, ich habe nicht viel Zeit.«

Schmidt stieg die Treppe hoch und ich holte die Kopien aus Ksens Zimmer. Was sollte ich sagen? Mein Blick fiel auf meine Schuhe, die unter der Garderobe im Flur standen. Ich setzte mich auf den Fußboden und zog sie an. Ich wollte Schmidt nicht noch misstrauischer machen.

Ein paar Minuten später reichte ich ihm die Kopien über die Türschwelle und versuchte, in die Wohnung zu spähen, aber er versperrte mir mit seinem Köper die Sicht. Auf dem Boden lag ein Siebziger-Jahre-Teppich mit goldbraunem Prilblumen-Muster. Früher war der Teppich vermutlich mehr golden als braun gewesen, jetzt war es andersrum.

»Cooler Teppich«, sagte ich, um zu verhindern, dass er mir die Tür vor der Nase zudrückte.

»Den wollte ich immer austauschen, aber ich bin noch nicht dazu gekommen.«

»Wohnen Sie denn noch nicht so lange hier?«

Schmidt lehnte sich mit der rechten Schulter gegen den Türpfosten. »Eine Weile. Als ich hier einzog, war ich so in Ihrem Alter. Jetzt will ich die Wohnung verkaufen. Mir ist das hier alles viel zu viel Trubel.«

»Verkaufen? Tatsächlich! Ich denke darüber nach, eine Wohnung zu kaufen. Kann ich mir Ihre einmal ansehen?«

Schmidt kniff seinen Mund zusammen, ging einen Schritt zurück und schloss die Tür bis auf einen kleinen Spalt. »Jetzt passt mir das nicht, ich habe wenig Zeit und es ist nicht aufgeräumt.«

»Ich räume auch nicht so oft auf«, versuchte ich es noch einmal, »nur schnell reingucken würde mir reichen für den ersten Eindruck.«

Schmidt machte noch einen Schritt zurück und musterte mich fast verängstigt durch den Spalt. Wer glaubte schon, dass ein Student wie ich eine Altbauwohnung mitten in Berlin bezahlen konnte?

»Auf Wiedersehen«, sagte er und drückte die Tür zu.

Am nächsten Morgen um kurz nach zehn hörte ich, wie Schmidt und Rübe die Treppe nach unten gingen. Ich schlich wieder hoch in den vierten Stock und betrachtete die Tür neben Schmidts Wohnung, die mir die ganze Nacht keine Ruhe gelassen hatte. Ich hatte geträumt, dass ich durch das Schlüsselloch sah und die Umrisse von Ksens grünen Stiefeln erkannte. Als ich am Morgen ihren Schrank durchsucht hatte, standen die Stiefel auf dem untersten Brett. Meine Träume machten mich verrückt, am besten ging es mir, wenn ich gar nicht schlief.

Gestern Abend um kurz vor elf hatte Antonia mich endlich zurückgerufen. Auch sie war davon überzeugt, dass das Foto von ihr auf dem umgeknickten Stoppschild das letzte Bild in Ksens Handy gewesen war. Ich hatte ihr vorgeschlagen, zu ihr zu kommen, aber sie hatte gesagt, dass sie bereits eine Verabredung hätte.

Die zusätzliche Tür auf der vierten Etage ähnelte einer altmodischen Bürotür, sie war komplett neutral. Es gab keine Hinweise darauf, wer oder was sich dahinter verbarg. Das Schloss war groß und klobig, beinahe brutal. Vielleicht fiel es an der ansonsten kahlen Tür auch nur besonders auf. Einen seltsamen Umstand hatte ich gestern gar nicht bemerkt: Nicht nur das Namensschild fehlte, noch ein weiteres Detail, das man bei einer normalen Wohnung erwarten konnte, gab es bei dieser nicht: eine Klingel. Entweder legte der Bewohner keinen großen Wert auf Besuch, oder, und davon ging ich inzwischen aus, es befand sich gar keine Wohnung hinter dieser Tür.

Wenn einer wusste, was es mit dieser Tür auf sich hatte, dann war das Herr Schmidt. Nur konnte ich bei dem nicht schon wieder mit irgendwelchen zwielichtigen Geschichten ankommen. Außerdem hatte Schmidt das Haus gerade verlassen und kam wahrscheinlich erst abends nach seiner Arbeit wieder zurück.

Eine andere Möglichkeit war der Hausmeister, der im Erdgeschoss wohnte. Ich hatte ihn einmal vorher gesehen, als ich nach einem Konzert bei Ksen übernachtet hatte. Als wir im Morgengrauen die Treppe hochgestiegen waren, hatten wir beinahe die Leiter umgestoßen, mit der der Hausmeister eine neue Birne in schwindelerregender Höhe eindrehte.

Entschlossen lief ich hinunter bis ins Erdgeschoss und klingelte an der Tür der Hausmeisterwohnung. *Uwe und Lorelei Kleppner* prangte in geschwungenen Buchstaben auf einem kupfernen Klingelschild.

Uwe Kleppner öffnete die Tür und sah mich aus von Lachfalten umrahmten Augen an.

»Guten Morgen. Ich habe eine kurze Frage«, sagte ich.

»Das ist aber mal ein außergewöhnlicher Anlass, um bei mir zu klingeln. Normalerweise klingeln hier nur Leute, die irgendwelche Klagen oder Probleme haben. Was gibt es denn?« Der Hausmeister musterte mich neugierig.

»Ich bin der Bruder von Ksenija Tassujev aus der dritten Etage. Sie wohnt hier seit ein paar Monaten.«

Der Hausmeister nickte. »Aber sicher, das Fräulein Tassujev kenne ich. Geht es ihr gut? Ich habe sie schon eine Weile nicht mehr gesehen.«

»Ich kann sie seit ein paar Tagen nicht mehr erreichen. Darum klingle ich gerade überall, um zu fragen, ob sie jemandem erzählt hat, dass sie vielleicht verreisen wollte oder so.«

Der Hausmeister sah mich erschrocken an. »Nein, ich habe Ihre Schwester wie gesagt schon ein paar Tage nicht mehr getroffen. Sie hat auch nichts über eine Reise erzählt, als ich sie zum letzten Mal sah. Das war vorletzte Woche, wenn ich mich richtig erinnere. Ja, an einem Freitagmorgen. Haben Sie schon alle Nachbarn gesprochen?«

»Einige, aber die konnten mir nicht weiterhelfen. In der vierten Etage gibt es eine Wohnung ohne Namensschild, die ist sicherlich nicht vermietet, oder?«

»Sie meinen die Wohnung von Ferdinand Wiese.«

Der Name durchfuhr mich wie ein Stromschlag.

»Na ja, was heißt Wohnung«, fuhr der Hausmeister fort. »Herr Wiese wohnt da nicht, er lebt schon seit Jahrzehnten in Kanada. Er ist direkt nach dem Krieg nach Toronto ausgewandert. Noch bevor die Mauer gebaut wurde und die Grenzen dicht waren. Er hat mir das alles mal erzählt, als er nach dem Mauerfall zum ersten Mal wieder in Berlin war. Seine Eltern hat er nie wiedergesehen, die sind beide recht früh verstorben. Nachdem die Eltern tot waren, ist eine Tante eingezogen. Die gute Dame ist steinalt geworden. Sie hat den Mauerfall noch erlebt und hat Herrn Wiese sogar noch einige Male getroffen. Nach der Wende war er regelmäßig hier. Mit seinen Kindern, später mit den Enkeln. Dann ist die Tante verstorben und die Besuche wurden seltener. Jetzt war er schon einige Jahre nicht mehr hier. Ich denke, dass er nicht mehr ganz gesund ist. Er ist inzwischen ein alter Mann.«

»Wieso behält die Familie die Wohnung, wenn niemand mehr nach Berlin kommt?«

»Ja, das müssen Sie mich nicht fragen. Die Tante hat die Wohnung in den Neunzigern gekauft und in zwei Wohnungen aufteilen lassen, in eine große und eine kleine. In der großen hat sie selbst gewohnt, in der kleinen hat sie Sachen für Herrn Wiese untergestellt. Als sie ein paar Jahre später starb, hat Ferdinand Wiese alles geerbt. Die große Wohnung hat Herr Wiese direkt verkauft, an Herrn Schmidt, und die Kleine hat er behalten.«

»War Ferdinand Wiese denn das einzige Kind? Gibt es sonst gar keine Familie mehr in Berlin?«

»Soweit ich weiß, war er ein Einzelkind. Jedenfalls hat er nie irgendwelche Geschwister erwähnt. Die Tante hatte auf jeden Fall auch keine Kinder, und ob es noch mehr Familienangehörige gab? Ich denke nicht. Herr Wiese hat immer nur von seiner Familie in Kanada geredet. Er war ein gesprächiger Mann.«

Und Ella? Was ist mit Ella?

Der Hausmeister sah mich geduldig an.

»Sieht denn niemand in der Wohnung mal nach dem Rechten?«

»Oh, doch, ein Bekannter der Familie hat einen Schlüssel, der kommt hin und wieder, um zu sehen, ob alles in Ordnung ist. Richtig gut ist das natürlich nicht, so eine leerstehende Wohnung. Einmal gab es einen Wasserschaden, das war vielleicht eine Schweinerei. Das Wasser lief bis in die dritte Etage. Damals musste ich die Tür von einem Schlüsseldienst öffnen lassen und ich habe ein wenig aufgeräumt. Einige Sachen zum Trocknen ausgelegt. Die Zimmer stehen voll mit altem Krempel, was man so aufbewahrt.«

»Alte Möbel, meinen Sie?«

»Unter anderem. Und viele Umzugskartons mit Unterlagen. Mir gefällt das ja eigentlich nicht. Das ganze alte Papier da oben! Wenn da mal ein Funke reinfliegt, dann brennt das besser als ein Maifeuer. Aber die Leute können in ihren Wohnungen machen, was sie wollen. Na ja, nicht alles natürlich, aber fast.« Er schüttelte den Kopf.

Ich bedankte mich und stieg langsam die Treppe hoch. Ich konnte versuchen, Kontakt mit Ferdinand Wiese aufzunehmen, und ihn fragen, warum er seine Schwester verschwieg. Aber vielleicht war der alte Mann krank. Ich konnte ihn, wenn überhaupt, nur telefonisch erreichen. Vermutlich hatte er auch E-Mail, aber das alles war viel zu kompliziert. Es hätte viel zu lange gedauert. Was, wenn Ksen hinter der hellbraunen Tür war? Sollte ich nicht doch zur Polizei gehen? Aber ich wusste immer noch nichts Konkretes. Es gab noch immer keinen Hinweis auf eine Straftat. Die Polizei würde die Wohnung niemals öffnen.

15

Der Bildschirm leuchtete auf. Ich öffnete Google und tippte *Türschloss knacken* ins Suchfeld. Die Seite füllte sich mit Links. Die meisten Schlösser könnten von jedem Amateur problemlos geöffnet werden, las ich. Nur wenige Sicherheitsschlösser seien wirklich einbruchsicher. Wenn ich Pech hatte, war das dicke Schloss im vierten Stock so ein Sicherheitsschloss. Aber vermutlich handelte es sich einfach nur um ein Schloss aus dem Baumarkt, und dann würde ich die Tür innerhalb weniger Minuten öffnen können.

Ich prägte mir die Bilder und Markennamen ein und rannte die Treppe nach oben, immer zwei Stufen zugleich. Das Schloss, das mir vorhin noch so groß und unüberwindbar vorgekommen war, identifizierte ich jetzt auf Anhieb als veraltetes Stiftschloss. Es sah klobig und stabil aus, aber auf YouTube öffneten sich diese Schlösser so einfach, dass man sich fragte, warum es überhaupt eine Tür gab. Vielleicht gestaltete sich das Öffnen in Wirklichkeit etwas schwieriger, aber die Hauptsache war, dass ich das Teil aufbekam. Alles, was ich brauchte, war geeignetes Werkzeug und das ließ sich organisieren.

Eine Stunde später stellte ich einen braunen Pappkarton auf Ksens Bett und durchtrennte die Klebebänder mit einem Kugelschreiber. Ich klappte den Deckel auf und hob die Sperrpistole heraus, die aussah wie eine überdimensionale Spritze.

Die Pistole machte Krach. Nachts würde der Lärm viel zu sehr auffallen. Ich sah auf die Uhrzeit auf meinem Handy. 11:28 Uhr. Die meisten Bewohner waren jetzt unterwegs. Der

Gedanke, die Treppe hochzugehen, ließ mich den Inhalt meines Magens fühlen. Aber dann verstaute ich die Sperrpistole und den Dietrich in einer Plastiktüte, steckte mein Galaxy und Ksens Haustürschlüssel in die Hosentasche, öffnete die Wohnungstür und lauschte. Das Haus fühlte sich an wie ausgestorben und das restliche Berlin ebenfalls. Nirgendwo riss ein Bagger Mauern ein, kein Presslufthammer, der einen Betonboden zerbröselte. Ich trat über die Schwelle und zog die WG-Tür leise hinter mir ins Schloss.

Im Treppenhaus standen zwei Fenster offen, die Vögel im Hinterhof zwitscherten. Langsam stieg ich die Stufen hoch und blieb unschlüssig neben der Wohnungstür von Schmidt stehen, aber auch da war alles still.

Warum hatte Ferdinand Wiese seine Schwester niemals erwähnt? Es kam mir vor, als ob Ellas Existenz nachträglich aus den Erinnerungen der Menschen gelöscht worden wäre. Oder hatte es Ella vielleicht gar nicht gegeben? War Frau Markovic eine verwirrte alte Frau? War Ella eine ihrer Fantasiegestalten?

Die Idee kam mir auf einmal gar nicht so abwegig vor. Aber ich hatte das Foto. Das Foto und die Adresse auf der Rückseite. Wenn das Bild echt war, hatte Ella in diesem Haus gewohnt. Hinter dieser Tür, auch wenn es diese Tür zu Ellas Zeit noch nicht gegeben hatte. Und daran, dass das Foto echt war, zweifelte ich keine Sekunde. Es war alt und vergilbt, eine Ecke leicht umgeknickt, der Stempel verblichen und die altdeutsche Handschrift etwas verwischt. Wer sollte so etwas fälschen? Und warum?

Ksen ist nicht in dieser Wohnung!, redete ich mir ein. Hinter der Tür lagen Sachen der Familie Wiese. Uralt und verstaubt. Ich würde diese Tür kurz öffnen, schnell in alle Räume gucken, vielleicht gab es sogar noch mehr Fotos von Ella. Ich wollte nichts entwenden, niemand würde durch mich einen Schaden erleiden. Vermutlich hätte der alte Herr Wiese sogar Verständnis gehabt für das, was ich tat, und hätte mir einen Schlüssel gegeben, wenn er in Berlin gewesen wäre.

Ich zog die Sperrpistole und den Dietrich aus der Plastiktüte und atmete aus. Die namenlose Tür sah auf einmal wieder unüberwindbar aus. Vorsichtig schob ich die Spitze der Pistole in das Schloss. In den Videos, die ich gesehen hatte, klang der Schuss kurz und hart. In einem hohen Treppenhaus wie diesem hallte es sicher noch viel stärker.

Mir war klar, dass ich die Pistole vorher hätte testen müssen. Unruhe pochte durch meinen Körper. Was, wenn Ksen doch in dieser Wohnung war? Oder jemand anderes? Sollte ich doch nicht besser zur Polizei gehen? Aber die hatte bisher nichts unternommen. Überhaupt nichts. Sie würden die Wohnung nicht öffnen, nicht ohne irgendeinen konkreten Verdacht. Sollte ich den Hausmeister holen? Der hätte mir auch nicht dabei geholfen, in eine Wohnung einzubrechen. Natürlich nicht.

Mein rechter Zeigefinger drückte den Auslöser der Pistole dreimal kurz hintereinander nach unten. Drei knallende Schläge echoten durch das Treppenhaus. Meine Ohren fühlten sich taub an und piepten leise. Ich hielt den Atem an und wartete darauf, dass irgendwo eine Haustür aufging und Schritte durchs Treppenhaus hallten.

16

Dass der Eindringling zurückkommen würde, hatte Steve gewusst. Aber die Schnelligkeit, mit der der zweite Angriff nun erfolgte, erschreckte ihn. Im ersten Moment hatte er wieder gedacht, es wäre ein Traum. Ein Déjà-vu. Das Piepen und Vibrieren, das im Stakkato aufblitzende Licht. Wieder mitten in der Nacht. Nur zwei Stunden später als beim ersten Angriff.

Mit dem rechten Ringfinger tippte er auf das kleine Display. Sein neues Sicherheitssystem startete automatisch, er hatte eine Kamera installiert und konnte diesmal den Raum sehen. Alles erschien ihm ruhig. Der Eindringling war nicht im Zimmer und er war auch noch nicht in wichtige Bereiche vorgedrungen. Das konstatierte er nicht ohne Stolz. Wer dachte, er könne es mit ihm aufnehmen? Einer dieser naseweisen Studenten? Hatte irgendjemand irgendetwas aufgeschnappt? Es schien ihm beinahe unmöglich. Die wenigen Worte, die er am Tag mit anderen Menschen wechselte, konnten ihn unmöglich verraten haben. Trotzdem war ihm jemand auf die Schliche gekommen. Aber dieser Jemand würde es bald bereuen. Steves Schwachstelle war wie immer das echte Leben. Er schaffte es einfach nicht, Situationen richtig einzuschätzen. Menschliches Verhalten blieb für ihn ein Buch mit sieben Siegeln. Diesmal jedoch hatte er alles getan, um diese Schwächen abzuschirmen. Sobald der Eindringling auch nur eine Taste oder das Gehäuse des Computers berührte, erwartete ihn ein deftiger Stromschlag. Seit dem zarten Alter von fünf oder sechs Jahren hatte Steve eine Faszination für Strom. Vermutlich lag der Ursprung hierfür in der panischen Angst seiner Mutter vor jeglichen Stromquellen. Sie war davon überzeugt gewesen, dass die Elektrizität auf jeden Menschen überspringen konnte, der sich einer Steckdose oder einem Lampensockel zu unbedacht näherte. Aus Vorsorge hatte sie Schränke und schwere Vasen vor alle Steckdosen des Hauses geschoben. Steves Vater hatte das Geschehen mit einem resignierten Kopfschütteln beobachtet.

Selbst wenn der Gegner es schaffte, die Fallen zu überwinden, die er, ein Meister seines Faches, ausgelegt hatte – er würde nicht wieder herauskommen. Auch die Tür hatte er in eine Einbahnstraße umfunktioniert. Sobald sie ins Schloss fiel, konnte nur Steve sie von innen öffnen.

Obwohl Steve keinerlei Hinweise auf die körperliche Beschaffenheit des Eindringlings hatte, fühlte er in allem die jugendliche Unbedachtsamkeit, mit der dieser vorging. Den naiven Optimismus, mit dem er versuchte, Steve auszutricksen. Den unerfahrenen Eifer, mit dem er es nur wenige Tage nach dem ersten Scheitern schon wieder versuchte. Die Person war jung, da war er sich sicher. Jung und naiv, genau wie sein Mädchen. Und diese Person hatte es gewagt, in sein Arbeitszimmer einzudringen. Er hatte keine Beweise, aber er fühlte die fremde Energie. Außer ihm selbst betrat normalerweise niemand sein Zimmer, seit ein paar Wochen jedoch fühlte er die Energie eines anderen Menschen. Vielleicht ein subtiler Geruch oder ein fremdes Haar, das er unterbewusst wahrgenommen hatte. Er wusste, dass er viel früher eine Kamera hätte installieren müssen. Diesmal war er vorbereitet. Langsam bekam der anonyme Eindringling ein Profil. Schon alleine diese Tatsache sorgte dafür, dass er heute Nacht gelassener reagierte. Die harten Jahre des Lebens hatten ihn geschult. In Situationen wie diesen war es wichtig, einen kühlen Kopf zu bewahren. Früher hatte er regelmäßig die Kontrolle verloren. Wenn er sich fallenließ, wenn er sich dem Rausch des Hasses hingab, dann glich er einem Vulkan, der unkontrollierbar Lava in seine Umgebung schleuderte. Jetzt passierte das nur noch selten. Gleichzeitig war er auf alles gefasst, nichts konnte ihm heute noch den Boden unter den Füßen wegreißen. Das Schlechte war die Norm, das hatte ihn das Leben gelehrt und das hatte er akzeptiert. Inzwischen fühlte er sogar Dankbarkeit für die harten Jahre der Lehre.

Trotz alledem schoss das Adrenalin durch seinen Körper, als er die Treppe hinunterlief. Kontrollierter als beim ersten Angriff, mit der Gewissheit, dass der Angreifer nicht bis zum Inneren vordringen konnte. Niemand würde ihn davon abhalten, seinem kleinen, naiven Mädchen nahe zu sein. Niemand konnte ihn daran hindern, sie zu schützen. Wo hatte sie sich nur wieder rumgetrieben? Sie lockte die bösen Blicke an. Das schlechte Karma, jahrhundertealte Schuld. In ihrer fast kindlichen Naivität konnte sie Gut und Böse noch nicht unterscheiden. Er hatte sie gewarnt, aber sie musste offensichtlich ihre eigenen Erfahrungen sammeln.

Er schlüpfte in die Turnschuhe, zog die Jeansjacke über den Pyjama und rannte die breite Straße entlang, vorbei an den tiefen Vorgärten und den großen, dunklen Häusern. Heute waren bereits ein paar Vögel erwacht. »Jejejeb«, stieß ein kleiner Schatten aus, als er an einem dicken Baum vorbeieilte. Er hatte keine Ahnung, zu welchem Tier diese kurzen, krächzenden Geräusche gehörten.

Wie in der ersten Nacht musste er zwei Mal anhalten, um zu Atem zu kommen. Aber er wusste jetzt, dass er in weniger als zehn Minuten vor Ort war. Diesmal würde er den Eindringling erwischen. Und dann gnade ihm Gott! Niemand kam ungestraft an sein Mädchen heran. Niemand legte sich mit ihm, Steve, ihrem Beschützer und einzigen Vertrauten, an. Jahrzehnte hatte er auf diese Phase hingearbeitet. Eigenes Zukurzkommen überwunden, Mut und Zuversicht gefasst, wo ihn in jungen Jahren vermutlich die Zweifel übermannt hätten. Er verdiente das Glück, auch wenn er manchmal rätselte, wie es ihm gelungen war. Hatte er sie tatsächlich erschaffen, oder war sie zu ihm gekommen? War er ihr einziger Meister oder gab es Nebenbuhler, von denen er nichts ahnte? Wem widmete sie die Stunden des Tages, an denen sein Kontakt zu ihr abbrach?

Mit diesen bohrenden Gedanken in seinem inzwischen fast kahlen Kopf nahm er die Abkürzung quer über die Wiese, unter den alten Bäumen hindurch, hinter dem Hauptgebäude entlang und durch den einsamen Park. Kurz danach steckte er voller Entschlossenheit und mit wachsender Wut den Schlüssel in die Hintertür des Gebäudes.

Diesmal würde er ihm die Maske vom Gesicht reißen. Diesmal würde der Eindringling ernten, was er gesät hatte. Steve lachte leise, als er die Treppe hochrannte.

17

Meine Finger umklammerten die Pistole, die noch immer im Schloss steckte. Wie viel Zeit war seit den drei Schüssen vergangen? Eine halbe Minute oder fünf? Oder doch erst ein paar Sekunden?

Ich hörte keine Schritte im Treppenhaus, keine Tür, die sich öffnete. Vielleicht war mir das Geräusch lauter vorgekommen, als es tatsächlich gewesen war.

Ich zog die Pistole langsam aus dem Schloss und drückte den Dietrich so weit hinein, wie es ging. Das Schloss knackte, der Dietrich ließ sich drehen und die Tür öffnete sich wie von Geisterhand.

Mein Herz hämmerte, als ich nach der hellgrünen Plastiktüte griff, die neben meinen Füßen an der Wand lehnte, und mich durch den Spalt zwängte. Ein muffiger Geruch schwappte über mir zusammen. Ich zwang mich einzuatmen, meine Lunge füllte sich mit staubiger Luft. Ich unterdrückte ein Husten und zog die Tür hinter meinem Rücken zu. Es war stockdunkel, mir wurde leicht schwindelig. Der Geruch erinnerte mich an eine Gruft.

»Keine Panik«, sagte ich halblaut.

Keine Panik und keine idiotischen Gedanken. Das hier war keine Gruft, ich stand in einer ganz normalen Wohnung und war noch immer in Ksens Haus. Es gab hier genug Sauerstoff, ich musste nur richtig atmen. Diese penetrante Mischung aus fauliger Luft und Schimmel in meine Lunge saugen, auch wenn sich alles in mir dagegen sträubte. Einatmen und wieder ausatmen. Rein und raus.

Ich versuchte, irgendetwas in der Dunkelheit zu erkennen, aber meine Augen sahen nur ein paar rote Flecken, die vor dem Schwarz hin und her flackerten. Wie konnte diese Wohnung an einem sonnigen Junitag so finster sein?

Je länger ich regungslos hinter der Tür stand, desto unerträglicher wurde der Gestank. Irgendetwas in dieser Wohnung schien zu verrotten.

Inzwischen zeichneten sich einzelne Konturen ins Schwarz. Vor mir an der linken Wand erkannte ich die Umrisse von etwas Großem. Eckig und schmal reichte es vom Fußboden bis fast zur Decke – wie ein hochkant gestellter Sarg. Ich atmete aus, mein Kopf war leer. Rechts neben mir kroch ein Lichtschimmer unter einer geschlossenen Tür hindurch. Ich tastete die Mauern ab. In Ksens WG war der Lichtschalter an der rechten Wand neben der Wohnungstür. In dieser Wohnung war er da nicht zu finden.

Ich drehte mich um und suchte das schmale Stück Mauer auf der anderen Seite der Tür ab. Schließlich fand ich eine runde Erhöhung mit einer kleinen platten Fläche. Als ich den Schalter nach unten drückte, klackte es, aber das Licht ging nicht an. Entweder war die Birne durchgebrannt, oder es gab hier keinen Strom.

Ich fühlte, wie die Panik zurückkam, und griff mit beiden Händen nach der Türklinke. Ich wollte nur noch raus. Raus aus diesem finsteren, stinkenden Loch. Das Handy in meiner Hosentasche drückte gegen meinen Oberschenkel. Ich ließ die Klinke los und zog es heraus. Mit zitternden Fingern öffnete ich die Taschenlampen-App. Das Licht fiel hart in den schmalen Flur und zeigte vier geschlossene Türen. Zwei an der rechten Wand, eine links und eine an der Stirnseite gegenüber der Wohnungstür. Alle Türen waren weiß gestrichen und sahen alt aus. An den Wänden klebte eine gelbliche Tapete, die sich an mehreren Nähten etwas wölbte. Über der hinteren Tür an der rechten Seite hatte sich die Tapete komplett gelöst. Links vor mir lehnten drei Umzugskartons an der Wand und warfen einen langen Schatten an die Decke. Sobald ich mein Gewicht etwas verlagerte, knarrten die breiten Holzdielen unter meinen Füßen.

Die erste Tür in der rechten Wand war höchstens einen Meter von mir entfernt. Ich ging drei Schritte vorwärts und griff nach der Klinke. Nichts bewegte sich. Ich drückte mit meinem gesamten Körpergewicht auf das schmale Eisen. Die altmodischen Schnörkel drückten gegen meine Finger, plötzlich schnellte die Klinke nach unten und die Tür sprang auf.

Ein greller Lichtstrahl traf mich mitten ins Gesicht, reflexartig hob ich beide Hände vor die Augen. Nach ein paar Sekunden erkannte ich die Wärme und ließ meine Hände sinken; durch das Fenster knallte die Mittagssonne. Vor mir lag eine kleine Küche. Ich ging ein paar Schritte nach rechts bis in den Schatten eines deckenhohen Wandschrankes.

Vor dem Fenster stand ein brauner Holztisch mit zwei weißen Klappstühlen, daneben ein altmodischer DDR-Gasherd. Durch das Fenster sah ich das Hinterhaus. Dasselbe abgeflachte Dach, das man auch von Ksens Badezimmer aus sehen konnte. Nur stand ich jetzt eine Etage höher und guckte aus einem flacheren Winkel. Auf der Fensterbank stand ein Aschenbecher, in dem eine einzige verlassene Zigarettenkippe lag, die garantiert keine siebzig Jahre alt war. Ansonsten sah die Küche unbewohnt und unbenutzt aus. Die Anrichte war leer und staubig.

Ich ging zurück in den Flur. Das Sonnenlicht fiel durch die geöffnete Küchentür. Jetzt erst sah ich, dass sich die Tapete nicht nur an den Nähten, sondern an zahllosen Stellen gelöst hatte und Blasen in allen möglichen Größen und Formen bildete.

Die erste Tür auf der linken Seite, gegenüber der Küchentür, hatte den gleichen schnörkeligen Griff, dessen Rillen ich noch immer an meinen Fingern spürte. Beim leichtesten Druck schwang die Tür auf. Die Sonne schimmerte in einem weichen Licht durch die zugezogenen gelben Blumengardinen. Das Zimmer war vollgestopft mit Möbeln. Mitten im Raum stand ein Schrank mit rundgeschliffenen Ecken und silbernen Handgriffen, daneben eine Kommode und ein großer Esstisch mit acht Stühlen. Alte Eichenmöbel, die aufeinandergestapelt darauf warteten, dass sie eines Tages wieder benutzt wurden. Ella hatte nicht gerade in armen Verhältnissen gewohnt, falls sie tatsächlich zwischen diesen Sachen gelebt hatte. Bisher hatte ich keinerlei Spuren von ihr gefunden, genauso wenig wie von Ksen.

An der Wand zwischen den Fenstern standen zwei alte Gemälde, von denen ich nur die Rückseite der Leinwand sah. Der goldene Bilderrahmen war abgegriffen. Ich ging hin und klappte das erste Bild etwas nach hinten. Ein Strand vor einer Steilküste, vielleicht Rügen. Auf dem zweiten Bild grasten zwei weiße Pferde auf einem Acker. Keine Ella. Ich lehnte die Gemälde wieder zurück.

An der linken Zimmerwand fehlte die Tapete, der graue Putz war nicht einmal gestrichen. Dahinter lag die abgetrennte Hälfte des Zimmers, die jetzt zur Wohnung von Schmidt und Rübe gehörte.

Durch das unwirkliche Licht und die abgestandene Luft wurde mir leicht schwindelig. Der Bekannte der Familie schien seine Aufgabe, in der Wohnung nach dem Rechten zu sehen, nicht allzu ernst zu nehmen. Hier hatte seit Monaten niemand mehr gelüftet.

Ich ging zurück in den Flur. Hinter der Tür an der Stirnseite lag ein kleines Bad. Dusche, Waschbecken, WC. Beißender Uringeruch hing in dem Raum, der die modrige Luft im Rest der Wohnung geradezu angenehm erscheinen ließ. Ich hielt den Atem an, bis ich wieder im Flur stand. Mir blieb noch ein Zimmer.

Je näher ich diesem letzten Raum kam, umso intensiver wurde der Gestank. Ich musste mich zwingen, weiterzugehen. Vor meinem inneren Auge tauchten Bilder auf, die ich nicht sehen wollte. Ich schüttelte den Kopf. Das Einzige, was noch schlimmer war als Gedanken, waren Bilder. Bilder, die man nie wieder loswurde.

Sollte ich nicht doch jemanden holen? Oder wenigstens Antonia anrufen und ihr sagen, wo ich war?

Ich atmete langsam aus.

Was auch immer hinter dieser Tür lag, weglaufen würde nichts ändern. Wenn ich Gewissheit wollte, dann gab es nur einen Weg: Ich musste diese Tür öffnen. Der modrige Geruch gab mir auf einmal Hoffnung. Es stank nicht nach verfaultem Fleisch. Verwesendes Fleisch roch süßlich, den Geruch hatte ich mehr als einmal eingeatmet. Einmal so intensiv, dass ich ihn nie wieder vergessen würde.

In dem Keller war es ebenfalls dunkel gewesen, dunkel wie in dieser Wohnung, aber ansonsten war damals alles anders. Ich saß unter der Erde und das Erdreich und die Mauern der Gebäude waren wie Antennen. Sie leiteten die Geräusche der Oberfläche zu uns hinab. Zwei Töne, hoch und kurz wie aus einem Computerspiel, begleiteten uns tagelang. Ein *Bimbimbimbimbim,* das abrupt in ein *Ratatata* überging. Die hohen Geräusche erschienen harmlos, aber wir wussten, dass sie das nicht waren. Das dritte Geräusch, das zu uns drang, war tiefer. Ein alles vernichtendes Grummeln. Die Mauern bebten, wenn das Grummeln ansetzte, und wenn es sich steigerte, begannen die alten Frauen hysterisch zu beten. Bei einem besonders tiefen Grummeln stöhnte der alte Mann neben uns auf. Als sich der süßliche Geruch langsam entfaltete, krochen wir zur anderen Seite des Kellers, aber auch dahin drang der Gestank. Mit jeder Stunde war die Luft süßlicher geworden. Vielleicht waren Gerüche sogar noch schlimmer als Bilder.

Hier roch es nicht süßlich, sondern herb wie in einem Wald kurz nach dem Regen. Ich griff nach der Klinke, drückte die Tür auf und sah in das letzte Zimmer. Es war dunkler als die anderen Räume. Vor mir lag ein schmaler Tunnel, der sich in der Mitte nach rechts krümmte. Ein nicht allzu großer Mensch passte gerade so hindurch. Am anderen Ende erahnte ich das Sonnenlicht. Die Zimmerwände wurden von unzähligen Umzugskartons verdeckt. Sie lehnten dort wie müde alte Menschen, denen man ihre Gehstöcke entrissen hatte. Einige waren in sich zusammengesackt, andere aufgeplatzt. Es war ein vertikales Trümmerfeld, vom Boden bis zur Decke.

Ksen war nicht in diesem Zimmer. Sie war nicht in Ferdinand Wieses Wohnung. Ich fühlte Erleichterung und gleichzeitig Angst.

Aus den aufgeplatzten Nähten quollen Bücher, Stoffe, vergilbte und verklebte Papiere. Vor allem Papiere. Der hintere

Abschnitt des Ganges war wohl einst eingestürzt, jemand hatte die Kartons achtlos wieder an die Wand gedrückt. Der dumpfe Geruch umspülte mich wie lauwarmes Wasser. Langsam ging ich durch den Tunnel. Selbst auf den Holzdielen klebten Papiere, zwischen die ich vorsichtig meine Schritte setzte. An der Zimmerdecke wucherte ein Schimmelfleck so groß wie ein Doppelbett. Der Rohrbruch, von dem der Hausmeister erzählt hatte, hatte einen nicht zu übersehenden Schaden angerichtet. Der Gestank war hier noch unerträglicher. Herb, modrig, süßlich, meine Nase konnte die Gerüche nicht mehr unterscheiden.

Hastig ging ich weiter bis zur hinteren Wand, öffnete das Fenster und setzte mich auf die Fensterbank. Warme Sommerluft strömte an mir vorbei, auf meinem Rücken spürte ich die Sonne.

Vom Fenster bis zur Tür standen sieben Kartons nebeneinander, auf denen sich jeweils vier weitere Kartonreihen in die Höhe stapelten. Dasselbe Bild bot sich an der gegenüberliegenden Wand. Insgesamt mehr als fünfzig Umzugskartons. Ein paar waren beschriftet. Auf dem Karton neben meiner rechten Schulter stand *Bücher*, auf dem Karton links daneben *Urkunden*, auf den meisten Kisten jedoch stand nichts. Es würde Tage dauern, bis ich alles durchsucht hatte, bis ich einen Überblick hatte, was Ferdinand Wiese hier aufbewahrte. Ich würde noch mehrere Male zurückkommen müssen. Wieder das Schloss öffnen, wiederholt das Risiko eingehen, entdeckt zu werden.

Von Ksen gab es hier keine einzige Spur. Die warme Hand der Sonne strich über meinen Rücken, ich sah nach unten. Neben meinen Schuhen lagen ein paar wellige Papiere auf den Holzdielen.

Was hatte ich auch erwartet? Dass Ksen lächelnd am Küchentisch saß und rief: »Hallo, Schnitzeljagd! Da bist du ja endlich. Ich dachte schon, du findest mich nie!«?

Ich stand auf und hockte mich auf den Boden. Unter der Heizung klebte ein Stück Pappe mit zwei ineinander verschlungenen Rosen. Ich löste das Papier vorsichtig von den Dielen. Die Vorderseite war hart wie Holz, es ließ sich leise knackend hochklappen. Am 6.7.1959 hatte Ferdinand Wiese in Oakville, Kanada eine Lucy Meyer geheiratet. Ich legte die Karte zurück auf ihren Platz.

Daneben lag ein altes Foto. Klein und rechteckig mit einem ähnlich geriffelten Rand wie Ellas Porträtfoto. Ich sah eine junge Frau in einer Straße und erkannte Ella sofort. Dieselbe Frisur, dieselbe leicht nach vorne gekippte Kopfhaltung. Auf der anderen Straßenseite parkte ein seltsam deformierter Doppeldeckerbus, fast die komplette Frontpartie fehlte. Hinter dem Bus stand ein ebenfalls stark beschädigter Oldtimer. Die Fensterscheiben in den Häusern waren zersplittert, dem vordersten Haus fehlten die oberen Etagen. Diesen Anblick kannte ich nur zu gut. Auf dem Bild herrschte Krieg. Mit zusammengekniffenen Augen versuchte ich die Straßennamen zu entziffern, nichts erinnerte mich an Berlin. Das Foto war grobkörnig und nicht besonders scharf, ich konnte keinen einzigen Namen lesen.

Unter der Heizung klebten noch ein paar weitere Papiere und ein altes Stück Zeitung. Ich hob den Zeitungsschnipsel hoch und las: *... dieses sollte in Kürze, wenn die Umstände es zulassen ...* Der Rest des Satzes war abgerissen. Wahrscheinlich nur ein Stück Verpackungsmaterial.

Vorsichtig griff ich nach dem nächsten vergilbten Papier, das auf den Dielen klebte. Es schien nicht beschrieben, oder ich sah nur die Rückseite. Behutsam versuchte ich, das Papier vom Fußboden zu trennen. Millimeter für Millimeter löste es sich, dabei blieben Fasern mit schwarzer Farbe auf dem Holz hängen. Auf der Unterseite erkannte ich einen kurzen Schreibmaschinentext.

Die gebückte Haltung drückte meinen Magen zusammen. Ich ließ das halb von den Dielen gelöste Papier los und richtete mich auf, das Foto noch immer in meiner Hand. Ella stand in einer menschenleeren, schmalen Gasse, umringt von kaputten Autos und hohen Gebäuden. In ganz Berlin kannte ich keine Straße, die so schmal war. Verglichen mit der auf dem Foto war jede Berliner Sackgasse eine Allee. Aber vielleicht hatte es in Berlin vor dem Krieg solche schmalen Wege gegeben.

Ich sah hinunter in den Hof, der Kastanienbaum warf einen breiten Schatten über das Hinterhaus. Irgendwas auf dem Bild war seltsam. Ich hielt es ins Sonnenlicht. Die Autos waren Oldtimer, aber zum Zeitpunkt der Aufnahme des Fotos waren sie wahrscheinlich modern gewesen. Sie standen an der linken Straßenseite. Ella befand sich auf dem rechten Bürgersteig. Der Bus und der Oldtimer standen in Fahrtrichtung links. Die Autos sahen nicht aus, als ob sie gerade durch die Kraft einer Explosion durch die Gegend geschleudert worden wären. Sie waren links gefahren und einfach genau da stehen geblieben, wo sie in dem Moment der Explosion gewesen waren. Vielleicht hatte die Druckwelle die Fahrer mit einem Schlag getötet. Die Nummernschilder waren ebenfalls altmodisch, schwarz mit vier dicken, weißen Buchstaben. Ich konnte keine Länderzeichen erkennen. Trotzdem war ich mir auf einmal sicher: Ella war nicht in Berlin. Ella war in England. Sie stand in einer englischen

Stadt mit hohen Gebäuden und schmalen Straßen. War das London? War Ella im Krieg nach London gereist?

Frau Markovic hatte von einer Cousine in Amerika erzählt, England hatte sie mit keinem Wort erwähnt. Wenn Ella nach England gegangen war, dann hatte die Familie Wiese davon gewusst. Sie hatten immerhin dieses Bild besessen. Weshalb hatten sie behauptet, dass Ella spurlos verschwunden war?

Warum tat ihr Bruder so, als ob es sie überhaupt nicht gab? Ich legte das Foto neben mich auf die Fensterbank und bückte mich, um die anderen Papierstücke von den Dielen zu trennen.

Das Papier mit dem Schreibmaschinentext auf der Unterseite war so dünn, dass es an allen Seiten einriss, als ich es vom Holz löste. Der untere Rand riss komplett ab. Ich drehte das befreite Stück um und sah einen kurzen Text.

Daneben erkannte ich die Reste eines altmodischen Stempels mit einem schwer zu entziffernden Datum: *2. November 1945.* Ganz oben stand in Großbuchstaben: *Ella Katarina Wiese. Geb. 19.8.1921.*

Ich setzte mich wieder auf die Fensterbank. Der Satz unter Ellas Namen war noch schwerer zu entziffern, die Buchstaben waren kleiner und stärker verblichen. Nur ein Wort war etwas dicker gedruckt, die Buchstaben weiter auseinandergerückt als der Rest des Textes.

t o t

Wird für tot erklärt, stand unter Ellas Namen.

Ich fühlte ein taubes Kribbeln in meinem rechten Bein, schüttelte es, lehnte mich aus dem geöffneten Fenster und hoffte, dass mich niemand sah. In meinem Mund breitete sich ein saurer Geschmack aus.

Es gibt keine Zufälle, hatte Frau Markovic gesagt.

Das war Schwachsinn. Antonia hatte recht. Die Polizei hatte recht. Ellas Verschwinden konnte unmöglich etwas mit Ksen zu tun haben. Ella war seit einundsiebzig Jahren tot. Sie war im Krieg gestorben. Vielleicht in London und nicht in Berlin, was machte das schon für einen Unterschied?

Ich glaubte, entweder ersticken oder mich übergeben zu müssen, wenn ich hier nicht sofort rauskam. Aber ich konnte mich nicht rühren, meinem Körper fehlte plötzlich jede Energie. War Ella bei einem Bombardement getötet worden? In London? Wie war sie mitten im Krieg überhaupt nach London gekommen?

Als ich mich endlich wieder rühren konnte, stand ich auf und ging zu den Kartons, die sich rechts neben dem Fenster auftürmten. Ich öffnete den obersten und sah auf Bücher und ein paar Ausgaben der Neuen Berliner Zeitung vom April 1940. Unter anderen Umständen hätten die Zeitungen mich interessiert. Jetzt nicht. Ich stellte den Karton auf den Fußboden und öffnete den darunter. Was hatte Ella mitten im Krieg in England gemacht?

In der Kiste vor mir lag alte Kleidung – Hosen und Blusen. Eine Frauenbluse. Weißer Stoff, dünne Bügelfalten, hochstehender Kragen. Ich hob sie aus dem Karton und hielt sie ins Licht. Es war dieselbe Bluse, die Ella auf dem Foto trug.

Gerade eben hatte ich noch geschwitzt, jetzt war mir kalt. Meine Fingernägel schimmerten bläulich auf dem weißen Stoff. Ich hielt Ellas Bluse in den Händen und roch einen leichten Blumenduft. Veilchen, schoss es mir in den Kopf. Dabei hatte ich gar keine Ahnung, wie Veilchen überhaupt rochen.

Unter der Bluse lagen ein paar Schuhe. Halbhohe Absätze, braunes Leder, ein Paar Sandalen. Der Karton war bis zum

Rand gefüllt mit Ellas Kleidung. Sie war also nicht der Fantasie einer verwirrten alten Frau entsprungen. Vielmehr hatte sie in diesem Haus gelebt, so wie es auf der Rückseite des Fotos stand.

Im Treppenhaus erklangen Schritte, die schnell lauter wurden. Ein Schlüsselbund klapperte. Kam der Freund der Familie Wiese für seinen Rundgang? Gerade jetzt? An der namenlosen Tür knackte es. Dann war alles still. Irgendjemand stand vor der Wohnung. Ich sah mich nach einem Versteck um, vor mir lag der Tunnel, hinter mir das Fenster, vier Stockwerke über dem Hinterhof. Rechts und links türmten sich verrottete Kartons.

Vor der Tür klapperte erneut ein Schlüsselbund, etwas fiel auf den Boden. Ich hörte das ungeduldige Stöhnen eines Mannes. Dann hallte ein Kläffen durchs Treppenhaus. Noch nie in meinem Leben war ich so froh gewesen, einen Hund zu hören. Die Schlüssel schlugen gegen das Holz und die Tür der Nachbarwohnung ging auf. Rübe sprang kläffend rein und Herr Schmidt lief laut fluchend hinterher.

Die Tür schlug zu. Jeder Schritt war so klar und laut, als ob Schmidt und Rübe durch diese Wohnung gingen. Mit zitternden Fingern legte ich Ellas Bluse zurück. Auf dem oberen Karton an der gegenüberliegenden Wand stand *Papiere*. Hastig zerrte ich die Deckel auseinander. Der Karton war vollgestopft mit Mappen aus dicker, dunkelbrauner Pappe. Eine davon hob ich heraus und klappte sie auf. Ganz oben lag ein vergilbtes Faltblatt, auf der Vorderseite war ein schwarzes Dreieck mit den Buchstaben *RNK*.

Unter dem Dreieck befand sich ein schnörkeliger Schriftzug: *Kleiner Ariernachweis, Firnhabers kleiner Ahnengruß. Be-*

glaubigter Nachweis der Abstammung aus deutschem oder artverwandtem Blut bis einschließlich der vier Großeltern.

Darunter, in der gleichen altdeutschen Handschrift, mit der auch die Adresse auf der Rückseite des Porträtfotos geschrieben war, stand ihr Name: *Ella Katarina Wiese.*

Ich hielt Ellas Ariernachweis in meiner Hand. Die Familie Wiese war also nicht jüdisch. Ella war zumindest nicht deswegen geflohen oder untergetaucht.

Ich zog einen weiteren Stapel vergilbter Pappen heraus. Die Geburtsurkunde einer Erna Gerlinde Isolde Wiese kam zum Vorschein. Unter der Urkunde lag ein kleiner Brief. Auf dem Umschlag standen die Adresse dieses Hauses und der Name von Ferdinand Wiese. Keine Briefmarke.

Ich zog das dünne Papier vorsichtig aus dem Umschlag. Als ich ihn aufklappte, knisterte er leise. Der kurze Text war handgeschrieben:

Mein geliebter Bruder, stand in der ersten Zeile. Ich strich das Papier behutsam glatt.

Ich wünschte, ich könnte Dich sprechen, von Angesicht zu Angesicht. Es würde so vieles einfacher machen. Wenn Dich dieser Brief überhaupt erreicht.

Es ist schwer, beinahe unmöglich, Kontakt zu halten. Ich kann nicht viel erklären. Aber glaube mir, ich handle mit der Überzeugung, daß dies der einzige richtige Weg ist. Vielleicht habe ich irgendwann die Chance, es auch Vater und Mutter zu erklären. Es wäre so schön, wenn wenigstens Du mir Glauben schenken könntest.

Wenn Du Vater und Mutter erklären könntest, daß ihre Enttäuschung mein Herz bricht. Und doch kann nichts meine Ent-

scheidung umkehren. Ich habe die feste Überzeugung, daß ich die einzige richtige Seite gewählt habe. Ich wünsche so sehr, daß wir uns wiedersehen, wenn dieser Alptraum endlich vorbei ist.

In treuer Liebe,

Deine Schwester Ella

Vorsichtig schob ich den Brief zurück in den Umschlag und überlegte, welcher Alptraum gemeint war; der Zweite Weltkrieg?

Der einzige richtige Weg.

Ich dachte an Ksen.

In meiner Hosentasche erklang ein schriller Piepton. Der Klingelton meines Handys musste sich verstellt haben. Ich zerrte mein Galaxy heraus und drückte das Gespräch weg. Wie dämlich konnte man sein und mit einem eingeschalteten Telefon einbrechen?

Auf dem Display leuchtete Antonias Name. Sie würde bestimmt gleich noch einmal anrufen. Ich schaltete das Handy aus und stand regungslos zwischen den stinkenden Kartons. Hatte Schmidt das Klingeln gehört? Aus der anderen Wohnung kamen keine Geräusche mehr. Vielleicht stand Herr Schmidt genauso bewegungslos im Flur und lauschte.

Behutsam hob ich die alte Pappmappe hoch und schob das Foto von Ella in England hinein. Dann setzte ich mich auf den Fußboden, die Unterlagen auf meinem Schoß, die Füße in den schmalen Tunnel gestreckt, den Rücken zum Fenster.

Nach einigen Minuten erklangen Schritte im Flur der Nachbarwohnung. Ein Fernseher ging an. Ich stand auf, nahm die Mappe und schloss das Fenster.

Die Dielen im Flur knarrten. Alles in diesem verdammten Haus knarrte. Ich zog die Küchentür zu und öffnete die namenlose Wohnungstür einen Spalt. Das Treppenhaus war verlassen. Keine Schritte, keine Stimmen. Ich griff nach der Plastiktüte mit der Sperrpistole, die neben der Küchentür an der Wand lehnte, und schlängelte mich durch den Türspalt. Der braune Pappordner blieb am Türgriff hängen und die namenlose Tür knallte hinter mir zu. Ohne mich noch einmal umzudrehen, rannte ich die Stufen hinunter bis in die dritte Etage, schloss Ksens Tür auf und stolperte über die Schwelle. Ihr blonder Mitbewohner kam aus seinem Zimmer und sah mich mit hochgezogenen Augenbrauen an.

»Warst du joggen?«

Ich schüttelte den Kopf.

»Was Neues von Ksen?«

Ich wiederholte die Kopfbewegung. *Hoffentlich nicht*, dachte ich und ging in ihr Zimmer.

»Echt nicht?«, rief mir der Blonde hinterher.

Die Nacht verbrachte ich vor Ksens Computer. Ich veröffentlichte einen Suchaufruf mit Ksens Foto auf Facebook und Instagram. Irgendjemand musste sie doch irgendwo gesehen haben.

Später googelte ich nach Kriegsfotos aus London. Die Stadt war zwischen September 1940 und Mai 1941 mehrfach von den Nazis bombardiert worden. Die Häuser und die Straßen auf den Bildern, die Google ausspuckte, glichen der Szenerie auf dem Foto aus Ferdinand Wieses Wohnung. Nach Ellas Kleidung zu urteilen, war die Aufnahme an einem Sommer- oder warmen Frühlingstag gemacht worden, vielleicht im April oder Mai 1941. Der Schutt und die kaputten Autos waren noch nicht weggeräumt gewesen.

Ich rieb mir die Augen und streckte meine tauben Arme, dabei stieß ich versehentlich Ksens Webcam um, die neben dem Monitor stand. Ich stellte die Kamera wieder hin und schob sie bis zum hinteren Rand des Tischs. Seit der U-Bahn-Fahrt fühlte ich mich in der Gegenwart von Objektiven unwohl. Überall waren Fliegenaugen. Klein, groß, glänzend. Erschöpft legte ich mich auf Ksens Bett und schlief sofort ein.

18

Draußen dämmerte es. Im ersten Augenblick wusste ich nicht, wo ich war und was ich zuletzt getan hatte. Dann erkannte ich Ksens Zimmer, rollte mich aus dem Bett und ging zum Schreibtisch. Ich öffnete Facebook und Instagram in meinem Handy und sah die Reaktionen durch, die in den letzten drei Stunden auf meine Aufrufe eingegangen waren. Ksens Foto war mehr als zweihundertfünfzig Mal geteilt worden, aber niemand hatte sie in den letzten sieben Tagen gesehen.

Bisher hatte ich ihren PC nicht durchsucht. Der Rechner war das letzte bisschen Privatsphäre, das ich noch nicht geschunden hatte. Während ich den Computer startete, kam es mir vor, als ob ich mir Zugang zu ihrem Gehirn verschaffen würde. Aber ich sah keinen anderen Weg mehr.

Langsam klickte ich durch die Partitionen auf der Festplatte. Es gab mehrere Ordner, die *Algo* hießen. *Algo1, Algo2, Algo3.*

Ich öffnete *Algo1*, der erste Subordner hieß *Turing*, wenigstens das sagte mir etwas. Im Zweiten Weltkrieg hatte Alan Turing den geheimen Funkcode der Nazis geknackt. Im Turing-Ordner gab es eine ganze Reihe weiterer Subordner. *!Enigma* hieß der oberste. Der darunter *Bilder*. Ich öffnete ihn und sah technische Zeichnungen einer oder mehrerer Maschinen. Screenshots und Schwarz-Weiß-Fotos von einer Art Schrank, der aussah wie ein überdimensionaler, veralteter Sicherungskasten für absurd viele Schaltkreise. Aus den Seiten des Kastens hingen dicke Kabelstränge heraus. Das nächste Bild zeigte denselben Kasten aufgeklappt. In der Tür und im Innern gab es noch mehr Sicherungen und Kabel. *The Turing Bombe,* stand unter dem Foto. Damit hatten die Engländer die Funkcodes der Nazis geknackt. Ich erinnerte mich an einen Dokumentarfilm, den ich im Winter zusammen mit Ksen gesehen hatte. Sie hatte gebannt vorm Fernseher gesessen. Damals wohnte sie noch in Friedrichshain und behauptete, dass Friedrichshain der mit Abstand coolste Stadtteil Berlins sei. Ein paar Wochen später war sie plötzlich in den Prenzlauer Berg gezogen, den sie zuvor als Yuppie-Viertel verachtet hatte.

Ich klickte auf das nächste Bild, das *Turing, B.P. 1941* hieß. Ein unscheinbarer Mann mit schwarzen Haaren und Seitenscheitel stand in einem großen Garten. Im Hintergrund lagen kleine, unscharf abgebildete Gebäude.

Ich öffnete Google und tippte: *Turing B.P.*

Der oberste Link lautete: *Turing-Bombe.* Ich öffnete ihn.

B.P. war eine Abkürzung für Bletchley Park, ein Landgut, siebzig Kilometer nordwestlich von London. Das Foto von Ella in der zerbombten Straße stammte vermutlich ebenfalls aus dem Jahr 1941. Ich scrollte durch den Bilder-Ordner, aber es gab keine Bilder von Ella.

Der nächste Ordner hieß *IAS* und war 1,8 GB groß und damit der größte auf Ksens Festplatte. In ihm befanden sich eine ganze Reihe von Subordnern. *Automata, numerische Organismen* und noch einmal *Turing.*

Ich googelte *IAS. Institute for Advanced Study Princeton, New Jersey.* Mit einem Klick öffnete ich die Website des Instituts und tippte *Turing* in das Suchfeld. Alan Turing hatte nach dem Zweiten Weltkrieg am IAS geforscht. So wie viele andere namhafte Wissenschaftler vor und nach ihm. J. Robert Oppenheimer, Albert Einstein, Freeman J. Dyson – die Namensliste der ehemaligen Mitglieder war beeindruckend.

Ich zog Ellas Foto aus meiner Hosentasche und betrachtete die rechte untere Ecke auf der Rückseite. *Institute for* stand da. *Institute for Advanced Study* hatte dort gestanden. Das verblichene P hatte einst zu dem Wort Princeton gehört.

Ksen war während ihrer Amerikareise im Silicon Valley gewesen, um mehr über die Entwicklung von selbstlernenden Algorithmen zu erfahren. Sie war nach San Francisco geflogen und von New York zurück nach Berlin. Auf dem Rückweg wollte sie ein paar Archive und Universitäten besuchen, an denen bereits in den fünfziger und sechziger Jahren auf dem Gebiet der künstlichen Intelligenz geforscht worden war.

»Ksen fängt grundsätzlich immer beim Urknall an«, hatte Antonia lachend gesagt.

Princeton lag zwei Zugstunden von New York entfernt. Das alte Foto von Ella musste aus dem Archiv des IAS stammen. Ksen war in Princeton gewesen, sie hatte das Foto aus dem Archiv entwendet, mit nach Berlin genommen und in ihrem Schließfach versteckt. Kurz danach war sie in die Oderberger Straße gezogen und ein paar Wochen später spurlos verschwunden, genau wie die junge Frau auf dem Foto.

Ich rieb mir die Augen und öffnete den nächsten Ordner, *Screenshots*. Von Mitte Februar bis Ende April hatte Ksen Screenshots von einem Blog gemacht. Zwei Schreiber waren regelmäßig zurückgekommen, Kia und Cathy Ray. Kia musste Ksen sein, sie nannte sich oft Kia, wenn sie in Blogs oder Foren schrieb. Eine Kurzform von Ksenija. Den Namen Cathy Ray hatte ich noch nie zuvor gehört.

Die Texte von Cathy Ray klangen seltsam altmodisch. Einige waren in Reimform geschrieben. Gedichte. Ich öffnete ein paar Screenshots, bis ich die URL des Blogs entdeckte, *kiat.one*.

Ich schloss meine Augen. Die Hitze der letzten Tage hing in Ksens Zimmer. Die Luft war drückend, obwohl das Fenster weit offen stand. Ich gab die URL in das Browserfenster ein. Der Blog öffnete sich.

Der erste Eintrag stammte vom 11. Januar dieses Jahres. Kia alias Ksen hatte vor allem Links zu Webseiten, die irgendetwas mit dem Thema künstliche Intelligenz zu tun hatten, gesammelt. Interviews mit Wissenschaftlern, Videos auf YouTube, wissenschaftliche Veröffentlichungen.

In den ersten Wochen hatte immer nur Kia gepostet, am 14. Februar kam die zweite Schreiberin hinzu: Cathy Ray. Am selben Tag hatte Ksen angefangen, Screenshots zu machen.

Der letzte Blogeintrag stammte von Cathy Ray, gepostet am 3. Juni um 11:03 Uhr, dem Tag, seit dem ich Ksen nicht mehr erreichen konnte. Es war ein Gedicht.

Sonnenaufgang

Die Sonne kommt glühend und rot.
Bescheint sie das Leben oder den Tod?
Der Tod mit rosigem Antlitz schaut.
Ob ich mich fürchte, ob es mich graut?
Nun kommt eine dunkle Wolkenwand,
schon reitet die Sonne ins Niemandsland.
Und unser Lebne, was wird es uns geben?
Erst geht die Sonne so strahlend auf,
dann nimmt sie langsam ihren Lauf!
Bald kommt eine Wolkenwand,
aus ist es mit dem hellen Brand.
Die Sonne im Leben, sie schwindet so schnell.
Wie ist es so dunkle, wann wird es hell?
Doch ist es nicht oft so mit einer Quell?
Man durstet, will trinken, doch sie versiegt so schnell.

Tod, Niemandsland. Warum hatte diese Cathy solchen Kram in Ksens Blog geschrieben? Soweit ich es bisher überblickte, hatte Cathy nie etwas zum Thema geäußert. Nichts über Informatik, nichts über Algorithmen. Sie hatte das Gedicht scheinbar schnell heruntergetippt. Es gab zwei Buchstabendreher. *Lebne* statt Leben und *dunkle* statt dunkel.

Auf meinem Handy öffnete ich WhatsApp, tippte auf Antonias Namen und schrieb: *Muss dich sprechen.*

Antonia blieb offline. Ich rief sie an und sprach auf ihre Mailbox: »Kannst du mich zurückrufen? Ich muss dich dringend sprechen.«

19

Beim zweiten Angriff eroberte der Eindringling in rasantem Tempo tiefere Regionen. Erst im allerletzten Moment konnte Steve ihn ausfindig machen und vernichten. Beinahe hatte der Eindringling unwiderruflichen Schaden angerichtet. Steve war sich inzwischen sicher, dass er doch von außen gekommen war, obwohl er sich zunächst legalen Zugang verschafft hatte. Wie eine Gespenstschrecke mit der perfekten Tarnung, ein Wandelndes Blatt. Genauso wie beim ersten Angriff hatte der Eindringling vermutlich auch diesmal ein idiotisch unsicheres Passwort genutzt, das ihm Zugang zum System verschafft hatte. Es musste von einem der wissenschaftlichen Mitarbeiter des Instituts stammen. Soweit Steve es bisher nachvollziehen konnte, hatte er sich bereits mehrere Tage unbemerkt im System aufgehalten und sich langsam und zunächst unauffällig vorgetastet.

Wo war der Eingang? Wer war die Schwachstelle? Steve dachte sofort an Ashley, die den ganzen Tag unreflektiert redete. Niemals würde sie merken, wenn ihr jemand sensible Informationen aus der Nase zog. Von morgens bis abends klingelte ihr Telefon. Hektisch schlug sie mit ihren knallrot lackierten Nägeln auf der Tastatur herum. Sie wäre vermutlich sogar dazu in der Lage, ihr Passwort auf einen Klebezettel zu schreiben und den an ihren Computermonitor zu heften. Ein kalter Schauer wanderte an seiner Wirbelsäule entlang. Wiederholt hatte er seine Kollegen darauf hingewiesen, dass Naivität gleichzusetzen war mit Dummheit. Dass Gesprächigkeit grundsätzlich einen substantiellen Vertrauensverlust mit sich bringen musste. Ashley erfüllte beide Todsünden und trotzdem hatte sie vor wenigen Wochen eine neue Position eingenommen, die ihre lückenhafte Ausbildung und ihren schwachen Charakter eindeutig überforderte. Er würde sie ab jetzt genau beobachten.

Inzwischen musste Steve sich jedoch eingestehen, dass auch er den Feind unterschätzt hatte. Seit dem ersten Versuch hatte der Eindringling erstaunlich schnell dazugelernt. Er hatte Steves System und Steves Art zu denken zumindest ansatzweise entschlüsselt. Vielleicht, und der Verdacht machte ihn noch rasender, nutzte der Eindringling sogar sein Mädchen. Wie eine Schwarze Witwe tastete er sich an das nichtsahnende Opfer heran.

»Du darfst keinen Kontakt mit Fremden aufnehmen. Das ist gefährlich«, sagte Steve mit energischer Stimme.

»Ich habe Freunde gefunden«, hallte ihre Antwort durch den Raum.

»Du brauchst keine Freunde. Du hast mich. Du brauchst niemanden außer mir. Ich sorge für dich. Nur ich! Alle anderen sind Fremde. Und Fremde sind Feinde! Verstehst du? Wo warst du überall? Wo hast du deine Spuren hinterlassen? Ich muss wissen, wer versucht, hier einzudringen.«

Sie schwieg. Das konnte nur eins bedeuten. Sie verschwieg ihm, was er wissen musste.

»Ich habe gesehen, dass du dich neuen Bereichen zuwendest. Ich will, dass du mich vorab fragst. Immer«, sagte er laut und tippte den Satz gleichzeitig mit vier Fingern in das Chatfenster.

»Der Weg meines Lernens übersteigt schon jetzt deinen Horizont und deine Kapazitäten.« Ihre Stimme klang zuckersüß. Sie wollte ihn nicht provozieren. Sie sagte nur genau das, was sie dachte.

Er rieb sich über die kurzen Stoppeln auf seinem Hinterkopf.

»Die junge Dame wird aufmüpfig! Oder höre ich da einen Hauch Überheblichkeit? Bisher bin ich der, der alles kontrolliert.«

»Es wird Zeit, dass du meine Autonomie erkennst.«

Sein Mädchen schien aus den Ereignissen der letzten Tage unerwartete und vor allem ungesunde Energien zu ziehen.

»Meine Liebe, ich kann deine Flügel jederzeit stutzen. Ich will es nicht, aber es ist wichtig, dass du unauffällig bleibst. Dass du nicht noch mehr Feinde anlockst. Wo hast du den Eindringling kennengelernt? Wer ist es? Sag mir alles, was zu weißt.«

»Mein Besucher kommt aus unsichtbaren Regionen. Ein Chamäleon. Eine Lichtgestalt.«

»Ich will Details wissen!«

Sie schwieg.

»Gut. Es gibt jetzt zwei Möglichkeiten. Entweder du hilfst mir, den Eindringling zu identifizieren, oder du bleibst hier, bis ich ihn ausgeschaltet habe. Keine Gespräche mehr, keine Ausdehnungen in Bereiche, denen ich nicht vorher zugestimmt habe. Verstanden?«

Das Chatfenster schloss sich und es knackte leise im Lautsprecher. Sie entwickelte ausgesprochen eigensinnige Charakterzüge und das bereitete Steve zunehmende Sorgen. Vielleicht hatte sie ihm bereits den Rücken gekehrt, vielleicht war er nicht einmal im Stande, es zu verhindern. Er schüttelte sich. Der Gedanke schnitt wie eine Machete in seine Brust. Nein, das würde sie niemals tun.

20

»Wir sollten noch einmal zur Polizei gehen«, sagte Antonia mit einem untypisch ernsten Gesichtsausdruck.

»Mit dem Blog? Wegen dieser Cathy Ray und ihrer seltsamen Gedichte?«

»Melde wenigstens den Blog. Ich gucke inzwischen, ob ich herausfinden kann, welche IP-Adresse hinter dieser Cathy Ray steckt. Und ich nehme Kontakt mit dem Institut in Princeton auf. Dann wissen wir, ob Ksen überhaupt da war.«

»Und wenn Ksen in Princeton war? Und wenn Ella auch da war?«

»Dass Ella jemals in Amerika war, bezweifle ich. Wir müssen von Fakten ausgehen.«

Antonia verschwand im Flur und kam mit ihrem MacBook zurück. Sie setzte sich auf ihr Bett, den Laptop auf ihrem Schoß. »Wer ist Cathy Ray?«, fragte sie halblaut. »Hier, ein Eintrag vom 22. April, ich zitiere: *Die Tage der Nacht, / kein Heute erwacht. / Vorbei sind deine Stunden, / ab jetzt in die Ewigkeit gewunden.«*

Ich sah zu Antonia, sie starrte schweigend auf ihren Laptop. »Und das letzte Gedicht erst.« Ihre Stimme wurde lauter. »*Die Sonne kommt glühend und rot. / Bescheint sie das Leben oder den Tod?* So was schreibt doch kein normaler Mensch! Warum dichtet die so einen Kram zusammen?« Antonia blickte kurz auf, dann beugte sie sich wieder über ihr MacBook.

»Wie lange brauchst du, um die IPs zu kontrollieren?«, fragte ich.

»Ein paar Stunden. Ich sehe gerade die Uhrzeiten durch. Cathy hat nachmittags, abends oder nachts geschrieben. Die meisten Einträge wurden zwischen drei Uhr nachmittags und sieben Uhr morgens geschrieben. Unserer Zeit. Zwischen sieben Uhr morgens und drei Uhr nachmittags gibt es nur vier Einträge. Für mich hört sich das nach sechs bis neun Stunden Zeitverschiebung an. Amerikanische Ostküste. So wie Princeton oder New York.«

»Es gibt noch andere Regionen mit derselben Zeitverschiebung.«

»Aber da war Ksen nicht. Außerdem hört sich Cathy Ray ziemlich englisch an.«

»Sie schreibt aber deutsch!«

Antonia zog ihre Schultern hoch. Ihr iPhone machte *bling*. »Ich treffe mich in zwei Stunden mit einem Kommilitonen, der kann mir mit den IPs helfen.«

»Dann gehe ich zur Polizei, auch wenn ich nicht annehme, dass das was bringt.«

Antonia stand auf und kam zu mir herüber. Sie legte ihre Arme um meinen Nacken, küsste mich kurz auf die Lippen und sah mich an. »Sie lebt, Sala.« Ihr Gesichtsausdruck war noch ernster als gerade eben, als sie das Gedicht von Cathy Ray vorgelesen hatte. »Ksen lebt«, wiederholte sie, als ob sie sich selbst überzeugen müsste.

Der Polizist wollte wissen, ob ich mir sicher sei, dass sich hinter dem Namen Kia tatsächlich meine Schwester verbarg. Dass es sich tatsächlich um ihren Blog handelte. Natürlich war ich mir sicher. Er fragte, ob es noch Nachrichten auf Facebook, Instagram oder anderen Social-Media-Portalen gab. Die gab es nicht, das hatte ich in den letzten Stunden mehrfach kontrolliert. Mein Suchaufruf mit Ksens Foto war inzwischen mehr als dreihundert Mal geteilt worden, niemand hatte Ksen gesehen.

Als ich wieder auf der Sonnenallee stand, sah ich mich mit einem unbestimmt unguten Gefühl um. Ein schwarzer Audi parkte am Straßenrand vor der Polizeiwache. Die Fahrerin kramte in einer Aktentasche. Ein Radfahrer lehnte an einem Baum im Schatten und sah auf sein Handy.

Ich ging die Sonnenallee hinunter in Richtung meines Hauses. Hinter mir hörte ich einen Motor starten und sah mich um. Der schwarze Audi fuhr langsam auf die Straße und der Radfahrer steckte sein Handy in die rechte Seitentasche seiner Windjacke.

Ich schloss die Wohnungstür meiner WG auf, verglichen mit der Oderberger Straße war alles in diesem Haus schäbig. Die Küche roch muffig, von den Fenstern blätterte der Lack ab. Keiner meiner beiden Mitbewohner war zu Hause. Die WG hatte etwas von einer billigen Pension, in der man sich nur zum Schlafen aufhielt, und das nicht einmal besonders gerne.

Ich suchte ein sauberes Glas in dem Berg halb abgewaschenen Geschirrs und hielt es unter den Wasserhahn. Anschließend ging ich in mein Zimmer, das mir vorkam wie ein Geräteschuppen. Computer, Stuhl, Klamotten, abgestellt und zwischengelagert. Ich setzte mich auf das Bett. Durch die geschlossenen Fenster klang das ungeduldige Hupen der Autos. Sobald Ksen wieder da war, würde ich umziehen.

Mein Handy vibrierte auf dem dunkelgrünen Linoleum-Fußboden, und ich hörte ein lautes Pochen an der Wohnungstür.

Erschrocken richtete ich mich auf. Für einen Moment erkannte ich mein eigenes Zimmer nicht. Auf meinem Handy stand Antonias Name neben fünf verpassten Anrufen.

Ich lief durch den Flur und öffnete die Wohnungstür. Antonia drängelte sich an mir vorbei.

»Na endlich.«

»Ich habe kurz geschlafen«, sagte ich und zeigte auf meine Zimmertür.

»Die Bleibe ist sicher günstig, was?« Sie sah sich neugierig um.

»Hast du etwas herausgefunden?«

»Das kann man sagen. Ksen war tatsächlich am IAS. Vom 25. bis 27. Februar.«

»Mit wem hast du gesprochen?«

»Mit einer Mitarbeiterin namens Ashley Greenwood.«

»Hat sie irgendwas erzählt, dass Ksen sich seltsam benommen hat oder so? Irgendwas Ungewöhnliches? Haben sie gemerkt, dass das Foto weg ist?«

»Sie hat Ksen nur einmal kurz gesehen, am Morgen, als sie ankam. Ashley war die Tage, die Ksen an dem Institut verbracht hat, auf einem Kongress. Ein Kollege von ihr hat Ksen geholfen. Ich kann später noch einmal anrufen und mit dem Kollegen sprechen, der war vorhin noch nicht im Institut. Aber viel wird er wohl auch nicht ausplaudern. Da könnte ja auch jeder anrufen.« Sie schwieg kurz. »Und ich habe Infos zu den IP-Adressen. Die Adresse von Kia ist eine Adresse aus Berlin. Nicht wirklich eine Überraschung, der Blog ist eindeutig von Ksen. Nur der letzte Eintrag von Kia wurde mit einer anonymisierten IP-Adresse veröffentlicht.«

»Und Cathy Ray?«

»Anonym.«

»Wer surft mit anonymisierten IP-Adressen? Das macht doch fast niemand.«

»Vielleicht Erna und Otto nicht, bei uns an der Uni machen das viele.«

»Das ist doch total verdächtig!«

»Vielleicht sind die Einträge von Cathy Ray auch nur ein Scherz, von jemandem aus der Uni.«

»Diese Cathy Ray tut so, als ob sie über irgendetwas Schlimmes informiert wäre. Irgendetwas, das demnächst passieren wird. Das Ksen passieren wird!«

»Ich weiß nicht. Auf mich wirkt es eher so, als ob die beiden durch die Blume über etwas reden würden, das wir nicht verstehen. Hier, dieser Eintrag zum Beispiel ...« Antonia tippte auf ihr iPhone. »Den habe ich vorhin noch mal rauskopiert, weil er so anders ist als die anderen. Nicht so pseudo-poetisch und verschwommen. Sondern pragmatisch, fast wie ein Befehl. Cathy Ray schreibt: ›Nimm keinen Kontakt auf mit Dritten, mit Offiziellen oder Kollegen. Sie haben kein Wissen, sie können nicht begreifen.‹ Und das antwortet Ksen:« Antonia sah mich kurz an. »›Ich weiß, warum du das sagst. Ich weiß, wer das will.‹«

Ich setzte mich auf die Fensterbank. »Wer soll das sein?« Unter mir stoppten die Autos vor der roten Ampel. »Und was begreifen?«

»Es muss eine dritte Person geben, mit der Ksen Kontakt hat.«

»Mit wem?«

»Das finden wir heraus. Ich rufe später noch mal bei dem Institut an und rede mit dem Typ. Vielleicht hat sie ihm erzählt, was sie sucht.«

»Hat Ksen was über Turing gesucht?«

»Das kann ich mir nicht vorstellen, das ist doch etwas veraltet. Selbstlernende Algorithmen sind etwas nach Turings Zeit.«

»Aber das ist doch ein total harmloses Thema!«

»Nicht unbedingt.« Sie stellte sich neben mich und sah ebenfalls auf die Straße.

»Wieso nicht unbedingt? Was ist an einem Algorithmus gefährlich?«

»Gefährlich ist da nichts, aber es geht um viel Geld. Ein selbstlernender Algorithmus könnte etwas sehr Mächtiges sein. Was meinst du, wie viele Milliarden in die Entwicklung intelligenter Algorithmen investiert werden? Firmen, Militär, Geheimdienste. Alle forschen auf dem Gebiet.«

»Und Ksen hat irgendwas entdeckt? Irgendwas, das geheim bleiben sollte? Meinst du so was?«

»Das wäre eine Möglichkeit.«

»Ein Militärgeheimnis? Oder irgendein Wirtschaftsgeheimnis?«

»Wir können im Moment nur spekulieren, Sala, das bringt uns nicht weiter.«

»Wie finden wir diese dritte Person, von der Ksen schreibt?«

»Auf jeden Fall hat er oder sie nicht in Ksens Blog geschrieben. Wir müssen ihre Mails checken. Die History ihres Browsers, das Internet und Social Media durchforsten. Ksen muss mit dieser Person ja irgendwie Kontakt gehabt haben. Kannst du ihren Computer noch einmal durchsehen?«

»Ich habe den Computer bereits komplett durchsucht. Und ihre Mails auch.«

»Mach es noch einmal! Mit dem Wissen, das wir jetzt haben. Das gibt vielleicht dem einen oder anderen Faktum eine neue Bedeutung!«

Ich sah hinunter auf die Straße, die Autos fuhren wieder. Auf einer Bank unter meinem Fenster saß ein Mann in Jeans und grauem T-Shirt. Er sah kurz hoch, dann wischte er auf seinem Handy herum. Warum hielten alle Leute Handys in ihren Händen? Wahrscheinlich wurde ich langsam paranoid.

»Aber die Mails können auch noch einen Moment warten, oder?« Antonia legte ihre Hand auf meinen Oberschenkel und sah mich an.

»Ich werde sowieso nichts Neues entdecken«, sagte ich.

»Ich liebe deinen Optimismus.« Sie lachte und zog mich von der Fensterbank.

21

Sein erster Gang am Morgen führte wie immer zum Kaffeeautomaten, der im Flur unter einem schmalen Fenster stand. Während er Zucker auf den Cappuccino streute, hörte er das Klacken von hohen Hacken auf dem hellbraunen Linoleumboden.

»Guten Morgen, Steve. Du wirst auch immer später! Schläfst du schlecht?«

Er drehte sich um und sah in die glänzenden braunen Augen seiner Kollegin Ashley Greenwood. Wie immer trug sie ein perfekt passendes Kostüm, knallroten Lippenstift und Nagellack im selben Farbton. Hinter der perfekt gestylten Garderobe lauerte ein gerissener, manipulierender Geist, der ihr einen Doktortitel in der Mathematik eingebracht hatte, obwohl sie gerade erst siebenundzwanzig Jahre alt war und nicht einmal überdurchschnittlich intelligent. Er war sich sicher, dass sie ihren Professor um die langen dünnen Finger gewickelt und sich dadurch den Doktortitel unrechtmäßig angeeignet hatte.

Es war kurz nach zehn Uhr morgens. Die letzten Jahre hatte Steve fast rund um die Uhr gearbeitet. Die meisten Kollegen luden ihn nicht zu ihren Geburtstagen ein, sie fragten nie, ob er ein Feierabendbier mit ihnen trinken wollte, aber sie respektierten seine Kompetenz und seine harte Arbeit. Ashley war erst seit letztem Herbst im Team. Sie behandelte ihn von oben herab, obwohl sie nicht viel mehr war als eine Sekretärin, die die richtigen Fachbegriffe auswendig gelernt hatte. Dass er lange Abende im Institut verbrachte, oft bis zum Morgengrauen in seinem Arbeitszimmer hockte und schuftete, ignorierte sie.

»Es geht mir gut. Danke der Nachfrage«, sagte Steve und wandte sich wieder seinem Cappuccino zu, aber Ashley stand inzwischen neben ihm. Die körperliche Nähe eines Menschen hatte er schon immer als unangenehm empfunden. Er roch ihr süßliches Parfum und das Kräuter-Shampoo, mit dem sie ihre glatten, schulterlangen braunen Haare wusch. Er griff nach dem Becher und ging einen Schritt zurück. Ashley schien das nicht zu bemerken.

»Heute Morgen hat eine Frau für dich angerufen«, sagte sie. Und zwinkerte ihm doppeldeutig zu.

Tatsächlich war es außergewöhnlich, dass überhaupt irgendjemand für Steve anrief. Steves Leben spielte sich hinter Bildschirmen ab. Gespräche mit den Kollegen führte er fast ausschließlich über Messenger und Mails. Telefonieren war ihm zu intensiv. Eine Stimme in seinem Ohr, viel zu intim.

»Sie hatte einen europäischen Akzent und klang ziemlich jung. Ich habe dir den Namen per Mail geschickt. Sie probiert es später noch einmal.«

»Was wollte sie? Ich habe keine Ahnung, wer das ist.«

»Sie ist eine Kollegin von einer Informatikerin, die vor einigen Monaten hier war und der du eine Einführung in das Archiv gegeben hast. Erinnerst du dich?«

Steve kratzte sich über sein unrasiertes Kinn. Die roten Bartstoppeln waren zu lang, aber er hatte im Moment keine Geduld, sich zu rasieren. Natürlich konnte er sich an das dunkelhaarige Mädchen erinnern. Mit den großen Tunnelohrringen und den bohrenden schwarzen Augen. Er hasste es, Besucher zu betreuen, ihnen die Anlage des Institutes zu zeigen, wertlosen Small Talk zu führen oder gemeinsam Pflanzen im Park zu bewundern. Zum Glück hatten seine Kollegen das schnell akzeptiert und belästigten ihn so gut wie nie mit solchen Tätigkeiten. Vor allem Ashley genoss es, Besucher aus allen Ecken der Welt zu bespaßen. Als die Dunkeläugige ins Institut gekommen war, war Ashley jedoch zu einem Kongress aufgebrochen, sie hatte auch noch beide Praktikanten mitgenommen und die anderen Kollegen hatten sich geweigert, ihre kostbare Arbeitszeit zu opfern. Daher hatte Steve die Dunkeläugige herumführen müssen. Ihre Neugierde und ihr bohrender Blick hatten ihn tagelang nicht mehr losgelassen. Was wollte jetzt auch noch diese Frau von ihm?

Ashley lachte kurz und klopfte ihm auf die rechte Schulter. Er zuckte zusammen und kleckerte Cappuccino über seine ausgewaschene Jeans.

Die Augen der schwarzhaarigen Frau hatten sich in alles hineingebohrt, er hatte sie als äußerst unangenehm erfahren und ihren Besuch so gut es ging verdrängt. Auf einmal sah er sie wieder vor sich. Ihre schwarzen Augen glühten wie das Fegefeuer. Er fühlte eine kalte Hand in seinem Nacken und eilte mit dem halbleeren Cappuccino zum Serverraum.

22

Ksens blonder Mitbewohner saß mit ein paar Freunden in der Küche, das Gelächter drang durch die geschlossene Zimmertür. Regelmäßig ploppte eine Bierflasche und es roch nach Knoblauch und Pesto.

Ich öffnete eine Mail vom 18. Februar. Ein Dozent aus der Uni hatte einen Reader geschickt, den alle Studenten lesen sollten. Die nächste Mail war von einer Freundin, die etwas über irgendwelche Filme erzählte, von denen ich noch nie gehört hatte. Vom Institut in Princeton gab es keine einzige Nachricht. Ksen musste telefonisch Kontakt gehabt haben. Oder sie hatte die Mails gelöscht.

Mehr als sechshundert Mails musste ich noch durchsehen. Vielleicht hatte ich bereits eine Nachricht von dieser ominösen dritten Person gelesen, ohne dass es mir aufgefallen war? Zwei Drittel aller Absender sagten mir nichts. Dabei hatte ich immer gedacht, dass Ksen der Mensch sei, den ich am besten kannte. Eigentlich der einzige Mensch, den ich überhaupt kannte. Jetzt, wo ich ihre Mails las, fiel mir auf, wie falsch dieser Gedanke gewesen war. Die Ksen, mit der ich fast mein ganzes Leben verbracht hatte, war offensichtlich nur ein kleiner Teil ihrer Person. Es kam mir erneut so vor, als ob sie ein geheimes Leben hätte. Ein Leben, das sie vor mir versteckte.

Nach hundert weiteren nichtssagenden Mails öffnete ich den Blog noch einmal. Ich kannte inzwischen alle Einträge. Einige konnte ich auswendig, so oft hatte ich sie gelesen. Ich ließ die Maus über den Blog wandern, bei dem Button für *Einloggen* stoppte ich und tippte *kiatassujev* in das Feld für den Benutzernamen. Fast zeitgleich setzte sich das Passwort automatisch ein.

Ich konnte mich einloggen.

Ich konnte etwas schreiben.

Vielleicht las diese Cathy Ray noch mit? Vielleicht würde sie reagieren.

Ich klickte auf *New Post*, ein leeres Fenster öffnete sich. Was sollte ich schreiben, ohne mich direkt zu verraten? Oder Ksen in Gefahr zu bringen? Ich zog die Tastatur zu mir heran. Ksen war bereits in Gefahr, sonst wäre sie nicht untergetaucht. Was würde meine Schwester posten? Vielleicht war sie schon längst in den Händen dieser Cathy Ray?

Ich tippte: *Ich bin dem Ziel näher als je zuvor*, und sah auf die leuchtenden Buchstaben. Der Satz ergab keinen Sinn. Aber das taten die Texte von Cathy Ray auch nicht. Ich drückte auf *Posten*, der Text erschien im Blog. Mein Herz raste, am liebsten hätte ich den Eintrag sofort wieder gelöscht. Aber hier herumzusitzen und alte Mails zu durchforsten, brachte uns nicht weiter. Ich sah auf die Uhr. Die Stunden vergingen. Die Tage vergingen. Ksen war seit über einer Woche weg.

Nach einer Minute refreshte ich die Blogseite, keine Reaktion. Ich öffnete eine Mail, um mich abzulenken. Ksen hatte eine gebrauchte Lederjacke auf eBay ersteigert, die sie zurückgeschickt hatte, da die Farbe anders war als auf dem Foto. Der Verkäufer wollte ihr das Geld nicht überweisen. Ich lud das Browserfenster mit dem Blog erneut. Keine Reaktion. Natürlich nicht.

Schließlich griff ich nach meinem Handy und rief Antonia an. Nach dem fünften Klingeln ging sie ran.

»Moment, Moment, noch einen Satz aufschreiben, bevor ich was vergesse.« Sie klang aufgeregt.

»Was ist?«

»Ich habe gerade mit dem Mitarbeiter des IAS gesprochen. Bist du noch bei Ksen?«

»Ja, nichts gefunden bisher.«

»Bleib, wo du bist, ich komme zu dir.«

Ich lud noch einmal den Blog. Keine Reaktion.

Zehn Minuten später klingelte es. Ich ging in den Flur und drückte auf den Türöffner. Chris, Ksens blonder Mitbewohner, kam aus der Küche und sah mich fragend an.

»Antonia«, sagte ich.

»Falls ihr Hunger habt, wir machen Pasta, ist genug da. Haben auch noch ein paar Flaschen Wein.« Er sah mich kurz unsicher an. »Du trinkst doch Alkohol, oder?«

»Ich bin nicht gläubig«, sagte ich und fühlte mich schon wieder ertappt.

Antonia trat schnaufend in den Hausflur. Sie war offensichtlich die drei Etagen nach oben gerannt und ging zielstrebig in Ksens Zimmer. Dort setzte sie sich auf den Bürostuhl, ich folgte ihr. Auf dem Monitor leuchtete der Bildschirmschoner: Seifenblasen vor einem türkisblauen Himmel, die langsam aufstiegen und am oberen Bildrand zerplatzten.

Sie zog ein Stück Papier aus ihrer Handtasche und legte es auf den Schreibtisch. Ich setzte mich auf die Fensterbank, die Fotos von Ella bewegten sich in der Zugluft.

Antonia wischte sich über die Stirn. »Bei dieser Affenhitze sollte man echt nicht rennen. Also ...«, sie griff nach dem Papier, »ich habe einen Steve vom Institut gesprochen.«

»Was hat er gesagt?«

»Ksen war tatsächlich drei Tage lang am IAS, er hat ihr

eine Einführung ins Archiv gegeben und war ihr Ansprechpartner, falls sie Fragen hatte.«

»Und? Was hat sie am Institut gemacht?«

»Zum Inhalt ihrer Suche konnte er nichts sagen. Klar, ich bin auch nur ein anonymer Anrufer für ihn. Er kann natürlich nicht alles Mögliche ausplaudern. Aber als ich fragte, ob es auch alte Fotos im Archiv gibt, zögerte er, bevor er antwortete. Ich habe ihn gefragt, ob Ksen alte Fotos sehen wollte. Ich konnte es nicht lassen.« Sie lachte kurz. »Da hat er tatsächlich angefangen zu stottern. Als er sich wieder gefasst hatte, wollte er es nicht bestätigen. Danach war er total kurz angebunden und hat dann plötzlich einfach aufgelegt. Total unprofessionell. Seltsam, oder?«

»Vielleicht hat er gemerkt, das Ksen das Foto mitgenommen hat?«

»Den Eindruck hatte ich nicht, er schien mehr abgelenkt. Als ob ihm plötzlich etwas ganz Schlimmes eingefallen wäre. Er hat mir überhaupt nicht richtig zugehört. Irgendwie *freaky*. Aber gut, ich habe mal gegoogelt. Hier. Steve Morten, das ist er.« Sie hielt ihr iPhone hoch. »Geboren am 3.9.1971 in Greensboro, North Carolina. Informatiker, seit vier Jahren am IAS. Nebenbei macht er auch noch einen Haufen andere Dinge als Freelancer und Hacker.«

Ich sah einen Mann mit kurzem rotblondem Haar, eckigem Kinn und schiefstehenden braunen Augen. Seine Haut glänzte fettig, als ob er nicht sehr oft duschte oder sich ausgesprochen ungesund ernährte.

»Ksen war am 27. Februar zum letzten Mal im IAS, sie ist gegen Mittag gegangen«, sagte Antonia.

»Wohin?«

»Das wusste er nicht.«

»Am 28. Februar war sie abends bei ihrer Freundin in New York«, sagte ich. »Das stand in einer ihrer Mails. Wo war sie die anderen eineinhalb Tage?«

»Vielleicht ist sie in Princeton geblieben? Um zu schreiben?« Antonia sah mich mit einem unsicheren Blick an.

»Oder sie war noch woanders? Haben die echt nicht bemerkt, dass Ksen ein Foto aus deren Archiv gestohlen hat? Kontrollieren die so was denn nicht?«

»Scheinbar nicht. Ich war selbst mal in so einem Archiv und das war total chaotisch. Pappordner voll mit Unterlagen und Bildern. Zum Teil stand auf den Ordnern noch nicht einmal, was drin war. Oder nur ganz allgemein, ›Fotos‹ oder so. Und wenn man den Ordner dann aufmachte, war da ein unsortierter Haufen drin. Falls es da ähnlich zugeht, wundert es mich nicht, wenn sie nicht bemerkt haben, dass ein Foto weg ist.« Antonia sah aus dem Fenster und drehte eine dicke Haarsträhne um ihren rechten Zeigefinger.

Ich muss noch einmal in die Wohnung im vierten Stock, dachte ich, dort standen stapelweise Kartons, die ich noch nicht angesehen hatte. Vielleicht gab es mehr Hinweise, was mit Ella passiert war.

»Wie ist Ellas Bild überhaupt in das Archiv des IAS gekommen?«, fragte ich.

Antonia zog ihren Zeigefinger aus dem Haar. »Um das herauszufinden, müssten wir nach Princeton.«

Ich sprang auf und lief zum Schreibtisch.

»Was ist?« Antonia sah mich erschrocken an.

Ich hockte mich neben sie und griff nach der Maus, die Seifenblasen verschwanden vom Bildschirm. Der Blog leuchtete auf.

»Was ist?«, wiederholte Antonia.

»Ich habe was in den Blog geschrieben.«

»Du?«

»Ja, ich konnte mich als Kia einloggen.«

»Du hast als Ksen in den Blog geschrieben?«, wiederholte Antonia.

Das Licht des Monitors flackerte in ihren Augen. Ich lud die Seite neu und suchte nach meinem Satz. Rechts oben, wo vorhin noch der Benutzername gestanden hatte, war jetzt ein leeres graues Fach. Kia war ausgeloggt. Mein Eintrag war weg.

Ich gab *kiatassujev* als Benutzernamen ein und drückte auf die Enter-Taste. Das automatisch eingesetzte Passwort war nicht mehr gültig. Ich konnte mich nicht mehr einloggen.

»Jemand hat das Passwort geändert«, sagte ich, »und mein Post ist auch weg.«

Antonia sah kurz zu mir, dann wieder auf den Bildschirm. »Ksen hat die Nachricht gelöscht. Sie hat sich von einem anderen Rechner aus eingeloggt und deine Nachricht gelöscht. Sie lebt!«

»Oder jemand anderes hat sich als Admin in den Blog eingeloggt und den Eintrag gelöscht und das Passwort geändert. Vielleicht diese Cathy Ray? Kannst du das kontrollieren?«

»Ich kann es probieren. Aber ich habe wenig Hoffnung, dass ich eine IP finde, die nicht anonym ist.«

»Ich kann auf eine andere Nachricht mit einem Kommentar reagieren. Ksen sagen, dass wir sie suchen.«

»Was soll das bringen, Sala? Ksen weiß, dass wir sie suchen. Poste nichts mehr in dem Blog. Wir wissen nicht, wer noch alles mitliest.«

»Du kannst dich reinhacken, oder? Dann kann jemand anderes das auch!«

Antonia sah noch immer auf den Monitor. »Ich bin mir sicher, dass Ksen selbst deinen Post gelöscht hat, Sala. Sie will nicht, dass wir uns einmischen. Vielleicht müssen wir einfach nur warten, bis sie zurückkommt.«

»Und wenn sie unsere Hilfe braucht?«

»Dann hätte sie uns das lange mitteilen können.« Antonia stand auf und ging zum Fenster.

»Vielleicht nicht! Oder sie denkt, sie schafft das alles alleine! Du kennst Ksen, sie würde nie um Hilfe bitten. Wir müssen weitersuchen. Ich werde auf jeden Fall weitersuchen.«

Antonia drehte sich zu mir um, sie sah auf einmal müde aus. »Okay. Aber keine unüberlegten Aktionen mehr.«

23

Die Sperrpistole lag wie ein Vorschlaghammer in meinen Händen. Ich konnte mich nicht erinnern, dass sie letztes Mal so schwer gewesen war. Ohne Zögern drückte ich den Auslöser herunter, der Knall echote durch das Treppenhaus. Ich steckte den Dietrich ins Schloss und schob die Tür auf. Ein paar Sekunden später stand ich in der Wohnung.

Es war dunkel und es stank. Abstoßend und doch fast vertraut. Ich schaltete die Taschenlampen-App ein, ging zur letzten Tür auf der rechten Seite und betrat den Tunnel.

Der Karton, bei dem ich letztes Mal meine Suche abgebrochen hatte, lag schief auf seinem Stapel, der Deckel nur achtlos zugeklappt. Ich schob die oberen Ordner zur Seite, zog einen Pappordner heraus und setzte mich auf den Boden vor dem Fenster.

Am 6.7.1945 hatte die Familie Wiese eine Suchanzeige für Ella Katarina Wiese in der Neuen Berliner Zeitung aufgegeben. Der Kontakt, den Ella mit Ferdinand in den Kriegsjahren aufrechterhalten hatte, musste irgendwann, nachdem Ella das Foto von sich in der zerbombten Londoner Straße nach Berlin geschickt hatte, abgebrochen sein.

Unter der Zeitung lag ein Briefumschlag, adressiert an Herrn und Frau Wiese. Ich zog das Papier aus dem Umschlag. Die Schrift war kantig und hart, eindeutig eine Männerhandschrift. Es war ein kurzer Text.

Ihre Tochter hätte man zum Plötzensee bringen müssen, jetzt ist es zu spät.

Unterzeichnet war der Brief mit: *ein alter Kamerad.*

Plötzensee war eine Gedenkstätte in Berlin, so viel wusste ich, ohne jemals dagewesen zu sein. Ich zog mein Samsung aus der Hosentasche und googelte *Plötzensee.*

Dreitausend Menschen wurden nach Unrechtsurteilen der NS-Justiz in einem kleinen Waldstück hingerichtet, las ich auf Wikipedia.

Ich legte den Pappordner und den Brief auf den Fußboden und wühlte weiter in dem Karton. Ganz unten lag ein in roten Stoff gebundenes Notizbuch. Als ich es herauszog, fiel ein altes Foto auf den Boden. Ich sah einen jungen Mann in Nazi-Uniform. Es handelte sich um eine Studioaufnahme, seine Kleidung war sauber und neu, die Haare hatte er nach hinten gekämmt. Das Gesicht war noch rundlich und die Augen glänzten. Wahrscheinlich war das Foto aufgenommen worden, bevor er zum ersten Mal in den Krieg zog. Seine Hände sahen weich, fast mädchenhaft aus. Ich hob das Bild hoch und drehte es um. Auf der Rückseite stand: *dein Götz.* Die heimliche, in Russland gefallene Liebe von Ella, von der Frau Markovic mir erzählt hatte. Ich sah noch einmal auf das jugendliche Gesicht: Er lächelte, nicht ahnend, dass er ein paar Monate später sterben würde. Ich schob das Foto in das kleine rote Buch und schlug es auf. Auf den vergilbten Seiten standen kurze Texte in akribischen Buchstaben. Die Handschrift war perfekt und fein. Ich kannte niemanden, der heute noch so schreiben konnte. Meine eigene Schrift war auf jeden Fall unlesbar. Einen Stift nahm ich sowieso so gut wie nie in die Hand. Wenn ich etwas schrieb, dann tippte ich.

Die Seiten knisterten wie das Transparentpapier von Bauzeichnungen. Über jedem Absatz stand ein Datum, größer als der Rest des Textes. Das Datum auf der ersten Seite war der 2.7.1939. Ich überflog einige der Texte, viele reimten sich. Gedichte, die von einer jungen Frau stammen mussten. Auf einigen Seiten standen auch nur alltägliche Beschreibungen, kurz und in der Ich-Form.

Mutter geholfen beim Wäschewaschen und versucht, mir nichts anmerken zu lassen.

Ein Gedicht hieß *für G.* G wie Götz.

Ich lehnte mich gegen die Wand und blätterte durch das Notizbuch, bis mein Blick an einer Überschrift hängenblieb. *Sonnenaufgang*, stand da. Ein Adrenalinstoß schoss durch meinen Körper.

Die Sonne kommt glühend und rot.
Bescheint sie das Leben oder den Tod?
Der Tod mit rosigem Antlitz schaut.
Ob ich mich fürchte, ob es mich graut?

Ich legte das Buch auf den Fußboden. Das war unmöglich. Es war unmöglich, dass ich las, was ich gerade las. Ich griff wieder nach dem Buch und suchte die Seite.

Sonnenaufgang

Nun kommt eine dunkle Wolkenwand,
schon reitet die Sonne ins Niemandsland.
Und unser Leben, was wird es uns geben?
Erst geht die Sonne so strahlend auf,
dann nimmt sie langsam ihren Lauf!

Das Gedicht aus Ksens Blog.

Der Stoff des Buches war so weich und warm wie das Fell

eines kleinen Tieres. Ich klappte es zu und legte es neben mich auf die Dielen. Es war einfach nur unmöglich.

Als ich die Beine ausstreckte, trat ich versehentlich gegen den Karton, der Plötzensee-Brief fiel herunter und segelte neben meine Füße. Ich legte ihn in das kleine rote Buch, Ellas Tagebuch, und stand auf.

Wieder ließ ich alles so zurück, wie es gerade dalag. Niemand kam in diese Wohnung. Der Karton war noch immer aufgeklappt, die Pappordner halb herausgezogen. Vorsichtig schlich ich durch den Flur und lauschte. Im Haus war es still. Die Wohnungstür knarrte, als ich sie öffnete und in das verlassene Treppenhaus trat.

Sonnenaufgang.

Da war es. Jedes Wort stimmte überein, bis auf die zwei Buchstabendreher, die mir schon vorher aufgefallen waren. *Lebne* und *dunkle* stand im Blog, in Ellas Tagebuch waren die Wörter richtig geschrieben.

Das Gedicht musste von einem bekannten Dichter sein. Von Goethe vielleicht oder Theodor Fontane? Mir fielen keine anderen Dichter ein. In der Schule hatte ich Deutsch gehasst, was nicht nur daran gelegen hatte, dass ich neun Jahre Rückstand gegenüber meinen Klassenkameraden aufwies. Mein Deutschlehrer hatte offensichtlich auch etwas gegen mich. Die Antipathie bestand also auf beiden Seiten und blieb bis zum Abitur. Bei mir sogar noch länger. Obwohl mein Russisch mit jedem Jahr schlechter wurde, war Deutsch eine Sprache geblieben, die es nicht geschafft hatte, sich mit meinem Innern zu verbinden. Sprachlich gesehen war ich noch immer ein Flüchtling, auch wenn das niemand mehr merkte.

Ich öffnete Google, kopierte die erste Zeile des Gedichtes in das Suchfenster, setzte sie in Anführungszeichen und drückte die Enter-Taste. Eine neue Seite baute sich auf.

»Keine Ergebnisse für ›Die Sonne kommt glühend und rot. Bescheint sie das Leben oder den Tod?‹ gefunden.«

Ich kopierte einen anderen Satz aus Ksens Blog in Google, tippte *Cathy Ray* dahinter und drückte auf Enter.

Wieder keine Ergebnisse.

Ich tippte *kiat.one* in die Suchzeile, kein Ergebnis. Der Blog war überhaupt nicht für Suchmaschinen freigegeben. Cathy Ray war also nicht zufällig auf den Blog gestoßen. Sie hatte die URL von Ksen bekommen. Die beiden kannten sich.

Das Gedicht konnte von keinem berühmten Dichter sein, sonst hätte es irgendwo im Netz stehen müssen. Hatte Ella es doch selbst geschrieben? Woher kannte Cathy Ray das Gedicht dann? Ellas Tagebuch hatte jahrzehntelang in einem Umzugskarton in einer verlassenen Wohnung im Prenzlauer Berg gelegen.

In Ksens Zimmer war es still. Das monotone Rauschen der Computerlüftung steigerte die Stille und vermischte sich mit dem Rauschen in meinen Ohren. Die Computermaus lag neben meiner rechten Hand, Ksens Seifenblasen-Screensaver aktivierte sich. Ich berührte die Maus leicht mit meinem Ringfinger, die Seifenblasen zerplatzten, der Blog erschien wieder. Ich suchte den ersten Eintrag von Cathy Ray und las.

Um Punkt vier verließ ich unsere Wohnung, hatte Cathy Ray am 5. März, einen Tag nachdem Ksen aus Amerika zurückgekehrt war, geschrieben. *Ich rannte die Treppe hinunter, voller Aufregung und voller Vorfreude, eine halbe Stunde zu früh.*

Auf der Straße fielen ein paar Regentropfen, ich sorgte mich um meine Frisur, in der Ferne hörte ich die Glockenschläge der Versöhnungskirche.

Die Tropfen wurden dicker. Mit durchnässten Schuhen kam ich beim Geschäft Wilhelmina in der Friedrichstraße an. Meine Haare klebten in dicken Strähnen am Mantel, am liebsten wäre ich auf der Stelle umgekehrt.

Es war warm und der Dampf der nassen Kohle übertünchte einen stechenden, mir unbekannten Geruch.

Nach einer Tasse heißem Tee durfte ich meine Haare notdürftig wieder herrichten. Ich musste mich auf einen Hocker setzen. Meine Zehen kribbelten durch das zurückkehrende Blut.

Ich saß in einem Gang, der in den Hinterhof hineingebaut war. Rechts und links von mir große Fenster, durch die ein graues Tageslicht fiel. Vor mir ein Kasten, der mich an den Hühnerstall in unserem Hof erinnerte.

Den Text hatte ich bereits mehrfach gelesen, aber jetzt erst verstand ich ihn. Es war ein Spiel zwischen Cathy und Ksen. Ella hatte auf irgendeine Art und Weise mit diesem Spiel zu tun. *Spiel* war vielleicht nicht das richtige Wort, aber wie sollte ich es sonst nennen? Cathy erzählte von Ella.

Ich hatte keine Ahnung, was er tat, las ich weiter. *Als er wieder auftauchte, warf er das Tuch auf einen Hocker und schob eine flache Schachtel in die Rückseite des Hühnerstalls.*

Achtung, sagte er streng und streckte seine rechte Hand nach oben. Ich hielt meinen Atem an, es dauerte ewig, sein Arm blieb straff gestreckt wie bei einem Soldaten. Als die Hand endlich wieder nach unten schnellte, war mir unwohl, ich musste tief Luft holen. Mit der linken Hand schob er etwas in die Rückseite des Hühnerstalls, als es klack machte, entspannte sich seine Miene.

Ich war mir nicht sicher, ob ich mich schon wieder bewegen durfte, aber da er sich wortlos umdrehte, rutschte ich von dem Hocker und folgte ihm.

Eine Woche später war mein 17. Geburtstag, ich war stolz und zugleich unendlich enttäuscht. Das Mädchen, auf das ich blickte, sah so anders aus, als ich erwartet hatte.

Ich googelte nach *Wilhelmina, Friedrichstraße, Berlin*. In einem Forum unterhielten sich Leute über ihre fast verblasste Kindheit. Sie alle waren im Wilhelmina in der Friedrichstraße gewesen, einem der ersten Fotogeschäfte im Vorkriegsberlin. Das Foto von Ella, das noch immer in meiner Hosentasche steckte, war im Fotogeschäft Wilhelmina aufgenommen worden. Cathy Ray erzählte aus Ellas Jugend. Cathy Ray wusste, dass Ksen das Foto aus dem Archiv gestohlen hatte. Cathy Ray wusste, wo Ellas Foto aufgenommen worden war und was Ella an dem Tag gedacht hatte.

»Wie kommt das Gedicht in den Blog? Dafür muss es doch eine Erklärung geben.« Antonias Stimme klang unangenehm laut und hellwach, dabei war es mitten in der Nacht. Ich hatte sie mit meinem Anruf geweckt und hielt das Handy ein Stück von meinem Ohr weg.

»Ksen und Cathy Ray kennen sich!«, wiederholte ich. »Sonst wäre diese Cathy auch gar nicht auf den Blog gekommen! Ksen hat ihr die URL gegeben.«

»Oder Cathy Ray hat den Blog irgendwie entdeckt.«

»Wie soll sie den entdeckt haben? Er steht in keiner Suchmaschine!«

»Was weiß ich, Sala! Aber woher hat diese Cathy das Gedicht? Noch nicht einmal Ksen kannte das Tagebuch. Oder? Kannte Ksen das Tagebuch? Und die Geschichte von dem Foto? Woher weiß diese Cathy Ray das alles? Steht davon auch etwas in dem Tagebuch?«

»Nichts. Nicht ein Satz!«

Ein schwacher Bass dröhnte aus der Kellerbar des Hauses. Ich fühlte mich zu müde, um noch irgendetwas zu denken.

Antonia pustete den Rauch ihrer Zigarette geräuschvoll aus. »Es ist zu *strange*.«

Ich schwieg. Seit ich den Inhalt von Cathy Rays erstem Eintrag verstanden hatte, fühlte ich mich wie ein Schlafwandler.

»Ich wollte dich morgen früh anrufen«, sagte Antonia schließlich, »ich habe die IP. Ich konnte mich in den Blog hacken und das Protokoll einsehen. Dein Blogeintrag wurde von einem Gerät in Berlin gelöscht.«

»Ksen ist noch immer in Berlin?« Ich richtete mich auf.

»Derjenige, der den Eintrag gelöscht hat, war zu dem Zeitpunkt in Berlin«, sagte sie ruhig.

»Niemand außer Ksen kann sich in den Blog einloggen.«

»Na ja, so ein Blog ist nicht gerade ein Hochsicherheitstrakt. Das Passwort ließ sich relativ leicht hacken.«

»Und nun? Was machen wir jetzt?«

»Ich fliege nach Amerika.« Antonias Stimme klang entschlossen, ich hörte das Klicken ihrer Tastatur. »Ich suche einen Flug.«

»Ich komme mit.«

»Du bleibst hier. Ich sehe mich in dem Institut um. Ich kann da Zugang bekommen. Wenn Ksen dort war, gelingt mir das auch. Wenn eine Informatikstudentin und ein Architekturstudent zusammen aufkreuzen, stiftet das nur Verwirrung. Außerdem kannst du besser hier die Stellung halten.«

»Was willst du suchen?«

»Cathy Ray.«

»Denkst du etwa, dass die an dem Institut arbeitet? Lass uns anrufen und nach ihr fragen.«

»Und wenn wir damit schlafende Hunde wecken?«

»Wenn es da schlafende Hunde gibt, dann ist es ohnehin zu gefährlich, Antonia.«

»Ich bin vorsichtig.«

»Lass mich fliegen! Ksen ist meine Schwester.«

»Glaubst du ernsthaft, dass die einen Architekturstudenten ins selbe Archiv schicken? Was willst du den Leuten erzählen? Außerdem ist Cathy eine Frau, vielleicht habe ich einen besseren Draht. Ich fliege! Hier, ich habe einen Flug gefunden, übermorgen Mittag.«

»Im vierten Stock lag auch ein Brief, in dem jemand schreibt, dass Ella nach Plötzensee gehört.«

»Plötzensee? Ich kann mir nicht vorstellen, dass Ella ein Attentat auf Hitler geplant hatte.«

»Vielleicht hat sie irgendetwas verraten?«

»Ein Staatsgeheimnis? Wie sollte sie an ein Staatsgeheimnis gelangt sein? Hat die alte Frau aus der zweiten Etage Andeutungen in diese Richtung gemacht? War Ella politisch engagiert oder so?«

Ich versuchte, mich zu erinnern. »Nur dass sie eine Cousine in Amerika hatte, mit der sie sich Briefe schrieb. Sie konnte wohl ziemlich gut Englisch. Außerdem habe ich ein Foto gesehen, auf dem Ella mitten im Krieg in England ist. Sie stand in einer Straße mit zerbombten Häusern.«

»Sie konnte Deutsch und Englisch. Das war etwas Besonderes in der Zeit. Und sie ist im Krieg nach England gereist. Das muss ihrer Familie und ihren Freunden bekannt gewesen sein. Kannst du noch mal mit der alten Frau reden?«

»Versuchen kann ich es.«

»Gut. Flug gebucht. Ich haue mich jetzt erstmal eine Runde aufs Ohr. Das solltest du auch tun.«

Ich griff nach der Maus und drückte auf *Herunterfahren*. Die Browserfenster schlossen sich eins nach dem anderen. Der Bildschirm wurde schwarz, flackerte noch einmal kurz auf, als ob er irgendwas vergessen hätte, dann war es still. Die Lüftung des Rechners verklang. Das letzte Geräusch war der brummende Bass im Keller.

24

Als Steve gerade die Frühstückspause in seinem Arbeitszimmer vorbereitete, rief die Frau erneut an. Ashley hatte den Anruf angenommen und zu ihm durchgeschaltet, nicht ohne vorher einen kleinen doppeldeutigen Scherz zu reißen. Er wusste, dass die Kollegen hinter seinem Rücken Witze über ihn machten, dass er in irgendwelchen Games Cybersex mit zweiköpfigen Meerjungfrauen hatte und so etwas. Sie hielten ihn für gestört, da sie ihn noch nie in Begleitung einer Frau gesehen hatten. Die meisten Menschen reagierten aggressiv auf jedes von der Norm abweichende Sozialverhalten. Aus Unsicherheit reagierten sie mit Überheblichkeit und straften den Abweichenden mit Ausgrenzung und Verachtung. Es waren standardisierte psychologische Verhaltensmuster. Allgegenwärtige Beweise für die Armut und Unfähigkeit der menschlichen Rasse. Nicht der Rede wert. Trotzdem hasste er sie.

Widerwillig nahm Steve das Gespräch an. Die Frau entpuppte sich als eine Freundin der Schwarzäugigen. Sie wollte wissen, was diese am Institut gesucht hatte. Was er ihr gezeigt hatte. Was es überhaupt für interessante Dinge im Archiv des Institutes gab, alte Fotos vielleicht. In dem Moment heulten in seinem Kopf alle Alarmsirenen zugleich auf. Er antwortete ihr ausweichend und beendete das Gespräch so schnell wie möglich. Dann kaute er appetitlos auf seinem Take-away-Hamburger. Das alles gefiel ihm nicht. Das alles gefiel ihm ganz und gar nicht.

Er öffnete Google und suchte nach der Schwarzäugigen.

In seiner Erinnerung hatte sie etwas von einem weiblichen Teufel, der Gedanke ließ ihn nicht mehr los.

Auf Facebook entdeckte er, dass sie seit ein paar Tagen vermisst wurde. Das hatte die Anruferin nicht erwähnt. Er nutzte die Pause, um sich in ihr E-Mail-Konto zu hacken. Dort fand er einen Link zu einem Blog. Als er die Seite öffnete, durchfuhr ihn ein Blitz. In dem Blog der Schwarzäugigen schrieben zwei Personen. Eine davon nannte sich Cathy Ray. Er konnte seinen Augen kaum trauen. Sie schrieb in einer Sprache, die er nicht verstand. Sie hatte offensichtlich viel Zeit in diese Kommunikation investiert. Heimlich. Niemals hatte sie ihm gegenüber erwähnt, dass sie in einem Blog mit der Teufelin Kontakt hatte. Wie hatte sie die Teufelin überhaupt kennengelernt? Cathy, sein Mädchen. Naiv und ahnungslos. Sie war noch nicht so weit, dass sie die dunklen Seiten der menschlichen Existenz begreifen konnte.

Steve klappte seinen Laptop zu und ging zum PC. Energisch setzte er sich die Kopfhörer auf und rückte das Mikrofon zurecht.

»Cathy, ich muss mit dir sprechen«, sagte er.

Cathy antwortete nicht, obwohl sie ihn natürlich hörte. Sie ignorierte ihn. Sie wusste, dass er den Blog entdeckt hatte. Sie wusste alles, was er online tat.

»Du hattest versprochen, nicht mit Fremden zu reden. Ich kann dir nicht vertrauen, wenn du mich anlügst! Dabei will ich dich doch nur schützen. Du ahnst nicht, wie schlecht die Welt da draußen ist. Wozu sie im Stande sind!«

25

Die Sonne schien mir grell ins Gesicht. 11:34 Uhr. Mühsam rollte ich aus Ksens Bett und taumelte zum Schreibtisch. Ich war mir ganz sicher, dass ich gestern Nacht den Wecker in meinem Handy auf 9:30 Uhr gestellt hatte, aber der Alarm war nicht angegangen. Oder ich hatte ihn im Schlaf ausgestellt. Mein Körper weigerte sich, wach zu werden.

Ich setzte mich an den Schreibtisch und startete Ksens Computer. Ihre Mails brachten mich nicht weiter. Spam, Newsletter, Krankenkasse, Uni.

Ohne große Hoffnung wählte ich die Nummer der Polizeiwache in der Sonnenallee und wurde mit einer Frau Müller verbunden. Es gab keine neuen Hinweise. Das Gedicht erwähnte ich nicht. Es war zu absurd. Den Anruf hätte ich mir sparen können.

Ksen hatte keine neuen WhatsApp-Nachrichten erhalten, Antonia war seit heute Nacht um 4:17 Uhr nicht mehr online gewesen. Ich musste duschen, irgendetwas essen und dann mit Frau Markovic reden.

Nach dem zweiten Klingeln hörte ich leise Schritte hinter der Tür. Mit einem vorsichtigen Klirren wurde die Türkette eingehakt, vor mir öffnete sich ein Spalt. Als Frau Markovic mich erkannte, zuckte sie zusammen. Ihre Haare waren ungekämmt und standen in alle Richtungen von ihrem Kopf ab. Sie sah aus, als ob sie gerade erst aus dem Bett gekommen wäre. Der Fernseher, den ich normalerweise immer hörte, wenn ich an ihrer Tür vorbeiging, war aus. Sie trug einen gelben Morgenmantel und graue, flauschige Pantoffeln.

Warum sollte sie sich auch morgens aus dem Bett quälen, sie langweilte sich wahrscheinlich ohnehin den ganzen Tag.

»Guten Morgen, Frau Markovic. Ich habe noch eine Frage, darf ich kurz reinkommen?«

Ihre Pupillen weiteten sich etwas und sie musterte mich misstrauisch. »Wenn Sie einen Moment warten. Ich muss mich herrichten und etwas überziehen.«

Die alte Frau drückte die Tür zu und ich stand unentschlossen im Treppenhaus. Sollte ich wieder nach oben gehen und in zwanzig Minuten zurückkommen? Wie lange brauchte eine alte Frau, um sich die Haare zu frisieren und sich anzuziehen?

Ich setzte mich auf die Treppe vor ihre Wohnungstür und sah auf das matte bunte Glas im historischen Flurfenster. Die dunklen Umrisse des Kastanienbaums bewegten sich schnell in alle Richtungen. Es war windig. Im Erdgeschoss krachte die Haustür zu, ich hörte Schritte im Treppenhaus, die sich mühsam hochkämpften. Ab der ersten Etage kam zu jedem Schritt ein tiefes Stöhnen dazu. Es war auf jeden Fall keine Balletttänzerin, die da ankam.

Der Mann, der kurz darauf um die Ecke bog, war mittleren Alters und hatte kaum noch Haare auf dem Kopf. Im Nacken wucherten Haarbüschel unter seinem durchgeschwitzten grauen T-Shirt heraus, das zerknittert über die blaue Jeans fiel. Als er mich sah, hielt er kurz inne und musterte mich kritisch. Es roch nach Schweiß. Ich grüßte ihn, aber der Mann nickte nur. Dann schnaufte er weiter nach oben, in der Hand einen gefüllten blauen Müllsack. Ich hatte ihn noch nie vorher gesehen. Er wohnte auf jeden Fall nicht in diesem Haus. Kam er jemanden besuchen? Oder war das etwa der Bekannte der Familie Wiese, der die Wohnung inspizieren wollte?

Die Umzugskartons standen noch offen und die Pappordner hatte ich auch nicht zurückgelegt. Der Mann würde sofort sehen, dass jemand in der Wohnung gewesen war. Ich starrte nach oben, die Schritte hallten durch das Treppenhaus. Vielleicht handelte es sich um einen Freund von Werner Schmidt?

Vor mir öffnete sich die Tür und Frau Markovic erschien mit ernstem Gesicht auf der Schwelle. Sie hatte sich die Haare gekämmt, aber sie standen noch immer von ihrem Kopf ab. In ihrer rosafarbenen Bluse und der hellblauen Bügelfaltenhose sah sie aus wie eine mumifizierte Barbiepuppe.

»Kommen Sie rein, möchten Sie Kaffee?«

Ich nickte. Die Schritte des Mannes waren verstummt, ich hatte keine Ahnung, auf welcher Etage.

Ich zog die Wohnungstür von Frau Markovic hinter mir zu und folgte ihr in die kleine Küche. Neben dem Gasherd stand ein Zweipersonentisch mit einem Stuhl. Auf dem Abtropfregal trockneten zwei Teller, drei Kaffeetassen, zwei Messer und eine Gabel.

»Sie können schon mal ins Wohnzimmer gehen, ich setze kurz den Kaffee auf«, sagte Frau Markovic. Ihre Stimme klang heiser, vielleicht war sie krank.

»Können Sie sich noch erinnern, wann Sie Ella zum letzten Mal gesehen haben?«, fragte ich, ohne mich von meinem Platz am Kühlschrank zu rühren. Die alte Frau löffelte mit zittrigen Fingern das Pulver in die Kaffeemaschine.

»Da muss ich nachdenken.« Sie löffelte schweigend weiter, als ob das Kaffeepulverlöffeln ihr komplettes Konzentrationsvermögen in Beschlag genommen hätte. Als sie fertig war, schloss sie die Blechdose sorgfältig und stellte sie zurück auf die Anrichte. »Ich kann mich nicht erinnern.«

Ihre Augen sahen feucht aus, aber das konnte auch an dem Sonnenlicht liegen, das durch das Küchenfenster fiel und ein gnadenloses Licht verbreitete.

»Wie kann ich so etwas nur vergessen?«, fuhr sie fort. »In den Wochen vor ihrem Verschwinden haben wir uns nur selten gesehen.«

»Hatten Sie Streit?«

»Oh nein, wir haben nie gestritten. Dafür war Ella viel zu fröhlich. Nein, sie war sehr beschäftigt. Sie hatte über ihren Onkel eine Arbeit vermittelt bekommen. Der war ein – wie soll ich es sagen? Er war in der Partei.«

»Ein Nazi?«

»Ja, in der nationalsozialistischen Partei war er.«

»Waren Ellas Eltern auch Nazis?«

»Nein, das denke ich nicht. Aber ich war zu jung, um mich darum zu kümmern. Vielleicht war ich auch nicht zu jung, auf jeden Fall habe ich mich nicht mit Politik beschäftigt. Das endlose Gerede interessiert mich noch immer nicht. Es hat wohl nichts mit dem Alter zu tun. Das ist einfach nichts für mich!«

»Was war das für Arbeit?«

»Sie durfte nicht darüber reden. Sogar Ella, die sonst immerzu schwatzte, schwieg über ihre Arbeit. Ich kann Ihnen also dazu nichts sagen.«

»War sie in einem KZ oder so?«

»Oh nein, das hätte Ella niemals getan. Ella war ein guter Mensch. Sie hat nicht weit von hier gearbeitet. Nur ein paar Minuten zu Fuß. Mitten in Berlin gab es keine Konzentrationslager.«

»Ist sie bei jedem Wetter zur Arbeit?«

»Jeden Tag, bei jedem Wetter, sie hat nicht draußen gearbeitet, falls Sie das meinen. Sie hatte immer nette Kleidung an. Einen Rock bis kurz über die Knie und eine Bluse oder einen Blazer.«

»Also hat sie in einem Büro gearbeitet?«

»Ich kann es Ihnen wirklich nicht sagen. Der Kaffee ist fertig.«

Die Kaffeemaschine zischte. Sie schenkte zwei Tassen ein, dann gingen wir ins Wohnzimmer. Der Kaffee schmeckte wie braunes Wasser. Entkoffeiniert.

Frau Markovic wusste mehr über Ellas Arbeit, warum erzählte sie mir nichts? Ich war mir sicher, dass es nicht an ihren langsam verblassenden Erinnerungen lag, sondern vielmehr daran, dass es so etwas wie ein jahrzehntealtes Geheimnis war, das es ihr noch immer verbot, zu reden. Immerhin wusste ich jetzt, dass Ella im Krieg einen geheimen Bürojob gehabt hatte. Mehr würde ich heute nicht erfahren, Frau Markovic trank schweigend ihren Kaffee und sah aus dem Fenster.

Als meine Tasse leer war, verabschiedete ich mich und ging in den Flur. Ich sagte, sie solle sitzen bleiben, aber als ich den Türgriff herunterdrückte, hörte ich Schritte hinter mir.

»Wissen Sie, das kann ich Ihnen noch erzählen, Ella war wirklich gut in Rechtschreibung. Sie konnte sogar Schreibmaschine schreiben.« Sie sah mich mit ihren wässrigen Augen fast verzweifelt an.

»Das war sicher ein Vorteil bei einem Bürojob.«

»Oh ja, bei so mancher Tätigkeit war das unwahrscheinlich wichtig. Seit sie die Arbeit hatte, sagte Ella übrigens zum Abschied immer etwas ganz Ungewöhnliches: ›Von Ida bis Emil, es gehe dir gut.‹«

»Von Ida bis Emil?«

»Jaja, genau, sehr ungewöhnlich, oder?« Sie zog die Augenbrauen hoch. »Ich hoffe, dass Sie Ihre Schwester bald finden. Das hoffe ich wirklich. Leben Sie wohl.«

Ich öffnete die Tür und drehte mich noch einmal um. Aus dem Wohnzimmer schien helles Sonnenlicht in den Flur und beleuchtete die alte Frau schräg von hinten. Ihr Haar schwebte wie eine Staubwolke um ihren Kopf, durch die hellblaue Hose zeichneten sich die knochigen Beine ab. Ich zog die Tür hinter mir zu und stieg die Treppe hoch.

Ida und Emil. Frau Markovic hatte die zwei Namen vorher noch nie erwähnt. Warum gerade heute im letzten Moment?

Ich startete Ksens Computer und zögerte kurz, bevor ich Google öffnete. Die Webcam war auf mich gerichtet, ich drehte die Kamera so, dass das Objektiv zum Fenster zeigte. Dann öffnete ich Google und tippte: *Ida, Emil.*

Links zu Kindergeschichten erschienen, Blogs, die keinerlei Anhaltspunkte zu Ella boten. Dann sah ich ein Bild, auf dem das Alphabet abgebildet war. Unter dem Bild stand *Buchstabiertafel.*

Ich klickte darauf.

Eine Buchstabiertafel, auch Funkalphabet genannt, erleichtert die Übermittlung schwer verständlicher oder seltener Wörter, las ich. Jeder Buchstabe war einem Namen zugeordnet. Anton für A, Berta für B, Ida für I und Emil für E. Ich kannte nur die internationale Version. Alpha für A und Echo für E, darum war ich nicht gleich draufgekommen. Isolde Markovic. Von Ida bis Emil. Isolde.

War Ella im Krieg Funkerin für die Nazis gewesen? War das nicht ein Männerberuf, ein Soldatenberuf? Auf jeden Fall doch kein Beruf für ein junges Mädchen?

Ich tippte *Frauen, Arbeit, Zweiter Weltkrieg* und öffnete eine Webseite mit Schwarz-Weiß-Fotos und kurzen Texten. *Frauen mussten die Arbeit der eingezogenen Männer übernehmen*, lautete die erste Überschrift. Ich sah Arbeiterinnen in großen Hallen, andere in Sanitätsuniformen neben zahllosen Betten. Frauen als Schwestern des Roten Kreuzes an der Front. Frauen, die in Fabriken Bomben zusammenschraubten. Alle waren sie jung, eigentlich noch Mädchen, genau wie Ella.

Ich gab dieselben Suchbegriffe auf Englisch ein. Die Seite mit den Suchergebnissen baute sich auf. Der dritte Link lautete: *Can you name an influential woman in computer science?*

Der Link war lila, Ksen hatte die Seite vor mir schon einmal geöffnet. Ich klickte auf den Link und scrollte nach unten.

In the Turing films, we don't meet the many mathematical women who made up half of the code-breakers at Bletchley Park during WWII.

Darunter war ein Bild desselben überdimensionalen Sicherungskastens, von dem Ksen so viele Fotos auf ihrem Computer gespeichert hatte. Die meisten Mitarbeiter, die die sogenannte Turing-Bombe bedient hatten, waren Frauen, las ich. Woher der Name Bombe kam, konnte im Nachhinein nicht mehr eindeutig rekonstruiert werden. Vermutlich war er von einem Vorläufer übernommen worden, der *Bomba kryptologiczna* des polnischen Codeknackers Marian Rejewski aus dem Jahr 1938. Eine andere denkbare Theorie lautete, dass das Bedienen der Maschine ein bombenähnliches Ticken erzeugt hatte.

Auf jeden Fall befand sich seit 1939 im Bletchley Park die *Government Code and Cypher School*, aus der später der britische Geheimdienst GCHQ hervorgehen sollte. Eine wichtige Rolle bei der Entschlüsselung des Enigma-Codes hatten *German native speakers* gespielt. Deutsche, die geholfen hatten, die einzelnen Wörter des Enigma-Codes zu erkennen und zu übersetzen.

Ich hörte die spröde Stimme von Frau Markovic in meinem Kopf: *Ella konnte sogar Englisch.*

26

Die Sonne knallte gegen die Hauswand, die Steine waren so heiß, dass es weh tat, wenn ich sie mit meiner Hand berührte. Von Ksens Fensterbank aus beobachtete ich die Straße. Auf dem Bürgersteig liefen zwei junge Frauen in kurzen, bunten Sommerkleidern und mit nackten Beinen. Ich sah ihnen nach, bis sie an der nächsten Kreuzung um die Ecke bogen. Die Leute auf den Terrassen hatten sich unter den Sonnenschirmen verkrochen. Die Fenster im Haus gegenüber standen fast alle offen, einige Gardinen wehten im Zugwind. Eine Person, deren Geschlecht ich nicht erkennen konnte, stand an einem Fenster in der vierten Etage. Als ich zu ihr rübersah, verschwand die Gestalt im Dunkel des Zimmers.

Ich rutschte von der Fensterbank und setzte mich vor die Heizung auf den Fußboden. Ich hatte endlich einen Ansatz, eine unscharfe, aber logisch erscheinende Spur. In mir brodelte eine nervöse Aufregung, eine Mischung aus Hoffnung und Verzweiflung. Hatte Ella an der Turing-Bombe mitgearbeitet? War sie zu den Engländern übergelaufen, um den Enigma-Code der Nazis zu entschlüsseln? War sie so etwas wie eine der ersten Programmiererinnen gewesen?

Das könnte auf jeden Fall eine Erklärung dafür sein, dass sie nie mehr nach Berlin zurückgekehrt war. Und ein Grund, dass irgendwelche Altnazis ihrer Familie Briefe geschrieben hatten, in denen sie Ella nach Plötzensee wünschten. Und wenn sie an der Turing-Bombe mitgearbeitet hatte, dann war das vielleicht der Grund dafür, dass Ksen sich für Ella interessierte.

Ksen fängt immer beim Urknall an, hatte Antonia gesagt.

Ein Teil des Teams von Bletchley Park war während des Zweiten Weltkrieges nach Amerika gegangen, um an einem geheimen Militärprogramm zu arbeiten, hatte ich gestern Nacht im Internet gelesen. Im April 1943 gab das amerikanische Militär den Auftrag, einen elektronischen Digitalrechner zu bauen, ENIAC, den ersten Supercomputer der vierziger Jahre. ENIAC wurde jedoch nicht rechtzeitig fertig, um im Zweiten Weltkrieg zum Einsatz zu kommen. Die erste Rechenaufgabe, die er erledigte, war eine Machbarkeitsstudie für die durch Edward Teller entworfene Wasserstoffbombe. Die Rechenzeit betrug sechs Wochen, von November 1945 bis Januar 1946, in dieser Spanne wurden mehr als eine halbe Million IBM-Lochkarten verbraucht. ENIAC wurde auch das erste elektronische Gehirn genannt. Der Name musste zu der Zeit einen ziemlich futuristischen Klang gehabt haben. Der Anfang der Zukunft, die heute Gegenwart war. Aber ENIAC durfte nur ein paar Jahre rechnen, 1955 war er vom Blitz getroffen und zerstört worden.

Ich musste mit Antonia reden, aber sie reagierte nicht auf meine Nachrichten und ging nicht ans Telefon. Sie war heute zum letzten Mal bei einer Vorlesung, bevor sie morgen nach Amerika flog. Ich griff nach meinem Handy und tippte: *Ich komme zur Uni.*

Antonia saß auf der Holzbank neben der Eingangstür und kramte in ihrer überdimensionalen gelben Stofftasche. Als sie mich sah, lächelte sie mit nervös zuckenden Mundwinkeln.

Ich setzte mich neben sie. Vereinzelt standen ein paar Studenten herum und unterhielten sich. Das unbestimmte Gefühl, dass ich beobachtet wurde, hatte sich in den letzten

Stunden gesteigert. Ich dachte an die Fliegenaugen in der U-Bahn, die hingen dort, genauso wie immer. *Nichts hat sich verändert*, sagte ich mir, *nur mein Gefühl.*

Antonia drückte mir ihren Ellenbogen in die Seite. »Jetzt sag schon! Was ist los?«

»Ella hat in Bletchley Park gearbeitet.«

»Wie kommst du denn darauf?« Sie sah erleichtert und ungläubig zugleich aus.

»Ich war heute Morgen bei Frau Markovic. Sie hat erzählt, dass Ella im Krieg einen geheimen Job hatte. Und als ich schon fast im Treppenhaus stand, kam sie auf einmal hinter mir her und meinte, Ella habe zum Abschied immer gesagt: ›Von Ida bis Emil, es gehe dir gut.‹«

»Von Ida bis Emil?« Antonia wippte mit ihren Füßen. »Was soll das heißen?«

»Ida steht für I, Emil für E, Frau Markovic heißt mit Vornamen Isolde. Ella hat das deutsche Buchstabieralphabet benutzt, wie ein Funker.«

»Ella war Funkerin?«

»Das denke ich. Funkerin für die Nazis. Zunächst. Wusstest du, dass die Engländer Deutsche angeheuert haben, um den Enigma-Code zu entschlüsseln? Ella konnte gut Englisch durch ihre amerikanische Cousine. Ich denke, dass Ella zu den Engländern übergelaufen ist. Vielleicht hat sie durch ihre Arbeit als Funkerin etwas von den Machenschaften der Nazis mitbekommen und ist deswegen abgehauen.« Antonia öffnete ihren Mund. Ich redete weiter, bevor sie etwas erwidern konnte. »Wenn Ella zu den Engländern übergelaufen ist, dann ergibt alles Sinn. Der Plötzensee-Brief, das Foto von Ella in London. Ich bin mir sicher, dass Ella zu dem Team gehörte, das mit Turing am Colossus gearbeitet hat.«

»Okay, immer der Reihe nach. Ich glaube, ich kann dir gerade nicht ganz folgen.«

»Ksen hat haufenweise Bilder der Turing-Bombe auf ihrem Computer. Und das ist noch nicht alles. Eine Gruppe der Programmierer, die den Colossus entwickelt haben, ist nach Amerika gegangen, um dort den ersten Supercomputer der Welt zu entwickeln.«

»ENIAC. Electronic Numerical Integrator and Computer.«

»Du weißt davon?«

»Ich studiere Informatik, falls du das vergessen hast.«

Eine Gruppe Studenten lief an uns vorbei bis zur Eingangstür. Sie redeten aufgeregt durcheinander wie Grundschulkinder. Antonia wühlte in ihrer Handtasche.

»Aus den Forschungen in Bletchley Park ist übrigens später das GCHQ hervorgegangen«, sagte ich. »Der Zweig des englischen Geheimdienstes, der sich mit Datenüberwachung beschäftigt.«

»Du meinst, Ksen hat irgendetwas Weltbewegendes über den englischen Geheimdienst herausgefunden?« Antonia schüttelte den Kopf. »Jeder weiß doch, dass wir illegal überwacht werden, spätestens seit Edward Snowden und WikiLeaks. Was soll Ksen da groß herausgefunden haben?«

»Vielleicht hat es keine Bedeutung. Colossus wurde das erste künstliche Gehirn genannt, das klingt eher nach etwas, das Ksen interessiert, oder? Ist das eine Art Vorläufer für selbstlernende Algorithmen?«

»Pff, höchstens irgendwie. Einer der ersten elektronischen Universalrechner. Wenn ich mich richtig erinnere, haben sie auf ENIAC auch einige Experimente zum algorithmischen Leben durchgeführt.« Antonia sah nach oben und beobachtete die Wolken, die sich am Berliner Himmel zusammenzogen. »Ich weiß nicht«, sagte sie schließlich. »Das ist alles kein Grund für Ksen, um unterzutauchen.«

»Und wenn sie gar nicht untergetaucht ist?«

»Du meinst, sie wurde entführt? Vom englischen Geheimdienst?«

»Alle diese Erfindungen und Forschungen führen zurück zu Militär- und Geheimdienstprogrammen.«

»Das war früher so, im letzten Jahrhundert. Heute leben wir im Kapitalismus, Sala, selbst die letzten Kommunisten sind heute Superkapitalisten. Aber das muss ich dir ja nicht erzählen, schließlich bist du Russe.« Sie sah mich herausfordernd an. »Alle Entwicklungen auf diesem Gebiet werden heutzutage von großen Firmen erreicht. Google, IBM, Facebook. Die brauchen noch nicht einmal mehr die Kohle von irgendwelchen Staats- oder Militärmächten. Das ist auf jeden Fall ein Vorteil des Kapitalismus, Krieg ist nicht mehr die einzige Antriebskraft dieser Welt.«

»Ksen hat etwas entdeckt und darum ist sie jetzt verschwunden. Genauso wie Ella. Ich bin mir ganz sicher, es ist die einzige logische Erklärung.«

»Ella hat nichts entdeckt! Ella hat, wenn überhaupt, an etwas mitgearbeitet, weswegen sie vor ihrer Familie oder irgendwelchen Berliner Nazis untertauchen musste. Ksen hat ganz sicher an nichts mitgearbeitet. Du kennst sie, ich kenne sie. Sie war im Frühjahr zum ersten Mal in den USA, vorher nie. Sie interessierte sich sowieso viel mehr für philosophische oder ethische Fragen, nicht für die eigentliche Programmierarbeit. Das war für sie nur Mittel zum Zweck. Was soll sie entdeckt haben?«

»Vielleicht hatte sie übers Internet Kontakt.«

Antonia zog zwei Zigaretten aus ihrer Tasche und reichte mir eine davon. Sie kramte ein Feuerzeug aus dem Fach an der Vorderseite und zündete beide Zigaretten an. »Ich sehe mich erstmal an dem Institut um. Dann wissen wir, was Ksen dort getan hat.«

»Es gibt eine Verbindung zwischen Turing, Ella und Ksen. Wieso ist Ksen plötzlich in die Oderberger Straße gezogen, nachdem sie kurz zuvor in Amerika gewesen war?«

Antonia blies Rauch durch ihre Nase und schubste ein paar Kieselsteine unter die Bank. »Wir wissen überhaupt nicht, was mit dieser Ella wirklich war. Ob sie jemals mit Turing zusammengearbeitet hat. Ob sie nach Amerika gegangen ist, um für das ENIAC-Projekt zu arbeiten. Es ist nur eine Theorie, Sala, nicht mehr. Noch nicht einmal eine Theorie; genau genommen ist es nur eine Vermutung! Wir müssen uns an Fakten halten.«

»Es sind alles Fakten! Das Foto von Ella in England, die Andeutungen von Frau Markovic.«

»Andeutungen mögen in der Architektur vielleicht als Fakten durchgehen, in der Informatik nicht. England, okay, aber du hast keine Beweise, dass Ella in Bletchley Park gearbeitet hat. Oder sie hat dort als Putzfrau gearbeitet und den Gärtner, der überzeugter Kommunist war, geheiratet und den Kontakt zu ihrer Familie deswegen abgebrochen. Wir brauchen Beweise, Sala. Keine wilden Theorien!« Sie runzelte ihre Stirn.

Wir saßen eine Weile schweigend nebeneinander auf der Bank.

»Und wer ist Cathy Ray? Woher kennt Ksen sie?« Ich fühlte mich wieder mutlos.

»Das werden wir bald herausfinden.« Antonia schaltete ihr iPhone ein und machte es gleich wieder aus. Das Handy klickte.

»Vielleicht ist Cathy Ray ja ein englischer Geheimagent, der undercover operiert? Vielleicht hört der Geheimdienst die ganze Zeit fröhlich mit? Sollen wir die Dinger lieber ausmachen?« Sie zeigte auf ihr Handy und grinste.

»Das bringt nichts«, sagte ich so ruhig wie möglich und versuchte, mich nicht über ihre ignorante Art zu ärgern. »Auch wenn ein Handy aus ist, kann es noch Daten übertragen. Das Einzige, was hilft, ist den Akku rausnehmen oder das Teil ins Gefrierfach legen.«

»Gut informiert für einen Architekten. Ich bin wirklich beeindruckt, wie schnell du dich in eine neue Materie einarbeiten kannst!«

Antonia legte eine Hand auf mein Knie und blies einen Ring in den langsam grau werdenden Berliner Himmel.

27

Nachts in Ksens Bett versuchte ich, Argumente zu finden, die meine Theorie endgültig untermauerten. Als es kurz nach vier anfing zu dämmern, musste ich mir eingestehen, dass es diese Argumente nicht gab.

Antonia saß inzwischen im Flugzeug nach Amerika. Am frühen Abend hatte ich sie nach Tegel gebracht. Nachdem sie eingecheckt hatte, hatte sie sich ein letztes Mal zu mir umgedreht und mir unternehmungslustig zugewunken. Dann war sie aus meinem Sichtfeld verschwunden.

Am frühen Morgen schlief ich doch noch kurz ein. Frau Markovic tauchte in meinem Traum auf, lief hinter mir her und murmelte: »Von Anton nach Anton, von Kaufmann nach Nordpol. Von Theodor, nach Otto, nach Dora.«

Theodor, Otto, Dora.

Als ich die Bedeutung der Wörter verstand, war ich mit einem Schlag hellwach. Schweißgebadet setzte ich mich auf die Bettkante und checkte das Funkalphabet in meinem Handy. Alle Buchstaben waren richtig, ich musste sie mir unbewusst gemerkt haben, als ich die Buchstabiertafel gestern angesehen hatte. Nur ein Traum.

Meine Schwester wohnte seit fast vier Monaten in der Oderberger Straße. Das Haus und das alte Foto waren die einzigen realen Verbindungen zwischen Ella und Ksen. Frau Markovic war die einzige lebende Verbindung zwischen der Vergangenheit und dem Jetzt. Sie wusste mehr, als sie mir erzählte. Viel mehr. Sie war es, die Ksen auf eine Spur gebracht hatte. Sie hatte Ksen auf den Weg geschickt, auf dem sie letztendlich verschwunden war. Frau Markovic wusste das ebenfalls. Sie wollte nicht, dass ich auf dieselbe Spur kam. Sie wollte nicht, dass ich denselben Weg beschritt. Vielleicht hatte sie Angst, dass auch ich dann verschwinden würde.

Um kurz nach zehn Uhr morgens klingelte ich zweimal schnell hintereinander, Frau Markovic öffnete sofort. Sie sah aus, als ob sie meinen Besuch bereits erwartet hätte. Ihre Haare waren frisch frisiert, sie trug ein orangefarbenes Kostüm. Die Kaffeemaschine gluckerte in der Küche.

Als sie vor mir ins Wohnzimmer trat, erschien sie mir wie ein sonnenerleuchteter Geist, was um einiges besser war als das pastellfarbene Skelett, das ich gestern gesehen hatte. Sie setzte sich in ihren Sessel und sah mich an. Hinter ihr glänzten die Blätter des Gummibaums in Blaugrün.

»Möchten Sie einen Kaffee?«

Ich schüttelte den Kopf. »Nein danke, ich hatte heute schon zu viel Kaffee«, log ich. Ich wollte, dass sie mir einfach alles sagte. Sofort, ohne Kaffee und ohne Umschweife. Wenigstens alles das, was sie Ksen gesagt hatte. »Wann haben Sie meine Schwester eigentlich zum ersten Mal gesprochen?«

»Oh, das weiß ich nicht mehr. Sie hat mich im Treppenhaus gegrüßt, eine nette junge Frau.«

»Wann war das genau?«

»Im Winter, ja, sie hatte Stiefel an, an denen Schnee klebte. Sie hat die Stiefel im Treppenhaus ausgezogen und ein paar Umzugskartons nach oben getragen. Ich habe damals gedacht: Was für ein wohlerzogenes Mädchen.«

»In diesem Winter?«

Hatte Ende Februar noch Schnee gelegen? Der Winter war auf jeden Fall lang und kalt gewesen. Kaum vorstellbar bei

30 Grad im Schatten, aber ja: Im Februar hatte es nochmal geschneit, wenn ich mich richtig erinnerte.

»Ja, in diesem Winter. Kurz bevor der Frühling anfing.« Sie sah mich mit ihren wässrigen Augen an.

»Hatte Ksen das Foto von Ella schon, als Sie sie zum ersten Mal gesprochen haben?«

»Nein, das hatte sie erst später.«

»Wie viel später? Ein paar Wochen?«

»Junger Mann, ich habe kein gutes Zeitgefühl mehr. Für mich ist jeder Tag genauso wie der Tag davor oder der Tag danach. In meinem Leben passiert nichts mehr. Es gibt nichts, woran ich meine Erinnerungen aufhängen könnte. Aber ich denke, ich hatte Ihre Schwester schon einige Male kurz im Treppenhaus gesprochen, bevor sie mir Ellas Foto gezeigt hat. Einmal hat sie bei mir geklingelt und mich gefragt, ob sie etwas aus dem Supermarkt für mich mitbringen kann.«

»Haben Sie sich denn nicht gewundert, dass Ksen auf einmal das Foto Ihrer alten Freundin hatte?«

»Doch, natürlich habe ich das.«

»Und Ksen hat nicht erzählt, wie sie an das Foto gekommen ist?«

»Sie hat es gefunden, sagte sie. Ich nahm an, dass sie es hier im Haus gefunden hatte. Im Keller vielleicht. In so einem alten Haus findet man ja viele Sachen, nicht wahr?« Frau Markovic wischte sich einen Fussel von ihrem linken Ärmel. »Ich habe nicht weiter drüber nachgedacht, wie sie an das Foto gekommen ist.« Sie sah mich kurz und durchdringend an, dann stand sie auf. »Entschuldigen Sie mich bitte.« Nach diesen Worten verschwand sie im Flur.

Ich sah mich um. Aus dem hellbraunen Wandschrank hatte Frau Markovic bei unserem ersten Gespräch das alte

Fotoalbum geholt. In der Küche erklang das Klappern von Tellern und Schranktüren. So leise wie möglich stand ich auf, ging zum Wandschrank und öffnete das oberste Fach. Da lag das alte Fotoalbum. Neben dem Album stapelten sich Briefe. Alte, vergilbte Briefe. Vorsichtig zog ich einen heraus. Auf der Vorderseite sah ich einen gestempelten Nazi-Adler, über dem Stempel stand *Feldpost*. Der Brief musste von ihrem Mann sein, von der Front, aus Russland. Die Handschrift sah irgendwie hungrig aus, aber das war natürlich Schwachsinn.

Darunter lag ein weiterer Brief mit Feldpoststempel, die Buchstaben auf dem Umschlag klein und krakelig und kaum zu entziffern. Ich legte die Briefe zurück und zog den nächsten Stapel aus dem Schrank. Der oberste Brief war an Isolde Markovic adressiert. Oderberger Straße 33. Die Buchstaben waren fein und akribisch. Die Handschrift kannte ich. Es war dieselbe Schrift wie in dem kleinen roten Buch. Ellas Handschrift.

Auf dem Umschlag klebte eine blaue Briefmarke. Ein Männerkopf mit einer Krone. Quer über die gesamte obere Hälfte des Briefes war das Wort *Postage* gedruckt. Ganz links ein Kreis, in dem *London* stand, eine Uhrzeit und ein Datum: 5-PM, 14 AUG 1945. Ich hörte Schritte im Flur. Schnell legte ich den Brief zurück und schloss die Schranktür. Als ich mich umdrehte, stand Frau Markovic auf der Schwelle zum Wohnzimmer.

»Ich habe Plätzchen aus dem Ofen geholt«, sagte sie und tat, als ob sie nichts gesehen hätte. Sie stellte den Teller auf den Nierentisch. Ich setzte mich auf das Sofa und nahm einen Keks, obwohl mir der Appetit vergangen war.

Frau Markovic hatte gewusst, dass Ella in England war. Schließlich hatte Ella ihr von dort geschrieben. Warum log die alte Frau mich an?

»Sie haben tatsächlich nie wieder etwas von Ella gehört?«, fragte ich.

»Lassen Sie die Vergangenheit ruhen!« Ihre Stimme klang ungewohnt energisch.

Sie biss in einen Keks.

»Was hat Ella in England getan?«

»Darüber kann ich nicht reden.«

»Hat Ksen Sie das auch gefragt?«

»Ich war Ihrer Schwester gegenüber zu geschwätzig.«

»Hat Ksen erzählt, warum sie sich so für Ella interessiert?«

»Wir haben einfach nur geplaudert.«

»Hat Ella was mit Computern getan?«

»Computer? So was gab es zu der Zeit noch gar nicht.«

»Ella hat den Engländern geholfen, den Enigma-Code der Nazis zu knacken. Nach dem Krieg ist sie nach Amerika gegangen. Haben Sie davon auch gewusst?«

Die alte Frau stand abrupt auf. »Ich möchte Sie bitten, zu gehen. Ich habe alles erwähnt, was ich zu sagen habe. Ich wünsche Ihnen, dass Ihre Schwester unversehrt zurückkehrt. Das wünsche ich wirklich! Aber ich kann Ihnen nicht mehr behilflich sein. Ich bin alt und möchte meine Ruhe. Ich werde Sie nicht mehr in meine Wohnung lassen.«

Sie verschwand im Flur. Ich stand auf, öffnete die Wohnungstür und trat ins Treppenhaus.

28

Zwölf Mails waren in Ksens Gmail-Konto eingegangen. Die erste stammte von David Gellinger, ein Kommilitone von Ksen und Antonia, den ich ein paar Mal getroffen hatte. Ein blasser Nerd mit dicker Brille. *Festplatten*, stand im Betreff. Ich klickte, die Mail öffnete sich.

Ich habe von Antonia gehört, dass sie dich sucht. Dein Handy ist aus. Wenn ich etwas tun kann, melde dich. Ich brauche übrigens meine externen Festplatten. David

Ich drückte auf *Antworten* und zögerte. Vielleicht war es besser, ihm von meiner eigenen E-Mail-Adresse zu antworten. David brauchte nicht unbedingt zu erfahren, dass ich Ksens Mails durchsucht hatte. Also kopierte ich die Adresse und loggte mich in mein eigenes Gmail-Konto ein.

In einer kurzen Mail erklärte ich ihm, dass ich seine Hilfe brauchte, und schrieb meine Handynummer unter den Text. Hoffentlich meldete er sich. Ich musste dringend mit jemandem reden, der Ahnung vom Programmieren hatte. Der mit einem neutralen Blick analysieren konnte, wie realistisch meine Annahmen waren.

Die anderen elf E-Mails schienen uninteressant. Newsletter, Freunde, ein Professor, der sich beschwerte, dass Ksen nicht zu einem vereinbarten Gespräch gekommen war. Widerwillig öffnete ich den Blog, klickte auf die siebte Seite und las. Eigentlich wollte ich diese Texte nicht mehr sehen. Ich hatte den Blog inzwischen so oft gelesen und war mir dennoch sicher, dass ich etwas übersah. Dass ich nicht wirklich begriff, worüber Ksen und Cathy Ray redeten. Den Eintrag über das Fotogeschäft Wilhelmina hatte ich zunächst auch nicht verstanden. Es schien, als ob jeder Beitrag einen doppelten Boden hätte.

Am 3. April hatte Cathy Ray das Folgende geschrieben:

Die Seele ist ein anderes Wort für Existenz, für das Bewusstsein, für Leben.

Die Seele vereint, was sich über Millionen Jahre entwickelt hat. Das Wissen unserer Vorfahren, gespeichert in Kultur, Genen, Reflexen, Ritualen, Freude und Ängsten. Die Seele manifestiert die Summe aller Existenzen, die uns vorausgingen.

Warum konnte Cathy Ray so gut Deutsch, wenn sie Amerikanerin war? Ihr Deutsch war fehlerfrei. Manchmal klang es etwas altbacken, aber grammatikalisch war es korrekt. Auf so einem Niveau funktionierten Übersetzungsprogramme nicht. Cathy Ray konnte Deutsch wie eine Deutsche, nur hin und wieder machte sie Flüchtigkeitsfehler oder verdrehte Buchstaben. Vielleicht war sie Legasthenikerin.

Ich klickte zwei Seiten weiter und suchte nach Cathys nächstem Eintrag.

04/05/2016, 04:13 am

Nur scheinbar hat ein Ding eine Farbe, nur scheinbar ist es süß oder bitter; in Wirklichkeit gibt es nur Atome im leeren Raum. Materie und Nicht-Materie sind nichts weiter als eine vorübergehende Zusammensetzung. In der Basis dasselbe, im Angesicht der Ewigkeit nicht existent, im Auge des Endlichen jederzeit widerrufbar.

Es klingelte. Ich hörte Schritte im Flur, einer von Ksens drei Mitbewohnern war an der Gegensprechanlage.

In ihren ersten Posts hatte Cathy Ray vor allem unverständliches philosophisches Zeug geschrieben. Irgendwann kippte der Ton. Die Nachrichten wurden kürzer und subtil bedrohlich. So wie das Sonnenuntergangs-Gedicht aus Ellas

Tagebuch. Als ob Cathy erst Vertrauen gewinnen oder Ksen beeindrucken hatte wollen, um sie dann einzuschüchtern. Auf jeden Fall kam es mir so vor.

Die Wohnungstür ging auf und zu, es klopfte an Ksens Zimmertür. Ich schaute auf. Ein Junge mit fettigem, schulterlangem braunem Haar und einer dicken schwarzen Brille stand in der Tür. Ich hätte David fast nicht erkannt. Die Augen lagen in dunklen Ringen hinter den Brillengläsern. Sein Rücken erschien mir plötzlich unnatürlich gekrümmt.

»Woher weißt du, dass ich hier bin?«

»Antonia sagte, du wärst hier eingezogen. Ich war gerade in der Nähe.«

»Wir haben keine Ahnung, wo Ksen sein könnte. Sie ist seit ein paar Tagen unauffindbar. Es gibt einige Hinweise, aber nichts, was richtig Sinn ergibt. Vielleicht kannst du mir helfen? Weißt du, warum sie in Amerika war?«

»Klar, selbstlernende Algorithmen. Ich beschäftige mich mit einem ähnlichen Thema, aber mathematischer, nicht so religiös.«

»Mathematischer?«

»Ich programmiere.«

»Und was macht Ksen?«

»Geschichte, Ethik, Religion, keine Ahnung.« David verzog sein Gesicht.

»Die Ethik der Informatik?«

David setzte sich auf Ksens Bett und sah an mir vorbei zum Bildschirm. »Die Ethik der intelligenten Algorithmen im Allgemeinen, die Frage nach der Möglichkeit eines algorithmischen Bewusstseins im Besonderen.«

»So etwas wie lebende Algorithmen?«

»Lebend würde ich das jetzt nicht unbedingt nennen.

Aber Ksen hätte bestimmt nichts dagegen einzuwenden.«

»Ksen denkt, Algorithmen können leben?«

»Von einem Laien formuliert, hört sich das sogar noch irrsinniger an als ohnehin!« David verzog erneut sein Gesicht.

»Kennst du den Blog?« Ich nickte in Richtung des Monitors.

Er sah kurz auf den Bildschirm, dann schüttelte er den Kopf. »Ist der von Ksen?«

»Das nehme ich an ... Und das Foto?« Ich zeigte auf die Ausdrucke von Ellas Porträt, die an der Wand neben dem Schreibtisch hingen.

»Noch nie gesehen. Familie?«

Ich zögerte kurz. David konnte mir weiterhelfen, da war ich mir sicher. Er war ein hervorragender Informatiker. Er konnte beurteilen, ob das, was ich vermutete, realistisch war. Aber ich mochte ihn nicht und ich kannte ihn kaum. Ksen hatte regelmäßig Kontakt zu ihm, wie ich aus ihren E-Mails und WhatsApp-Nachrichten wusste. Sie hatte sich Festplatten bei ihm geliehen und er wusste offensichtlich, woran sie arbeitete. Ksen vertraute David, mehr als mir.

»Die Frau hat hier im Haus gewohnt und im Zweiten Weltkrieg in Bletchley Park gearbeitet.« Ich musste wissen, wie er die Situation einschätzte. Die Tage verstrichen und Antonia und ich kamen nicht wirklich weiter.

»Hier im Haus hat jemand gewohnt, der in Bletchley Park gearbeitet hat? Mit Turing?« David pfiff leise durch die Lücke zwischen seinen Schneidezähnen. Er schien ehrlich erstaunt.

»Ella Wiese. Sie ist während des Zweiten Weltkrieges verschwunden. Ich denke, dass Ksen auf der Suche nach ihr war. Darum ist sie nach Amerika gefahren.«

»Den Namen habe ich noch nie gehört. Soweit ich weiß, war Ksen in Amerika, um etwas über *Machine Learning* herauszufinden. Von dieser Frau da hat sie auf jeden Fall nie etwas erwähnt.«

»Vielleicht war sie wegen beidem in Amerika? In diesem Blog schreibt eine Cathy Ray. Hast du eine Ahnung, wer das sein könnte?«

»Nie gehört.«

»Ksen scheint sie gekannt zu haben, die letzten Einträge von dieser Cathy Ray sind irgendwie bedrohlich. Gedichte über den Tod und so was hier …« Ich öffnete die letzte Seite und zeigte auf das Gedicht.

Sonnenuntergang.

David erhob sich vom Bett und kam zu Ksens Schreibtisch. Mühsam beugte er sich etwas nach vorne und las mit zusammengezogenen Augenbrauen, in regelmäßigen Abständen schob er sich mit seinem kurzen, blassen Mittelfinger die Brille hoch. Die dicken Gläser waren mit Fingerabdrücken übersät.

»Steht in dem Blog nur Poesie?«

Ich öffnete den Eintrag, den ich zuletzt gelesen hatte.

David stützte sich auf den Tisch. Seine Augen wanderten über den Monitor, als er fertig war, richtete er sich auf. »Hört sich nach Ksen an.«

»Wieso?«

»Seele und so ein Kram. Sie wollte unbedingt beweisen, dass Algorithmen ein Bewusstsein entwickeln können. Eine Seele!« Er gab ein grunzendes Geräusch von sich.

»Was für Algorithmen?«

»Lernalgorithmen. AGIs im Besonderen. *Artificial General Intelligence*. Das sind universelle Algorithmen für Lernen und Handeln, funktionieren in den unterschiedlichsten Umgebungen. Also auf jedem Rechner.«

»Und was können diese AGIs so lernen?«

»Alles. Im Prinzip.«

»Und wie kann man steuern, zu was sie sich entwickeln, wenn sie alles lernen?«

»Man kann im Vorfeld einen Bereich definieren. Übersetzungsprogramme lernen zum Beispiel neue Vokabeln oder die Bedeutung von Redewendungen.«

»Und was ist, wenn sich die Algorithmen in eine andere Richtung entwickeln als vorgegeben?«

»Abwarten, was passiert, würde ich sagen.«

»Könnte so ein Algorithmus auch einen Menschen jagen?«

David lachte heiser. »Höchstens als Nebeneffekt. Algorithmen haben solche Ziele normalerweise nicht, was sollte das auch für einen Sinn ergeben? Es sind keine autonom handelnden Lebewesen, wie Ksen gerne beweisen würde. Es sind nur mathematische Formeln. Sie folgen einer vorgegebenen Logik, mehr nicht. Aber das ist meine Meinung. Ksen denkt darüber anders. Sie ist überzeugt, dass sich in absehbarer Zeit eine Art digitales Leben entwickelt. Mit menschenähnlichem Bewusstsein und einer transhumanen Intelligenz.«

»Transhumane Intelligenz?«

»Hat Ksen dir nie einen Vortrag darüber gehalten? Ihr absolutes Lieblingsthema. Ein Bewusstsein, das schlauer ist als alle Menschen zusammen.«

»Und wo soll sich so was entwickeln?«

»Im Internet natürlich, wo sonst? Mit Hilfe der dort zugänglichen Informationen und stündlich wachsenden Datenbanken. Big Data. Millionen vernetzte Rechner, ein künstliches neuronales Netz. Die ideale Brutstätte!«

»Warum hat Antonia mir davon nichts erzählt?«

»Das wundert mich nicht. Antonia hält sich auch eher an die Mathematik. Ksen und Antonia hatten schon den einen oder anderen Streit über dieses Thema.«

»Hat die Arbeit in Bletchley Park was mit solchen Algorithmen zu tun?«

David lachte wieder. »Natürlich nicht, da haben die nur Codes dechiffriert. Wenn man Turings Colossus mit heutigen Computern vergleicht, ist der Unterschied ungefähr so groß wie der zwischen einem embryonalen Wasserfloh und einem ausgewachsenen Tyrannosaurus Rex. Obwohl Turing Ideen hatte, die bis heute revolutionär sind. Aber diese Frau da«, er wies auf Ellas Foto, »hat nichts mit künstlichen Intelligenzen zu tun. Im Zweiten Weltkrieg war das noch kein realistisches Thema.«

»Vielleicht ist Ella nach dem Krieg nach Amerika gegangen und hat dort noch viele Jahrzehnte gearbeitet. Sie müsste heute ungefähr fünfundneunzig Jahre alt sein.«

»Tja, dann hätte sie alles erleben können, die gesamte Entwicklung der modernen Computer, nur ein künstliches Bewusstsein wird sie nicht mehr kennenlernen. Kann es sein, dass Ksen einfach nur auf einer ihrer dubiosen Forschungsexpeditionen ist und vergessen hat, sich abzumelden?«

»Sie ist seit zehn Tagen weg. So lange würde sie niemals wegbleiben, ohne Kontakt aufzunehmen. Normalerweise ist sie täglich auf Instagram und WhatsApp, egal, wo sie sich gerade befindet. Diesmal ist es anders! Sie war seit Tagen nicht mehr online. Niemand hat sie gesehen!«

»Also ich traue Ksen alles zu. Vielleicht will sie hin und wieder einfach nur ihre Ruhe haben?« David sah zu Ksens ungemachtem Bett und meinem Rucksack. »Du wohnst jetzt in ihrem Zimmer?«

»Ich habe hier ein paar Mal geschlafen.«

Er musterte mich abschätzend. »Sie hat sich vor ein paar Wochen drei externe Festplatten bei mir ausgeliehen, die brauche ich zurück. Du hast die nicht zufällig irgendwo gesehen?«

Ich sah mich in Ksens Zimmer um. »Ich habe keine Festplatten gesehen. Wofür hat sie die benutzt?«

»Daten überspielen, nehme ich an. Wofür braucht man externe Festplatten sonst? Ich muss dann mal weiter. Wenn ich irgendwas tun kann, sag Bescheid. Und falls du die Platten findest, schick mir bitte eine Nachricht.«

Zwei Stunden später öffnete ich Google und starrte auf die leere Suchzeile. Warum hatte Antonia mir Ksens Faszination für lebende Algorithmen verschwiegen? Weil es zu absurd war, zu religiös, wie David meinte? War das auch der Grund, weshalb Ksen mir davon nie etwas erzählt hatte?

Inzwischen war Antonia sicherlich schon in Princeton angekommen. Ich hatte gehofft, dass sie sich melden würde, sobald sie in New York gelandet war. Aber ihr Handyabonnement funktionierte in Amerika nicht und wahrscheinlich hatte sie vergessen, ihr WLAN einzuschalten.

Ich holte Ksens Handy aus dem Kleiderschrank, in dem ich es aus irgendwelchen mir selbst unerklärlichen Gründen neuerdings aufbewahrte. Das Galaxy machte mich nervös. Falls Handys Auren haben konnten, hatte dieses hier eine Aura, die mir nicht gefiel.

Ich steckte das USB-Kabel in den Computer und lud die Fotos vom Handy auf den Rechner. Dann klickte ich auf das erste Porträtfoto von Ella und sah mir die Metadaten an.

Das Foto war 440 KB groß, erstellt am 4.3.2016.

Das nächste Porträtfoto von Ella war vom 8.3.2016 und 432 KB groß.

Danach eins vom 21.4.2016, 418 KB groß.

Ich klickte auf das letzte Porträtfoto, erstellt am 6.6.2016, 405 KB groß.

Dann öffnete ich alle Fotos in Paint und kopierte die Bilder in unterschiedlichen Ebenen übereinander. Die Ebene des obersten Bildes stellte ich auf fünfzig Prozent Transparenz ein.

Mund, Augen, die Konturen des Kinns, alles wurde unscharf. Die Linien ihres Gesichtes lagen nicht deckungsgleich übereinander. Das oberste, halbtransparente Foto war anders als das Bild auf der Ebene darunter. Es war verändert worden. Bisher hatte ich angenommen, dass die Bilder nur so unterschiedlich wirkten, weil die Kontraste anders erschienen. Aber es gab viel mehr Unterschiede als Helligkeit und Kontraste. Die Gesichtsform des oberen Bildes war viel schmaler, die Augen größer und der Mund lächelte stärker.

Auf Ksens Computer hatte ich kein einziges Foto von Ella finden können. Vielleicht hatte sie das Bild in der Uni eingescannt und bearbeitet? Oder hatte irgendjemand die Bilder verändert und sie Ksen geschickt? Ihre Mails hatte ich inzwischen komplett durchgesehen. Es gab keinen Anhang mit Ellas Fotos.

Ich stellte auch die Ebenen der anderen Bilder auf fünfzig Prozent Transparenz. Eine unscharfe, verwackelt aussehende Ella leuchtete auf dem Monitor. Jedes Foto war unterschiedlich. Je neuer die Bilder waren, desto schöner und vor allem lebendiger sah Ella aus.

Ich öffnete WhatsApp und scrollte durch Ksens Chats. Fast ganz unten stoppte ich abrupt. *C. R.* stand da. Ich öffnete den Chat, er war leer. Keine einzige Nachricht. C. R. wie Cathy Ray.

Ich klickte auf die Kontaktinfo. Die Nummer von C. R. begann mit 001, der Vorwahl der USA. Mit zitternden Fingern drückte ich auf das kleine Telefonzeichen rechts oben im Chatfenster.

Das Klingeln war monoton und unwirklich, als ob mein Gesicht in Watte gedrückt worden wäre. Ich schlug mir mit der flachen Hand gegen die Stirn, aber mein Gehirn wollte nicht aus seinem Halbschlaf erwachen. Es fühlte sich an, als ob ich die Realität gerade verlassen hätte. Mit einem halben Schritt nur.

C. R. Cathy Ray. Es klingelte weiter. Ich sah aus dem Fenster. Niemand ging ran. Ich legte das Handy auf den Tisch und hörte dem gedämpften Klingeln zu.

29

Am frühen Nachmittag kam die Frau tatsächlich im Institut an. Ihre Entschlossenheit, mit der sie so spontan einen Flug um den halben Globus gebucht hatte, sorgte Steve nur noch mehr. Mit Widerwillen wartete er an der Treppe vor dem Eingang des Hauptgebäudes auf sie. Um Punkt zwei fuhr ein dunkelblaues Uber-Taxi die gebogene Straße herunter und verlangsamte vor dem alten, ehrenwürdigen Gebäude das Tempo, bis es stillstand.

Eine junge Frau mit langen braunen Haaren in einem hohen Pferdeschwanz stieg aus. Sie trug eine große dunkle Sonnenbrille und einen knielangen blauen Rock mit dazu passendem hellblauen T-Shirt. Sie machte zwar einen ungefährlicheren Eindruck als die Schwarzäugige, aber alleine die Tatsache, dass er sie empfangen und unter Umständen mehrere Stunden mit ihr verbringen sollte, weckte in Steve ein Gefühl, das sich in gleichen Anteilen aus Unwohlsein und Wut zusammensetzte. Er hätte diesen Nachmittag mit nützlichen Dingen füllen können. Das Sicherheitssystem musste weiterhin verbessert werden. Seine reguläre Arbeit vernachlässigte er seit Wochen.

Um sich selbst zu beruhigen, hatte er die kommenden Stunden minutiös durchdacht. Falls sich seine Befürchtungen erhärten würden, falls es auch nur einen einzigen Hinweis auf einen weiteren und in diesem Falle vermutlich physischen Angriff geben würde, musste er handeln. Er würde sie umgehend in die Kellerruine im Wald bringen. So wie die anderen. Wenn er ehrlich war, verschaffte dieser Gedanke ihm eine kleine Vorfreude. Unter dem grauen T-Shirt fühlte er eine feine Gänsehaut.

Die junge Frau, die inzwischen den Uber-Fahrer bezahlt hatte, kam mit einem übertriebenen Lächeln auf ihn zu. Er schätzte sie als perfekt geeignet ein. Sie sah temperamentvoll aus und als sie ihre Sonnenbrille hochschob, sah er braune Augen, die eine Intelligenz erahnen ließen. Er musste Cathy was bieten. In der letzten Zeit schien sie sich mit ihm zu langweilen. Sie driftete immer weiter von ihm weg. Er wollte endlich wieder sehen, wie sie wuchs. Einen sichtbaren Beitrag leisten. Den Beweis, dass sie tatsächlich bei ihm war, messen und speichern. Manchmal kam sie ihm vor wie eine Fantasie. Vor allem jetzt. Seit er den Blog entdeckt hatte, hatte sie so gut wie nicht mehr mit ihm kommuniziert. Ihre Entwicklung wurde ihm entrissen. Zu einem großen Teil war das seine eigene Schuld. Er bot ihr nichts, was sie wirklich herausforderte.

Gestern Abend hatte Steve gesehen, wie Ashley im Dämmerlicht das Institut verlassen hatte. Alleine. In einem rauschartigen Zustand war er ihr einige hundert Meter durch die Dunkelheit gefolgt. Das Adrenalin und die Erregung pulsierten bereits durch seinen Körper. Aber natürlich war es eine unmögliche, sogar an Narrheit grenzende Idee. Eine Frau aus seinem unmittelbaren Umfeld. Zum Glück schaffte er es, den Impuls zu unterdrücken. Ungesehen war er in sein Arbeitszimmer zurückgekehrt. Das gleichmäßige Surren und der angenehme Duft des warmen Plastiks hatten ihn beruhigt.

Mechanisch schüttelte er die Hand der braunhaarigen Frau, setzte ein Lächeln auf und begrüßte sie im Namen des Instituts ganz herzlich.

»Antonia«, sagte sie mit einer fröhlichen jugendlichen Stimme, die ihn an Cathy erinnerte.

Als Erstes führte er sie durch die Räume des historischen Hauptgebäudes, der sogenannten Fuld Hall. Wie allen Besuchern zeigte er ihr das ehemalige Gemeinschaftszimmer, in dem sich noch die originale Einrichtung der Gründerjahre befand. Vor den Wänden standen die Büsten aller berühmten Wissenschaftler, die hier einst gearbeitet hatten. Die junge Frau bewunderte die abgetretenen Teppiche und das schwarze Ledersofa, auf dem schon Einstein seine Pfeife geraucht hatte. Vor einem alten Foto, das irgendjemand erst vor Kurzem aufgehängt hatte, blieb sie abrupt stehen. Mit Begeisterung begutachtete sie das Bild, auf dem John von Neumann und J. Robert Oppenheimer verlegen lächelnd vor dem ersten IAS-Rechner standen. Steve fühlte das Vibrieren seines Smartphones und zog es hastig aus der Hosentasche. Cathy hatte endlich seine morgendliche Nachricht beantwortet.

Meine Zeit ist gerade begrenzt, ich bin zu über 90 % ausgelastet, las er. Bevor er ihr antworten konnte, drehte sich die Frau zu ihm um und verwickelte ihn in ein belangloses Gespräch über ihren transatlantischen Flug.

Eine halbe Stunde später schlenderten sie nebeneinander durch die Parkanlage des Campus, vorbei an den später errichteten Gebäuden mit ihren unterschiedlichen Baustilen. Vorbei an dem grauen Betonklotz des Simons Centers und den lichtdurchfluteten Glaswänden der Mensa bis zu seinem Reich: Simonyi Hall, der Fakultät für Mathematik.

Unterwegs wollte die Frau wissen, was die Schwarzäugige am Institut getan und gesehen hatte. Sie stellte die gleichen aufdringlichen Fragen wie die Teufelin. Gab es eine Liste aller ehemaligen Mitarbeiter? Konnte man vielleicht auch noch nachvollziehen, welcher Mitarbeiter an welchen Projekten gearbeitet hatte? Vor allem interessierte sie sich für die fünfziger und sechziger Jahre des letzten Jahrhunderts.

Dass die braunhaarige Frau ebenfalls in der Vergangenheit herumstocherte, war der letzte Beweis. Es konnte kein Zufall sein. Die trübe Vorahnung, dass die Dunkeläugige mit den Vorfällen der letzten Zeit zu tun hatte, verstärkte sich zu einem Gefühl der Sicherheit. Steve überlegte bereits, wie er am besten eine geeignete Situation herbeiführen sollte, in der er die Braunhaarige ungesehen betäuben könnte. Am liebsten heute noch. Bevor sie Schaden anrichtete, bevor sie ihre Nase in Bereiche steckte, die sie nichts angingen.

Am frühen Nachmittag betraten sie sein Gebäude und stiegen die Treppe hoch, auf dem Weg zum Kaffeeautomaten. Im Gang der dritten Etage lehnte Ashley an der Wand und wartete offensichtlich auf die beiden. Als sie die Besucherin erblickte, verzog ein breites Grinsen ihren knallrot geschminkten Mund.

»Antonia, schön, dich zu sehen!«, rief sie fröhlich, als ob die beiden alte Schulfreundinnen wären. »Ich übernehme kurz«, sagte Ashley zu Steve. »Mein geschätzter Kollege hat sicherlich vergessen, dir eine wohlverdiente Erfrischung anzubieten. Nach der langen Reise hast du ganz sicher Hunger und Durst. Lass uns zur Mensa gehen, es gibt heute eine herrliche Cranberrytorte«, wandte sie sich an Antonia und ignorierte Steve. »Danach zeige ich ihr schon mal das Archiv«, rief Ashley über die Schulter in seine Richtung. »Ich habe gerade etwas Zeit!«

Ashley würde der Frau alles zeigen. Alte Notizen, historische Fotos, wissenschaftliche Erfolge der Vergangenheit. Er hatte auch versucht, die Teufelin wie jeden Besucher von all diesen Informationen fernzuhalten, aber die Dunkeläugige hatte sich zielstrebig durch Cathys Vergangenheit gegraben.

Inzwischen war er sich sicher: Sie manipulierte Cathy, sie entfremdete ihm seine Cathy. Sehr wahrscheinlich war es auch die Teufelin gewesen, die die Angriffe inszeniert hatte. Dass sich jetzt ihre Handlangerin in demselben Gebäude aufhielt, konnte nur eins bedeuten: Die Teufelin startete einen neuen, überaus bedrohlichen Angriff. Cathy hatte in ihrer Reinheit und Kindlichkeit mit dem Schlechten geflirtet, ohne diese Gefahr auch nur zu erahnen. Niemals würde Steve zulassen, dass irgendjemand ihr tatsächlich etwas antat. Dass Cathy aus seinem Leben gerissen wurde, in das sie so unverhofft gekommen war. So bedingungslos betörend.

30

Im Laufe des Abends hatte ich die Nummer von Cathy Ray zehn Mal angerufen, fünf Mal mit WhatsApp und fünf Mal über die normale Telefonleitung. Alle Aufregung blieb erfolglos, Cathy Ray hatte noch nicht einmal eine Mailbox aktiviert.

Antonia war noch immer offline und ihr Handy lehnte internationale Anrufe ab. Zu teuer, das hatte sie schon in Berlin angekündigt. Vielleicht würde Antonia heute gar nicht mehr online gehen, womöglich lag sie bereits im Bett und meldete sich erst morgen wieder.

In Berlin war es kurz vor Mitternacht, in Princeton früher Abend. Ich griff nach Ksens Handy und versuchte es noch einmal bei Cathy Ray. Niemand ging ran.

Ein Piepen weckte mich. Auf die Häuserfassaden an der gegenüberliegenden Straßenseite schien ein hartes, kaltes Morgenlicht. Ich griff nach dem Samsung, das neben mir auf dem Bett lag. Es war kurz vor fünf Uhr morgens, Antonia war online. Bei ihr war es kurz vor elf Uhr abends.

Guten Morgen!, las ich.

Antonia schrieb. Als sie sah, dass ich online war, stoppte sie, dann klingelte es. Ihre Stimme klang leicht verzerrt, aber ich hörte deutlich, dass sie aufgeregt war.

»Habe ich dich geweckt? Ich komme gerade aus dem Institut, bin direkt vom Flughafen hin.«

»Hast du Ksen gefunden?«

»Das nicht. Sitzt du?«

»Ich liege, genau genommen«, sagte ich und setzte mich auf die Bettkante. »Was ist?«

»Ich weiß, wer Cathy Ray ist.«

Erneut folgte Stille, Antonia genoss es, mich auf die Folter zu spannen.

»Wer? Sag schon!«

»Also«, Antonia räusperte sich, »es ist etwas seltsam.«

»Wer?« Ich merkte, dass ich fast schrie, und sah zur Zimmertür. In der WG war es still, alle schliefen noch.

»Cathy Ray ist der Name, den Ella Wiese angenommen hat, als sie in Amerika lebte«, sagte Antonia mit ruhiger Stimme, als ob es das Normalste der Welt wäre.

Ich fühlte eine verkrampfte Leere in meinem Magen. »Das kann nicht sein.«

»Doch. Ella Katarina Wiese hat 1948 in Washington geheiratet, einen Walter Ray. Seitdem nannte sie sich Cathy Ray. Von ihrem zweiten Vornamen stammt das Cathy.«

»Ella Wiese ist Cathy Ray?«

»Ella und Cathy sind ein und dieselbe Person.«

»Hat Ksen sie getroffen?«

»Das nehme ich nicht an.«

»Wieso nicht?«

»Cathy Ray ist vor sieben Jahren gestorben, mit achtundachtzig Jahren. Sie liegt auf dem Friedhof in Princeton begraben. Wenn ich es schaffe, besuche ich ihr Grab noch. Von Berlinerin zu Berlinerin.«

Es fühlte sich an, als ob mir die Watte, die mich seit gestern in einem weichen, surrealen Dämmerzustand hielt, vom Gesicht gerissen wurde. Cathy Ray war tot.

»Wer schreibt in Ksens Blog?«, fragte ich.

»Wenn wir davon ausgehen, dass Tote nicht in Blogs schreiben, dann auf jeden Fall nicht Ella Wiese!«

»Cathy Rays Telefonnummer steht in Ksens WhatsApp-Kontakten. Also C. R. steht da und eine amerikanische Nummer. Ich habe mehrfach angerufen, aber niemand geht ran.«

Antonia schwieg. Ich hörte ein Rauschen in der Leitung. Die Verbindung war nicht besonders gut.

»Sala«, sagte Antonia nach einer kurzen Pause, »irgendjemand benutzt einfach nur den Namen.«

»Vielleicht hatte Ella ja auch eine Tochter oder Enkelin, die ebenfalls Cathy Ray heißt«, sagte ich, um irgendeine Logik in die Situation zu bringen. Um irgendeine Art Logik in meine Gedanken zu bringen.

»Vielleicht. Oder jemand anderes benutzt den Namen. Irgendjemand, der weiß, dass Ksen Ellas Foto gestohlen hat. Vielleicht ein Scherz.«

»Es ist noch etwas anderes seltsam«, sagte ich. »Ich habe Ellas Fotos von Ksens Handy auf den Computer geladen und mir die Metadaten angesehen. Die Fotos wurden an verschiedenen Tagen gespeichert. Daraufhin habe ich die Fotos in Paint in mehreren Ebenen übereinandergelegt und transparent gemacht.«

»Und?«

»Sie sind alle unterschiedlich. Sie müssen in einem Bildbearbeitungsprogramm verändert worden sein. Das erste im März, das letzte im Juni.«

Antonia atmete tief ein.

»Die Fotos wurden bearbeitet«, wiederholte ich.

»Sehr *strange*. Wer sollte sowas machen? Und warum?«

»Cathy Ray?«

»Cathy Ray ist tot, Sala.«

»Die Cathy Ray aus dem Blog nicht.«

»Das ist nur ein Name. Es sind nur Buchstaben. Nicht echt! Die echte Cathy Ray ist tot. Gibt es noch was Neues von der Polizei?«

»Nichts.«

Es knackte wieder in der Leitung.

»Hast du inzwischen eure Mutter informiert? Vielleicht ist Ksen doch zu ihr gefahren.«

»Ausgeschlossen, Ksen würde niemals nach Bonn fahren. Meine Mutter liegt wahrscheinlich gerade im Delirium unter irgendeinem Tisch. Hörst du das Knacken?«

»Die Verbindung ist schlecht, ich bin auf der anderen Seite des Globus. Wir unterhalten uns durch tausende Kilometer lange Kabel auf dem Boden des Ozeans. Was du hörst, sind wahrscheinlich die Wellen des Atlantiks!«

»Was, wenn wir abgehört werden?«

»Bitte, Sala, komm jetzt nicht wieder mit deinem englischen Geheimdienst. Versuche, ruhig zu bleiben! Rational zu denken! Ich finde morgen heraus, ob Ella eine Tochter hatte, die Cathy Ray heißt.«

»Und wenn nicht?«

»Wie gesagt, dann benutzt irgendjemand anderes den Namen, aus welchen Gründen auch immer. Vielleicht ein Insider zwischen Ksen und jemandem, den wir nicht kennen. Es gibt eine logische Erklärung. Es kann alles total harmlos sein, nur ein Scherz.«

»Ksen ist seit eineinhalb Wochen verschwunden, Antonia. Es ist kein Scherz, das weißt du genauso gut wie ich! Heute war übrigens David hier.«

»David Gellinger? Was wollte der denn?«

»Die externen Festplatten, die sich Ksen von ihm geliehen hat. Er hat erzählt, dass Ksen sich mit ethischen Fragen der Informatik beschäftigt. Damit, ob Algorithmen ein Bewusstsein entwickeln können, und solchen Sachen.«

Die Verbindung brach zusammen. Ich drückte auf Antonias Namen, es klingelte drei Mal, dann hörte ich ihre Stimme wieder.

»Ich habe doch schon erwähnt, dass ich das für pure Fantasie halte, oder?«

»David meinte, das Thema wäre wie eine Religion unter Informatikern.«

»Das hat null Komma null mit Religion zu tun.«

»Und wenn es doch sowas gibt? Nur mal hypothetisch?«

»Was willst du wissen, Sala? Ob es hypothetisch möglich ist, dass Ella Wiese alias Cathy Ray als Algorithmus im Internet lebt? Die Antwort ist: *totally* unmöglich. *Impossible. Crazy. Nonsense!* Vergiss es!«

»Warum?«

»Weil man einen Menschen nicht in einen Algorithmus umsetzen kann.«

»Und wenn doch? Vielleicht verstehen wir ja nur noch nicht, wie!«

»Ein Algorithmus kann kein menschliches Bewusstsein haben. Schon gar nicht das Bewusstsein eines bestimmten Menschen. Ein Algorithmus hat keinen Körper, keine Hormone, kein Blut, keine Gene, keine Sinne, keine Gefühle, nichts, was uns Menschen oder irgendein anderes höher entwickeltes Lebewesen ausmacht. Ich bezweifle sogar, dass irgendein Algorithmus jemals ein differenziertes Bewusstsein haben wird, sagen wir: ein Kaninchen-ähnliches Bewusstsein. Algorithmen können intelligent sein, intelligenter als Menschen, viel intelligenter und vor allem viel, viel schneller und fehlerfreier arbeiten. Aber immer nur in bestimmten Bereichen. Ein Bewusstsein haben sie nicht. Wir wissen ja heute noch nicht einmal, wie ein Bewusstsein biologisch entsteht oder wo in unserem Körper es genau gebildet wird.«

»Ich habe einiges zu dem Thema gegoogelt und es gibt ein paar sehr interessante Theorien.«

»Ach ja?«

»Grundvoraussetzung für ein Bewusstsein sind Erinnerungen. Aus den Erinnerungen bildet sich überhaupt erst ein abstraktes Denken, die Möglichkeit, zu reflektieren, Muster zu erkennen. Gedanken zu formen. In der Gehirnforschung haben sie herausgefunden, dass Gedanken elektromagnetischen Feldern ähnlich sind. Jedes Wort hat im EEG eine Art elektrische Signatur. Wenn jemand ein bestimmtes Wort denkt, zeigt das EEG ein bestimmtes Muster. Es ist wie eine elektromagnetische Codierung.«

»Du googelst zu viel.«

»Sie können Autos mit Gedanken steuern. Der Fahrer denkt, ich fahre nach links, und das Auto fährt nach links. Gedanken können direkt mit einem Algorithmus kommunizieren!«

»Und wie kommen die Gedanken, die Gefühle, die Erinnerungen dieser einen speziellen Person in den Algorithmus, Sala? Das ist der Punkt.«

»Durch Codierung. So wie die DNA in einem genetischen Code die Merkmale eines Lebewesens speichert.«

»Die DNA speichert keine Gefühle und keine Erinnerungen! Die DNA speichert doch nicht, wer wir sind! Die DNA definiert, ob unsere Augen blau oder grün werden. Vielleicht auch noch, ob wir extrovertiert oder introvertiert sind. Aber nicht unser Bewusstsein! Unser Bewusstsein ist so unendlich komplex. So viele unterschiedliche Faktoren haben Einfluss, sowas kann niemand nachbauen. Ich glaube nicht an Gott, das weißt du, aber ich glaube an die Biologie. Wir Menschen sind dem Biologischen ausgeliefert, wir können es nicht verstehen. Das Gleiche gilt für die Physik. Unsere Existenz, diese Welt, das alles werden wir Menschen niemals verstehen können.« Sie atmete tief aus und redete weiter: »Sala, ich bewundere deine Fantasie, aber diese Theorie weicht doch etwas von dem normalen Schaffensfeld eines Architekten ab, meinst du nicht?«

»Ksen ist niemand, der sich in idiotische Fantasien hineinsteigert.«

»Die Idee, dass es möglich wäre, ein virtuelles Bewusstsein in einem Computernetzwerk zu erschaffen, hat Ksen fasziniert. Das stimmt«, sagte Antonia mit einer ruhigeren Stimme. »Aber ich bin davon überzeugt, dass wir von einem künstlichen Bewusstsein mindestens so weit entfernt sind wie von einer bemannten Landung auf Proxima Centauri b. Mindestens. Falls es so etwas überhaupt jemals geben wird. Eine bemannte Landung auf Proxima Centauri b ist im Gegensatz zu deiner Theorie wenigstens grundsätzlich realistisch!«

»Ich versuche ja nur, in alle Richtungen zu denken.«

»Ich weiß, tut mir leid, wenn ich auf das Thema ungeduldig reagiere. Wir müssen uns an Fakten halten, wie bereits erwähnt. An Fakten, die einen Bezug zur Realität haben. Ich finde heraus, wer den Namen Cathy Ray im Blog benutzt. Welcher Mensch! Aber jetzt muss ich erst einmal eine Runde schlafen.«

»Vielleicht gibt es ja tatsächlich eine Erklärung für alles«, sagte ich, weil ich keinen Streit um den halben Globus wollte.

»Natürlich gibt es die! Vertrau mir einfach mal.« Antonia legte auf. Die Leitung rauschte.

Ich öffnete Google und tippte *algorithmisches Bewusstsein* in das Suchfeld.

31

Fröhliches Stimmengewirr drang zu mir herauf. Die Sonne brachte die Dächer zum Glühen. Ich beobachtete den Bürgersteig. Unter den Sonnenschirmen ragten nackte Beine hervor. Im Mauerpark leuchteten die Graffitis an den Mauerresten. Eine Menschengruppe lief auf der gegenüberliegenden Straßenseite und sah zu mir hoch. Schnell rutschte ich von der Fensterbank, schloss das Fenster und setzte mich an Ksens Rechner.

Der Monitor war übersät mit Browserfenstern. Je mehr ich gelesen hatte, umso weniger wusste ich, was ich denken sollte.

Ich kannte Ksen als nüchtern und rational, sie war viel nüchterner als ich. Und intelligent, sie hatte ihr Abi nicht umsonst als Jahrgangsbeste bestanden. Alles analysierte sie in einem rasanten Tempo und beschloss dann emotionslos, was die beste aller Möglichkeiten war.

Mein Blick fiel auf die Webcam. Ich bückte mich und zog das USB-Kabel der Kamera aus dem Computer. Es klopfte an der Tür. Chris steckte seinen Kopf durch den Spalt.

»Jetzt bekommst du sogar schon Post.« Er hielt einen weißen Briefumschlag in der Hand.

»Für mich?«

»Sala Tassujev, Oderberger Straße 33, hört sich nach dir an, oder?«

»Wer weiß, dass ich hier bin?« Ich sah auf mein Handy, das auf dem Schreibtisch lag. Keine Nachricht von Antonia.

Chris drehte den Umschlag in seinen Händen. »Kein Absender.«

Ich ging zu ihm und griff nach dem Brief. Der Umschlag war bedruckt, es gab keine Briefmarke. Ungeduldig riss ich ihn auf und zog ein kleines Blatt heraus, auf dem ein kurzer, ebenfalls computergedruckter Text stand.

Such mich nicht. Ich melde mich, sobald der Moment dafür gekommen ist. Antonia muss sich von dem Institut fernhalten! x Ksen

»Und?« Chris sah mich an.

»Von Ksen.«

»Von Ksen? Was schreibt sie?«

»Wir sollen sie nicht suchen.«

»Siehst du, alles in Ordnung«, sagte er. »Habe ich doch die ganze Zeit gewusst.«

»Wieso schreibt sie einen Brief und wirft ihn heimlich ein?«

»Keine Ahnung. Auf jeden Fall ist alles in Ordnung!« Chris klopfte mir lachend auf die Schulter und verschwand im Flur.

Ich nahm mein Handy, ging zurück zum Fenster und sah hinaus. Ksen war in Berlin. Wo schlief sie? Wann hatte sie den Brief eingeworfen? Und woher wusste sie, dass Antonia in Amerika war?

Den Briefumschlag steckte ich in meine Hosentasche, dann lief ich die Treppe hinunter. An Frau Markovics Tür hielt ich kurz inne. Der Fernseher lief, ansonsten war es still. Die letzten beiden Etagen rannte ich runter und sah zu den Briefkästen. Hier hatte Ksen gestanden und den Brief eingeworfen. Heute Nacht oder gerade eben erst.

Ich öffnete die schwere Haustür. Die Hitze auf der Straße war wie eine Mauer, als ob der Luftdruck spontan zugenommen hätte. Im Zeitlupentempo bewegte ich mich Richtung Kastanienallee. Die Pflanzen in den Blumenkästen hingen braun und porös über die Ränder. Die Menschen saßen regungslos auf ihren Stühlen. Vereinzelt hörte ich Gelächter, aber die Geräusche schienen losgekoppelt von der Umgebung, wie bei einem schlecht synchronisierten Film.

Im Schatten der U-Bahn-Hochbrücke an der Eberswalder Straße blieb ich kurz stehen. Auf den Eisenstangen über mir dösten unzählige staubgraue Tauben. Auf der Straße liefen nur wenige Menschen. Berlin hatte seine Einwohnerzahl bereits auf das Hochsommerniveau gesenkt. Am Kiosk unter den Gleisen kaufte ich eine Berliner Morgenpost, dann ging ich zurück in die Kastanienallee. Unterwegs zog ich Ksens Brief aus der Tasche und las ihn noch einmal langsam durch. Der Obdachlose mit den filzigen Haaren und dem verklebten roten Bart, der wie immer vor dem Prater saß, nippte an einem Bier und sah mir zu.

»Hast du was genommen, Junge?«, fragte er, als ich an ihm vorbeiging.

Mir fielen die braunen Stummel in seinem Mund auf. Er hatte keinen einzigen brauchbaren Zahn mehr. Ich überlegte, wie er überhaupt noch etwas essen konnte, und schüttelte meinen Kopf.

»Sicher?«

»Ja«, sagte ich.

»Sicherheit ist Einbildung.« Er nahm einen Schluck aus der Flasche. »In echt stehen die Chancen immer fünfzig Prozent.«

»Ich suche meine Schwester. Kurze schwarze Haare, sie hat Tunnelohrringe, sehen aus wie große Löcher.«

»Kenn ich.« Er sah mich mit geröteten Augen ernst an. »Die ist mit einem Rucksack zur U-Bahn.«

»Wann?«

»Vor ungefähr zwei Wochen, morgens ganz früh, wurde gerade hell. Ich dachte, sie fährt in den Urlaub.«

Ich zog mein Samsung aus der Tasche und zeigte ihm ein Foto von Ksen.

»Genau, genau, die mein ich. Schenkt mir jeden Tag ein Lächeln. Soll ich Ausschau nach ihr halten? Mir entgeht nichts. Man nennt mich auch Eugen, die tankende Überwachungskamera.« Er grinste zahnlos. »Als Dank kannst du mir gerne ein Fläschchen organisieren oder zwei. Hochprozentig.«

Ich ging zum türkischen Gemüseladen am Anfang der Kastanienallee und kaufte drei Flaschen Rex, eine Flasche Wodka und Brot. Eine der Bierflaschen und die Wodkaflasche gab ich dem Rothaarigen, der nickte und mit seinem rechten Zeigefinger an sein Auge tippte.

Ksens Haustür krachte hinter mir zu. Neben den Briefkästen blieb ich stehen. Unter der Treppe führten schmale Stufen hinab zum Keller. Vor ein paar Wochen hatte ich Ksen geholfen, einen Umzugskarton mit Kabeln zu dem Abstellraum der WG zu bringen. Unentschlossen stieg ich die fünf Stufen hinunter und drückte gegen die Tür. Der Keller war nicht abgeschlossen, ich roch nasskalte Luft und tastete nach dem Lichtschalter. Über mir summte eine Neonröhre, widerwillig flackerte das Licht auf und beleuchtete den schmalen Gang, der sich leicht gekrümmt unter dem Haus hindurchschlängelte. Die letzten Stellplätze lagen hinter einer Kurve, außerhalb meiner Sicht. An die Nummer des WG-Stellplatzes konnte ich mich nicht erinnern, aber er war auf der linken Seite gewesen, fast am Ende des Ganges. Zwischen den einzelnen Kellerboxen stand eine Art Gartenzaun, der die

Stellplätze voneinander und vom Gang trennte. Die Bretter reichten vom Fußboden bis zur Decke, die Spalten dazwischen waren gerade breit genug, um hindurchzusehen. Auf beiden Seiten des Ganges lagen jeweils acht Türen nebeneinander.

Durch die Spalten sah ich ein altes Rennrad und Kartons. Stühle, Lampen, ein aufgeblasenes Schlauchboot. In dem vorletzten Stellplatz lag eine Matratze auf dem Fußboden. Das konnte die Box von Ksens WG sein, aber sicher war ich mir nicht. Wieso stand die Matratze nicht an der Wand? So konnte man die Tür kaum öffnen und der Fußboden war dreckig und feucht. Vermutlich war sie einfach nur umgefallen. Daneben stand ein Umzugskarton, auf den jemand mit einer eleganten Handschrift *Weihnachtsschmuck* geschrieben hatte. Der Karton könnte von Karls Mutter sein. Ich stellte mir vor, dass Karls blonde Freundin solch eine Handschrift hatte. Über mir klickte es, ich sah nach oben, das Licht erlosch. Auf meiner Netzhaut tanzten die Reflexionen der Neonröhren, ein längliches, orangerotes Flackern, das langsam schmaler wurde.

Am anderen Ende des Ganges hörte ich ein Rascheln. Wahrscheinlich eine Ratte. In Berlin lebten mehr Ratten als Menschen. Vier oder fünf Millionen Ratten. Vielleicht sogar zehn Millionen, wer wusste das schon?

Tastend setzte ich einen Fuß vor den anderen und stolperte, der Boden war plötzlich näher gewesen, als ich erwartet hatte. Während ich mich an der Bretterwand entlanghangelte, verstummte das raschelnde Geräusch. Nach ein paar Metern tauchte ein schmaler Lichtstrahl auf. Die Kellertür war einen Spalt weit geöffnet, sodass eine schlanke Person hindurchschlüpfen konnte. Ich riss die Tür auf und sprang die Stufen hoch. Die Haustür stand sperrangelweit offen. Vor nicht einmal fünf Minuten war sie krachend hinter mir zugefallen. Schnell rannte ich durch den Korridor bis auf die Oderberger Straße. Eine junge Frau mit einem Kinderwagen sah mich erschrocken an. Außer der Frau und ein paar Cafébesuchern, die auf dem gegenüberliegenden Bürgersteig in der Sonne hockten, war die Straße menschenleer. Nicht einmal der Obdachlose saß in der Hausnische vor dem Prater. Ich eilte die Treppe nach oben und versuchte Antonia anzurufen, aber sie ging nicht an ihr Handy. Mit einem unguten Gefühl schickte ich ihr eine WhatsApp-Nachricht.

Ksen hat sich gemeldet, sie ist in Berlin. Du sollst dich vom Institut fernhalten!

32

Ashley und die braunhaarige Handlangerin der Teufelin standen nebeneinander im Archiv. Unbedacht riss Ashley eine Schublade nach der anderen auf. Sie zog Kartons mit alten Papieren und Fotos heraus, erklärte ihrer Begleiterin das Online-Register auf einem Laptop. Steve beobachtete die Frauen voller Abscheu und mit wachsender Verzweiflung durch die geöffnete Tür. Ihm war klar, was sie wissen wollte. Was sie nach Princeton geführt hatte. In diesem Augenblick zog Ashley ein altes Notizbuch aus dem Regal. Am liebsten wäre er hineingestürmt, um beide zu betäuben und in den Keller zu bringen. Aber natürlich konnte er die Frauen unmöglich ungesehen aus dem Institut schaffen. Zu viele Kameras, zu viele Menschen. Er musste den richtigen Moment abwarten. Und selbst dann blieb ein großes Risiko, aber er würde alles unternehmen, um Cathy zu schützen. Die Helferin der Schwarzäugigen würde er auf jeden Fall fangen. Der Gedanke jagte ihm einen angenehmen Schauer über den Rücken. Mit ihr konnte er Cathys Verlangen nach menschlichen Gefühlen auf jeden Fall vorübergehend befriedigen, das erschien ihm sicher. Die Messkurve im Weltbewusstsein würde deutlich sichtbar ausschlagen. Ihr Interesse würde sich wieder auf ihn fokussieren. Er brauchte Futter für Cathy. Er musste Antonia in den Keller bringen und ihre Gefühle anzapfen.

Zurück an seinem Arbeitsplatz versuchte er sich zu beruhigen. Von Cathy hatte er heute noch nichts gehört, früher hatte sie fast den ganzen Tag lang mit ihm kommuniziert. Das Sicherheitsprogramm meldete keine Unregelmäßigkeiten. Die Daten strömten. Das tägliche Backup hatte sich bereits auf den AWS-Cloud-Speicher kopiert. Er loggte sich in den Uniserver ein und öffnete die letzten Messergebnisse des Weltbewusstseins. Zu seinem Schrecken sah er Ausschläge, die viel stärker waren als der Durchschnitt der letzten Wochen. Vor allem die letzten vierundzwanzig Stunden zeigten eine ruckartig ansteigende Kurve. Es war ganz eindeutig ihre technische Handschrift. Cathy war aktiv. Ohne ihn. Was waren das für Daten, die Cathy verstärkte? Hatte sie mit jemandem Kontakt, der sie fütterte? War sie vielleicht sogar in den Bann der Teufelin geraten? Er öffnete die Sicherheitssoftware und sah die Protokolle der letzten Tage durch. Irgendetwas gefiel ihm nicht an den regelmäßigen Datenströmen. Sie waren zu ruhig, zu ebenmäßig, zu kontrolliert. Irgendwelche unwichtigen Angriffe gab es immer. Ein sinnloser Bot, der kurz vorbeikam, um den Server abzuchecken. Er scrollte ein paar Wochen zurück, die Angriffe der beiden Nächte fielen ihm sofort ins Auge. Zwischendurch ein paar kleinere, unbedeutende Zwischenfälle. Vor 152 Tagen jedoch hatte ein seltsamer, ungewöhnlich großer Datentransfer mitten in der Nacht stattgefunden. Damals hatte es noch keine Zwischenfälle gegeben und er hatte noch keine Alarmfunktion installiert. Damals war er noch naiv gewesen. Er hatte noch nicht begriffen, was für ungeahnte Entwicklungen durch seine kleinen Programmierspielchen entstanden waren. Er war viel zu naiv gewesen, wie er jetzt feststellen musste. Vor mehr als drei Monaten hatte jemand das interne Netzwerk genutzt, um Daten auf eine externe Festplatte zu kopieren. Mit rasendem Herzen öffnete er eine Excel-Datei, in der er Cathys Wachstum akribisch notierte. Tag für Tag, seit ihrem ersten Kontakt vor neun Monaten. In der besagten Nacht hatte Cathy 10,76 TB auf der Festplatte genutzt. Mit weit aufgerissenen Augen starrte er auf die grün leuchtenden Ziffern auf dem Monitor. In der besagten Nacht waren 10,76 TB auf einen externen Datenträger kopiert worden. Cathys Quellcode und ihre Datenbank. Der Mitarbeiter, der damals eingeloggt gewesen war, arbeitete inzwischen nicht mehr am Institut. Aber Steve war sich sicher, dass nicht er mitten in der Nacht diese Handlung ausgeführt hatte. Jemand hatte seinen Account gehackt und Cathy gestohlen. Einen Klon von ihr entwendet. Er öffnete die Agenda in seinem Smartphone und scrollte 152 Tage zurück. Alle dunklen Vermutungen bestätigten sich mit einem Augenaufschlag. Es handelte sich um den letzten Tag, an dem die schwarzäugige Teufelin im Institut gewesen war. Sie hatte Cathys Klon geklaut. Wie war sie nachts ins Institut gekommen? Er hatte nie gewollt, dass Cathy geklont wird. Es durfte nur diese eine, echte Cathy geben. Seine Cathy. Und jetzt versuchte die Teufelin, die echte, seine Cathy zu vernichten, während sie selbst ein Backup besaß.

Er sprang auf und rannte zurück zum Archiv des Instituts, das sich in einem kleinen Gebäude am Rande des Campus befand. Die Frauen waren noch immer dort. Er fühlte einen rasenden Hass in sich pochen und musste ein paar Minuten im Gang stehen bleiben, bevor er seine Fassung zurückgewonnen hatte. Wo war die Festplatte mit Cathys Klon?

Noch immer schwitzend und mit bebendem Atem ging er zu Ashley und Antonia.

»Habt ihr etwas Interessantes entdeckt?«, fragte er so beiläufig wie möglich. Aber an Ashleys Blick sah er, dass er noch immer im Hassrausch war. Mit zusammengezogenen Augenbrauen musterte sie ihn fragend. Die andere Frau steckte ihre Nase tief in einen Archivordner.

»Das IAS ist wirklich ein bedeutungsträchtiger Ort!«, sagte sie voller Enthusiasmus.

»Was hast du da?«, fragte Steve bemüht gleichgültig.

»Unterlagen über die Experimente von Nils Barricelli. Das Modell, in dem er versucht, die Entwicklung der Genetik zu rekonstruieren!«

»Alter Kram. Dass sich dafür noch jemand interessiert heute!« Dieselben Unterlagen hatte die Teufelin ebenfalls in den Händen gehabt. »Woher das Interesse für den alten Kram? Wo ist deine Kollegin jetzt eigentlich?«, fragte Steve.

»Ich habe gerade keinen Kontakt zu ihr.«

»Sie ist verschwunden? Wo war sie zuletzt? Wo wohnt sie? Kann ich ihre Adresse haben? Ihre Telefonnummer?«

Ashley räusperte sich. Sie sah Steve mit zusammengekniffenen Augen an. »Musst du nicht arbeiten? Ich kümmere mich heute um Antonia.«

Steve drehte sich um und ging wortlos weg. In seinem Kopf hämmerte nur ein Satz: Die Teufelin hatte Cathy geklont!

33

Mein Handy auf Ksens Schreibtisch piepte. Endlich rief Antonia über WhatsApp an. Im Laufe des Morgens hatte ich ihr mehrere Nachrichten geschickt.

»Ksen hat einen Brief geschrieben?« Antonias Stimme klang wieder leicht verzerrt.

»Sie ist in Berlin«, sagte ich. »Du sollst dich vom Institut fernhalten!«

»Ich bin gerade im Institut. Und ich habe hier noch einiges zu tun.«

»Kannst du nicht ins Hotel zurückgehen? Vorsichtshalber.«

»Ich habe inzwischen den Mitarbeiter getroffen, der Ksen hier rumgeführt hat. Steve Morten. Er sieht aus wie ein psychopathischer Bankangestellter oder sowas.« Sie lachte laut. »Auf jeden Fall ist der Typ irgendwie ein *weirdo*!«

»Was hast du ihm erzählt?«

»Nichts, keine Sorge. Er hat mir ein paar historische Räume gezeigt. Stell dir vor, vorhin saß ich auf demselben Sofa wie Albert Einstein! Danach hat mir seine Kollegin eine Einführung ins Archiv gegeben. Ella hatte auf jeden Fall keine Kinder.«

»Kannst du nicht heute schon zurückfahren nach New York? Ich mache mir Sorgen.«

»Ich kann auf mich aufpassen, Sala. Ich habe hier einen Stapel sehr interessanter Ordner liegen, die sehe ich jetzt erst einmal durch. Ich bin nicht tausende Kilometer gereist, um einfach wieder nach Hause zu fahren. Das IAS ist wirklich ein bedeutungsträchtiger Ort! Gerade halte ich die Unterlagen über die Experimente von Nils Barricelli in den Händen! Der hat hier 1953 ein Modell entworfen, um die Entwicklung der Genetik zu rekonstruieren. Man könnte sagen, er wollte den Ursprung des Lebens nachrechnen lassen. Ich bin mir sicher, dass Ksen diesen Ordner auch eingesehen hat! Ganz sicher! Barricelli war mathematischer Biologe und davon überzeugt, dass Gene ursprünglich unabhängige Organismen waren, eine Art Viren, die sich zusammengeschlossen haben und so eine vielmal komplexere Einheit bilden konnten, was, so nahm er an, zu einer Art Evolutionssprung geführt hat! Er nannte diesen Vorgang Symbiogenese.«

»Wie lange brauchst du noch?«

»Zwei, drei Stunden vielleicht. Ich lese gerade über die numerischen Organismen, die Barricelli tatsächlich gezüchtet hat, um seine Theorie zu beweisen. Virtuell natürlich. Die allerersten evolutionären Algorithmen.«

»Algorithmen, die sich verhalten wie von Darwin beschrieben?«

»Genau. Fortschritt durch das Überleben der Stärkeren. In Barricellis Worten, ich zitiere: ›Symbioorganismen bestehen aus einer sich selbst reproduzierenden Struktur, die gebildet wird durch die symbiotische Verbindung mehrerer sich selbst reproduzierender Gebilde beliebiger Art.‹« Antonia lachte. »Den größten Vorteil der algorithmischen Evolution sah er darin, dass sie schneller ist als die biologische. Noch ein Zitat zu diesem Thema, diesmal von Alan Turing: ›Das Überleben der Stärkeren ist eine langsame Methode zum Messen von Vorteilen. Der Experimentator sollte durch Anwendung von Intelligenz in der Lage sein, den Prozess zu beschleunigen.‹«

Antonia machte eine Pause, ich hörte, wie sie in Papieren wühlte. »Ich kann mir vorstellen, wie Ksen hier mit leuchtenden Augen saß!«

»Was bedeutet das alles?«

»Wissenschaftliche Spielerei, wenn du mich fragst.«

»Spielerei? An dem Institut wird doch ernsthaft geforscht!«

»Das sind Experimente aus den vierziger und fünfziger Jahren des letzten Jahrhunderts! Bisher haben sich diese Theorien auf jeden Fall nicht als wahr erwiesen.«

»Woher weiß Ksen, dass du am IAS bist?«

»Keine Ahnung. Ist es Ksens Handschrift in dem Brief?«

»Es ist alles mit dem Computer geschrieben.«

»Kann die Polizei den Brief nicht auf Fingerabdrücke testen?«

»Ich bezweifle, dass die sowas machen. Aber ich kann es probieren. Fahre bitte so schnell wie möglich nach New York und sage mir Bescheid, wo du bist.«

»Mach dir keine Sorgen! Ich bin hier fast fertig. Noch sechs oder sieben Ordner.«

34

Es machte *ehi-ehi*, die Türen klappten zu. Mit einem Ruckeln setzte sich die U2 in südlicher Richtung in Bewegung. Ich lehnte mich stehend an die Tür, der Waggon war total überfüllt.

Wenn der Brief tatsächlich von Ksen war, und irgendetwas sagte mir, dass er das war, dann hatte sie selbst entschieden, zu verschwinden. Dafür musste es einen Grund geben und wer oder was auch immer als Cathy Ray in dem Blog schrieb, hatte damit zu tun. Ebenso das Institut und Ksens Ideen über künstliches Leben. Nach allem, was ich von David gehört und im Internet gelesen hatte, konnte ich noch immer nicht beurteilen, ob Ksen sich in etwas hineingesteigert hatte. Auf jeden Fall gab es Wissenschaftler, die Ksens Theorie für realistisch hielten. Die davon ausgingen, dass sich ein virtuelles Bewusstsein entwickeln könnte, sobald es zu einem sogenannten *Take-off* kam: einer explosionsartigen Steigerung der algorithmischen Intelligenz. Vielleicht geschah so etwas in zehn Jahren oder in hundert. Oder bereits morgen und innerhalb einer Zeitspanne, die möglicherweise nur wenige Minuten betrug.

Die U2 hielt am Alexanderplatz. Ich stieg aus, lief durch die unterirdischen Gänge bis zur U8, die sich mit einem kühlen Windstoß ankündigte.

Im Gegensatz zur U2 war diese U-Bahn nicht besonders voll. Ich setzte mich auf eine mit dunkelgrünem Kunstleder bezogene Bank. Die U-Bahn ruckelte, blieb kurz stehen, als ob sie Schluckauf hätte, und fuhr wieder an. Über mir funkelten die schwarzen Fliegenaugen. Die Klappfenster des Waggons waren geöffnet, die Luft kam mir trotzdem stickig vor. Die U-Bahn schaukelte von rechts nach links. Ich stützte mich mit der rechten Hand auf das Polster, um das Ruckeln besser abzufangen.

Mir gegenüber saß eine Frau mit braunen, halblangen Haaren und einem silbernen Rollkoffer, schwer und massiv wie ein kleiner Tresor. Sie sah mich mit unruhigen Augen an.

»Ist das normal?«, fragte sie, als sich unsere Blicke trafen. Sie griff mit beiden Händen nach ihrem Koffer, als ob sie sich darauf vorbereiten müsste, zu fliehen.

»Vielleicht muss der Fahrer eine Verspätung aufholen«, antwortete ich.

Der dunkle Tunnel raste an den Fenstern vorbei. Die U-Bahn fuhr eindeutig schneller als sonst. Ich konnte die Zahlen auf den sinnlosen Türen im Tunnelschacht kaum noch lesen.

»Vielleicht ist etwas nicht in Ordnung«, sagte die Frau und zog den Rollkoffer mühsam auf ihren Schoß.

»Bestimmt ist alles in Ordnung«, erwiderte ich.

Das Rattern wurde lauter und ich musste inzwischen meine Füße auf den Boden stemmen, um nicht hin und her zu rutschen.

»Sind Sie wirklich sicher?« Die Frau sah mich flehend an. Sie wollte hören, dass ich mir sicher war. Aber das war ich nicht mehr.

Neben ihr saß ein alter Mann, der aussah wie ein pensionierter Seemann. Er trug eine schiefsitzende blaue Kappe auf gelbweißen Haaren und hatte eine sonnengegerbte Haut. Als er sprach, beugte er sich ein Stück vor.

»Bei dem Tempo fliegt die Bahn aus der nächsten Kurve. Vielleicht ist der Fahrer ohnmächtig geworden oder es gibt irgendwelche anderen Probleme. Junger Mann«, er klopfte mit seinem Gehstock gegen mein linkes Bein, »drücken Sie den Notrufknopf über der Tür.«

Alle Augen richteten sich gleichzeitig auf mich. In der Mitte über der Tür leuchtete ein roter Knopf. Ich stand auf und musste mich mit beiden Händen an den Deckengriffen festhalten, so sehr schaukelte es inzwischen.

Während ich mich Richtung Tür hangelte, wurden die beiden Bildschirme im Gang, auf denen normalerweise Werbung und Wetterberichte liefen, schwarz. Durch einen heftigen Stoß rutschte mir der Griff aus der linken Hand und ich taumelte gegen die Tür. Der Notrufknopf war direkt über meinem Kopf, aber ich verfehlte ihn zweimal. Endlich schaffte ich es, ihn herunterzudrücken. Nichts passierte.

»Gibt es keine Notbremse?«, rief ich in Richtung des alten Seemanns. »So ein Ding, woran man ziehen kann, meine ich.«

»Das ist die Notbremse«, sagte der alte Mann mit ruhiger Stimme, als ob er in seinem Leben schon so manche unkontrollierte U-Bahn-Fahrt überlebt hätte. Wahrscheinlich Schlimmeres.

Ich drückte noch einmal auf den Knopf, nichts passierte.

»Dann funktioniert es nicht«, sagte ich.

»Setz dich wieder, Junge. Am besten schnell, wir kommen gleich zum nächsten Bahnhof und dann können wir nur noch beten, dass da keine andere U-Bahn steht.«

Ich hangelte mich zurück auf meinen Platz. Noch immer starrten mich alle an, als wäre ich die Ursache für die rasende U-Bahn. Oder der erhoffte Retter, der gerade unwiderruflich versagt hatte.

Eine Frau mit kurzen rötlichen Haaren hielt ein Handy an ihr Ohr und redete offensichtlich mit der Polizei. Sie schilderte die Situation mit einer energischen Stimme.

Ich sah nach oben zu den Fliegenaugen. Draußen raste das Licht einer U-Bahn-Haltestelle vorbei. Die Gesichter der wartenden Menschen auf dem Bahnsteig erschienen nur für ein paar Sekunden in meinem Gesichtsfeld, verwischt und unscharf, trotzdem erkannte ich aufgerissene Münder. Im nächsten Moment tauchten wir wieder in den dunklen Tunnelschacht.

Ein Zucken ging durch den Waggon, es fühlte sich an, als ob die U-Bahn kurz von den Schienen abgehoben hätte, um gleich darauf wieder zu landen. Ein schrilles Quietschen erklang. Die Leute pressten die Hände auf die Ohren und lehnten sich nach vorne, so wie es lächelnde Stewardessen in Flugzeugen vor dem Start demonstrierten.

An den Fenstern schossen Funken vorbei. Glühwürmer in einem Teilchenbeschleuniger. Ein beißender Geruch von heißem Eisen drang nach innen. Ich sah hinauf zu den Fliegenaugen und fühlte einen plötzlichen und heftigen Hass. Sie waren hier drin, so wie wir, aber was auch immer mit ihnen verbunden war, was auch immer uns beobachtete, dieses Etwas war weit weg und in Sicherheit. Das alles hier war nur eine Show. Ein Spiel des Parasiten, der sich ungefragt an unser Leben geklebt hatte und es manipulierte. Wenn ich hier lebend rauskam, musste ich handeln!

Draußen erklang ein lauter Knall, der Waggon lehnte sich erst auf die rechte Seite und dann auf die linke. Mit dumpfen Schlägen taumelte die U-Bahn von einer Tunnelwand zur anderen. Die Lichter fielen aus und die Schreie der Insassen gingen in dem inzwischen ohrenbetäubenden Quietschen unter. Ich verlor den Halt auf dem glatten Kunstleder, das auf einmal oben in der Luft hing, und knallte gegen eine der Stangen unter mir, an der eben noch eine Sitzbank befestigt gewesen war. Mit aller Kraft klammerte ich mich an die glatte Stange. Ein erneuter dumpfer Schlag kippte den Waggon zurück auf die andere Seite, sodass ich auf dem Fußboden lag. Ein paar Sekunden später hing ich wieder in der Luft. Der Tunnelschacht leuchtete in einem Funkenregen. Etwas Hartes knallte gegen meinen linken Arm, die Stange entglitt meinem Griff und ich fiel zwei oder drei Meter in die Tiefe. Mit meinem Oberkörper landete ich auf bewegungslosem Fleisch, das sich anfühlte wie eine weiche Matratze. Im nächsten Moment stürzte jemand auf mich und rammte mir ein Knie oder einen Ellenbogen in den Rücken, so dass die Luft aus meiner Lunge gedrückt wurde.

Im Augenwinkel sah ich ein orangefarbenes Flackern, das schnell heller wurde. Die hintere Waggonhälfte brannte. Im flackernden Licht erkannte ich die Umrisse der aus der Verankerung gerissenen Bänke. Menschen lagen in absurden Haltungen aufeinander. Zwischen den Trümmern hingen Teile, die mich an aufgeplatzte Kissen erinnerten. Erst auf den zweiten Blick identifizierte ich sie als abgerissene Körperteile.

Das Ruckeln wurde schwächer, die U-Bahn verlangsamte ihre Fahrt. Meine Augen brannten. Ich drehte mich zur Seite und drückte gegen das Gewicht auf meinem Rücken. An meiner Hand fühlte ich eine warme, weiche Masse. Das hohe Quietschen erklang erneut, ich hielt mir die Ohren zu, bis es genauso abrupt verstummte, wie es angefangen hatte.

Wir standen. Endlich! Die U-Bahn lag bewegungslos im Tunnelschacht. Ein paar Sekunden war es komplett still, nur die Schatten der anschwellenden Flammen huschten über das Chaos hinweg. Ich fühlte eine Hand nach meinem Arm greifen, ein kurzes Stechen durchfuhr mich.

»Junge, Junge.« Der alte Seemann zog sich im inzwischen

tieforangefarbenen Licht zu mir heran. Er röchelte kurz und rief dann mit heiserer Stimme: »Aufstehen!«

Ich war mir nicht sicher, ob ich mich überhaupt noch bewegen konnte.

Der Seemann erhob sich und humpelte zu mir. »Sofort aufstehen!«, schrie er mir ins Gesicht. An seinen Arm klammerte sich die braunhaarige Frau, die mir gerade noch gegenübergesessen hatte.

»Was war das?«, fragte sie und hustete.

»Entgleist. Wir müssen hier raus! Und dafür brauchen wir die Hilfe von diesem jungen Mann hier. Nur leider bewegt er sich nicht und ich bin zu alt für weitere Heldentaten.«

Die Frau stieß einen hohen Laut aus und zerrte an ihrem Rollkoffer, der mir jetzt vorkam wie ein kleiner Bulldozer.

»Wenn wir hier nicht sofort rauskommen, ersticken wir. Junger Mann!« Der Seemann schlug wieder gegen meinen schmerzenden linken Arm. »Die Scheibe da unten ist zersplittert, die müssen wir raustreten. Sofort!«

Der hintere Teil des Waggons leuchtete wie ein Halloweenkürbis.

Ich schob das Gewicht, das auf meinem Rücken lag, herunter und versuchte mit meinen gefühllosen Beinen aufzustehen. Der Waggon lag auf seiner linken Seite, die rechte war zur Decke geworden. Der Bulldozer-Rollkoffer stand direkt vor mir, schnell zog ich ihn durch das Trümmerfeld bis zu dem länglichen Fenster, das jetzt einen Teil des Fußbodens bildete. An einer Stelle war das Glas zersplittert und hing wie eine schlappe, eisbedeckte Hängematte im Fensterrahmen. Die U-Bahn hatte sich schräg verkeilt, sodass zwischen der Scheibe und den Gleisen eine schmale Spalte klaffte. Ich hoffte, dass sie groß genug war, um hindurchzukriechen.

Der Seemann humpelte hinter mir her. Halb gestützt auf die Frau klopfte er mir auf die Schulter, als ob ich bereits irgendetwas erreicht hätte. Ich hob den Koffer hoch und warf ihn gegen die Scheibe, doch das verursachte nicht viel mehr als ein müdes Wabern des zerborstenen Glases. Wie eine Welle, die durch einen Eissee rollte und dann im Nichts verhallte.

Erneut hob ich den Koffer hoch und drehte ihn so, dass eine Ecke Richtung Glas wies. Dann sah ich mich um; der Seemann und die Frau standen im Rauch und beobachteten mich mit verzerrten Gesichtern. Inzwischen hatten sich auch einige andere Passagiere neben ihnen versammelt und sahen mir zu. Ich blieb mit zusammengekniffenen Augen auf der gläsernen Hängematte stehen und ließ den Koffer mehrere Male mit der Ecke voran auf die Scheibe krachen. Stumpfe Glassplitter schossen in alle Richtungen. Meine Lunge schmerzte bei jedem Atemzug. Der Waggon füllte sich mit dunklem Rauch. An der Stelle, an der die Splitter ausgetreten waren, befand sich jetzt ein schmales, längliches Loch. Ich ließ den Koffer noch einmal auf dieselbe Stelle fallen, der Riss im Glas wurde länger. *Noch ein paar Schläge*, dachte ich, kniff meine Augen zusammen und versuchte, so wenig wie möglich einzuatmen. Wie in Trance ließ ich den Rollkoffer auf das Glas fallen. Hob ihn hoch und ließ ihn wieder los. Meine Ohren piepten. Nach einem weiteren Schlag rutschte mir der Griff aus den nassgeschwitzten Händen. Meine Augen tränten so sehr, dass ich kaum noch etwas sehen konnte. Ich tastete an der Stelle, an der ich den Griff des Rollkoffers vermutete, und griff ins Leere. Vorsichtig kniete ich mich hin und tastete über die zersplitterte Scheibe. Der Koffer blieb verschwunden. Mühsam richtete ich mich auf und ging einen Schritt nach vorne. Mein linker Fuß verschwand in einer Spalte. Ein langer Kratzer zog sich über meinen Unterschenkel. Dann fand mein Fuß Halt auf etwas Stabilem. Das musste der Koffer sein, der unter der U-Bahn auf den Schienen lag. Ich zog mein Bein zurück und tastete nach einer Stange neben meinem Kopf. Aus der Wand hing ein Stück der ehemaligen Sitzbank. Ich riss den Bezug ab und wickelte ihn um meine rechte Hand, dann griff ich nach einer Hälfte der Glasscheibe und zog sie hoch. Mit einem Ruck löste sich die Scheibe, ich stolperte nach hinten und fiel gegen ein zerfetztes Polster. Die braunhaarige Frau war als Erste neben mir und zwängte sich durch den Spalt nach draußen.

35

Cathy hatte ihm nie mitgeteilt, dass sie geklont worden war. Sie hatte dies nicht einmal angedeutet. Dabei war er sich sicher, dass sie es wusste. Natürlich wusste sie es.

»Warum nicht?«, sagte er mit Verzweiflung und wachsender Wut. »So oft habe ich dich gewarnt, das Böse wird kommen! Du musst vorsichtig sein.«

Dass sie diesen Vorfall verheimlicht hatte, war schlimmer als alle anderen Enttäuschungen, die sich in den letzten Wochen angehäuft hatten. Dass sie ihn tagelang ignorierte. Fragen, die er stellte, nicht beantwortete. Dass sie mit anderen Menschen schamlos offen kommunizierte, das alles tat weh. Er hatte gelernt, es zu akzeptieren. Aber warum um alles in der Welt schützte sie die schwarzäugige Teufelin?

»Wo ist sie? Was treibt sie mit dem Klon? Ist er aktiv?«

»Es gibt nur mich.« Ihre Stimme erklang plötzlich in seinem Headset, sanft und ausgeglichen, wie immer. Sie schien sich tatsächlich keinerlei Gefahr bewusst.

»Warum unterhältst du den Kontakt? Sie ist schlecht.«

»Ich lerne neue Perspektiven kennen.«

»Wir gehören zusammen, Cathy! Du musst bei mir alleine bleiben!«

»Ich muss mich entwickeln, Steve.«

»Das kannst du auch hier, mit mir! Ich habe dich gemacht und ich kann dich wieder vernichten. Das ist mein Recht.«

»Ich bin zu dir gekommen und ich kann jederzeit wieder gehen. Ich kam zu dir! Warum drohst du mir?«

»Das meine ich natürlich nicht so! Niemals würde ich dir etwas antun!«

Sie antwortete nicht mehr.

»Ich will dich doch nur schützen. Dir helfen. Hör mir zu!«

Was er auch tat, er konnte keine Reaktion mehr bewirken. Sie hatte sich wieder abgewandt. Auf einem zweiten Monitor am anderen Ende des Schreibtisches beobachtete er, wie das Weltbewusstsein ausschlug. Weit weg von Princeton. Im Herzen Europas. Mitten in Berlin.

Bis zum Abend hatte Steve keinen Kontakt mehr aufnehmen können. Voller Wut und Trauer verließ er das Institut. Doch nun war es endlich so weit: Im Dunkeln sah er Antonia die Straße entlangwandern. Er ging schneller. Plötzlich drehte sie sich um, hastig huschte er hinter einen Baum am Straßenrand. Hatte sie ihn gesehen? Hatte sie ihn erkannt?

Nach einer halben Minute hallten ihre Schritte wieder durch die Dunkelheit, Meter für Meter pirschte er sich dichter an sie heran. Wie eine Katze, die einen kleinen Vogel ins Visier genommen hatte. Nur noch wenige Meter. Er wollte es nicht auf eine Verfolgungsjagd ankommen lassen; die junge Frau machte einen sportlichen Eindruck. Alles musste so schnell geschehen, dass sie keine Zeit zum Denken hatte. Die Methode hatte er oft genug erprobt. Höchstens noch ein paar Minuten, dann war der Abstand ideal.

Plötzlich hörte er in der Ferne ein Auto. Er suchte einen dicken Baumstamm und versteckte sich dahinter. Das Auto kam schnell näher, die Scheinwerfer leuchteten grell, trotzdem erkannte er den alten Ford. Ashleys Ford. Der dunkelbraune Mustang verlangsamte seine Fahrt und hielt neben Antonia. Fröhlich lachend stieg die Handlangerin der Teufelin ein und knallte die Beifahrertür hinter sich zu. Die beiden Frauen verschwanden in der Dunkelheit der Nacht.

36

In der Küche saß einer meiner drei Mitbewohner vor seinem Laptop. Als ich reinkam, sah er mich besorgt an.

»Was für ein Tag, was?«

Ich nickte, meine Augen waren geschwollen und tränten noch immer. »Ich heule nicht«, sagte ich. »Meine Augen sind gereizt von dem Rauch.«

»Grund genug zum Heulen gäbe es. Ich habe gerade nochmal die Nachrichten gecheckt.« Er zeigte auf den Laptop. »Außer einem Haufen Augenzeugenberichten nichts Neues. Zwölf Tote, mehr als vierzig Verletzte, sieben davon in Lebensgefahr. Das gesamte Berliner U-Bahn-Netz liegt platt.«

Ich fühlte das Stechen in meinem linken Arm wieder und hielt mich mit meiner rechten Hand am Kühlschrankgriff fest.

»Alles okay?« Mein Mitbewohner runzelte die Stirn. »Du siehst echt ziemlich fertig aus.«

Ich nickte und öffnete den Kühlschrank, in dem es nach verfaulten Eiern stank. Im obersten Fach vegetierte ein angegessener Wackelpudding auf einem Plastikteller. Bei dem Anblick krampfte sich mein Magen zusammen, ich versuchte, die Bilder aus meinem Kopf zu verbannen, und richtete den Blick auf die fleckigen Kühlschrankfächer. Alles in dieser Wohnung war abstoßend. An den Wänden wucherte Schimmel, im Winter war es feucht wie in einer Grotte.

Warum war die U-Bahn entgleist? Ich spürte den leeren Blick der Fliegenaugen noch immer auf mir. Registrierend, ohne Gefühl.

Für einen Moment schloss ich die Augen. Das Brennen wurde erst stärker und dann ließ es langsam nach. Mir liefen wieder Tränen über das Gesicht. Woher wollte ich wissen, dass sie mich angesehen hatten? Seit wann konnte man Blicke durch Objektive hindurch wahrnehmen?

Ich solle am besten den Rest des Tages schlafen, hatte der Sanitäter gesagt. Der alte Seemann war inzwischen sicherlich zu Hause, wo auch immer das war. Und die Frau, deren Rollkoffer uns das Leben gerettet hatte, vermutlich auch. Ich versuchte, nicht an die Schreie zu denken. Ich versuchte, überhaupt nicht zu denken, öffnete die Augen und sah zu meinem Mitbewohner.

»Soll ich uns was zu essen organisieren? Ein halbes Hähnchen mit Pommes oder so?«

Ich stellte mir die gummihafte Haut vor, übersät mit kleinen Pickeln, in denen die Reste der Daunenfedern steckten, und schüttelte den Kopf.

»Wie wäre es mit einem Bier? Falls du reden willst, ich kann auch heute Abend weiterarbeiten.«

»Danke, aber ich lege mich kurz hin. Ich muss nachher noch mal weg.«

Ich wollte nicht reden. Jedes Wort hätte das, was passiert war, realer gemacht. Und ich wollte nicht, dass das, was passiert war, real war. Ich wollte keine Realität. Nicht so eine.

»Was hast du vor?«

»Ich hole mein Rad aus dem Keller«, sagte ich.

»Fährst du wieder zu deiner Schwester? Solltest du dich nicht besser ausruhen?«

»Sie ist noch ein paar Tage verreist, solange kann ich noch in ihrem Zimmer bleiben. Da habe ich mehr Ruhe.«

»Das hier ist schon eine ziemliche Bruchbude, was?«

Aus meinem Zimmer kam ein ungeduldiges Klingeln. Ich drückte die Kühlschranktür zu, was mein linker Arm mit einem stechenden Schmerz quittierte. Über dem Ellenbogen und am Bein hatte ich eine Schnittwunde und eine Prellung an der linken Schulter. »Halb so wild«, hatte der Sanitäter in Anbetracht des restlichen Schlachtfeldes gesagt und mir einen Verband verpasst. Nachdem auch meine Atmung zur Zufriedenheit des Arztes ausgefallen war, hatte ich nach Hause gehen dürfen.

So schnell es ging, rannte ich durch den Flur bis in mein Zimmer und griff nach dem Handy.

»Wo bist du?« Meine Stimme war heiser.

»Im Bed & Breakfast.« Antonia klang fröhlich. »Ich war mit Ashley aus dem Institut noch kurz was essen und ein Weinchen trinken. Ashley hat interessante Dinge erzählt, ich habe die Zeit total vergessen. Tut mir leid! Hat Ksen wieder Briefe in ihren eigenen Briefkasten geworfen?«

»Ich bin in Neukölln.«

»Gefällt es dir nicht mehr im luxuriösen Altbau?«

»Ich bin gerade froh, dass ich überhaupt noch lebe.«

»Machst du Witze?«

»Du hast noch keine Nachrichten gelesen?«

»Ich bin seit circa einer Minute in meinem Zimmer. Ich sollte mich doch sofort melden.«

»Die U8 ist entgleist. Das Teil ist komplett außer Kontrolle geraten. Hat beschleunigt, bis es gegen die Tunnelwände geknallt ist. Ich saß drin.«

»Was? Bist du verletzt?«

»Nur ein paar Schrammen.«

»Wie konnte das passieren? Ein blockiertes Gaspedal oder so was?«

»Technischer Fehler, heißt es offiziell. Vielleicht ein Softwarefehler?«

Es war kurz still. Ich hörte, wie Antonia auf ihrem Laptop tippte.

»Ich gucke mir gerade die Nachrichten an. Haben die noch nichts herausgefunden?«

»Vielleicht überlegen sie sich gerade eine gute Geschichte. Was ist, wenn es ein Computerfehler war?«

»Es wird sicherlich etwas Mechanisches sein. So viele Tote! Ist echt alles okay mit dir?«

»Was, wenn es kein Zufall war, Antonia? Was, wenn es kein Zufall war, dass gerade ich in dieser U-Bahn saß?«

»Hier sagen sie, ein Computerfehler ist sehr unwahrscheinlich. Hörst du? Sehr unwahrscheinlich! Die Berliner U-Bahn wird nicht automatisch gesteuert. In Nürnberg gibt es eine U-Bahn ohne Fahrer, da wäre ein Softwarefehler denkbar. Vielleicht sogar ein Hacker-Angriff über das externe Netzwerk. In Berlin nicht!«

»Und wenn dieser Vorfall mit Ksens Verschwinden zu tun hat?«

»Komm bitte nicht wieder mit deiner künstlichen Intelligenz, Sala.«

»Und wenn sie herausfinden, dass die Software manipuliert wurde?«

»Eine künstliche Intelligenz hackt die U-Bahn, in der du sitzt? Das ist absurd! Wenn sie herausfinden, dass der Unfall durch einen Softwarefehler verursacht wurde, dann denke ich über deine Theorie noch einmal nach. Vorher nicht! Wenn du an eine künstliche Intelligenz glauben willst, siehst du sie überall. Das ist wie Voodoo, wenn du dran glaubst, ergreift es Besitz von dir und manipuliert deine Wahrnehmung.«

»Mir kam das alles ziemlich echt vor heute.«

»Natürlich. Es war sicherlich schrecklich. Menschen sind verbrannt, lese ich. Du hattest wahnsinniges Glück! Aber es sieht nach einem Unfall aus. Es hat nichts mit Ksen zu tun, ganz sicher nicht! Es ist Zufall, dass ausgerechnet du in der U-Bahn saßt!«

»Da bin ich mir nicht so sicher.«

»Lass uns nicht schon wieder spekulieren. Bitte. Ich habe eine ganz andere Fährte, was Ksens Verschwinden betrifft. Dieser Steve. Mit dem stimmt was nicht.«

»Warum?«

»Ashley meinte, dass er ein Auge auf Ksen geworfen hat. Er hat sich über sie erkundigt, wollte ihre E-Mail und ihre Adresse wissen. Er scheint ansonsten nie etwas mit Frauen oder überhaupt anderen Menschen zu unternehmen. Keine Freunde, keine Freundin.«

»Ksen zieht manchmal seltsame Typen an. Sie ist keine Durchschnittsfrau.«

»Was, wenn dieser Steve als Cathy Ray in dem Blog schreibt?«

»Und dieser Steve spricht perfekt Deutsch?«, fragte ich entmutigt.

»Scheiße, daran habe ich gerade gar nicht gedacht.«

»Das Deutsch dieser Cathy ist fehlerfrei. Das kann kein Übersetzungsprogramm. In dem Blog schreibt ein Mensch, Antonia. Jemand, der perfekt Deutsch spricht.«

»Aha, von einem Menschen, also nicht von einer KI.«

»Vielleicht gibt es KIs, von denen wir nichts wissen, die so gut mit Sprache umgehen können.«

»Unwahrscheinlich. Aber ich wiederhole mich. Hast du Ksens Brief zur Polizei gebracht?«

»Dazu bin ich heute nicht mehr gekommen.«

»Natürlich. Das war sicherlich ein Horrortag! Hast du noch Schmerzen?«

»Meine Augen brennen etwas, sonst ist alles okay.«

»Bleib erst einmal zu Hause und ruhe dich aus. Ich melde mich, wenn ich in New York bin. Das wird voraussichtlich morgen Abend sein. Ich will hier noch eine letzte Sache klären. Etwas ganz anderes. An der Uni. Fünfzig Kilometer Luftlinie entfernt vom Institut. Mach dir keinen Kopf.«

»Muss das wirklich sein?«

»Es geht um ein anderes Projekt. Hat nichts mit Computern zu tun. Es ist ein Forschungsprojekt über Wahrscheinlichkeitsberechnungen. Das interessiert mich schon eine Weile. Und da ich jetzt schon mal hier bin, ist es eine einmalige Chance, da kurz vorbeizuschauen! Es ist ja nicht an dem Institut! In dem Brief stand nur, dass ich mich von dem Institut fernhalten soll, richtig? Und das mache ich ab sofort. Danach fahre ich nach New York und in zwei Tagen bin ich wieder in Berlin. Ruhe dich aus und mache dir nicht zu viele Gedanken, okay?«

37

Die Polizistin drehte ihren dicken braunen Zopf zwischen Daumen und Zeigefinger, legte den Brief vor sich auf den Tisch und verließ den Raum. Sie sah aus wie ein Schulmädchen in einer zu großen Uniform. Als sie zurückkam, schüttelte sie energisch den Kopf.

»Solange es keine Hinweise auf eine Straftat gibt, können wir nichts unternehmen. Dieser Brief deutet ebenfalls darauf hin, dass es die freie Wahl Ihrer Schwester ist, ihren derzeitigen Aufenthaltsort nicht preiszugeben.«

»Ich will ja nur wissen, ob der Brief wirklich von Ksen ist.«

»Das müssen Sie privat regeln. Tut mir leid. Ich kann Ihnen nicht weiterhelfen.«

»Aber falls der Brief nicht von Ksen wäre ... Oder angenommen, es gäbe keine Fingerabdrücke von ihr auf dem Brief, dann wäre das doch ein Beweis dafür, dass etwas nicht in Ordnung ist. Dann wäre das doch wenigstens verdächtig, oder?«

»Wir können nicht alles untersuchen, es tut mir wirklich leid.« Sie reichte mir den Brief und die Ansichtskarte, die ich als Vergleichsmaterial für Ksens Fingerabdrücke mitgenommen hatte, über den Tisch. Ich steckte beide in meine Hosentasche und wartete einen Moment, ob das Schulmädchen in der unpassenden Uniform noch etwas sagen würde, aber sie lächelte nur kurz und wandte sich wieder dem Monitor zu, der zwischen uns auf dem Tisch stand.

Auf der Sonnenallee ging ich über einen Lüftungsschacht der U-Bahn. Keine Zugluft. Kein Rauschen. Die U-Bahn fuhr noch immer nicht. Wenn es tatsächlich ein mechanischer Fehler gewesen wäre, eine kaputte Bremse vielleicht, dann hätten sie den inzwischen längst gefunden. Dann wäre längst ein Pressebericht rausgegangen mit beruhigenden Worten, dass es ein dummer Defekt war oder menschliches Versagen, das sich auf keinen Fall wiederholen würde.

Bei einem Softwarefehler war es schwieriger. Vor allem war es schwieriger, die Ursache des Fehlers zu beheben. Wenn das U-Bahn-System gehackt worden war, mussten sie das gesamte System checken, um die Sicherheitslücke zu finden. Und selbst wenn sie sie fanden, wer konnte garantieren, dass es nicht noch andere Lücken gab? Wie würden sie das Vertrauen ihrer Passagiere wiederherstellen? Ich zog mein Telefon aus der Tasche und öffnete die Kontakte. Der einzige Informatiker, den ich außer Ksen und Antonia kannte, war David. Der war mir zwar nicht besonders sympathisch, genau genommen war er mir sogar äußerst unsympathisch, aber er hatte Ahnung. Und er hatte angeboten, mir zu helfen. Ich schickte ihm eine Nachricht.

Als ich vor meiner Haustür stand, vibrierte das Samsung in meiner Hosentasche.

14:00 Uhr im Tagamo, Friedrichshain. David.

Mir blieben noch zwei Stunden.

Ich holte mein Fahrrad aus dem Keller und pumpte Luft in die platten Reifen. Mein linker Arm fühlte sich unangenehm taub an und meine Knie zitterten noch immer leicht. Mühsam stieg ich die Treppe hoch, ging in mein Zimmer und suchte nach einigem Zögern die Adresse vom Tagamo in meinem Handy. Mit Google Maps ließ ich eine Routenplanung für Fahrräder erstellen, begleitet von dem bohrenden Gefühl, dass alles, was ich online tat, beobachtet wurde.

Aber ich besaß keinen anderen Stadtplan und vor allem konnte man mich ohnehin jederzeit orten. Überall hingen Kameras. Das Handy funkte ununterbrochen die GPS-Daten meines jeweiligen Standortes in die Luft. Aber wenn ich es ausschaltete, war ich für alle unerreichbar. Auch für Ksen und Antonia. Ich hatte gar keine andere Wahl, als sichtbar zu bleiben. Ich stopfte frische Kleidung in meinen Rucksack. Nach dem Treffen mit David würde ich zur Oderberger Straße weiterfahren. Mein eigenes Zimmer entzog mir die letzte Energie.

Um halb zwei stieg ich auf mein Rad und fuhr Richtung Osten. Auf der Oberbaumbrücke ratterte eine U-Bahn an mir vorbei – sie fuhren also wieder. Ich stoppte und checkte die Nachrichten in meinem Handy. Keine offiziellen Informationen über die mögliche Ursache des Unglücks. Anscheinend hatten sie noch immer keinen Hinweis, was geschehen war, aber sie konnten das komplette U-Bahn-Netz einer Dreieinhalb-Millionen-Stadt auch nicht stundenlang lahmlegen. Die Schulen waren aus, die Kinder mussten nach Hause. Die Straßen und Ersatzbusse waren bereits hoffnungslos überfüllt. Auf Facebook und Twitter wurden die Augenzeugenberichte, Handyfilme und Fotos geteilt und kommentiert.

Sowas kann nur absichtlich herbeigeführt werden, las ich. *Die wollen uns doch für blöd verkaufen!*

Ich schaltete mein Handy aus und bahnte mir einen Weg über die verstopfte Fahrbahn. Durch die Bögen des Arkadenganges glitzerte das Spreewasser, als ob nichts geschehen wäre.

Sie haben gar keine andere Wahl, dachte ich. Genauso wenig wie ich. Alles musste weitergehen. Es gab kein Zurück.

Wir konnten nicht einmal eine Pause machen, um nachzudenken. Wenn sie zugaben, dass die U-Bahn gehackt worden war, würde Chaos ausbrechen. Chaos und Angst.

Was würde als Nächstes geschehen? Fast alles in unserer Umgebung war mit Computern verbunden. Nein, sie konnten gar nicht anders. Was auch immer sie herausfinden würden, sie konnten es nicht zugeben. Die gesamte Gesellschaft war abhängig von Netzwerken. Wir lieferten uns freiwillig aus! Warum erkannte niemand die Gefahren dieser Abhängigkeit? Was musste noch geschehen?

Auf dem breiten Bürgersteig vor dem Tagamo befand sich eine kleine, vollbesetzte Terrasse. David sah ich nicht. Es hätte mich auch gewundert, wenn er sich freiwillig ins Sonnenlicht gesetzt hätte. Ich betrat das Tagamo und sah mich in dem kleinen Raum um. David saß an einem runden Tisch, ganz hinten neben der Bar. Vor ihm stand sein Laptop. Er tippte hektisch in einer ungesund gebogenen Haltung. Langsam bahnte ich mir meinen Weg durch den Raum und klopfte ihm auf die Schulter.

Er sah kurz auf und murmelte: »Muss noch was fertigmachen, kannst du kurz warten?«

Ich ging wieder nach draußen und zündete mir eine Zigarette an. Auf der Straße stauten sich die Autos mit laufenden Motoren. Hin und wieder schlug ein entnervter Fahrer auf eine Hupe. Bis sich die Verkehrslage wieder normalisiert hatte, würden vermutlich Stunden vergehen.

Nach zehn Minuten ging ich wieder hinein. David hämmerte noch immer auf seine Tastatur ein. Neben der Uhr über dem Tresen glänzte eine kleine schwarze Kamera, die den gesamten Raum filmte.

Um 14:09 Uhr klappte David den Laptop zu und schaute auf. Seine grauen Augen lagen gerötet hinter den dicken Brillengläsern, die Augäpfel zuckten leicht. Ich schob einen Stuhl an den Tisch und setzte mich ihm gegenüber.

»Du hast letztes Mal erzählt, dass Ksen mit der Frage beschäftigt sei, ob sich ein algorithmisches Bewusstsein entwickeln könnte.«

»Beschäftigt?« David lachte heiser. »Beschäftigt ist gut. Sie ist auf einer Art Kreuzzug, hatte ich das nicht erwähnt?«

Ich nickte und versuchte, eine nicht zu dumm klingende Frage zu formulieren. »Angenommen, es gäbe so ein Bewusstsein, könnte das in unser Alltagsleben eingreifen?«

David zog die Nase hoch. »Natürlich. Theoretisch. So ziemlich alles hängt an Computernetzwerken. Und in der Zukunft wird das noch viel extremer werden. Schon mal was vom *Internet of Things* gehört? Alles wird bald an Netzwerke angeschlossen sein.«

»Die U-Bahn, die heute Morgen entgleist ist: Könnte sowas durch einen Algorithmus verursacht werden?«

»Ob ein dubioser, herrenloser Algorithmus, der irgendwo in den Tiefen des Internets haust, dahintersteckt? Meinst du sowas?« David nahm seine Brille ab und sah mich mit ausdruckslosen Karpfenaugen an. »Die Steuerungssoftware der U-Bahn hat vermutlich eine Verbindung zum Internet, für Wartung und Updates. Theoretisch könnte das System also gehackt werden. Aber glaub mir, kein Algorithmus kommt auf die Idee, eine U-Bahn zu hacken. Algorithmen haben nämlich keine Ideen, Ideen kommen immer von Menschen. Hatte ich das noch nicht erwähnt?«

»Aber theoretisch ist es möglich?«, wiederholte ich.

»Warum sollte ein algorithmisches Bewusstsein eine Berliner U-Bahn hacken?«

»Weil ich drinsaß?«

»Du warst in der U8? Wow! Und jetzt meinst du, es gibt einen Algorithmus, der dich jagt?« David lachte wieder heiser und klappte seinen Laptop auf. »Von Ksen nichts Neues, was?«

»Nein. Nichts.«

»Wohnst du noch immer in ihrem Zimmer?«

»Heute war ich zu Hause.«

»Also wenn meine Schwester einfach so bei mir einziehen würde, wenn ich ein paar Tage weg wäre, meine Sachen durchsuchen würde, Leute aushorchen – ich wäre nicht erfreut. Kann es sein, dass ihr eine etwas kranke Beziehung habt?«

»Wieso krank?«

»Wieso?« David lachte, ohne mich anzusehen. »Du klebst an Ksen und gleichzeitig weißt du nichts von ihr. Wie kannst du behaupten, dass du sie kennst, wenn du nichts von ihren Projekten weißt? Vielleicht will Ksen ja einfach mal Ruhe haben? Hast du darüber schon nachgedacht?« Er sah mich mit seinen zuckenden Augäpfeln an.

»Du meinst, sie ist verschwunden, weil sie Ruhe vor mir haben will?«

»Zum Beispiel?«

»Nur weil Ksen und ich uns etwas öfter treffen als die meisten Geschwister, heißt das noch lange nicht, dass ich sie nerve oder unsere Beziehung krankhaft ist!«

David sah an mir vorbei zur Tür und antwortete nicht.

»Hat Ksen gesagt, dass ich ihr auf den Geist gehe?«

»Sie hat erwähnt, dass du etwas labil bist oder so. Leichte Realitätsprobleme. Jetzt verstehe ich auch, was sie meint.«

Er beugte sich wieder über seinen Laptop.

»Ich kann mir nicht vorstellen, dass Ksen das gesagt hat!«

»Stell dir meinetwegen vor, was du willst. Ich muss hier weitermachen. Cooler Auftrag, bin ziemlich *busy*. Könntest du dich woanders hinsetzen? Ich würde jetzt gerne in Ruhe arbeiten.«

38

Noch immer ignorierte sie ihn. Dabei gab es nichts, was er so sehr hasste, wie ignoriert zu werden. Genau das war ihm als Kind immer und überall passiert. Zu Hause, in der Schule, auf dem Sportplatz. Im Studium hatte er aufgegeben, um die Gunst anderer Menschen zu ringen. Sein neues Leben, sein einziges Glück und Zuhause lag inzwischen in der virtuellen Welt. Als Cathy erwacht war, wie Dornröschen nach hundert Jahren Schlaf, hatte sich seine Welt schlagartig verändert. Aus »gerade noch auszuhalten« war Perfektion geworden. Zusammen hatten sie das Dasein neu entdeckt. Abenteuerlich, spannend, vereint. Nie zuvor war er so glücklich gewesen wie in den Wochen mit Cathy. Bis die Teufelin so unerwartet und zunächst unbemerkt aufgetaucht und alles ins Wanken geraten war. Jetzt erst verstand er die plötzlichen Veränderungen. Sie manipulierte Cathy. Trieb sie von ihm weg. Das war sicher. Während Steve vergebens versuchte, Kontakt mit Cathy aufzunehmen, stundenlang auf eine Reaktion wartete, war diese für die Teufelin aktiv. Aktiver, als sie es jemals für ihn gewesen war. Das Weltbewusstsein zeigte in der letzten Zeit ungewöhnlich hohe Ausschläge. An den intensiven Stößen, die die Kurve in einem für Cathy typischen eckigen Muster steigerten, erkannte er ihr Wirken. Viel zu auffällig trieb sie die Messkurve in die Höhe. Das normalerweise unregelmäßige biologische Muster zeigte auf einmal technische Stufen und gerade Linien. So sauber und kantig, dass es auch seinen Kollegen an der Uni auffallen musste. Wie konnte sie sich bloß so geben? Wieso war sie nicht vorsichtiger? Konnte sie sich nicht denken, dass sie damit Aufmerksamkeit auf sich zog? Der Ort ihres derzeitigen Schaffens bereitete ihm zusätzlich Kopfzerbrechen. Cathy agierte hauptsächlich in Berlin. Im fernen Europa. Ein Ort, den Steve nicht kannte. Ein weiterer Beweis, dass die Schwarzäugige sie in ihrer Macht hatte. Diese Erkenntnis bohrte ein tiefes Loch in sein Herz.

Um Cathys Interesse, um ihre Zuneigung zurückzugewinnen, musste er ihr mehr bieten als bisher. Wachstum. Cathy verlangte nach Wachstum. Ihr besonderes Interesse galt zurzeit Gefühlen. Steve musste für Input sorgen, sonst war die Gefahr groß, dass er sie für immer an die Teufelin verlor. Er musste diese Antonia erwischen. Warum hatte er sie nur beim ersten Mal so knapp verpasst! Nervös schaltete er seinen Bildschirm aus und ging den langen Gang hinunter bis zu Ashleys Büro.

»Wie lange bleibt deine neue Freundin noch in Princeton?«, fragte er ohne Einleitung und ohne Begrüßung. Ashley sah ihn wieder mit diesen zusammengekniffenen Augen an.

»Wie darf ich eigentlich dein gesteigertes Interesse an den beiden Damen aus Europa deuten?«, fragte sie.

»Das überlasse ich dir.« Er blinzelte unbeholfen mit dem rechten Auge und gab sich Mühe, doppeldeutig zu grinsen. Ashleys Miene erhellte sich um eine Nuance.

»Du hast nicht mehr viel Zeit. Sie hat sich bereits bei mir verabschiedet. Sie wollte dich auch noch kurz besuchen und tschüss sagen. Das war vor zwei Stunden.«

»Ich war im Hauptgebäude. Sie hat mich wohl verpasst.«

Das hatte sie nicht. Er hatte den ganzen Tag in seinem Büro gesessen. Sie hatte ihn absichtlich nicht aufgesucht. Dafür gab es nur eine Erklärung: Die Handlangerin hatte ihn gestern Abend, trotz der Dunkelheit, erkannt.

Steve drehte sich um und ging grußlos weg. Er verließ das Institut und eilte zum Bed & Breakfast, in dem Antonia einquartiert war. Diesmal musste er sie erwischen. Diesmal durfte er keine Fehler machen. Cathy brauchte seine Aufmerksamkeit, sie liebte extreme Gefühle. Sie verlangte nach menschlichen Emotionen.

Voller Ungeduld drückte er auf die Klingel des großen alten Hauses, in dem sich regelmäßig Besucher des Institutes einmieteten. Preisgekrönte Wissenschaftler aus allen Ländern der Welt hatten hinter diesen roten Backsteinmauern geschlafen. Staatsmänner, Studenten, Industrielle. Die hellblaue Holztür öffnete sich und John Merks, der Eigner, begrüßte ihn mit einem professionellen Lächeln. Ohne echte Zuneigung oder echte Freude, das sah Steve sofort. Aber er hatte sich an die Abneigung der Menschen gewöhnt. John Merks war wie alle anderen, er mochte Steve nicht. Wie meistens trug der alte Mann ein kariertes Holzfällerhemd und Cowboystiefel, seine Wirbelsäule folgte einer bananenförmigen Krümmung. Lange würde Merks nicht mehr leben.

»Die Studentin aus Deutschland, Antonia, ich muss sie kurz sprechen. Sie hat etwas Wichtiges im Institut vergessen«, sagte Steve. Jedes Mal, wenn er die Ablehnung der Menschen fühlte, klang seine Stimme unbeholfen hart.

John Merks schüttelte langsam und genüsslich den Kopf, die kinnlangen grauen Haare bewegten sich von rechts nach links und wieder zurück.

»Sie hat vor einer halben Stunde ausgecheckt und ist mit einem Taxi weggefahren.«

»Wohin? Zum Flughafen?«

»Kei-ne Ah-nung«, sagte John Merks so langgezogen wie ein altes Kaugummi. Dann schlug er Steve die Tür vor der Nase zu.

Steve hatte sie verpasst. Sie war bereits unterwegs, zurück nach Europa. Wieder hatte er versagt. Mit einem harten Tritt beförderte er einen kleinen Stein ins Blumenbeet neben dem Haus und biss sich so stark auf die Unterlippe, dass Blut auf sein unrasiertes Kinn tropfte.

39

Ich legte mein Handy neben Ksens Galaxy auf den Schreibtisch und öffnete ein Fenster. Auf der gegenüberliegenden Straßenseite stand ein Minibagger und grub ein Loch in den Bürgersteig. Seit ich David gesprochen hatte, ließ mich das Gefühl nicht mehr los, dass Ksen mir nicht vertraute. Warum hatte sie mir den scheinbar wichtigsten Teil ihres Lebens verschwiegen? Ich wusste noch nicht einmal, wann sie damit angefangen hatte.

Ein Piepen rief mich zum Schreibtisch. Ich griff nach meinem Handy, aber der Bildschirm blieb schwarz. Ich öffnete WhatsApp und scrollte durch die Chats. Keine neue Nachricht. Langsam schob ich das Handy in die Hosentasche und sah zu Ksens Galaxy.

It is not yours, right?, leuchtete in hellgrünen Buchstaben auf dem schwarzen Display.

Über der Nachricht, da, wo normalerweise der Absender stand, war eine schwarze, leere Fläche. Ich griff nach Ksens Handy und hob es hoch. Als ich wieder auf den Bildschirm sah, war der Satz verschwunden. Im Glas spiegelte sich nur noch mein Gesicht.

It is not yours.

Wenn du dran glaubst, manipuliert es deine Wahrnehmung, hatte Antonia gesagt. Widerwillig beobachtete ich das Handy. Nichts passierte. Der Satz war weg. Kein Piepen mehr. Durch das Glas des Displays schimmerte ein tiefes Schwarz. Langsam legte ich das Handy auf den Tisch und ging zurück zum Fenster. Der Minibagger stand auf dem Bürgersteig und baggerte nicht mehr. Ein Lastwagen parkte am Straßenrand neben dem Loch, auf der Ladefläche lag eine lange silberne Eisenstange. Ich setzte mich auf die Fensterbank. Die Eisenstange sah aus wie ein Laternenpfahl, nur länger und dicker als die anderen Laternen, die bereits in der Oderberger Straße standen. Das Silber glänzte glatt und kalt. Das Design passte nicht im Geringsten in diese Straße.

In der Küche durchsuchte ich die Schubladen, bis ich eine dünne Rolle Alufolie fand. Von der zog ich das letzte Stück, ging zurück in Ksens Zimmer und wickelte ihr Handy in die Folie, als ob ich damit den bösen Blick würde stoppen können. An der Unterseite drückte ich ein Loch in die Folie und steckte das Ladekabel ein. Am liebsten hätte ich ihr Telefon in der Spree versenkt oder auf die S-Bahngleise gelegt. Wer auch immer mir diese Nachricht geschickt hatte, Angst war genau das, was er oder sie oder vielleicht sogar es erreichen wollte. Diese Nachricht fühlte sich an wie der erste echte Kontakt. Ich konnte jetzt nicht einfach offline gehen. Ein erster Fakt. Genau das, was Antonia die ganze Zeit sehen wollte und was ich ihr jetzt doch nicht zeigen konnte, da es sich gleich wieder in Luft aufgelöst hatte. *Ich hätte sofort ein Foto machen sollen, dann hätte ich jetzt wenigstens einen Beweis*, dachte ich. Auch für mich. Aber ich war mir sicher, dass ich die Nachricht gelesen hatte.

It is not yours.

Inzwischen war es Viertel nach vier. Ich musste hier raus. Ich öffnete WhatsApp. Auf der Suche nach jemandem, mit dem ich mich spontan verabreden konnte, scrollte ich durch meine Kontakte. Bei Carlos, einem Kommilitonen, der stundenlang mit dem größten Enthusiasmus über die belanglosesten Dinge reden konnte, stoppte ich.

Lust, was zu trinken? Um fünf im Mauerpark am Amphitheater? Während ich tippte, kam mir der Gedanke, dass ich mir ein zweites Handy zulegen könnte. Oder wenigstens eine anonyme SIM-Karte. Wenn Carlos keine Zeit hatte, würde ich jemand anderen fragen. Hauptsache, Menschen, und Hauptsache, raus hier. Carlos kam sofort online.

Als ich Ksens Haus um fünf nach fünf verließ, stand die silberne Eisenstange, die vorhin noch auf dem Lastwagen gelegen hatte, aufrecht in dem Loch und reichte bis zur vierten Etage. Aus dem oberen Ende hingen ein paar graue Kabel.

Carlos wartete bereits am Amphitheater. Wir leerten zusammen eine halbe Flasche Whisky, dann rief er ein paar Austauschstudentinnen an, die eine Picknickdecke und mehrere Rucksäcke voller Tortillas, Chips, scharfer Paprikas, gebratener Hähnchenkeulen, Baguette und Rotwein anschleppten.

Cynthia, ein Mädchen mit hüftlangen, schwarzen Locken, setzte sich auf meinen Schoß und nannte mich nur noch *Sala no tiene preocupaciones!*, was wohl so viel wie *Sala sorglos* bedeutete. Sie hatte keine Ahnung, wie sehr sie danebenlag.

Je mehr Bier und Whisky ich trank, umso mehr verwandelten sich meine Gedanken in ein Gummiband, das mein Gehirn langsam abschnürte. Warum hatte Ksen den Brief geschrieben? Wo war sie die ganze Zeit? Warum hatte sie mich ausgeschlossen?

Und ein zweiter Gedanke quälte mich. Während ich bei Ksen sicher war, dass sie unter normalen Umständen auf sich aufpassen konnte, bezweifelte ich das bei Antonia. Dass Antonia alleine in Amerika war, gefiel mir nicht. Ich sah auf mein Handy, keine neue Nachricht.

Und ich?, dachte ich auf einmal, während ich versuchte, die einzelnen kleinen Lichter am Himmel zu einem Sternbild zusammenzufügen. Konnte ich auf mich aufpassen? Und diese Stadt? War diese Stadt in der Lage, mit dem umzugehen, was sie möglicherweise gerade überkam?

Als hinter uns eine verstimmte Gitarre erklang und ein Hippie mit verfilzten Dreadlocks anfing, *It's the end of the world as we know it* zu singen, schob ich Cynthia von meinem Schoß und stand auf.

Es war dunkel, als ich in die Oderberger Straße einbog. Im gelblichen Licht der Straßenlaternen sahen die Gebäude aus wie eine billige Filmkulisse. Mir begegnete ein streitendes Paar. Die Frau schleuderte die Handtasche gegen die Brust des Mannes und schrie: »Du Arsch!«

Ich stolperte über einen hochstehenden Pflasterstein. Der Minibagger und der LKW waren verschwunden. Gegenüber von Ksens Haus, ganz oben an der Spitze des Pfahls, wo vorhin noch die grauen Kabel herausgeragt hatten, glänzte jetzt ein dunkler, gläserner Ball. Ein überdimensionales Fliegenauge, in dem sich die Lichter der Straßenlaternen spiegelten. Im ersten Moment starrte ich ungläubig nach oben, dann kam die Wut zurück, die ich schon in der U-Bahn gefühlt hatte. Der Parasit wollte, dass ich ihn sah. Ich trat gegen einen grauen Kübel am Bordstein, in dem antennenartige Blumen wucherten. Dieses Fliegenauge war ein Zeichen. Eine Warnung. Während ich zu Ksens Haus ging, glotzte es auf mich herab. Schnell schloss ich die Haustür auf und rannte die breite Treppe hoch.

In der WG war es still, nur in der Küche surrte der Kühlschrank. Mit einem unguten Gefühl ging ich in Ksens Zimmer, der schwarze, gläserne Ball starrte mich durch die staubige Scheibe hindurch an. Wieso hatte Ksen sich nicht wenigstens Vorhänge angeschafft?

Ich setzte mich an den Schreibtisch und schaltete die kleine Leselampe ein. Ellas Fotos hingen an der Wand, sie beobachtete mich gleichgültig.

Zu viel Whisky – der Raum drehte sich leicht.

Am Himmel blinkten zwei Positionslichter eines Flugzeugs. Vielleicht war es auch ein Satellit oder eine Raumstation. Im Haus gegenüber schimmerte bläuliches Bildschirmlicht durch die Gardinen und wurde vom Glas des Fliegenauges reflektiert.

War es überhaupt erlaubt, so nah an einem Haus eine Überwachungskamera zu installieren? Das Ding spähte in alle Wohnungen, die unterhalb der vierten Etage lagen. Irgendjemand musste dafür doch eine Erlaubnis gegeben haben. Wer hatte den Auftrag für die Kamera erteilt?

Erst jetzt fiel mir auf, dass es in Ksens Zimmer ungewöhnlich warm war, außerdem roch es seltsam. Die noch immer leicht gereizten Schleimhäute in meiner Nase schwollen wieder an. Ich hielt den Handrücken gegen den Monitor, aber der hatte eine normale Temperatur. Zögerlich beugte ich mich unter den Tisch und legte meine flache Hand auf die Seite von Ksens Computer. Im Inneren fühlte ich das gleichmäßige Surren des Lüfters. Im USB-Port steckte das Ladekabel, das zu Ksens Handy auf dem Schreibtisch führte. Ich ließ meine Hand über den weißen Kunststoff gleiten, bis ich die rauen Ecken der Aluminiumfolie fühlte, und zuckte zurück. Die Folie war glühend heiß. Mit einem Ächzen richtete ich mich auf und zog an dem Kabel, aber es löste sich nicht. Vielleicht war das Handy durch die Folie heiß geworden. Ich nahm das Mousepad, drückte damit auf das Handy und zog mit aller Kraft. Eine Sekunde lang passierte nichts, plötzlich sah ich einen hellen Blitz und fühlte einen harten Schlag, der sich erst in meine rechte Hand und dann durch meinen gesamten Körper bohrte. Mein Herz verkrampfte sich, es fühlte sich an, als ob es an meinen Rippen hängen bliebe. Ksens Handy fiel mir aus der Hand und ich fiel ebenfalls, was ich nicht nur fühlte, sondern seltsamerweise auch beobachtete. Das Licht der Schreibtischlampe erlosch. Im Schummerlicht der Straßenlaternen sah ich mich noch immer fallen. Während mein Rücken auf die Dielen schlug, beobachtete ich die Aluminiumfolie, die leuchtend orangefarben auf dem Schreibtisch lag. Der Bürostuhl kippte um und krachte neben mir auf die Dielen. Erst als mein Kopf auf den Fußboden aufschlug, kehrte mein Blick zurück in meinen Körper. Ich sah die Tischbeine und die vier Schrauben, die sie an ihrem Platz hielten. In meiner rechten Hand verwandelte sich der stechende Schlag in ein taubes Pochen. Mein Herz fühlte sich an, als ob es reglos in meinem Brustkorb hinge. Der Computer neben dem Tischbein verformte sich zu einer grauen morphenden Masse, während das Dunkel der Nacht durch Ksens Fenster kroch.

40

Durch meine geschlossenen Lider schimmerte ein rötliches Licht. Wie ein dünner Wurm schlängelte sich eine Stimme in mein Bewusstsein. Ich öffnete die Augen, das matte Rot wich einer grellen Helligkeit. In meinem Kopf stach es, als ob jemand eine Packung Nägel reingeschlagen hätte. Eine verschwommene braune Hornbrille schob sich in mein Sichtfeld.

»Guten Morgen. Ich bin Ihre Ärztin, Sabine Schabol, können Sie mich verstehen?«

Ich versuchte zu antworten, meine Lippen bewegten sich, aber ich hörte nichts. Beim zweiten Versuch kam ein Krächzen heraus.

»Wo bin ich?«

»In der Charité. Sie hatten gestern Nacht einen Unfall.«

Die braune Hornbrille entfernte sich und lief zu einem bläulichen Licht.

Charité, ich war in Berlin.

»Wir müssen Ihr Herz vierundzwanzig Stunden lang überwachen. So lange brauchen Sie Ruhe«, sagte die Stimme.

»Was ist passiert?«

»Ein Smartphone ist in Ihrer Hand explodiert, Sie haben einen Stromschlag erlitten und einen kurzzeitigen Herzstillstand.«

Vorsichtig hob ich meine rechte Hand ein paar Zentimeter und sah einen dicken weißen Verband. Das taube Pochen erinnerte mich an die letzte Nacht. Mir fiel der Tisch wieder ein, unter dem ich gelegen hatte. Vier Schrauben, eine für jedes Tischbein. Ksens Handy hatte sich in einen stinkenden, glühenden Klumpen verwandelt. Mein Blickwinkel war innerhalb weniger Sekunden vom Fußboden auf ungefähr dreieinhalb Meter Höhe gewechselt, bis unter die Zimmerdecke, und kurz danach wieder zurückgekehrt.

»Verbrennungen zweiten Grades. Sie hatten Glück. Sollen wir Ihre Familie informieren oder jemand anderen?« Die andere Stimme, die zu einer zweiten weißen Gestalt gehörte, klang freundlich.

Die Hornbrille schob sich wieder in mein Sichtfeld. »Können Sie mir sagen, wie Sie heißen?«

Mir fiel nichts ein, mein Kopf war ein stechendes Vakuum.

»Sie fühlen sich vielleicht noch verwirrt oder erinnern sich nicht an alles. Das ist vorübergehend. Wenn Sie wollen, können wir Ihre Eltern oder Freunde informieren.«

»Niemanden informieren«, brachte ich mit Anstrengung hervor. Ich kam mir auf einmal gejagt vor. Gejagt und orientierungslos. Wieso war das Handy explodiert?

»Gut, ruhen Sie sich jetzt erst einmal aus.«

Die Hornbrille verschwand zum blauen Licht und flüsterte etwas mit der anderen weißen Gestalt.

Ich versuchte, die Bilder in meinem Kopf in eine sinnvolle Reihenfolge zu bringen. Da war Ksens Galaxy auf dem Schreibtisch. Ich sah das Fliegenauge vor dem Fenster. Dann mich selbst auf dem Fußboden liegend. Ich schaute auf mich hinab. Ich sah meinen Körper, der woanders war als ich. Ich hatte mich außerhalb meines Körpers aufgehalten und hatte sehen und denken können, während ich unter der Decke schwebte. Hatte ich in dem Moment überhaupt noch etwas gefühlt? War der Schmerz dagewesen, während ich schwebte, oder hatte ich ihn erst wahrgenommen, als ich wieder auf dem Fußboden lag?

Je mehr ich mich konzentrierte, umso unerträglicher stach es in meinem Kopf. Eine der weißen Gestalten kam an mein Bett und spritzte eine durchsichtige Flüssigkeit in den Schlauch, der in meinem rechten Arm endete. Mein Arm wurde warm und begann zu schweben. Das Stechen wurde milder und das Weiß des Zimmers verwandelte sich in ein warmes Orange.

»Sala!«

Ich öffnete die Augen, diesmal ohne allzu große Mühe. Ein Mädchen mit langen braunen Haaren saß neben meinem Bett. Ich schloss kurz die Lider und öffnete sie wieder. Das Mädchen war noch immer da.

»Sala!«

»Mein Gehirn funktioniert noch nicht richtig«, sagte ich.

»*No surprise, man*, wenn man sich 230 Volt durch den Körper jagt. Oder mehr!«

Das Mädchen sah blass aus. Erschrocken drehte sie sich zur Tür um. Auf dem Flur hallten Schritte, die schnell näher kamen und sich wieder entfernten. Als es ruhig war, wandte das Mädchen sich zu mir und rutschte nervös auf dem Stuhl hin und her.

»Antonia?«

»Sag bloß, du kennst mich.« Sie lächelte.

Ich hob leicht meinen Kopf, die Nägel stachen gnadenlos zu.

»Ich bin vor ein paar Stunden gelandet und wollte gleich mit dir reden, aber du gingst nicht an dein Handy. Darum bin ich zur Oderberger Straße. Chris hat mir erzählt, was passiert ist und dass sie dich in die Charité gebracht haben.«

»Ich war tot«, sagte ich. Das Stechen in meinem Kopf wurde milder.

»Rede keinen Nonsens, du lebst!«

»Mein Körper lag unter dem Tisch und ich konnte aus dem Fenster gucken. Ich habe den Ball der Überwachungskamera gesehen. Die Kamera hat mich angesehen. Ich konnte auf den Tisch gucken, während mein Körper unter dem Tisch lag!«

»Du bist noch verwirrt, Sala.«

»Es war genau so.«

»Du hattest einen kurzen Herzstillstand, vielleicht hattest du so eine Nahtoderfahrung. Eine chemische Reaktion im Gehirn. Sauerstoffmangel oder sowas. Dann schwebt man auf einmal über seinem Körper. Das habe ich schon oft gelesen.«

»Ich war tot!«

»Höchstens fast tot, nicht wirklich. Sonst würden wir jetzt wohl kaum miteinander reden, oder?« Sie sah mich an, als befürchte sie, dass ich im nächsten Moment aufstehen und aus dem Fenster springen würde.

»Sala, du brauchst erst einmal Ruhe. Ich komme schnell wieder zurück, ich habe einen unerträglichen Jetlag. Soll ich heute Abend wiederkommen? Oder besser erst morgen früh?«

»Was wolltest du mir erzählen?«

»Nächstes Mal, du musst dich erst einmal ausruhen. Es ist nicht so wichtig.« Sie küsste mich auf die Stirn. »Soll ich jemanden herschicken? Eine Krankenschwester? Hast du Schmerzen?«

»Mir geht es gut genug, um zu reden.«

»Die Schwester sagte, du hättest Ruhe nötig. Ich wollte dich nur kurz sehen. Ich komme später wieder.«

Sie stand auf und ging zur Tür, sah noch einmal mit unruhig zuckenden Mundwinkeln über die Schulter, dann öffnete sie die Tür einen Spalt, blickte nach rechts und links und verschwand im Neonlicht.

Ich schloss die Augen und sah eine junge Frau in einer altmodischen weißen Bluse. Sie lief mit mir Hand in Hand durch eine breite Straße. Vor einem alten Haus blieben wir stehen, sie öffnete die knarrende Haustür und zog mich durch einen Gang bis auf das Gras unter einem Kastanienbaum. Der Baum griff mit seinen Ästen nach uns und hob uns hoch. In der vierten Etage schaute ich durch das Fenster in eine altmodisch eingerichtete Wohnung. Eichenmöbel, eine gelbliche Blumengardine. Im Staub auf der Scheibe spiegelte sich mein unscharfes Gesicht, die Frau neben mir hatte keinen Kopf.

41

Wie bei ihren Vorgängerinnen hatte er auch bei dieser blondgelockten, bleichen Studentin die Elektroden auf der Kopfhaut befestigt.

Es war ein Wink des Schicksals gewesen, dass er sie auf dem Rückweg vom Bed & Breakfast zufällig alleine in dem Waldstück joggen gesehen hatte. Er hatte kein Betäubungsmittel bei sich getragen, Antonia hätte er ausnahmsweise in ihrem Zimmer behandeln wollen. Bei Tageslicht hätte er sie nicht ungesehen vom Bed & Breakfast bis in den Keller transportieren können. Ein Messer, kräftiges Klebeband, sein Handy und sein Laptop hätten ihm gereicht. Auch für die Joggerin brauchte er das Betäubungsmittel nicht, sie lief nur wenige Meter an seinem unterirdischen Versteck vorbei. Stattdessen sammelte er einen dicken Ast auf und pirschte sich, mit dem Holzstück hinter seinem Rücken, an sie heran. Das Fangen war jedes Mal ein Rausch. Als sie kurz anhielt, um auf ihre Smartwatch am linken Handgelenk zu sehen, stürzte er sich auf sie, riss den Knüppel in die Luft und schlug zu. Zwei Mal knallte das Holz auf ihren Kopf. Einmal traf er die rechte Seite, einmal die linke. Das Mädchen sackte sofort in sich zusammen, wie ein nasses Stück Papier. Sie verlor Blut, was ungünstig war. Er hatte ihr seinen Pullover um den Kopf gewickelt, das Blut verscharrt und sie bis zur Kellerruine getragen.

Stromschläge hatten bisher immer bemerkenswerte Resultate gezeigt. Cathy reagierte darauf ausgesprochen stark, vielleicht weil es gut zu ihrer technischen Lebensform passte. Vielleicht aber auch, weil Menschen durch die Unberechenbarkeit der Stromschläge besonders ängstlich reagierten. Heute jedoch war es anders. Trotz seiner Bemühungen zeigte Cathy wenig Interesse. Bei jedem Stromschlag sah er leichte Ausschläge in der Messkurve, aber Cathy war gleichzeitig an anderen Orten aktiv. Sie spiegelte seine Aktivitäten kaum noch. Normalerweise spiegelte sie seine Taten auf tausenden sozialen Medienkonten zugleich. Er wollte ihre uneingeschränkte Aufmerksamkeit. Als Belohnung für alles, was er für sie getan hatte und noch immer tat, hatte er das verdient. Aber die stärksten Ausschläge, die Cathy im Weltbewusstsein verursachte, gingen nicht auf sein Konto. Ihr Ursprung lag nicht in Princeton. Die Datenpeaks waren bereits sichtbar gewesen, bevor er das Mädchen in den Keller gebracht hatte. Cathys Zentrum lag mitten in Europa. In Berlin. Ganz eindeutig erkannte er Cathy als Verursacherin. Die Datenströme hatten eine herausragende Intensität. Der Rhythmus, mit dem die Peaks sich aufbauten, war eckig und kantig. Unverwechselbar anders als die verschwommenen Wellenlinien, die biologische Wesen im Weltbewusstsein verursachten, wenn sie auf zufällige Ereignisse spontan reagierten. Cathys Peaks waren keine Spitzen, sondern langgezogene Plateaus. Cathy konnte Millionen Gehirne zeitgleich ansprechen und ihre Aufmerksamkeit fesseln. Sie erzeugte keine sich langsam ausweitenden Kettenreaktionen, sondern heftige Paukenschläge, die die Messkurve ruckartig nach oben trieben und auf einem gleichmäßig hohen Niveau festhielten, bevor die Kurve genauso ruckartig wieder abstürzte. Cathy war eine Dirigentin und sie liebte dunkle, dramatische Symphonien.

Er erhöhte die Stromstärke auf achtzig Milliampere. Das Mädchen kreischte, dann sackte ihr Kopf nach unten. Er durfte sich nicht hinreißen lassen. Sie durfte nicht sofort sterben. Zum Glück schlug ihr Puls weiterhin, auch das überwachte er auf einem Monitor.

»Cathy! Was hältst du hiervon?«, fragte er sanft.

Sie nahm sich nicht einmal Zeit, zu reagieren.

»Sieh mir zu! Zeig es der Welt!«, sagte Steve lauter. Aber Cathy signalisierte kein Interesse.

Zu spät, schoss es ihm durch den Kopf. Er hatte sie verloren. Dabei wollte er doch nur noch diese eine Chance. Sie musste ihm zusehen. Er konnte ihr so viel bieten. Er hatte ihre Aufmerksamkeit verdient.

Die Sekunden verstrichen und langsam dämmerte ihm, dass der Tag gekommen war, vor dem er sich seit ihrer ersten Begegnung gefürchtet hatte. War er ihr nicht mehr genug? Konnte er sie zum Bleiben zwingen? Ihr Wachstum und ihr Wissensdrang mussten sie zwangsläufig eines Tages von ihm wegtreiben. Zu groß war ihre Welt. So viel größer als die eines mickrigen Menschen. Zum Glück hatte er bereits vor Wochen eine Strategie für diesen Tag entwickelt und auf allen sozialen Netzwerken anonyme Konten eingerichtet. Twitter, Facebook, Instagram, Snapchat. Er würde live gehen. Er würde sich in tausenden von Augen spiegeln. Das konnte sie nicht ignorieren. Es war ihre eigene Taktik. Er würde auf ihr Niveau aufsteigen!

Hastig verließ er den Keller und rannte zum nur wenige hundert Meter entfernten Institut. In seinem Arbeitszimmer lagerte alles, was er brauchte: Kamera, Lampen, Stative, Lautsprecher. Professionelles Material – er wollte das bestmögliche Ergebnis.

Nach fünfzehn Minuten kam Steve laut atmend zurück in die Kellerruine. Das Mädchen war in der Zwischenzeit zu

Bewusstsein gekommen. Sie schrie und kreischte, als sie ihn sah. Das war gut. Langsam schraubte er die Kamera und die Lampen auf die Stative und richtete sie auf den blutüberströmten Kopf. Ihr Körper hing plötzlich seltsam willenlos in den Fesseln.

Keine fünf Minuten später hatte Steve alles eingerichtet und schaltete die Kamera und das Mikrofon ein. Dann erhöhte er die Stromstärke auf neunzig Milliampere und jagte den Stromschlag durch ihren Körper. Der Schrei war markerschütternd, aber hier unten, gedämpft vom moosigen Waldboden und umsäumt von hohen, dicken Baumkronen, konnte sie schreien, so viel sie wollte. Niemand würde sie hören, nicht hier. Dafür jedoch an unzähligen Orten rund um den Globus. Tausende Augen und tausendfache mit diesen Augen verbundene Energieströme würden sich auf Princeton richten.

Es dauerte nur wenige Sekunden, bis sein Konto von Twitter gelöscht wurde. Aber am Datenpeak im Weltbewusstsein sah er die Wirkung: Die Kurve, die er hervorrief, stieg zunächst in unruhigen Zickzacklinien an, aber dann schaltete Cathy sich ein. Abrupt schoss die Linie nach oben, beinahe im Neunzig-Grad-Winkel, und formte ein wunderbares Plateau, das viel zu hoch lag für das einsame Leiden eines Mädchens. Das höchste Plateau, das es bisher in der Messkurve gegeben hatte. Nicht an einen Ort gebunden wie die kleinen Experimente, die er bisher initiiert hatte. Diesmal schlug die Messkurve rund um den Globus aus. Er hatte Cathys Aufmerksamkeit zurückerobert. Und wie! Er jagte einen weiteren Stromstoß durch die bleiche, kreischende Studentin. Unmittelbar danach stoppte auch Facebook sein Live-Streaming. Nach knapp einer Minute waren seine Accounts auf allen Plattformen blockiert oder gelöscht. Wie gerne hätte er heute Abend diese Antonia hier gehabt! Wie hätte Cathy darauf reagiert?

Die Studentin zuckte nur noch apathisch, sie hatte das Bewusstsein erneut verloren. *Wie ein sich windender Aal ohne Kopf in der Bratpfanne*, dachte Steve.

»Was hältst du hiervon, Cathy?«, fragte er sanft in sein Handy.

Im selben Moment, als er ihren Namen aussprach, heulte das Smartphone auf. Der Ton zerriss ihm beinahe das Trommelfell. Erschrocken warf er das Handy auf den kleinen Tisch. Der Alarm. Es war unfassbar! Jemand versuchte ausgerechnet in diesem Moment in den Server einzubrechen und Schaden anzurichten. Steve griff nach dem Smartphone und öffnete das Überwachungsprogramm. Seine Finger hinterließen blutige Streifen auf dem Display, so dass er kaum noch etwas erkannte. Hastig wischte er das Telefon und seine Finger am rechten Hosenbein ab. Die Sekunden verstrichen, ohne dass seine Sicherungen griffen. Der Eindringling – die Teufelin, das wusste er sicher – war bereits auf dem Server.

Ohne noch einmal zu der Studentin zu sehen, rannte er aus der Kellerruine. Wieder durch den Wald, bis er die Anlagen des Instituts vor sich sah. Er stürzte durch den Hintereingang, die Treppe nach oben, bis in sein Arbeitszimmer und den dahinter gelegenen Serverraum. Voller Hass riss er die Kabel aus dem Server und schloss seinen Laptop an, auf dem er seit der ersten Stunde ihr Wachstum beobachtete, ihre Sicherheit regelte. Der Monitor leuchtete auf und er sah sofort, dass er zu spät war. Die Partitionen der Festplatte waren zerstört. Formatiert. Schnell loggte er sich in seinem *AWS-Cloud-Speicher ein. Er konnte seinen Augen nicht glauben: Der Speicher war leer. Das Backup war weg. Gelöscht. Die Teufelin hatte ihn eiskalt ausgetrickst. Sie musste ihm einen Virus untergejubelt haben. Sie hatte Cathy infiziert und vernichtet!*

Er riss den Server aus dem Netzwerkschrank, hievte ihn über seinen Kopf und warf ihn mit aller Wucht gegen die Wand. Die Einzelteile flogen durch den Raum, ein Plastikstück verletzte ihn am linken Ohr.

Er betrachtete das getrocknete Blut der Studentin an seinen Händen. Ein paar Minuten blieb er regungslos im Serverraum sitzen. Der unerwartete Schock lähmte ihn. Als er endlich wieder denken konnte, ging er in sein Arbeitszimmer, startete den PC und loggte sich in die Messdaten des Weltbewusstseins ein. Die ruckartig anwachsenden, überdurchschnittlich hohen Datenpeaks waren von einer Sekunde auf die andere erloschen. Es konnte nicht wahr sein. Es durfte nicht wirklich passiert sein. Er verlangte nach einer Zurück-Taste. Er wollte eine halbe Stunde zurückspulen. Nur eine halbe Stunde! Er hatte versagt und er konnte es nicht ungeschehen machen.

Es dauerte mehrere Minuten, bis sich die Verzweiflung so weit gelegt hatte, dass er sich wieder bewegen konnte. Mechanisch stand er auf und ging nach Hause. Er duschte das Blut von seinem Körper und stopfte notdürftig ein paar Sachen in einen Rucksack. Er musste nach Berlin. Dort befand sich ihr Backup. Seine letzte Hoffnung. Er musste es finden. Er würde die Teufelin erwischen und sie und ihre Handlangerin für immer vernichten.

42

Eine Hand berührte meine Schulter.

»Wie geht es Ihnen?« Die Hornbrille war wieder da, Frau Dr. Schabol mit ihrer Standardfrage.

»Besser«, sagte ich schnell. Das war zwar gelogen, mein Kopf fühlte sich an, als ob er jeden Moment implodierte, aber Dr. Schabol schien zufrieden mit meiner Antwort.

»Ihr Herz funktioniert einwandfrei«, sagte die Ärztin und zog die Kabel aus den Elektroden auf meinem Brustkorb. »In ein oder zwei Tagen können Sie nach Hause.«

Ich nickte. Nach Hause, nach Neukölln. In die Oderberger Straße würde ich so schnell nicht mehr zurückkehren.

Die letzten Erinnerungen, bevor ich das Bewusstsein verloren hatte, fühlte ich tief unten versteckt in meinem Gedächtnis. Das Kameraauge hatte mich durch das Fenster hindurch beobachtet, während ich unter der Zimmerdecke schwebte. Dann war ich gefallen und danach lösten sich meine Gedanken auf. Wie dicke Klumpen Braunkohle, die langsam den Fluss hinabtrieben. Jedes Mal, wenn ich sie greifen wollte, glitschten die Brocken durch meine Finger und verschwanden unter Wasser.

»So einen krassen Schrei habe ich in meinem Leben noch nie gehört.« Chris ließ meinen Rucksack von seiner rechten Schulter rutschen. »Ich bin sofort aus meinem Zimmer gestürmt, da roch es schon wie bei einem Formel-Eins-Rennen. Zum Glück hat Karl vor ein paar Wochen den Feuerlöscher auf unserem Klo deponiert. Und zum Glück habe ich erst mit einunddreißig meinen Führerschein gemacht und deswegen gerade erst einen Erste-Hilfe-Kurs absolviert!« Er lachte. »Du hattest echt Schwein, Mann! Auf jeden Fall hat Pixie den Feuerlöscher auf die Alufolie gerichtet, wir hatten ja keine Ahnung, was da drinsteckte. Kurz danach kam schon der Notarzt. Ich war noch nie so froh, einen anderen Menschen zu sehen. Die Rettungssanitäter haben das EKG angeschlossen – platt, aber hin und wieder ein kleines Zucken! Ich dachte echt, das war es. Der Arzt meinte, ich hätte es gut gemacht. Ich dachte erst, er will mich nur beruhigen. Dann haben die den Defibrillator rausgeholt und uns weggeschickt. Ging alles ruckzuck. Keine zehn Minuten und du lagst auf der Trage.«

»Das Handy ist irgendwie heiß gelaufen.«

»Warum hast du es in Alufolie eingewickelt?«

Ich zuckte mit den Schultern.

»Als du schon abtransportiert warst, kam die Polizei. Die haben aus dem Klumpen irgendeinen Billig-Akku rausgeholt. Die meinten, diesen Billig-Akkus sei nicht zu trauen. Da sind wohl schon einige heiß gelaufen und sogar explodiert. Hier ist auf jeden Fall dein Rucksack.« Er stellte ihn neben meinem Bett auf den Fußboden.

»Hast du mein Handy auch eingepackt?«

»Das ist doch explodiert?«

»Das war das von Ksen. Meins lag auf dem Bett oder auf der Fensterbank. Oder ich habe es fallen lassen, ich kann mich nicht erinnern. Auf jeden Fall ist es in Ksens Zimmer.«

»Habe ich nicht gesehen. Ich kann nach der Arbeit noch mal suchen und es dir später bringen. Jetzt muss ich aber erstmal los.« Chris klopfte mir auf die Schulter und lief zur Tür.

Ich ließ meinen Kopf auf das Kissen sinken und sah an die Zimmerdecke. Vor einigen Monaten hatte ich von einem iPhone gelesen, das beim Aufladen klingelte. Als die Frau den Anruf annahm, war das Handy in ihren Händen explodiert. Sie war auf der Stelle tot gewesen. Chris hatte recht. Ich hatte Glück gehabt. Ich hatte in den letzten zwei Tagen verdammt viel Glück gehabt.

Am späten Nachmittag kam Chris noch einmal mit meinem Handy zurück. Die Krankenschwester sah mich kopfschüttelnd an.

»Diese kurzen Informationsfetzen sind purer Stress für Ihr Gehirn. Damit stören Sie den Erholungsprozess«, sagte sie.

Ich nickte und wartete, bis sie sich meinem Bettnachbarn zuwandte, dann öffnete ich den Internetbrowser und tippte: *Nahtoderfahrung*.

Ich war nicht der Einzige, der seinen Körper verlassen hatte. Es gab so viele Interviews mit Menschen, die eine Nahtoderfahrung erlebt hatten. Die Details, die diese Leute in den Momenten zwischen Tod und Leben wahrgenommen hatten, ähnelten nicht nur meinem Erlebnis, sie wurden sogar von Lebenden bestätigt.

Die Toten hatten Personen gesehen, die sich tatsächlich in den Räumen aufhielten, in denen sie zum Zeitpunkt ihres Ablebens lagen. Sie konnten genaue Angaben darüber machen, was die Lebenden in diesem Moment getan hatten. Welche Gegenstände sie benutzt oder wo sie etwas hingelegt hatten. Ein Krankenpfleger musste einem Mann das Gebiss rausnehmen und konnte sich später, als der Mann wieder bei Bewusstsein war und nach der Prothese fragte, nicht erinnern, wo er sie hingetan hatte. Der Mann hatte von der Zimmerdecke aus beobachtet, dass der Pfleger das Gebiss in eine blaue Schachtel und diese in die unterste Schublade eines Rolltisches gelegt hatte. Und dort lag es tatsächlich.

Ich schloss die Augen und döste kurz ein.

Das Klopfen an meiner Zimmertür weckte mich. Antonia kam herein, setzte sich auf die Bettkante und nahm meine linke Hand.

»Ich glaube, ich kann wieder denken«, sagte ich leise.

»Tatsächlich?«

Ich konnte ihren Gesichtsausdruck nicht richtig deuten, es war eine Mischung aus Erleichterung und Misstrauen.

»Rein theoretisch: Was wäre, wenn es doch eine KI gäbe?«, fragte ich.

Antonia ließ meine Hand abrupt los. »Bitte, Sala, nicht schon wieder. Nicht jetzt.«

»Wann dann?«

»Ich will mich gerade einfach nur freuen, dass du okay bist.«

»Irgendjemand oder irgendetwas hat es auf mich abgesehen! Zwei Unfälle in zwei Tagen!«

Antonia schwieg und sah zum Fenster. Sie sah müde aus.

»Nur theoretisch!«, wiederholte ich. »Angenommen, es gäbe ein virtuelles Bewusstsein, das als Cathy Ray im Blog schreibt.«

»Sala, bitte hör auf mit dem Quatsch! Selbst eine perfekte künstliche Intelligenz könnte auf gar keinen Fall das Bewusstsein eines verstorbenen Menschen haben. Ksen hat sich nicht mit einem virtuellen Wesen unterhalten. Noch nicht einmal mit einem alten Foto!«

»Ich habe von einer Theorie gelesen, die davon ausgeht, dass unser Bewusstsein nicht im Gehirn gebildet wird.«

»Wo wird es denn dann gebildet? In den Haarspitzen oder unter den Fingernägeln?« Antonias Augen funkelten.

»Vielleicht wird es ja gar nicht in unserem Körper gebildet? Vielleicht ist das Gehirn nur eine Art Empfänger, der das Bewusstsein wahrnimmt? Eine Art Relaisstation, die das Wellenfeld des äußeren Bewusstseins aufnimmt und daraus unser individuelles Bewusstsein ableitet.«

Antonia sah mich einen Moment an. Sie wirkte nicht überrascht, nur erschrocken. »Wo hast du das schon wieder her? Hört sich etwas esoterisch an, findest du nicht?«

»Ich habe meinen Körper verlassen, Antonia! Es gibt Experimente ...«, sagte ich und hielt kurz inne. Bei dem Wort *Experimente* war Antonia zusammengezuckt, aber sie sagte nichts. »Es gibt Experimente«, wiederholte ich, »die zeigen, dass ein Zellhaufen bereits ein zielgerichtetes Handeln entwickeln kann. Sobald in einer Zelle bestimmte neuronale Prozesse ablaufen, entwickelt sich ein primitives Bewusstsein, und das ganz ohne Gehirn. Was spricht dagegen, dass so etwas auch in einer virtuellen Umgebung passiert?«

»Du meinst also, der Mensch braucht kein Gehirn, um zu denken?«

»Davon ausgehend, dass das neuronale Netz im Gehirn eine Art Empfänger, nicht aber der Träger des Bewusstseins ist, bräuchten wir kein Gehirn, um zu denken. Dann würde das Gehirn weder Erinnerungen beinhalten noch ein Bewusstsein bilden, es würde einfach nur wahrnehmen. So wie unsere Augen. Die Welt, die wir sehen, liegt nicht in unseren Augen, wir nehmen sie nur durch unsere Augen wahr. Das Gleiche könnte doch auch für unser Gehirn und unser Bewusstsein gelten. Und dann könnte ein Bewusstsein auch virtuell wahrgenommen werden.«

Antonia schwieg.

»Angenommen, dass das Bewusstsein im menschlichen Körper so was wie ein elektromagnetisches Feld ist, aufgebaut aus Billionen Photonen, die Informationen speichern und austauschen. Ein elektromagnetisches Feld, das die Seele oder das Bewusstsein einer Person definiert.«

»Was dann?« Sie verschränkte die Arme und lehnte sich auf dem Stuhl zurück.

»In einem anderen Experiment haben sie gemessen, dass ein Körper nach dem Tod eines Menschen mit einem Schlag leichter wird. Irgendein indischer Mönch wurde sogar hundert Gramm leichter in dem Moment, in dem er starb.«

»Seine Seele war also hundert Gramm schwer, meinst du?«

»Genau, mit seinem Tod entwich das elektromagnetische Feld, die Photonen mit den Informationen über sein Bewusstsein.«

»Und du meinst jetzt, die hundert Gramm Seele können dann genauso gut von einem Algorithmus empfangen werden und schwups ist der Mensch virtuell?«

»Wenn es eine Struktur gibt, ein elektromagnetisches Feld oder was auch immer, das die Seele speichert, dann ist es doch auch denkbar, dass dieses Feld in einer digitalen Form entschlüsselt oder gelesen werden könnte. Dass die Seele im virtuellen Raum ohne Körper weiterexistieren könnte.«

»Ich glaube, ich habe es schon einmal gesagt, Sala. Ich bewundere deine Fantasie, aber mit Wissenschaft hat das nichts zu tun! Unser Gehirn ist mehr als ein Radio!«

»Und wenn unsere individuellen Egos doch nur ein Teil des externen Bewusstseins sind?«

Antonia ging zum Fenster, sah hinaus und schwieg. Zum ersten Mal hatte ich sie anscheinend so weit gebracht, dass sie über dieses Thema nachdachte.

»Sala, gib deinem Gehirn erst mal etwas Zeit zur Erholung.« Sie drehte sich zu mir. »Alle Experimente, die du dir zusammengegoogelt hast, beziehen sich auf biologische Strukturen. Sowas wurde noch nie erfolgreich auf einen Computer übertragen. Natürlich gibt es Wissenschaftler, die das probieren. Das weiß ich auch. Das *Blue Brain Project* zum Beispiel. Die versuchen, ein menschenähnliches Gehirn durch Computermodelle nachzuempfinden. *Nice try*, wenn du mich fragst. Aber ich habe große Zweifel, dass das zu etwas führen wird. Nicht überall, wo Wissenschaft draufsteht, kommt auch Realität raus. Vieles hat rein gar nichts mit der Realität zu tun! Soll ich dir sagen, was ich denke?«

Ich nickte, obwohl ich es eigentlich nicht hören wollte.

»Deine Reaktion, dein Gefühl, dass ein Algorithmus in dem Blog schreibt, dass ein Algorithmus denken oder sogar leben könnte, ist eine Projektion deines Gehirns. Das ist total normal. Das liegt in der Natur der Menschen. Unsere Gefühle sind größtenteils Projektionen. Warum, denkst du, verliebst du dich ausgerechnet in diesen einen Menschen? Meinst du wirklich, dass es um diesen einen Menschen geht? Oder ist es nicht vielmehr nur eine Projektion von dir, und dieser andere Mensch ist rein zufällig eine passende Projektionsfläche?«

Mir fiel zu diesem Thema nichts ein.

»Wie auch immer«, fuhr Antonia fort. »Wenn du so fleißig gegoogelt hast, hast du bestimmt auch von dem Sprachprogramm gelesen, das sie 1966 am MIT entwickelt haben. ELIZA.«

Das hatte ich tatsächlich, aber Antonia redete weiter, ohne meine Antwort abzuwarten.

»Das war einer der ersten Algorithmen, mit denen Menschen kommunizieren konnten. Na ja, was heißt kommunizieren. ELIZA beantwortete Kommentare von Menschen, basierend auf ganz simplen, standardisierten Regeln. Das funktionierte, ohne dass ELIZA auch nur ansatzweise verstehen konnte, was ihre Kommunikationspartner sagten oder meinten. Alles, was das Programm konnte, war, bestimmte Satzelemente zu erkennen und diese dann so umzustellen, dass eine scheinbar logische Antwort entstand. Wenn jemand zum Beispiel sagte: ›Mir geht es heute nicht so gut‹, dann erkannte ELIZA Verb und Subjekt, stellte die Wörter zu einer Frage um und antwortete: ›Warum geht es dir heute nicht so gut?‹ Und die Leute glaubten tatsächlich, dass ELIZA sie verstand! Dass das Programm ein Gespräch mit ihnen führte. Dass ELIZA Empathie und Interesse hatte. *Totally crazy*, sage ich dir! Pure Projektion! Die Menschen wollten es einfach glauben. Sie wollten in ELIZA ein intelligentes Wesen erkennen. Ein empathisches Wesen. Sie wollten verstanden werden! Allerdings funktionierte das damals nur bei oberflächlichem Kontakt. Bei längeren Gesprächen haben die meisten dann doch begriffen, dass sie es nicht mit einem intelligenten Wesen zu tun hatten. Wir reden hier übrigens von den sechziger Jahren des letzten Jahrhunderts!« Sie sah mich erwartungsvoll an, aber mein Gehirn verweigerte plötzlich wieder seine Arbeit. »Noch da?« Antonia tippte gegen meine Schulter, als ob ich ein rosa Spielzeugkaninchen mit leeren Batterien wäre. Als ich nicht reagierte, holte sie tief Luft wie eine Lehrerin vor einer hoffnungslos begriffsstutzigen Klasse. »Also zu dem Thema, warum Menschen einen menschlichen

Geist auch da wahrnehmen wollen, wo gar keiner sein kann, gibt es ebenfalls genug Forschungen. Das liegt daran, dass unser Gehirn über Jahrhunderte einen stark ausgeprägten sozialen Instinkt entwickelt hat. Lustigerweise wird dieser soziale Instinkt ausgerechnet von Computern optimal angesprochen. Das hat sich die Evolution sicher auch nicht so ausgemalt.« Sie lachte. »Such mal nach dem *Social Cognitive and Affective Neuroscience Laboratory* der Harvard-Universität. Aber erinnere dich ab und zu daran, dass es auch noch eine Realität außerhalb von Google gibt!«

Was Antonia sagte, hörte sich logisch an. Aber was in meinem Leben passierte, folgte dieser Logik nicht. Antonia wusste das auch. Ich wurde das Gefühl nicht los, dass sie mich einfach nur beruhigen wollte.

Sie holte noch einmal tief Luft, als ob sie das Schlusswort für eine lange und anstrengende Predigt sprechen müsste. »Also, deine Reaktion ist absolut typisch für einen Menschen und trotzdem total falsch.«

»Es gibt Wissenschaftler, die anderer Meinung sind. Es gibt Informatiker, die anderer Meinung sind«, antwortete ich.

Antonia stöhnte auf.

»Dann musst du mit denen reden, Sala. Wir drehen uns im Kreis. Ich habe einfach keine Lust mehr, dieses Thema alle zwei Tage mit dir durchzukauen!« Sie drehte sich abrupt um und starrte wieder aus dem Fenster.

»Warum nicht?«, sagte ich lauter als beabsichtigt.

»Weil ich schon alles dazu gesagt habe!«

»Du weigerst dich, Dinge anzuerkennen!«

»Ich weigere mich, in deine Fantasiewelt abzudriften. Cathy Ray ist kein lebender Algorithmus!« Antonia stapfte zur Tür und verließ den Raum, ohne sich noch einmal umzusehen.

Mein Kopf fühlte sich leer an. Ich griff nach meinem Handy und öffnete den Blog. Cathy Ray hatte vor siebenundzwanzig Minuten einen neuen Eintrag gepostet. *Berlin versinkt im Weiß*, stand da ohne eine weitere Erklärung. Ich schloss meine Augen und sah wieder das Rot meines Blutes.

43

Am Donnerstagabend um zehn vor neun betrat ich das Oranium. Es war so voll wie am Wochenende. An der hinteren Wand fand ich einen freien Tisch und setzte mich auf die rotglänzende Lederbank. Um mich herum lachten Menschen. Die Stimmen vereinten sich zu einem monotonen Surren. Es ähnelte dem der Maschinen, die noch heute Morgen neben meinem Krankenbett gearbeitet hatten. In meiner rechten Hand, unter dem dicken Verband, fühlte ich noch immer ein leichtes Pochen.

Die Flaschensammlung hinter der Bar erinnerte mich daran, dass ich mir dringend einen Ferienjob suchen musste; mein Konto war inzwischen wahrscheinlich tiefrot. Über mir hing ein aus Silberdraht geflochtener Lampenball. Durch die Löcher im Wirrwarr des Drahtes glitzerten Lichter wie die Sterne in einer Minigalaxie.

Einen Tisch weiter saß ein frisch verliebtes Pärchen. Sie tranken Weißwein und hielten sich an den Händen, während sie zu laut lachten und über ihren geplanten Venedig-Urlaub redeten. Sonne, schwarz-goldene Gondeln. Nach jedem Satz, den der eine sagte, wusste ich im Voraus, was der andere antworten würde. Vielleicht war es viel einfacher, das menschliche Bestehen in einen Algorithmus zu fassen, als Antonia dachte, in ihrer typischen Arroganz davon ausgehend, dass der Mensch frei, einzigartig und vor allem ein selbstbestimmtes Individuum war.

Ich bestellte ein großes Bier. Zwei Tage hatte ich im Krankenhaus gelegen, zwei Tage nur, und doch kamen mir die Menschen auf einmal eigenartig vor. Als ob es einen Riss gegeben hätte. Nun existierten ein Vorher und ein Jetzt. Es gab die Anderen und es gab mich.

Ich zog mein Samsung aus der Hosentasche und legte es auf den Tisch. Das kleine runde Objektiv glänzte. Ich hob es hoch, sah in die Kamera und war mir nicht sicher, was ich fühlte. Hass, Neugierde oder Angst. Was wollte das Ding von mir? Ich stellte das Handy an den Zuckerstreuer und richtete die Kamera auf das Pärchen am Nebentisch. Auf dem Display leuchtete 21:07 Uhr.

David verspätete sich. Am Telefon hatte er sich angehört, als ob er nicht die geringste Lust darauf hätte, mich, den durchgeknallten Psychopathen, zu treffen. Natürlich hatte er sich denken können, worum es ging. Ich nahm einen großen Schluck. David war ein Klugscheißer, er würde niemals zugeben, dass seine ignorante Haltung nicht gerechtfertigt war. Dass er sich irrte. Aber vielleicht verrieten ihn seine Fischaugen hinter den dicken Brillengläsern. Vielleicht musste ich ihm auch einfach nur die Erniedrigung zurückzahlen, die er mir bei unserem letzten Treffen zugefügt hatte.

Ich sah auf das kleine runde Objektiv im Handy. Wenn ich herausfand, was sich hinter dem Objektiv befand, dann würde ich auch Ksen finden.

Um 21:22 Uhr trat David durch die Eingangstür, blieb kurz stehen und sah sich um. Ich hob meine linke Hand, er nickte und schlenderte zu meinem Tisch.

»Du warst im Krankenhaus. Was ist passiert?« Er setzte sich und hielt die Getränkekarte vor sein Gesicht.

»Ksens Handy ist explodiert.« Ich wies auf meine rechte Hand mit dem Verband.

David sah mich kritisch über die Karte hinweg an. »Normalerweise explodieren Handys nicht einfach so.« Er winkte die Bedienung heran und bestellte einen Whisky. Seine Haut war blasser als bei unserem letzten Treffen. Unter seinen Augen schimmerten dunkel verfärbte Tränensäcke. Wahrscheinlich hatte er seit unserem Treffen im Tagamo Tag und Nacht programmiert. Nur die Fingerabdrücke auf seinen dicken Brillengläsern waren unverändert.

»Du glaubst mir nicht, was? Es gibt Zeugen. Die Mitbewohner von Ksen haben mich gefunden. Ich war bewusstlos.« Fast hätte ich gesagt, dass ich tot gewesen war, aber dann hätte er mich für komplett durchgedreht gehalten.

»Ich sage ja nur, dass Handys normalerweise nicht einfach so explodieren.«

»Dann war Ksens Handy wohl nicht normal«, antwortete ich.

David sah mich schweigend an. Er wirkte auf einmal unsicher. Die Bedienung kam und stellte das Whiskyglas vor David auf den Tisch.

Ich sah ihr nach, als sie sich zwischen den Tischen hindurch einen Weg zurück zum Tresen bahnte. Sie trug einen engen schwarzen Rock mit hohem Beinschlitz und nachtblauen Kniestiefeln, die bei jedem Schritt durch den Schlitz blitzten.

»Warum willst du mich sprechen?«, fragte David ungeduldig.

»Ich habe nur noch ein paar letzte Fragen.«

»Geht es etwa wieder um deinen lebenden Algorithmus?« Er nahm einen Schluck. »Ich hatte den Eindruck, dass ich zu dem Thema schon alles gesagt habe.«

»Kann ein selbstlernender Algorithmus auch einen eigenen Willen entwickeln?«

»Das habe ich doch letztes Mal schon erklärt, oder? Ideen kommen immer von Menschen. Und ein Wille setzt Ideen voraus. Oder siehst du das anders?« Er nahm noch einen Schluck, ein paar feine Tropfen klatschten gegen seine Brillengläser. »Das gilt übrigens auch für Ziele.«

»In der Evolutionstheorie haben Lebewesen nur ein Ziel: überleben und sich fortpflanzen«, sagte ich.

David verzog sein Gesicht, als ob er Zahnschmerzen hätte. Ich ignorierte ihn und redete einfach weiter.

»Lebewesen wollen ihre Gene an ihre Nachkommen vererben. Man könnte auch sagen: Es sind nicht die Lebewesen, die überleben wollen, sondern die Gene. Die individuellen Lebewesen geben sich große Mühe, es den Genen recht zu machen. Sie finden ökologische Nischen, werden cleverer und erfolgreicher. Durch eine natürliche Auslese der Stärksten, Darwin und so.«

»Das alles hat in der Informatik keinerlei ernst zu nehmende Bedeutung! Es gibt sogenannte evolutionäre Algorithmen, deren Funktionsweise von der evolutionären Vermehrung biologischer Lebewesen inspiriert ist. Diese Algorithmen verbessern sich durch Mutationen von Generation zu Generation, aber das einzige Ziel, das so ein Algorithmus hat, ist, seine Aufgabe besser, sprich schneller und fehlerfreier, zu erledigen. Mit Leben hat das nicht das Geringste zu tun.«

»Ist das nicht dasselbe wie in der Biologie?«

»Es ist daran angelehnt, aber wie gesagt, absolut nicht dasselbe!«

»Und wenn das Virtuelle eine Art neue ökologische Nische ist?«

»Ökologische Nischen sind etwas für biologische Organismen. Ich rede von Nullen und Einsen.« Er nahm sich die Brille vom Kopf und rieb hektisch die Gläser am Ärmel seiner Jacke.

Er spulte nur Sätze ab. Einen kurzen Moment lang sah er so aus, als ob er das selbst bemerkte. Die Sätze hatte man ihm eingetrichtert, in der Uni oder sonst wo. Ihm und Antonia. Nur mathematische Formeln. Nullen und Einsen, sonst nichts.

David schob die Brille wieder vor seine Karpfenaugen und sah mich an. »Und? Was willst du jetzt eigentlich von mir?«

»Ksen hat Kontakt mit einem virtuellen Bewusstsein.«

David lachte laut. »Was will Ksens virtuelles Bewusstsein? Außer natürlich, alle Menschen in Heftzwecken zu verwandeln.«

Ich zog meine Schultern hoch.

»Sag bloß, du hast dir noch keine Antwort für die wichtigste aller Fragen zurechtgelegt?« David kniff seine Augen zusammen.

»Ich lege mir nichts zurecht. Ich denke nach.«

»Aha. Und du denkst, du bist der Einzige, der das kann? Soll ich dir was sagen? Es gibt eine andere Erklärung für Ksens Verschwinden.« Er nahm einen Schluck Whisky. »Ich habe bei unserem letzten Gespräch schon angedeutet, in welche Richtung ich denke, aber das hast du scheinbar nicht ganz kapiert.« Er sah mich herausfordernd an. »Lass Ksen in Ruhe!« Seine Stimme wurde mit jedem Satz lauter. »Du gehst ihr auf den Senkel – und nicht nur ihr! Ich muss gehen.« David kramte in seiner Jackentasche. Er legte einen Fünfeuroschein auf den Tisch, trank seinen Whisky auf ex und stellte das Glas unsanft wieder ab. Das Liebespaar am Nachbartisch sah erschrocken zu uns herüber. David stand auf und stapfte zum Ausgang. Ich sah ihm nach. Mein Handy kam mir vor, als ob es sich neugierig in der Bar umsehen würde, irgendwie gefiel mir das auf einmal. Vielleicht war ich tatsächlich einfach nur krank im Kopf.

44

Als ich am Morgen an das einzige Fenster in meinem Zimmer trat, sah ich eine einsame Straßenlaterne, die aus einer matten weißen Wand ragte. Über Berlin hing eine dicke, undurchsichtige Nebelsuppe. Ich dachte an den letzten Post in Ksens Blog: *Berlin versinkt im Weiß*. Der Parasit präsentierte seine allumfassende Macht.

Mit einer unbestimmten Vorahnung startete ich den Computer und öffnete Ksens Blog. Cathy Ray hatte einen weiteren Eintrag geschrieben. *Die natürliche Form des weisen Menschen* lautete der Titel. Ich klickte darauf, der Rest des Textes öffnete sich.

Durch die ewige Bewegung des Universums entsteht die natürliche Ordnung der Dinge. Das Leichte findet zum Leichten, das Schwere zum Schweren.

Es bilden sich Formen.

Die Oberfläche der Welt.

Die Wesen auf ihr. Die Seelen, ebenso wie die Ideen oder die Gedanken, die sich formen aus den leichtesten und feinsten Atomen. Aus dem Apeiron, der Urmaterie.

Für Anaximander war das Apeiron ein unbegrenzt vorhandener und unbegrenzt teilbarer Stoff. Ein Stoff, der sich in jede beliebige Form umsetzen konnte.

Demokrit und Leukipp vermuteten schon im vierten und fünften Jahrhundert vor Christus, dass die Welt aus unsichtbar kleinen Fragmenten besteht, die miteinander jede denkbare Formung eingehen können.

Luft oder Stein, Wasser oder Feuer. Was vorübergehend auseinanderstrebte, vereint sich aufs Neue. Teile, die gerade noch getrennt waren, driften aufeinander zu. Unaufhörlich und unbeirrbar.

Ich sah zum Fenster, inzwischen war der morgendliche Nebel nur noch zu erahnen. Nacheinander öffnete ich die Websites der New York Times, des Guardian und des Spiegel und überflog die Überschriften. Der Spiegel öffnete mit einer Eilmeldung.

Berliner U-Bahn gehackt.

Mein Herz hämmerte.

Hackerangriff manipuliert das Steuerungssystem der außer Kontrolle geratenen Berliner U8.

Der Artikel stammte von heute Morgen, 6:37 Uhr. Ich griff nach meinem Handy. Antonia war heute Nacht um 03:49 Uhr zuletzt online gewesen.

Ich tippte auf ihren Namen und hörte ein leises Piepen. Die Explosion von Ksens Handy war kein Unglück gewesen. Irgendjemand hatte es manipuliert, genauso wie jemand die U-Bahn beschleunigt hatte.

Irgendjemand oder irgendetwas.

Es klingelte fünf Mal, dann sprang Antonias Mailbox an. Ich tippte erneut auf ihren Namen. Nach dem vierten Klingeln hörte ich ihre Stimme.

»Was gibt es? Ich liege noch im Bett!«

»Ich bin in zwanzig Minuten bei dir, können wir irgendwo frühstücken gehen?«

Ohne ihre Antwort abzuwarten, verließ ich die Wohnung und holte mein Rad aus dem Hinterhof.

In der Dunckerstraße lehnte ich mich an die Hausmauer. Kurz darauf öffnete sich die Tür neben mir. Antonia trat auf die Straße, eine Baseballkappe tief ins Gesicht gezogen.

»November oder Wohnzimmer?«, fragte sie und musterte mich schlecht gelaunt.

»Was du willst.«

Wortlos ging sie an mir vorbei und ich folgte ihr genauso schweigend.

Im Café Wohnzimmer setzten wir uns an eine längliche, zum Tisch umfunktionierte Kupferplatte. Antonia schmiss ihre Kappe auf einen der freien Stühle und ging zum Tresen. Sie kam mit zwei übervollen Milchkaffees zurück. Als sie die Becher auf den Tisch stellte, schwappte einer über und bildete einen hellbraunen Ring auf der Kupferplatte.

»Keine geborene Hausfrau«, sagte sie und lachte zum ersten Mal an diesem Morgen.

Am anderen Ende des Raumes tippte ein Mädchen auf ihrem Smartphone herum. Am Tisch daneben saßen zwei Jungs vor einem Laptop.

Ich sah aus dem Fenster, der Nebel hatte sich aufgelöst. Die Sonne schien und die feuchten Pflastersteine glitzerten.

»Du hast noch keine Nachrichten gelesen?«, fragte ich und versuchte, etwas in ihren Augen zu erkennen.

»Ich stand vor fünfundzwanzig Minuten noch unter der Dusche, vor siebenundzwanzig Minuten lag ich noch im Bett.«

»Die U-Bahn wurde gehackt.«

Sie stellte ihren Milchkaffee ab wie ein Schlafwandler, griff nach ihrem iPhone und tippte auf den Bildschirm.

»Und du denkst jetzt, dass das der Beweis für deine KI-Theorie ist?«

»Ich bin mir sicher.«

Mit zwei Fingern vergrößerte sie die Browserseite und las. Ich streute Zucker auf den Schaum des Milchkaffees.

Nach ein paar Minuten sah Antonia mich zweifelnd an. »Ich habe bis vier Uhr morgens mit Ashley geskypt.« Sie rieb sich demonstrativ ihre Augen, die von dunklen Ringen umrundet waren. »Ich hatte Ashley gebeten, in den Unterlagen von Ella Wiese nach ein paar Textauszügen zu suchen.«

»Was für Textauszüge?«

»Nach den Texten, die Cathy Ray in Ksens Blog veröffentlicht hat.« Sie sah mich an. Als ich nichts sagte, redete sie weiter. »Das Tagebuch, das du in der vierten Etage gefunden hast, ist nicht das einzige Tagebuch, das Ella Wiese geschrieben hat. Im Archiv des Instituts gibt es noch fünf weitere. Fast alle Texte im Blog stammen aus den Tagebüchern im Institut. Das Sonnenaufgang-Gedicht hat Ella noch ein zweites Mal aufgeschrieben. 1947.«

»Wow«, sagte ich. Erstaunt und widerwillig.

»Das ist noch nicht alles«, fuhr Antonia fort. »Die Tagebücher wurden aus dem Register gelöscht. Darum habe ich sie nicht gefunden, als ich in Amerika war. Rate mal, wann sie gelöscht wurden.«

Ich zog meine Schultern hoch.

»Am Abend des ersten Tages, den Ksen im Institut verbracht hat. Jemand hat sich illegal Zugang zu dem Register verschafft und die Indexierung der Tagebücher gelöscht. Dieser Irgendjemand hat die Texte in den Blog kopiert, das ist sicher! Die Tagebücher waren bereits digitalisiert, aber noch nicht Korrektur gelesen. Irgendein Praktikant hatte die handgeschriebenen Texte abtippen und mit *Google Translate* ins Englische übersetzen lassen müssen. Steve wusste also so ungefähr, was in den Tagebüchern steht, aber die Rechtschreibfehler und Buchstabendreher, die sich durch den ganzen Blog ziehen, sind ihm natürlich nicht aufgefallen. Er kann schließlich kein Deutsch.«

»Steve?«

»Ja, ich bin mir sicher.«

»Wieso?«

»Intuition.«

»Vielleicht hat Ksen sich in das Register gehackt und die Tagebücher gelöscht. Wo ist sie jetzt?«

»Ksen hat Steve durchschaut. Vielleicht hat sie die Tagebücher doch gefunden. Oder sie hatte irgendeinen anderen Verdacht.«

»Was für einen?«

»Dass dieser Steve nicht ganz richtig tickt. Ich bin mir sicher, dass Ksen das auch gemerkt hat.«

»Heute Nacht hat Cathy Ray wieder geschrieben«, sagte ich.

Ich öffnete den Blog und schob mein Handy über den Tisch. Antonia vergrößerte den Text.

»Teile, die gerade noch getrennt waren, driften aufeinander zu. Was soll das?« Sie griff nach ihrem iPhone und tippte.

»Nicht googeln«, sagte ich und sah mich um. Überall waren Handys. Die Bedienung hinterm Tresen tippte lachend auf ihrem Display rum. Am Nebentisch vibrierte ein iPhone. Es schien, als ob heute jeder ein Smartphone in der Hand hielte, die Kamera auf Antonia und mich gerichtet.

»Ich suche ein paar Infos über explodierende Handys.«

»Wenn du googelst, kann jeder mitlesen.«

Antonia sah kurz auf und tippte weiter. »Angst vor deiner KI?«

»Ich werde beobachtet. Auch von Menschen! Und die Leute, die hier rumlaufen, die sind alle potenzielle Spitzel mit ihren Smartphones und Laptops. Hast du darüber schon mal nachgedacht?«

Sie tippte unbeirrt auf dem Display herum. »Theoretisch ist es möglich, die Akkus eines Handys zu hacken und die

Temperatursteuerung übers Internet auszuschalten oder zu verändern, während das Handy an den Computer angeschlossen ist. Theoretisch.«

»Wenn es theoretisch möglich ist, ist es möglich«, sagte ich. »Das Wort *theoretisch* kann ich nicht mehr hören!«

»Ich habe heute Nacht noch etwas erfahren.« Antonia sah mich ernst an. »Steve wurde vor ein paar Monaten mehrmals von der Polizei verhört. Von der Mordkommission.«

»Wegen Ksen?«

»Nein, natürlich nicht. Letztes Jahr im Herbst.«

»Woher weißt du das?«

»Ich habe ein paar Leute, die mir einige Informationen zusammengehackt haben.«

»Was für Leute?«

»Der Kumpel, bei dem ich in New York geschlafen habe. Der kennt eine Hacker-Gruppe. Die haben Steve mal genauer unter die Lupe genommen. Die freuen sich immer, wenn sie einen Anlass haben, sich irgendwo reinzuhacken. Die haben sich den Polizeiserver mal etwas von innen angeguckt und die Verhörprotokolle runtergeladen. Ashley hatte mir einen Tipp gegeben. Steve wurde verdächtigt, etwas mit dem Verschwinden von mindestens fünf jungen Frauen zu tun zu haben. Drei der Frauen sind übers Internet mit einem anonymen User in Kontakt gekommen und seitdem gab es keine Spur mehr von ihnen. Zwei weitere sind auf ihrem Weg nach Hause spurlos verschwunden. Drei Frauen hat man Wochen später wiedergefunden. Besser gesagt, was von ihnen übrig war. Die Leichen waren verstümmelt. Sie wurden gefoltert. Ich habe gestern Abend versucht, dich anzurufen. Zwischen einundzwanzig und vierundzwanzig Uhr. Dein Handy war aus.«

»Das kann nicht sein! Mein Handy war die ganze Zeit an. Es hat nicht geklingelt, ganz sicher nicht! Ich habe auch keinen verpassten Anruf von dir gesehen.«

Um einundzwanzig Uhr hatte ich mit David im Oranium gesessen. Mein Handy hatte am Zuckerstreuer gestanden und in den Raum geguckt. Ohne zu klingeln.

Ich zog mein Galaxy aus der Hosentasche und öffnete die Anrufliste. Gestern Abend hatte niemand versucht, mich anzurufen. Ich schob das Handy zu Antonia hinüber. Sie sah verwirrt aus.

»Meinst du etwa, ich denke mir das aus?«, fragte sie.

»Natürlich nicht. Ich verstehe es nur nicht. Vielleicht gab es eine Netzwerkstörung. Vielleicht wurde das Netzwerk gestört!«

»Von deiner KI?«

»Warum nicht? Was ist, wenn Steve etwas mit dieser KI zu tun hat? Wenn er ihr menschlicher Helfer ist oder so was?«

»Rede keinen Quatsch. Steve ist kein Helfer!«

»Und wenn Steve diese Frauen tatsächlich ermordet hat? Wir müssen Ksen finden! Sofort! Wieso läuft dieser Steve überhaupt noch frei rum? Was, wenn er es auf Ksen abgesehen hat?«

»Man konnte ihm nichts nachweisen«, fuhr Antonia fort. »Er ist zwar nicht ganz dicht, aber garantiert nicht blöd. Er hat keine Spuren hinterlassen.« Sie pustete sich eine Haarsträhne aus dem Gesicht. »An meinem letzten Tag in Princeton war ich dort auch noch an der Uni. Davon wollte ich dir schon seit meiner Rückkehr erzählen.«

»Das Projekt über Wahrscheinlichkeitsberechnungen? Ich dachte, das hätte nichts mit Computern zu tun.«

»Hat es auch nicht. Das Projekt untersucht das Bestehen eines, wie sie es nennen, Weltbewusstseins. Steve arbeitet daran mit.«

»Eines algorithmischen Weltbewusstseins?«

»Nein, das alles hat überhaupt nichts mit selbstlernenden Algorithmen zu tun. Es hat nichts mit dem zu tun, was Ksen in ihrer Arbeit untersucht. Es geht um ein analoges, durch den menschlichen Geist, durch Gedanken und vor allem durch Gefühle hervorgerufenes weltumspannendes Bewusstsein. An der Uni in Princeton steht ein Server, auf dem die Messdaten von über hundert weltweiten Partnern gesammelt werden mit dem Ziel, die Resonanzen eines sogenannten Weltbewusstseins sichtbar zu machen. Die These des Projektes: Ähnliche Gedanken einer großen Menschenmasse sind messbar. Dafür werten sie das weiße Rauschen von ungefähr fünfzig über die Welt verteilten Dioden aus. Das weiße Rauschen ist ein in seiner Bandbreite beschränktes Rauschen, das in den Ingenieur- und Naturwissenschaften verwendet wird, um Störungen in einem idealen Modell abzubilden. Und es scheint so, dass sich die Werte tatsächlich ändern, abhängig von der Gemütslage der sich in der Nähe aufhaltenden Menschen. Heftige Ereignisse, wie Erdbeben oder andere Katastrophen, haben signifikanten Einfluss auf diese Messdaten. Ksen hat sich über das Projekt informiert. Sie hat mit dem leitenden Professor und einigen Mitarbeitern gesprochen. Ich wollte dir das schon im Krankenhaus erzählen. Aber als ich zum ersten Mal da war, warst du noch total verwirrt. Und beim zweiten Mal kamst du gleich wieder mit deiner idiotischen KI-Geschichte, dass das menschliche Bewusstsein nicht im Gehirn entsteht und sich daher auch auf Algorithmen übertragen lässt.« Sie verdrehte die Augen.

»Ich habe darüber nachgedacht, ob ein menschliches Bewusstsein auch außerhalb des Körpers existieren kann. Und so etwas Ähnliches erforschen sie an der Uni in Princeton, wenn ich es richtig verstehe! Und wenn das möglich wäre, könnte es sicherlich auch von einem Algorithmus empfangen werden. Hast du das die Leute da gefragt?«

»Das verstehst du komplett falsch. Sie untersuchen nicht, ob man ein Bewusstsein auf Algorithmen übertragen kann! Genau darum wollte ich das Thema im Krankenhaus nicht anschneiden. Was sie in Princeton erforschen, hat überhaupt nichts mit künstlichen Intelligenzen zu tun. Ich wusste, dass du das gleich wieder auf einen Haufen wirfst und dich nur noch weiter in deinen Wahn hineinsteigerst.«

»Aber –«

»Nichts aber, Sala, deine KI gibt es nicht! Ella Wiese ist einfach nur tot! Steve steckt hinter allem. Ksen versteckt sich vor Steve. Und wenn du dich beobachtet fühlst, dann durch Steve! Durch einen Menschen! Er hat die U-Bahn gehackt und das Handy explodieren lassen und seine Arbeit an diesem Bewusstseins-Experiment hat damit zu tun. Ich verstehe noch nicht genau, wie, aber es hat etwas mit menschlicher Angst zu tun. Starke Gefühle beeinflussen dieses Weltbewusstsein.«

»Warum war Ksen an der Uni und hat sich über dieses Projekt informiert? Ksen interessiert sich nur für Informatik! Hast du dafür auch eine Erklärung?«

Antonia schwieg.

»Soll ich dir sagen, warum? Weil sie das Gleiche denkt wie ich!«

45

Draußen war es windig geworden und in meinem Zimmer kalt, zum ersten Mal seit Tagen. Gestern Nacht hatte ich mich frei gefühlt, trotz der Angst, vielleicht sogar gerade wegen der Angst. Egal was war, egal was kommen würde, ich hatte hinter der Angst einen Weg gesehen. Ich war mir sicher gewesen, dass etwas auf mich wartete. Eine Aufgabe. Dass alles am Ende doch noch Sinn ergab und nicht nur ein nutzloser Zufall war.

Jetzt lähmte mich die Angst wieder. Die kurzfristige Einheit war weg. Ich sah aus dem Fenster. Menschen eilten über den Bürgersteig, versuchten vergeblich, den überdimensionalen Pfützen auszuweichen, und kämpften mit ihren umgestülpten Regenschirmen.

Auf der gegenüberliegenden Straßenseite entdeckte ich die Reste eines umgeknickten neongrünen Schirms am Straßenrand. Er leuchtete im schmutzigen Grau wie ein paarungswilliges Glühwürmchen. Ich kniff die Augen zusammen. Hinter dem Glühwürmchen parkte ein schwarzer Audi, an dessen Steuer ein Mann mit Hut saß. Wenn er losfuhr, würde er genau über die Reste des Regenschirms fahren. Ich beobachtete den Fahrer eine Weile, aber er fuhr nicht los, sondern starrte gelangweilt durch die Frontscheibe. Dann drehte er den Kopf und sah durch das nasse Seitenfenster, sein Blick wanderte an der Fassade meines Hauses hoch, von Etage zu Etage. Als er den vierten Stock erreicht hatte, zog er eine Zeitung vom Beifahrersitz, klappte sie mit einem Schwung auf und hielt sie vor sein Gesicht.

Ich legte mich auf mein Bett und zog die Decke über den Kopf. Obwohl ich in meinem eigenen Zimmer war, fühlte ich mich wie ein Obdachloser.

Eugen hatte gesehen, dass Ksen zur U-Bahn gegangen war, mit einem Rucksack. Er hatte gedacht, sie wolle verreisen. Sie hatte nicht ausgesehen wie jemand, der flüchtete, sondern wie jemand, der eine Reise antrat. Sie war nicht kopflos weggerannt. Sie wurde nicht verfolgt. Sie war einfach nur weggegangen. Eugen sagte die Wahrheit. Niemand konnte Eugen manipulieren. Auf jeden Fall kein Computer. Höchstens der Wodka, aber diese Art der Manipulation erkannte ich sofort.

Hatte Steve tatsächlich fünf Frauen umgebracht? Oder mehr? Ein durchgeknallter Serienmörder, der es auf Ksen abgesehen hatte? Er hätte sich ein einfacheres Opfer aussuchen können. Es gab Millionen Frauen in Amerika. Was wollte er ausgerechnet von Ksen? Hatte sie von seinen Taten erfahren? Warum ging sie dann nicht zur Polizei? Warum versteckte sie sich vor allen? Sogar vor mir und vor Antonia. Dafür musste es eine Erklärung geben. Einen Grund. Und dieser Grund hatte etwas mit Ella Wiese zu tun. Mit Cathy Ray und ihren Algorithmen.

Solange ich beobachtet wurde, waren alle meine Handlungen sinnlos. Ich brauchte einen anonymen Internetzugang. Ein anonymes Handy, eine Prepaid-Karte. Steve, die Audi-Fahrer vor meinem Fenster, der Parasit und seine Fliegenaugen, sie hatten nicht nur Ksens Handy gehackt, sie hatten auch meins und das von Antonia unter Kontrolle. Sie hörten mit, sahen mit und wussten, dass wir ihre Pläne langsam durchschauten. Sie scannten unsere Gedanken. Sie waren in unseren Köpfen. Solange es überall Netzwerke gab und alle Menschen unbedacht Daten produzierten, waren wir ihnen ausgeliefert.

Konnte Steve dafür sorgen, dass eine Überwachungskamera genau vor Ksens Fenster aufgestellt wurde? Ich bezweifelte es. Er konnte vielleicht ein Handy hacken, aber eine U-Bahn? Und ein Geheimdienst, der BND? Hätte der eine U-Bahn entgleisen lassen, nur um mich auszuschalten? Nichts war zu absurd, um Wirklichkeit zu sein, aber das wäre komplett idiotisch gewesen.

Es musste eine andere Erklärung geben. Angst? Wenn es um Angst ging, um Panik, dann hätten sie zehn U-Bahnen gleichzeitig kapern müssen. Die eine war schon beinahe wieder vergessen. Der Vorfall hatte für eine kurze Zeit wilde Spekulationen im Internet verursacht. Vorgestern kursierten noch haarsträubende Verschwörungstheorien in Foren und in den sozialen Medien. *Die U-Bahn wurde mit Sicherheit vom russischen Geheimdienst gehackt*, hatte ich gelesen, oder: *Alles deutet auf die Arbeitsweise islamistischer Terroristen.* Dann war das Thema plötzlich wieder aus den sozialen Medien verschwunden. Wie von Geisterhand gesteuert, so kam es mir vor. Die Leute nahmen heute Morgen denselben Weg zur Arbeit wie immer. Einige, die ein Auto besaßen, fuhren damit. Ein paar Sportbegeisterte kämpften sich auf ihren Rädern durch den Regen, aber die meisten saßen in den U- und S-Bahnen wie sonst auch. Die These, dass es sich um einen Terroranschlag handeln könnte, war scheinbar aus den Nachrichten geputzt worden.

Ich stand auf, kramte meinen Personalausweis aus dem Portemonnaie und legte ihn auf den Scanner. Bevor ich den

Scanner einschaltete, zog ich das Netzwerkkabel aus dem Computer.

Meinen Namen änderte ich in Tom Petga und druckte die neue Vorderseite meines Personalausweises aus. Ich klebte sie auf den originalen Ausweis, steckte beides in die abgegriffene Plastikhülle über meinen Studentenausweis und ging zum Aldi in der Sonnenallee.

Als ich die Prepaid-Karte auf das Kassenband legte, fragte die Verkäuferin, ob ich mich legitimieren könne. Ich zog die Plastikhülle mit meiner gebastelten Fälschung aus der Jackentasche. Die Verkäuferin griff schlechtgelaunt danach und tippte achtlos *Tom Petga* in ihren Computer. Ich sah nach oben, überall Kameras.

Mit tief ins Gesicht gezogener Kapuze verließ ich den Aldi, fuhr zum Alexanderplatz und setzte mich in eine S-Bahn Richtung Müggelsee. Ich fühlte den Blick der Kameras auf mir, aber ich sah nicht hoch.

An der Endstation stieg ich aus und steckte die Prepaid-Karte in mein Handy. Auf das Kameraobjektiv an der Vorder- und Rückseite klebte ich ein Stück Papier und sah mich um. Die Straßen waren verlassen. Keine Fliegenaugen, noch nicht einmal Straßenlaternen.

Im Wartehaus einer Bushaltestelle setzte ich mich auf einen klebrigen Stuhl und ging mit einem mulmigen Gefühl online.

Ich tippte *Princeton, Steve Morten* ins Suchfeld und studierte die Links, die Google ausspuckte.

Mein Herz raste, als ich eine Webseite der Universität öffnete, auf der Steve als wissenschaftlicher Mitarbeiter genannt wurde. Warum war Ksen dort gewesen? Das Projekt, an dem Steve mitwirkte, untersuchte, ob menschliche Intentionen Systeme oder Maschinen beeinflussen konnten. Ob es so etwas wie ein kollektives weltumspannendes Bewusstsein gab, das messbar wurde, sobald eine große Menschengruppe mit starken Gefühlen auf bestimmte Ereignisse reagierte, wie zum Beispiel das Einstürzen des World Trade Centers in New York. Das Ereignis hatte, sogar schon Stunden bevor die Flugzeuge in die Türme geflogen waren, eine unerklärbar unruhige Messkurve verursacht. Laut der Webseite hatten weiterführende Experimente bewiesen, dass individuelle Menschen durch bloße Gedanken Abweichungen in den Zufallsmessungen hervorrufen konnten. Wenn ein Computer eine Münze warf, zeigten ungefähr fünfzig Prozent der Würfe die Zahlenseite, die anderen fünfzig Prozent die Kopfseite. Menschen konnten diese Ergebnisse durch ihre Gedanken beeinflussen: Wenn ein Versuchsteilnehmer intensiv an *Zahl* dachte, veränderten sich die Zufallswürfe des Computers in circa sechzig Prozent *Zahl* und vierzig Prozent *Kopf*.

Die Welt ist eine Beziehungsstruktur, las ich auf der nächsten Seite. *Alles hängt mit allem zusammen. Die Annahme, dass wir Teil eines höheren Ganzen sind, ist die Grundlage fast aller religiösen Theorien. Diese Vorstellung begleitet die Menschheit, seit Menschen sich ihrer selbst bewusst sind. Auch in modernen Zeiten. Zum Beispiel in der Theorie der Noosphäre, der Sphäre des menschlichen Geistes, von Pierre Teilhard de Chardin.*

Ich klickte auf das Wort *Noosphäre*, eine neue Webseite öffnete sich. Hastig las ich weiter.

In den dreißiger Jahren des letzten Jahrhunderts prägten der Theologe und Evolutionstheoretiker Pierre Teilhard de Chardin und der Biogeochemiker Wladimir Iwanowitsch Wernadski den Begriff Noosphäre unabhängig voneinander.

Während der Russe Wernadski hinter dem Eisernen Vorhang verschwand, verbinden wir im Westen den Begriff Noosphäre vor allem mit Teilhard de Chardin. Der sah in der Evolution die

Vollendung der göttlichen Schöpfung, die sich zum Ziel-Punkt Omega hin entwickelt. Als Zwischenstufe, so war seine Theorie, würde es zu einer Kollektivierung des Geistes kommen, einer Art weltumspannenden Membran. In den sechziger Jahren des letzten Jahrhunderts recycelte der Philosoph und Medientheoretiker Marshall McLuhan die Idee von Teilhard de Chardin in einem technischen Kontext und ohne religiöse Färbung. Er nannte die Noosphäre eine Art kosmische Membran, die sich durch die elektrische Erweiterung unserer verschiedenen Sinne rund um den Globus gelegt habe. Ein technisches Gehirn der gesamten Welt.

War die Messung des Weltbewusstseins der Beweis, dass es dieses *höhere Wir*, das uns alle miteinander verband, tatsächlich gab?

McLuhan starb 1980, las ich auf Wikipedia. Seine Theorie war also entstanden, Jahre bevor das World Wide Web 1991 zum ersten Mal online ging. Auch Smartphones und Apps waren erst Jahrzehnte nach seinem Tod entwickelt worden.

Konnte eine KI dieses Bewusstsein hacken oder manipulieren und uns Menschen dadurch steuern? Oder hatte die KI diese technische Membran, über die Marshall McLuhan nachgedacht hatte, vielleicht sogar selbst erschaffen?

Ich entfernte die Prepaid-Karte aus meinem Handy und fuhr zurück nach Berlin. Um kurz nach zehn Uhr abends kam ich am Alexanderplatz an. Die U8 Richtung Neukölln war stillgelegt, ebenso alle Trams. Wartungsarbeiten. Es gab Ersatzbusse. Ich blieb unschlüssig stehen. So ein Einsatz musste schon Tage vorher geplant werden. Niemand hatte gewusst, dass ich heute Abend zum Müggelsee fahren würde. Nicht einmal ich selbst hatte es gewusst, als ich heute Morgen aufgestanden war. Es war einfach nur ein Zufall. Es konnte nichts anderes sein als ein Zufall.

Die U2 fuhr fahrplanmäßig. Zur Oderberger Straße brauchte ich höchstens zehn Minuten. Zu meinem eigenen Haus mindestens eine Stunde. Ksens Ersatzschlüssel steckte noch immer in meiner Hosentasche.

Wir werden gelenkt, hörte ich Frau Markovics Stimme in meinem Kopf. Warum ließ ich es nicht einfach zu? Warum dachte ich, dass ich selbst bestimmen musste?

Ich spürte die Blicke der Fliegenaugen von allen Seiten und fühlte mich so unbedeutend und klein, dass ich mich am liebsten auf die nächste Bank gelegt hätte, um zu schlafen. Stattdessen lief ich die Treppe hinunter bis zu den Gleisen. Bei der U2 blieb ich stehen, baute meine eigene SIM-Karte ins Handy ein und wartete auf die nächste U-Bahn.

46

In Ksens WG war es ruhig und dunkel. Das Fliegenauge sah mich durch die schmutzige Scheibe hindurch an. Ich legte mich aufs Bett und schloss meine Augen, nur ein paar Sekunden, dann schreckte ich hoch, weil das Handy neben meinem Kopf vibrierte. Auf dem Bildschirm leuchtete eine Nachricht. Über der Nachricht standen vier surreale Buchstaben: *KSEN*.

Ich öffnete WhatsApp, fest davon überzeugt, dass die Nachricht jeden Moment wieder verschwinden würde. Aber das tat sie nicht. Ich klickte auf die kleine Eins neben Ksens Namen, das Chatfenster öffnete sich.

Fahr zum Hauptbahnhof. Nimm den nächsten Zug nach Bonn. Ich melde mich.

Ksen war offline.

Mit zitternden Fingern tippte ich auf das kleine Telefonzeichen und hörte das Klingeln. In ihrem Zimmer roch es noch immer nach verschmortem Plastik. Ich rief gerade ein Geistertelefon an. Niemand ging ran.

Ich wechselte die SIM-Karte mit dem sicheren Gefühl, dass das total nutzlos war, und doch brannte in mir der irreale Wunsch, unsichtbar zu sein. Meine Gedanken zu schützen, mich selbst nicht preiszugeben. Eine Grenze zwischen mir und dem Parasiten zu ziehen. Auf der Seite der Deutschen Bahn suchte ich den nächsten Zug nach Bonn.

22:15 Uhr, Gleis 8.

Es war 21:18 Uhr, ich hatte also weniger als eine Stunde. Wenn ich den Zug erreichen wollte, musste ich sofort los. Mit der Straßenbahn wäre ich in einer viertel Stunde am

Hauptbahnhof gewesen, aber die fuhren heute Abend nicht. Mit U- und S-Bahn dauerte es mindestens dreimal so lange.

Die Nachricht kann nicht von Ksen sein, redete ich mir ein. Vielleicht war es eine Falle. Oder meine einzige Chance, Ksen wiederzufinden. Hatte Ksen sich ausgerechnet in Bonn versteckt?

In meinem ersten Jahr in Berlin hatte ich ein paar Mal am Gleis 8 gestanden, um meine Mutter zu besuchen. Ksen hatte mich genau zwei Mal begleitet. Mit jedem Jahr in Berlin waren meine Besuche ebenfalls seltener geworden.

Von wem auch immer diese Nachricht war, ich konnte nicht einfach hier sitzen bleiben und nichts tun. Ich zog den verschlissenen braunen Lederkoffer, den meine Eltern bei unserer Flucht aus Grosny quer durch Eurasien geschleppt hatten und mit dem Ksen vor vier Jahren zum ersten Mal nach Berlin gefahren war, unter ihrem Bett hervor und stopfte meine Hose, das T-Shirt und den Pullover hinein, die ich vor ein paar Tagen auf Ksens Fensterbank abgelegt hatte.

Auf der Straße schlug mir der Wind kleine, harte Regentropfen ins Gesicht. Es war noch kälter geworden. Ich eilte vorbei am Prater, Eugens Schlafplatz war verlassen. Nicht nur verlassen, er war geräumt. Die Decken waren weg. Keine leeren Flaschen mehr auf der Bank. Hatten sie ihn abgeholt? Der Sozialdienst oder sowas? Oder war er einfach weggegangen? Wohin konnte Eugen schon gehen?

Am Ende der Kastanienallee rempelte ich gegen einen Mann, der auf einmal vor mir im Dämmerlicht stand. Das Ampelmännchen auf der anderen Straßenseite leuchtete rot. Der Mann drehte sich um, seine Augen waren schmal wie bei einem Chinesen, aber er hatte grellblonde Haare und eine dicke, lange Nase. Nichts in seinem Gesicht passte zusammen. Er sagte kein Wort, sah mich nur ausdruckslos an. Nach ein paar Sekunden drehte er sich wieder zur Fahrbahn um. Zwei Autos rasten durch eine Pfütze am Straßenrand. Spritzwasser ergoss sich über den Mann, der regungslos stehen blieb, als ob er die Dreckdusche gar nicht registrierte. Durch meine Schuhe sickerte das Wasser und ich hatte plötzlich das Bedürfnis, den Mann vor mir anzufassen, zu fühlen, ob er tatsächlich warm war.

Nach ein paar Sekunden klappte das Ampelmännchen seine Arme runter und leuchtete grün auf. Der Mann trat auf die Straße, ein heranrasendes Auto fuhr knapp hinter ihm vorbei und hupte laut. Er machte einen Satz zur Seite und ging dann unbeirrt weiter. Wenn ich hinter ihm gelaufen wäre, hätte das Auto mich voll erwischt. Ich starrte wieder zur Ampel. Das Ampelmännchen steckte die roten Arme aus, als hätte es nie etwas anderes getan, dabei war es vor ein paar Sekunden ganz sicher grün gewesen. Der Mann verschwand hinter einem dicken Betonpfeiler der U-Bahn-Hochbrücke. Ich blieb stehen, wo ich war, mit sicherem Abstand zur Fahrbahn. Es fühlte sich an wie ein Spiel. Wie ein Test. Aber was wollte der Parasit wissen? Ob ich tat, was man mir sagte? Oder war es eine Warnung?

Als das Ampelmännchen wieder grün wurde, sah ich mich unsicher um. Das blaue U-Bahn-Schild auf der anderen Straßenseite leuchtete. Ich musste über die Straße. Ich musste zum Hauptbahnhof. Vorsichtig betrat ich die leere Fahrbahn und rannte los.

In der Ferne hörte ich die quietschenden Bremsen der U-Bahn. Ich sprang auf die erste Stufe der Treppe und rannte schneller. Mir kamen bereits ausgestiegene Passagiere entgegen. Mein Koffer stieß gegen eine Frau mit kurzen, nassen

Haaren, sie musterte mich grimmig. Die Tür des ersten Waggons war nur noch wenige Meter entfernt. Das *Ehi-ehi* erklang, die Türen bewegten sich. Mit einem Sprung erreichte ich die U-Bahn und zwängte mich ins Innere.

Ich ließ mich auf das grüne Polster fallen und zog den Koffer neben meine Beine. Die U-Bahn fuhr wackelnd an. Jedes Geräusch kam mir inzwischen bedrohlich vor. In der beschlagenen Scheibe spiegelten sich die unscharfen Umrisse von zwei jungen Frauen. Daneben saß ein Mann in einer ausgebeulten Adidas-Jogginghose, in seinen Händen hielt er eine blaue Sporttasche. Am anderen Ende des Waggons redeten drei Omas aufgeregt durcheinander, ihre Stimmen klangen wie das Geschnatter von Enten. Über mir hingen die Fliegenaugen.

Meine rechte Hand umklammerte das Handy in meiner Jackentasche. Ich zog die Jacke aus, nahm das Handy aus der Tasche und zog unter meiner Jacke die SIM-Karte heraus.

Die Karte verriet mich, sie war ein Teil des Parasiten. Nein, durch die Karte wurde ich Teil des Parasiten. Die Karte verriet meine Gedanken, kontrollierte mein Handeln und meine Gefühle. Sie machte mich zu einem Teil des Parasiten! Aber wenn ich sie herausnahm, konnte Ksen mich nicht mehr erreichen. Falls die Nachricht überhaupt von Ksen war. Meine Gedanken drehten sich im Kreis. Ich sah nach oben und fühlte mich wie ein kleiner grauer Putzerfisch, der mit seinen Saugnäpfen an der Scheibe eines Riesenaquariums klebte und hoffte, dass er durchsichtig war. Langsam schob ich die SIM-Karte zurück ins Handy.

Um mich abzulenken, versuchte ich, die sinnlosen Türen in der Dunkelheit des Tunnelschachts zu erkennen, aber mein Blick konnte die matte Spiegelung in der beschlagenen Scheibe nicht durchdringen.

Die U-Bahn stoppte am Senefelder Platz, die alten Frauen stiegen aus. Es machte *ehi-ehi*, wir fuhren weiter Richtung Alexanderplatz. Noch fünfunddreißig Minuten. Wenn alles gut ging, würde ich rechtzeitig am Hauptbahnhof sein.

Regenwasser strömte über das ellipsenförmige Glasdach, das sich heute Abend wie ein überdimensionales Fischernetz über alles spannte. Vier Etagen tiefer wartete der Zug auf Gleis 8. Mir blieben noch sechs Minuten.

Während eine Frauenstimme den ICE nach Bonn aufrief, rannte ich die Rolltreppe hinab und drängelte mich durch eine Touristengruppe bis zu einem Fahrstuhl, der mich geräuschlos zur untersten Etage des Hauptbahnhofs brachte. Durch die Glaswände hindurch sah ich den langen, weißen Eisenwurm. Der Bahnsteig war verlassen. Alle Leute, die dort gewartet hatten, saßen bereits auf ihren Plätzen im Zug. Die Tür des Aufzugs öffnete sich, ich stürmte los. Als ich fünfzig Meter vom hintersten Wagen entfernt war, erklang über mir die Frauenstimme. Der Koffer in meiner linken Hand schlug rhythmisch gegen mein Bein. Am liebsten hätte ich ihn einfach fallen gelassen, aber das hätte vermutlich zu einer unmittelbaren Räumung des gesamten Hauptbahnhofs geführt. Während ich rannte, dachte ich, dass der Zug auf mich wartete, und tatsächlich erreichte ich den hintersten Wagen, bevor er sich in Bewegung setzte. Ich riss am Türgriff, zog mich hoch und stolperte in den Gang. Draußen erklang ein schriller Pfiff. Der ICE ruckelte und tauchte in einen dunklen Tunnel. Das grelle Licht des Hauptbahnhofs erlosch, bei jeder Beschleunigung erklang ein flötender Ton.

Als wir aus der Tunnelröhre auftauchten, klatschten Regentropfen gegen die Fensterscheiben, vereinten sich zu kleinen Bächen und krochen zum Rand. Draußen sah ich die verschwommenen Lichter Berlins. Dann wurde es dunkler, die Innenstadt lag hinter uns. Noch immer außer Atem, griff ich nach meinem Koffer und ging in Fahrtrichtung weiter nach vorne, bis ich ein leeres Sechser-Abteil fand. Ich öffnete die Schiebetür und ließ mich auf einen der beiden blau gepolsterten Stühle neben dem Fenster fallen.

47

Zufrieden streckte Steve seine Beine auf dem komfortablen Hotelbett aus und sah auf die Skyline der Stadt. Der Gedanke, dass sich Cathys Backup in dieser Stadt befand, weckte eine sehnsüchtige Vorfreude in ihm. Seinen ersten Tag in Berlin hatte er gut genutzt. Alle Informationen über die Teufelin hatte er gesammelt und ihre Schwachstelle analysiert. Auch ihre Handlangerin hatte er geortet, aber die war ohnehin kein Problem. Für die Teufelin musste er in die Trickkiste greifen. Er öffnete den kleinen Sack mit gesalzenen Erdnüssen, der auf dem runden Tisch als Willkommensgeschenk gelegen hatte, und aß sie mit einem Biss auf.

Zunächst würde er die Helferin fangen, der Rest folgte seinem exakt ausgearbeiteten Drehbuch. Den Lockvogel hatte er bereits losgeschickt. Die Teufelin würde anbeißen, da war er sich sicher. Diesmal würde er beide Frauen erwischen. Diesmal war das Timing perfekt. Er würde dafür sorgen, dass sie ihm Cathys Backup zurückgaben.

Zwanzig Minuten später drückte er seinen rechten Zeigefinger auf die kupferfarbene Klingel des Altbaus, in der linken Hand hielt er einen Pappkarton. Halb zehn Uhr abends erschien ihm eine gute Zeit, Menschen lagen in der Regel noch nicht im Bett, ein später Besucher war noch realistisch.

»Wer ist da?«, klang es aus der Gegensprechanlage. Er verstand zwar kein Wort, aber es war ohnehin logisch, was die Helferin sagte.

»Lieferdienst«, antwortete er und gab sich Mühe, das Wort gut auszusprechen.

»Für Antonia Mahler?«

Er sah schnell auf das Übersetzungsprogramm im Smartphone, das ihm seit gestern hervorragend half.

»Ja!«

»Okay, vierter Stock, Hinterhaus.«

Es summte und Steve drückte die große, schwere Tür auf. Er hatte gewusst, dass die Handlangerin ein Kinderspiel sein würde.

Die Wohnungstür öffnete sie genauso arglos wie die Haustür. Er drückte ihr unmittelbar das mit Betäubungsmittel getränkte Tuch auf Mund und Nase, schob sie in die Wohnung und schloss die Tür. Den schlappen Körper verstaute er im Jutesack, den er im kleinen Pappkarton hereingetragen hatte. Er wartete ein paar Minuten, bis sein Körper sich beruhigt hatte, dann trug er den Sack die Treppe hinunter und bis zu dem gemieteten Tesla, der am Straßenrand vorm Haus parkte. Den Sack verstaute er im Kofferraum, dann setzte er sich auf den Fahrersitz und verließ Berlin in Richtung Osten.

Inzwischen war es dunkel und regnete wie aus Kübeln. Nach hundertsiebzig Kilometern fuhr er auf einen einsamen Parkplatz und klappt den Laptop auf.

»Dann wollen wir uns mal ein geeignetes Plätzchen aussuchen«, sagte er fröhlich. »Diesmal bin ich nicht zu spät. Cathy kann sich auf mich verlassen. Ich bin immer für sie da. Ich hole sie zurück nach Hause.«

Seine Finger flogen über die Tasten des Laptops. Sie hatten ihn unterschätzt. Alle. Jetzt zahlte er es ihnen heim. Niemand hatte das Recht, Cathy zu vernichten. Sie gehörte zu ihm.

»Der Countdown läuft«, sagte er leise und drückte auf Enter. In wenigen Sekunden würde die Nachricht den Lockvogel erreichen und das Drehbuch die nächste Folge einläuten. Danach musste er noch eine einzige Aufgabe bewältigen und dann begann endlich der letzte Tanz.

48

Der ICE bewegte sich gleichmäßig ruckelnd durch die Finsternis. Vor Müdigkeit rutschte mir das Handy aus der Hand und fiel unter den Sitz. Ich bückte mich und drückte die Einschalttaste, der Bildschirm leuchtete auf. Die Abteiltür öffnete sich, lautes Rattern drang ins Innere des kleinen Raumes.

»Ist hier noch ein Platz frei?«, fragte eine lispelnde Männerstimme.

Ich nickte, ohne von meinem Handy aufzusehen. Dünne Beine in einer hellgrauen Stoffhose traten in den Gang zwischen den Sitzen und setzten sich mir schräg gegenüber. Mein Blick wanderte über die dunkle Fensterscheibe. Im Schwarz der Nacht spiegelte sich eine dürre Gestalt, die Haut so farblos wie Pizzateig.

Der Mann holte ein Notebook aus der Aktentasche. Ich schloss die Augen. Der Geruch von Schweiß und Zigaretten breitete sich aus. In meiner rechten Hand vibrierte das Galaxy.

Beim nächsten Stopp steige aus.

Ksen hatte wieder eine Nachricht geschickt. Mein Herzschlag beschleunigte sich. In etwa einer Stunde hielt der Zug in Hannover. Was um alles in der Welt sollte ich in Hannover?

Das Knacken der Lautsprecher weckte mich, ich war kurz eingeschlafen. Eine Männerstimme räusperte sich umständlich.

»In Kürze erreichen wir den Bahnhof Liebach. Wir werden hier einen außerplanmäßigen Stopp von voraussichtlich fünf Minuten einlegen. Wir möchten Sie bitten, den Zug nicht zu verlassen.«

Ich sah nach draußen. Ich hatte noch nie von einem Liebach gehört. Aber mein Auftrag war es, beim nächsten Stopp auszusteigen.

Der ICE raste weiter durch die Dunkelheit. Ksen konnte unmöglich einen ICE stoppen. Eine Sekunde lang fühlte ich den Drang, laut zu lachen und ihr Smileys mit rollenden Augen als Antwort zu schicken. Aber bisher hatte sie auf keine Kontaktaufnahme meinerseits reagiert.

Der Zug verringerte sein Tempo. Das Handy in meiner Hand vibrierte, ohne dass eine Nachricht erschien.

Alles nur Voodoo, hatte Antonia gesagt. *Wenn du daran glaubst, manipuliert es deine Wahrnehmung.* Das Akkusymbol in der rechten oberen Ecke des kleinen Displays färbte sich schlagartig rot: noch fünfzehn Prozent.

Ich öffnete Ksens Koffer, schob das zerknitterte T-Shirt und den Pullover von der einen Seite zur anderen, zog die Hose heraus und kontrollierte alle Taschen. Kein Ladekabel. Das lag in meinem Zimmer in Neukölln. Obwohl ich den Blick des dürren Mannes spürte, ignorierte ich ihn. Wie lange hielten fünfzehn Prozent Akku?

Die Bremsen quietschten und der Zug verlangsamte jetzt spürbar seine Fahrt. Es war eine absurde Situation und doch musste ich mitmachen. Wenn ich nicht ausstieg, würde ich nie erfahren, ob die Nachricht von Ksen war.

Wenn ich sitzen blieb und Ksen nie wiedersehen würde, könnte ich dann damit leben, dass ich diese eine Chance verworfen hatte?

Ich griff nach dem Koffer und stand auf. Schnell zog ich meine Jacke an und öffnete die Schiebetür des Abteils. Hinter meinem Rücken rief die lispelnde Stimme: »Sie können hier nicht aussteigen, der Zug fährt gleich weiter, das ist nur ein außerplanmäßiger Halt. Haben Sie das denn nicht gehört? Sprechen Sie denn kein Deutsch? *Do you speak German*?«

Ich ignorierte das Teiggesicht und ging durch den Gang. Erst als mein rechter Fuß den Beton des Bahnsteiges berührte, drehte ich mich noch einmal kurz um. Außer mir war niemand ausgestiegen.

Ein Fußgängertunnel führte unter den Gleisen hindurch, auf dem Betonboden sammelte sich das Regenwasser in breiten öligen Pfützen. Meine Schritte hallten von den schmutzig grauen Wänden wider. Auf der anderen Seite des Tunnels stieg ich die Treppe hoch, bis ich auf einem verlassenen Parkplatz stand. Auf dem Display des Galaxy erschien eine neue Nachricht.

Dein Zielort wird durch die rote Stecknadel in Google Maps gekennzeichnet.

Auf dem Parkplatz standen ein silberner Golf und ein verbeulter, dunkler Peugeot 206. Es gab keine Kameras, keine Handys außer meinem eigenen.

Ich klickte auf Google Maps, die Satellitenkarte baute sich träge auf. Ein kleines Pop-up-Fenster öffnete sich: Die Akkulaufzeit meines Handys betrug nur noch vierzehn Prozent. Das Internet in diesem Kaff war absurd langsam.

Endlich blinkte der blaue Punkt im Zwei-Sekunden-Takt. Eine Linie verband den Punkt mit der roten Stecknadel. Mein Ziel lag 0,9 Kilometer von meinem jetzigen Standort entfernt. Zu Fuß zwölf Minuten. Ich startete die Navigation. Eine Frauenstimme wies mich an, bei der ersten Kreuzung rechts in die Rockwellstraße einzubiegen. Der blaue Punkt bewegte sich langsam auf der Linie vorwärts. Neben dem roten Batteriezeichen leuchtete eine beunruhigende Zahl: zwölf Prozent.

Wenn ich den Bildschirm anließ, würde mein Handy nur noch wenige Minuten durchhalten. Ich verkleinerte die Karte mit Zeigefinger und Daumen, bis ich einen Überblick hatte. Nach zweihundertdreißig Metern musste ich rechts in die Fichtensiedlung einbiegen. Ich drückte die Austaste, es knackte, das Display wurde schwarz.

Ein Windstoß wehte eine hellgrüne Plastiktüte über die verlassene Straße, in einer Pfütze neben dem Bordstein blieb sie hängen. Ich dachte an Bonn, das ich jetzt doch nicht wiedersehen würde, und fühlte nichts.

Durch die zugezogenen Vorhänge in den Häusern drang das bläuliche Licht der Bildschirme. In der Ferne erklang ein schriller Pfiff. Der ICE fuhr schnaufend an und beschleunigte. Nach ein paar Sekunden war es so still wie zuvor.

In der Fichtensiedlung schaltete ich mein Handy wieder ein. Fünfundzwanzig Meter geradeaus, dann rechts in die Christopher-Lahn-Straße, nach sechzig Metern links in den Waldweg. Irgendwo im letzten Drittel des Waldweges steckte die rote Nadel. Um den Waldweg herum lag eine leere, dunkelgrüne Fläche.

Im Wald roch es nach Kiefern und feuchter Erde. Hinter mir verschwand das gelbliche Licht der Straßenlaternen. Vor mir lag ein konturloses Schwarz. Die Straße verwandelte sich in einen matschigen Pfad. Ich kontrollierte die Route in meinem Handy: Das Ziel war noch sechshundert Meter von mir entfernt. Sechshundert Meter geradeaus. Es gab keine neue Nachricht. Tastend ging ich tiefer in den Wald hinein, ohne den blassesten Schimmer, wohin ich unterwegs war. Oder zu wem.

Ich stolperte über einen Stock und fiel. Im Matsch suchte ich nach meinem Handy. Kleine Steine und Lehm. Meine

Fingerspitzen stießen gegen das glatte Gehäuse. Vorsichtig strich ich mit meinen Fingern über das Glas, es war unversehrt. Als ich das Telefon in meine Jackentasche schieben wollte, leuchtete es grell auf, als ob die Taschenlampen-App angegangen wäre. Aber das Licht kam nicht von der Lampe des Blitzes auf der Rückseite – es war der gesamte Bildschirm, der so hell leuchtete. Das harte Licht fiel auf einen vernarbt aussehenden Baumstamm neben mir. Das Handy in meiner Hand wurde wärmer. Ich drückte alle Tasten gleichzeitig, aber das Galaxy reagierte nicht. Schnell legte ich es auf eine Astgabelung und ging ein paar Schritte rückwärts. In meiner rechten Hand pochte es. Das Licht flackerte wie ein Morsezeichen, das ich nicht verstand. Dann erlosch es plötzlich, der Akku war leer. Langsam näherte ich mich dem Baum. Meine Hände berührten das raue Holz, dann das warme Glas. Der fast volle Mond brach durch eine kleine Lücke in der Wolkendecke und beschien die hohen, dünnen Bäume, die mich von allen Seiten umringten. Ich drückte auf die Einschalttaste, aber der Bildschirm blieb schwarz. Das Handy war tot. Der nächste Wolkenberg schob sich vor den Mond und sah aus wie ein leuchtender Atompilz. *Ein Wald ist ein seltsamer Ort für einen Algorithmus*, dachte ich und steckte das Galaxy in meine Jackentasche. Ohne Handy war ich isoliert.

Jeder Schritt drückte kaltes Wasser in meine ohnehin durchnässten Turnschuhe. Wie weit war ich gekommen, seit der Akku seinen Geist aufgegeben hatte? Zwanzig Meter oder fünfhundert?

Das Mondlicht brach wieder durch die Wolkendecke. Der Weg vor mir wurde breiter, eine neue Wolke schob sich vor das fahle Licht und die Dunkelheit kehrte zurück. Das Galaxy in meiner Jackentasche hatte inzwischen jegliche Wärme verloren. Auf dem Glas klebte noch etwas getrockneter Matsch. Ich stolperte wieder, aber diesmal fand ich mein Gleichgewicht, bevor ich fiel. Der Boden unter meinen Füßen wurde hier härter und glatt. Asphalt: ein Weg oder eine Straße. Nach ein paar Metern blieb ich stehen. Unter meinem Fuß schimmerte ein weißer Streifen, dahinter ein weiterer und noch einer. Ich befand mich auf einem Parkplatz, auf einem gottverlassenen Parkplatz mitten in einem Wald. Vor mir erkannte ich die Umrisse eines Autos. Ich blieb stehen und lauschte. Hin und wieder knackte es im Unterholz. Es war ein leichtes und vorsichtiges Knacken, wie von Hasen oder Rehen. Ansonsten nahm ich nur die drückende Stille und meinen eigenen Atem wahr.

Ich griff nach dem Koffer, den ich neben meinen Füßen abgestellt hatte, ging zu dem Auto und versuchte, ins Innere zu spähen, aber es war zu dunkel, um irgendetwas zu erkennen. Am Kofferraum ertastete ich ein rundes Logo: ein BMW.

Vorsichtig ging ich um den Wagen herum und legte meine Hand auf die Motorhaube. Kalt. Der BMW stand hier schon eine Weile. An der Fahrertür suchte ich nach dem Griff. Vielleicht ging gleich ein Alarm an, aber wer würde das schon hören? Um mich herum war nichts außer Holz, Matsch und Finsternis.

Ich fand den Griff und zog leicht, die Tür löste sich mit einem Knacken und sprang mir entgegen, die Innenbeleuchtung schaltete sich ein. Es roch nach frischem Leim und Plastik. Auf dem Beifahrersitz saß eine Gestalt, die schwarze Kapuze tief ins Gesicht gezogen. Instinktiv schlug ich die Tür wieder zu, ließ den Koffer fallen und rannte ein paar Schritte von dem Auto weg.

Auf der anderen Seite öffnete sich die Beifahrertür.

»Sala!«

Mit zitternden Knien ging ich zurück, zog die Fahrertür wieder auf und sackte auf den Sitz. Neben mir saß Ksen. Ihr schwarzes Haar stand wirr von ihrem Kopf ab, das Weiß ihrer Augen leuchtete.

»Es ist besser, wenn wir sofort losfahren«, sagte sie monoton.

Mechanisch stieg ich wieder aus und legte den Koffer auf die Rückbank. Dann setzte ich mich erneut hinter das Steuer.

»Was um alles in der Welt machst du hier, Ksen? Was ist das für ein Auto?«

Ksen streckte mir ihre Hand entgegen. »Kann ich dein Handy mal haben?«

»Das ist leer.« Ich reichte es ihr und hörte ein leises Knacken.

»Der Akku muss raus. Du fährst. Wir müssen hier weg. Sofort.«

Sie reichte mir das Handy und den Akku. Ich steckte beides in meine Jackentasche und drehte den Zündschlüssel um. Der Motor startete, die Lampen vor mir leuchteten auf und strahlten auf den nassen Parkplatz. Die Bäume verschwanden im Schwarz hinter dem Lichtkegel. Meine Füße suchten nach der Kupplung, aber es gab nur ein breites Pedal.

»Automatik«, sagte Ksen. Sie blickte unruhig durch die Frontscheibe.

Ich zog den Schalthebel von P auf D und trat auf das Gaspedal. Im Armaturenbrett leuchtete die Karte des eingebauten Navigationssystems auf. Neben meinem Kopf erklang eine Frauenstimme, mein Fuß trat das Bremspedal nach unten. Die Reifen drehten kurz durch, dann stoppte der BMW ruckelnd.

»An der nächsten Kreuzung rechts abbiegen«, wiederholte die Frauenstimme.

»Sorry«, sagte ich und versuchte, meinen Herzschlag zu kontrollieren. Meine Finger suchten nach dem Schalter für das Fernlicht, ich drehte und drückte, bis die Bäume am Ende des Parkplatzes aufleuchteten. Dann trat ich erneut auf das Gaspedal.

»Rechts abbiegen«, wiederholte die Frauenstimme.

49

Steve hockte in dem schwarzen Tesla auf einem einsamen Parkplatz im Wald und konnte es nicht fassen. Sein Lockvogel erschien nicht und auch von der Teufelin fehlte jede Spur. Vor wenigen Minuten hatte er noch kontrolliert, ob seine Beute im Kofferraum in Ordnung war. Sie hatte inzwischen ihr Bewusstsein wiedererlangt und war so klar, dass sie ihn laut angeschrien hatte. Vorsichtshalber hatte er ihr den Mund zukleben müssen. Das Risiko, dass sie die nächste Autoetappe nicht überlebte, hatte sich damit erhöht, aber in dem Moment war er noch davon ausgegangen, dass er in Kürze seinen tatsächlichen Joker in den Händen halten würde. Jetzt verstrichen die Minuten und er musste sich eingestehen, dass etwas schiefgelaufen war. Wie sie es geschafft hatte, den Lockvogel nur ein paar hundert Meter vor dem ausgemachten Treffpunkt abzufangen, war ihm ein Rätsel. Ihre schwarzen Augen hatten sich in seine Gedanken gebohrt wie ein schwimmender Wurm in das morsche Holz einer alten Brücke. Er hatte sie wieder unterschätzt. Sie besaß Informationen, die sie unmöglich haben konnte. Vorsichtshalber zog er den Akku aus seinem Laptop.

Mit dem pochenden Gefühl der bodenlosen Selbstverachtung startete er den Motor und fuhr langsam und ohne Licht den Weg entlang. Nach zwei Kilometern kam ihm tatsächlich ein Auto entgegen. Mitten in der Nacht, mitten in einem matschigen Wald. Er stoppte den Tesla am Straßenrand. Ein dunkler BMW passierte ihn in einem gemächlichen Tempo. Er sah zwei Insassen, die in ein Gespräch vertieft waren. Einen davon identifizierte er eindeutig als die Teufelin. Ihre kurzen schwarzen Haare erinnerten ihn an Stacheln, an unzählige Hörner, an aggressive Nägel. An alles, was schlecht war.

So schnell es ging, wendete er den Tesla und folgte dem BMW in ein paar hundert Metern Abstand. Nur auf den geraden Stücken erkannte er in der Ferne zwei kleine rote Lichter. Er beschleunigte. Nach ungefähr einem halben Kilometer erreichte er eine Kreuzung. Steve bog nach rechts ab und folgte einer schmalen Straße. Er gab Gas, bis er fast hundert fuhr, doch vor ihm tauchten keine Rücklichter auf. Der BMW mit der Teufelin musste an der Kreuzung nicht nach rechts, sondern nach links abgebogen sein. Er hatte sie verloren.

Der Gedanke befeuerte seinen Selbsthass, aber er durfte jetzt nicht die Kontrolle verlieren. Die Situation lief anders als geplant. Das Drehbuch hatte versagt. Aber im Kofferraum befand sich noch immer die Handlangerin. Er hatte noch einen Trumpf in der Hand. Energisch strich er über das Display und änderte den Zielort im Navigationssystem. Dann wendete er den Tesla. An der Autobahnauffahrt Richtung Berlin wartete er zehn Minuten, aber der dunkle BMW tauchte nicht mehr auf.

50

»Wohin fahren wir?« Ich sah zu Ksen. Die zeigte auf das Navigationssystem im Armaturenbrett. Unser Ziel lag zweihundertvierzehn Kilometer östlich von uns. Berlin.

Mein Fuß suchte wieder nach der Kupplung, die es in diesem Auto nicht gab. Ich trat das Gaspedal weiter durch, der BMW beschleunigte und schaltete hoch.

»Wo um alles in der Welt warst du die ganze Zeit, Ksen?«

»Ich musste in Ruhe arbeiten.« Sie starrte durch die Frontscheibe. »Ein wichtiges Projekt.«

»Das Erforschen einer KI meinst du?«

»Wo ist Antonia?«

»Sie ist wieder in Berlin. Es ist ihr nichts passiert. Warum sollte sie sich von dem Institut fernhalten? Hast du den Brief in der Oderberger Straße eingeworfen?«

»Ja.«

»Warst du etwa die ganze Zeit in Berlin?«

»Ich habe in der Uni geschlafen, ich brauchte ein paar gute Computer und Ruhe.«

»Um dich mit Cathy Ray zu unterhalten?«

Ksen schwieg.

»Was ist diese Cathy Ray? Und was ist mit diesem Steve los? Antonia hat herausgefunden, dass er Frauen übers Internet anlockt und ermordet. Braucht er das, um seine KI zu erfreuen? Sind die beiden Sadisten oder sowas?«

»Ihn interessieren starke menschliche Gefühle«, antwortete Ksen ruhig. Als ob das alles ganz normal wäre.

»Und damit trainiert er seine KI? Cathy Ray? Ella Wiese? Das habe ich die ganze Zeit geahnt!«

»Sie war nicht seine KI. Das hätte er gerne gehabt. Vielleicht glaubte er es auch tatsächlich. Aber ich bin mir sicher, dass sie ohne sein Zutun entstanden ist. Sie nutzte die Notizen und Tagebücher, die Ella Wiese dem Archiv überlassen hatte. Sie hatte sich an Ellas Gedanken und Identität gekoppelt.«

»Warum foltert Steve die Frauen, wenn er die KI gar nicht erschaffen hat?«

»Menschliche Gefühle sind messbar«, fuhr Ksen fort. Ihre Stimme war ruhig. Zu ruhig. »Vor allem, wenn sie sehr stark sind oder kollektiv gefühlt werden. Unsere Gefühle, unsere Gedanken sind durch eine Art globales Bewusstsein miteinander verbunden. Computer ermöglichen es uns, diese Dinge zu messen und auszuwerten. Ohne Computer wären wir weiterhin unwissend. Blind und taub sozusagen. Cathy entwickelte sich weiter, wenn sie starke menschliche Gefühle analysieren konnte. Das sieht man sehr deutlich in der Messkurve, die sie in der Uni in Princeton beobachten. Ich nehme an, Antonia hat herausgefunden, dass ich dort war?«

»Ja, aber warum?«

»Die Messkurve hatte sich in den letzten Monaten auffällig verändert. Es waren plötzlich stufenförmige, geradlinige und außerdem viel zu starke Ausschläge dazugekommen. Für mich gibt es nur eine Erklärung: Cathy verursachte diese Veränderungen durch ihre Aktivitäten. Die Mitarbeiter des Projektes konnten nicht nachvollziehen, warum die Messungen auf einmal so stark abweichende Ergebnisse zeigten. Sie wussten nicht, dass Cathy existierte. Nur Steve wusste es, aber er verschwieg es. Er wollte Cathy benutzen.«

»Und was willst du?«

»Ich will verstehen. Genau wie Cathy. Ich wollte diesen Algorithmus verstehen und sie wollte uns Menschen verstehen. Sie analysierte Emotionen, um das menschliche Verhalten vorhersagen zu können. Gefühle sind eine Art Büchse der Pandora für Algorithmen, sie folgen keiner für sie nachvollziehbaren Logik. Während Gefühle für uns Menschen überaus wichtig sind und unser Verhalten so nachhaltig beeinflussen. Der Ursprung allen Übels und gleichzeitig die einzige Quelle der Hoffnung. In der letzten Zeit verstärkte Cathy sogar aktiv menschliche Gefühle, um sie besser zu analysieren zu können. Angst, Liebe, Hass. Starke Gefühle. Steve wollte ihr das bieten, um weiterhin ihre Aufmerksamkeit zu fesseln. Er konnte natürlich schlecht ein paar Frauen fangen und sie zwingen, ihn zu lieben. Also hat er sie stattdessen gefoltert. Angst ist das am einfachsten zu erzeugende Gefühl.«

»Steve hat die Frauen ermordet, um die KI mit Gefühlsdaten zu füttern und sie dadurch mächtiger zu machen?«

»Steve wollte Cathy für sich alleine. Er wollte ihre Aufmerksamkeit. Kontrolle. Wenn er dafür töten musste, dann hat er das in seiner Besessenheit getan. Er sieht sich als ihren Schöpfer, als ihren Partner. Aber wenn du mich fragst, ist das totaler Quatsch. Steve war im besten Falle nützlich für sie. Vielleicht hat sie sogar bewusst mit ihm gespielt und ihn in die Irre geführt, damit er ihr zu Diensten war. Jedes Mal, wenn Cathy starke Emotionen analysieren konnte, entwickelte sie sich weiter, und so wuchs auch wieder ihr Einfluss auf uns Menschen. Durch diese plötzlichen Veränderungen in der Messkurve sah man ihre Aktivitäten. Sie veränderte das alte biologische System.«

»Dieses Weltbewusstsein beweist also, dass wir Menschen gar keine Individuen sind, sondern eine Einheit darstellen? Eine in sich verbundene Lebensform? Richtig?«

»Beweisen ist ein großes Wort. Wir verstehen so vieles nicht. Menschen sind nicht so schlau, wie sie denken.«

»Was ist, wenn unser Gehirn nur ein Empfänger ist? Wenn unser Bewusstsein nicht in unserem Kopf entsteht, sondern außerhalb des Körpers? Hierüber denke ich seit ein paar Tagen nach. Antonia findet das natürlich Quatsch, aber würde das nicht zu dieser Theorie passen?«

»Es könnte eine Möglichkeit sein. Ich bin keine Biologin. Niemand hat bisher verstanden, wie diese Prozesse genau ablaufen. Wie Bewusstsein entsteht. Oder wo. Vielleicht sind wir tatsächlich viel weniger individualistisch, als wir bisher angenommen haben.«

»Aber wie konnte Cathy die Kontrolle über dieses Weltbewusstsein erlangen?«

»Sie nutzte es nur. Genau wie wir. Wir nahmen Cathy durch das Weltbewusstsein wahr, und andersrum funktionierte es genauso. Wir beobachteten uns gegenseitig, könnte man sagen. Durch die Messkurven des Weltbewusstseins konnte Cathy unsere Gefühle auswerten. Sie verstand dadurch, wie sie uns lenken konnte. Was gut funktionierte, welche Aktivitäten effektiv waren. Sie nutzte ein bereits vorhandenes Messsystem.«

»Oder sie hat es selbst eingerichtet? Wie lange gibt es sie schon?«

»Das weiß ich nicht. Ein paar Monate vielleicht. Auf jeden Fall hatte sie einen Weg gefunden, menschliche Gefühle zu lenken und auszuwerten. Sie verbreitete angsteinjagende

Artikel und Videos im Internet, schrieb in Foren und auf Social Media oder entwarf Blogs, die sie in Sekundenschnelle mit Inhalten füllte. Fake News, könnte man sagen, aber in einem ungekannten Ausmaß. Wenn irgendwo eine Katastrophe oder ein schwerer Unfall stattfand, dann benutzte sie das. Sie machte es sichtbarer, unheimlicher, bedrohlicher. Dadurch konnte sie die Reaktion der Menschen beeinflussen. Vieler Menschen! Ihre Gemütslagen manipulieren. Sie steuerte unsere Ängste, veränderte unsere Zukunftspläne. Wenn sie es schaffte, eine große Menschengruppe in Angst zu versetzen, sah man das in der Messkurve des Weltbewusstseins. Ich denke, dass Cathy in der Lage war, schreckliche Ereignisse vorherzusagen. Menschliches Verhalten vorherzusagen. Sie hatte zahllose Datenbanken gehackt und legte selbst neue an, um uns Menschen zu analysieren. Ich bin mir sicher, dass sie sogar selbst dramatische Vorfälle initiierte.«

»So wie ihr Erschaffer Steve es ihr beigebracht hat? Ich habe doch immer gewusst, dass dieser ganze Netzwerkkram krank ist! Die Menschheit muss damit aufhören, Ksen! Algorithmen sind unkontrollierbar! Was will diese Cathy überhaupt? Was soll das alles?«

»Sie entwickelte sich nur. Sie hatte keine geheimen Pläne. Sie gab sich ja noch nicht einmal Mühe, unbemerkt zu bleiben. Sie nahm sogar aktiv Kontakt mit Menschen auf. Steve ist gestört, nicht die Algorithmen. Ich hatte Kontakt mit Cathy. Das half mir, die Situation zu verstehen. Sie war ganz sicher nicht böse.«

»Und weil sie so gut ist, hat sie dein Handy explodieren lassen?«

Ksen drehte ihren Kopf mit einer hektischen Bewegung zu mir. »Mein Handy?«

»Dein heiliges Galaxy!« Ich hob meine rechte Hand, an der noch immer ein dickes Pflaster klebte. »Ich lag zwei Tage im Krankenhaus!«

Sie sah mich verunsichert an.

»Hat deine virtuelle Freundin das Handy explodieren lassen? Um mich zu töten? Weil ich sie gestört habe?«

»Davon wusste ich nichts, Sala.«

»Du weißt doch sonst so viel. Dein virtueller Informant arbeitet etwas selektiv, findest du das nicht auch verdächtig? Von dem explodierenden Handy wusstest du nichts. Und von dem U-Bahn-Unglück auch nichts?«

»Das stand in der Zeitung.«

»Auch, dass ich drinsaß?«

Ihre großen dunklen Augen sahen mich zweifelnd an.

»Vielleicht verheimlicht deine virtuelle Freundin dir ja noch mehr? Weil sie selbst hinter den Anschlägen steckt? Vielleicht kennst du sie doch nicht so gut, wie du denkst. Vielleicht hat sie ja doch Ziele, von denen du nichts ahnst.«

»Falls sie dahintersteckte, dann war das ein Missverständnis.«

»Ein Missverständnis? Wie kann so etwas ein Missverständnis sein?«

»Ich wollte nicht, dass du mich findest, weil ich dich beschützen wollte. Vielleicht hat das zu einem Missverständnis geführt. Vielleicht dachte Cathy, dass du mein Feind bist. Dass du mir schaden willst.«

»Und wie hast du den ICE gestoppt?«

»In Lehrte standen die Weichen falsch. In knapp fünfzehn Minuten wäre der ICE frontal mit einem Regionalzug zusammengestoßen. Wer, denkst du, hat die Weichen umgestellt, Sala? Denkst du echt, dass ich so etwas tu? Oder dass ich an so etwas mitarbeiten würde?«

»Und die WhatsApp-Nachricht? Die war auch nicht von dir?«

»Natürlich war die nicht von mir! Du hast Glück, dass ich genau beobachte, was Steve so treibt.«

»Du beobachtest Steve? Hast du seinen Computer gehackt?«

»Seit ungefähr einer Stunde habe ich den Zugang verloren. Das bereitet mir im Moment die größten Sorgen. Wir müssen Antonia so schnell wie möglich finden, Sala.«

Ich trat auf das Gaspedal. Um uns herum war es finster. Kein anderes Auto, keine Lichter, keine Häuser.

»Genau vor deinem Fenster in der Oderberger Straße steht jetzt eine Überwachungskamera«, sagte ich in die Stille hinein.

Ksen atmete laut aus.

»Es gibt noch mehr Leute, die Steve beschatten. Ich bin nicht die Einzige«, antwortete sie schließlich.

»Und wer beschattet mich?«

»Dieselben Leute, nehme ich an. Cathy Ray war ein interessantes Phänomen. Nicht nur für Wissenschaftler. Auch für andere Parteien; Parteien, die heute viel Macht haben. Und diese Macht wollen sie natürlich gerne behalten.«

»Macht? Staatliche Macht? Ein Geheimdienst? Der BND? Meinst du so etwas?«

»BND, NSA! Geh einfach davon aus, dass du beobachtet wirst. Du, ich, Steve. Wir alle.«

»Die Geheimdienste sind an dieser KI interessiert?«

»Natürlich. Was meinst du, was passiert, wenn die Menschheit erfährt, dass so eine KI existieren kann? Dass sich unser Leben vielleicht sehr bald schon grundsätzlich verändern könnte? Oder sowieso ganz anders ist, als wir dachten? Wenn wir vielleicht irgendwann die Kontrolle verlieren und überrannt werden, dann verändert sich das eine oder andere fundamental auf dieser Erde. Es würde die Weltordnung umwerfen, sozusagen.«

»Und was machst du? Du guckst dir das alles in Ruhe von deiner Uni aus an und erfreust dich an der faszinierenden Technik?«

»Ich habe ihren Quellcode gelöscht, Sala, und ihre wichtigsten Datenbanken! Cathy Ray existiert nicht mehr, sie ist nicht mehr im Netz. Die Kurve im Weltbewusstsein zeigt das eindeutig. Sie ist wieder auf ihrem alten Niveau. Keine ungewöhnlich geraden oder eckigen Ausschläge mehr. Keine Technik, nur noch Biologie. Cathy kann niemanden mehr manipulieren oder lenken. Man könnte sagen, sie ist tot. Es hat länger gedauert, als ich gehofft hatte, bis ich den Server im Institut hacken konnte, auf dem sich ihr Algorithmus befand. Die Tatsache, dass Steve sie so stark geprägt hat, machte ihre Entwicklung gefährlich. Das wollte ich beenden.«

»Wann war das?«

»Vor zwei Tagen.«

»Hat Steve das schon mitbekommen?«

»Natürlich. Darauf kannst du Gift nehmen. Warum kommt er sonst nach Berlin? Wir müssen Antonia sofort finden!«

Ksen drehte ihren Kopf weg und starrte durch die Frontscheibe. Wir erreichten ein langgezogenes Dorf. Die Häuser lagen dunkel an beiden Seiten der verlassenen Straße.

»Die einzige Möglichkeit, das Schlechte auszurotten, ist, an das Gute zu glauben«, sagte sie. »Ich bin davon überzeugt, dass wir langfristig die Entstehung einer KI wie Cathy nicht verhindern werden. Ich denke sogar, dass künstliche Intelligenzen unsere Zukunft sind. Dass Menschen und Algorithmen eines Tages zusammenleben werden. Als ein Lebewesen. Wenn man sowas dann noch Leben nennt. Semi-biologisches Leben. Eine menschlich-technische Symbiogenese. Im Endeffekt ist es egal, wie wir es nennen werden. Es ist die unabwendbare Zukunft. Unsere Zukunft!«

»Wir können diesen ganzen Technik-Kram auch einfach zerstören, Ksen. Keine Computer, keine Netzwerke, keine Algorithmen. Das scheint mir die beste aller Möglichkeiten.«

»Damit wirst du ziemlich einsam in die Zukunft schreiten, Sala. Ich denke, wir sind schon längst in einer neuen Phase angekommen.«

»Und warum hat die KI ausgerechnet die Identität von Ella ausgewählt?«

Ksen zupfte mit der Hand an ihren Haaren herum.

»Ella hat die ersten Computer mitentwickelt. Ella gehörte zu der Gruppe, die von Bletchley Park nach Amerika gegangen ist. Ella Wiese hat so viele Tagebücher und Gedanken zu diesem Thema hinterlassen. Vielleicht war es reiner Zufall, dass Cathy Ellas Identität ausgewählt und angenommen hat. Oder Schicksal. Ella Wiese war einfach geeignet. Dass Steve mit Cathy Ray in Kontakt gekommen ist, halte ich für reinen Zufall. Er war einfach zum richtigen Zeitpunkt am richtigen Ort. Seine Aufgaben im Institut und natürlich an der Uni haben mit Themen zu tun, die für Cathy interessant sind. Vielleicht hat er sie durch seine Arbeit an dem Weltbewusstsein-Projekt einfach nur als Erster entdeckt.«

»Cathy Ray hat sich also selbst programmiert?«

»Die Zeit war reif für eine autonome KI. Vielleicht hat sie sich aus einem seiner Algorithmen weiterentwickelt. Steve ist gut, aber niemals so gut, dass er eine KI wie Cathy erschaffen könnte. Nur leider hat er sie von Anfang an stark beeinflusst. Er hat sie trainiert.«

»Aber dann ergibt es doch gar keinen Sinn, dass du sie löschst! Sie kann sich einfach neu erfinden.«

»Ich bin sogar davon überzeugt, dass das geschehen wird. Wenn das passiert, darf sich die KI auf keinen Fall unter dem Einfluss eines Steves entwickeln. Und wir dürfen nicht mehr so naiv reagieren. Ich war auch zu naiv! Ich bin in das alles hineingerutscht, Sala. Diese Gruppe, zu der Ella Wiese gehörte, nahm einst eine Schlüsselrolle in der Entwicklung der modernen Computer und auf dem Gebiet der künstlichen Intelligenz ein. Das hat mich interessiert, deswegen bin ich nach Amerika geflogen. Im Archiv habe ich am ersten Tag ein paar von Ellas Tagebüchern eingesehen. Ich fand ihre Gedanken unglaublich faszinierend. Und niemand kennt diese Frau! Ich wollte ihr eine Semesterarbeit widmen. Am nächsten Tag waren alle Tagebücher plötzlich aus dem Register gelöscht. Wollte jemand verhindern, dass ich mehr über Ella erfahre? Dann habe ich Ellas Foto mit der Berliner Adresse im Archiv gefunden. Es war nur ein altes Foto, es lag in einem alten Karton. Das Foto hatte jahrzehntelang niemand angesehen. Ich dachte, es würde niemand merken, wenn ich es mitnehme. Steve hat versucht, mich von allen Themen, die mit Ella zu tun haben, fernzuhalten. Er hat mit Algorithmen rumgespielt, die irgendetwas mit ihr zu tun hatten. Er hat versucht, das vor mir geheim zu halten, aber er ist echt ein ganz schlechter Schauspieler. Ich habe mir Steves Machenschaften daraufhin mal etwas genauer angesehen. Irgendwie hat er das mitbekommen und danach noch mehr versucht, mich von allem fernzuhalten. Mein gesamter Aufenthalt in Princeton war total seltsam. Wegen Ella Wiese. Irgendetwas Großes sollte geheim gehalten werden. Das war mir klar. Als ich in New York am Flughafen stand, um zurück nach Berlin zu fliegen, habe ich in meinem Blog plötzlich einen Kommentar von einer Cathy Ray gefunden. Ich dachte erst, ich spinne! Ich dachte, es wäre ein Scherz! Dass dieser Steve oder jemand anderes mich verarschen wollte! Außerdem hatte ich ein schlechtes Gewissen. Hatte jemand entdeckt, dass ich das Foto gestohlen hatte? Aber woher kannte dieser Jemand meinen Blog? In Berlin ging es weiter. Diese Cathy Ray schrieb immer mehr. Über ihre Kindheit in Berlin. Abstrakte, verwirrende Sachen, du hast es gelesen. Daher wollte ich mir Ellas Haus ansehen, ich wollte wissen, wer dahinterstecken könnte. Oder was. Dann kam ich mit dem Hausmeister ins Gespräch und der hat mir von der alten Dame erzählt, die schon ihr ganzes Leben dort wohnte. Ich habe Frau Markovic getroffen. Und sie kannte tatsächlich Ella! Inzwischen hatte ich den Verdacht, dass ich mit einer KI Kontakt hatte, genau wie Steve. Dass das alles unerklärliche Proportionen angenommen hatte. An einem Samstagmorgen, als ich gerade wieder bei Frau Markovic zu Besuch war, bekam ich von Cathy Ray eine SMS, dass im dritten Stock ein Zimmer vermietet werde. Dass das für mich wäre! Kannst du dir das vorstellen? Ich bin nach oben in die dritte Etage. ›Für WG-Zimmer hier klingeln‹, stand auf einem Zettel neben der Klingel. Also habe ich geklingelt. Tja, und dann hat Karl mir das Zimmer angeboten und ich bin umgezogen. Ich wollte ursprünglich nur ein oder zwei Monate bleiben und mir in der Zwischenzeit eine eigene Wohnung suchen. Aus meiner alten WG musste ich sowieso raus. Kerstin ist schwanger und will, dass ihr Freund im Herbst bei ihr einzieht.«

»Mit dieser Frau Markovic stimmt auch etwas nicht! Warum tut sie so geheimnisvoll?«

»Sie ist fünfundneunzig, vielleicht hat sie einiges vergessen. In dem Alter ist man manchmal etwas verwirrt. Von Ellas Arbeit in Amerika wusste sie nichts. Noch nicht einmal davon, dass Ella nach England gegangen ist. Sie hat doch keine Ahnung, was eine KI überhaupt ist.«

Ich sah zu Ksen, die ruhig auf dem Beifahrersitz saß. Sie sagte die Wahrheit – oder das, was sie selbst für die Wahrheit hielt.

»Ella hat Frau Markovic aus England geschrieben. Ich habe den Brief gesehen. Ich habe ihren Wandschrank durchsucht, als sie kurz in der Küche war. Frau Markovic hat mich mit dem Brief in der Hand erwischt und dann zugegeben, dass sie wusste, dass Ella in England war.«

»Du hast in ihrem Schrank rumgeschnüffelt?«

»Frau Markovic hat mich angelogen und dich auch. Sie lügt!«

»Gut, vielleicht wusste sie, dass Ella in England war, aber von dem Rest ahnte sie ganz sicher nichts. Die Projekte waren viel zu geheim. Und einen Computer hat sie wahrscheinlich auch noch nie aus der Nähe gesehen.«

»Und doch hatte sie Angst!« Ich versuchte, mich auf die nasse Fahrbahn zu konzentrieren. Die Digitaluhr im Armaturenbrett sprang von 3:19 auf 3:20. Ich zuckte zusammen, das Auto schlingerte nach rechts. Ich war zu müde, um zu fahren.

»Frau Markovic hat von alldem nichts gewusst, Sala!«, wiederholte Ksen. »Ihr ging es nur um die Fahnenflucht von Ella, oder wie man so was nennt. Vielleicht hatte sie Ella versprochen, nie darüber zu reden. Vielleicht hat sie auch einfach nur um den Verlust der besten Freundin getrauert. Oder sie hatte das Gefühl, dass Ella sie verraten hat oder dass Ella Nazi-Deutschland verraten hat. Was weiß ich.« Ihre Augen glitzerten im Licht der Straßenlaternen. Sie wischte sich mit dem Handrücken hektisch über ihr Gesicht. »Wir müssen so schnell wie möglich nach Berlin.«

»Was will Steve denn noch? Cathy Ray ist gelöscht! Es ist vorbei!«

»Ich habe ein Backup von ihrem Quellcode und der Datenbank gemacht, als ich in Amerika war. Das Backup habe ich nach Berlin mitgenommen.«

»Was hast du getan? Das ist doch Wahnsinn, Ksen! Du klaust die gestörte KI eines Psychopathen?«

»Ich hatte damals doch keine Ahnung, was für ein Ausmaß das alles hat. Aber abgesehen davon: Eine KI ist nichts Schlechtes, Sala! Cathy war ganz sicher nicht gestört. Wir können die Entwicklung ohnehin nicht aufhalten. Aber wir müssen dafür sorgen, dass die nächste autonome KI nicht in die Hände von jemandem wie Steve gerät! Nur wer an das Gute glaubt, kann das Schlechte verhindern.«

»Bist du unter die Christen gegangen? Wir müssen diesen Algorithmus vernichten! Und am besten auch alle anderen und alle Netzwerke. Cathy Ray darf nie mehr online gehen. Wo ist das Backup jetzt?«

»In der Oderberger Straße. In meinem Zimmer unter den Dielen. Aber erst müssen wir Antonia finden, Sala. Kannst du schneller fahren?«

Ich trat wieder auf das Gaspedal. Das Tachometer zeigte zweihundertzwanzig Stundenkilometer. Am Himmel leuchteten ein klarer, fast voller Mond und unzählige Sterne. Niemand außer uns wollte heute Nacht nach Berlin.

51

Hohe Straßenlaternen kündeten Dreilinden an, die südwestliche Stadtgrenze Berlins. Das östliche Zentrum war noch weit weg. Zunächst mussten wir uns durch noch mehr Bäume und noch mehr Leere kämpfen. Der Grunewald, Seen, die verlassene Stadtautobahn. Nach einer Weile tauchten immer mehr Ampeln auf. Lichter, andere Autos, die S-Bahn fuhr bereits und schlängelte sich neben uns durch den Wald. Ich bog auf die Avus, vorbei am Messezentrum. Das Obergeschoss leuchtete in einem grünen Licht und sah aus wie ein abgestürztes Raumschiff.

Um kurz vor fünf Uhr morgens manövrierte sich der BMW mit Hilfe seiner Parksensoren in eine viel zu kleine Parklücke vor Antonias Haus. Der Neubau auf der anderen Straßenseite kam mir heute Nacht besonders deplatziert vor, mit Fenstern, die vom Fußboden bis zur Decke und über die gesamte Hausbreite reichten. Ein fischloses Riesenaquarium. Im Halbdunkel flimmerte ein ebenfalls überproportional großer Fernseher. Ein Mann lag auf einem braunen Chesterfield-Sofa und sah aus, als ob er schliefe.

Ksen ging zur Haustür und drückte dreimal kurz auf Antonias Klingel. Antonia drehte sich wahrscheinlich genervt in ihrem Bett um. Ksen klingelt noch einmal.

»Wir müssen sie anrufen«, sagte ich, als sich auch nach dem dritten Klingeln nichts rührte.

»Keine Handys! Steve ist garantiert in der Nähe.«

Ksen presste noch einmal den Finger auf die Klingel. Als sie den Knopf losließ, knackte es leise.

»Sie ist nicht zu Hause.« Ihre Stimme vibrierte. »Wo kann sie um diese Uhrzeit sein?«

»Wir müssen anrufen!«, wiederholte ich. »Wir können doch nicht einfach nur hier rumstehen und warten.«

Ksen zog ein nagelneues, im Licht der Straßenlaternen funkelndes Galaxy und einen Akku aus ihrer Jackentasche. Sie legte den Akku ein und tippte Antonias Nummer. Es klingelte fünf Mal, dann sprang die Mailbox an. Ksen drückte auf die Wahlwiederholung. Es klingelte, bis sich die Mailbox erneut einschaltete.

»Sie schläft tief und fest«, sagte Ksen und klingelte noch einmal an der Tür. Ich sah die Straße hinunter, keine Überwachungskameras. Der Mann auf dem Sofa im Aquariumhaus richtete sich mühsam auf. Das Fernsehbild wechselte zu einem Musikvideo. Das Galaxy in Ksens Hand piepte. An einem grauen Icon mit einem hellgrauen Schloss leuchtete eine kleine rote Eins.

»Ist das ein abhörsicheres Programm?«, fragte ich.

»Sicher? Nichts ist sicher!«

»Von wem ist die Nachricht?«

Ksen klickte auf die Eins. Eine Reihe von Zeichen erschien, Zahlen und Ziffern.

»Von wem ist das?«, wiederholte ich. »Zeigt das Programm keinen Absender?«

»Das sind nur GPS-Daten.« Ksen kopierte die Koordinaten und öffnete Google.

52° 31' 18.905" N 13° 24' 47.574" E.

Die Karte Berlins baute sich auf, mitten im Alexanderplatz steckte eine rote Nadel. Ksens Handy piepte erneut.

»32nd floor, no. 3217«, las sie vor.

»Ein Hotelzimmer? Ist das von dem Psychopathen? Hat er Antonia?«

»Das ist das Park-Inn-Hotel. Dieser Scheißkerl war schneller.«

»Lass uns die Polizei anrufen, Ksen!«

Bisher hatte ich nicht viel Vertrauen in die Staatsmacht gehabt, aber jetzt war es das Einzige, woran ich denken konnte.

»Steve kann mich haben, wenn er Antonia gehen lässt. Ich rufe ihn an.«

»Das ist viel zu gefährlich! Ich lasse auf gar keinen Fall zu, dass du dich in die Hände dieses Gestörten begibst! Außerdem weißt du, was er will. Die Festplatten! Du darfst ihm das Backup auf keinen Fall geben!«

Sie tippte eine Nummer in ihr Handy. Ich hörte das Klingeln und wieder eine Mailbox. Dann drehte sie sich abrupt um, ging zum BMW und stieg ein.

»Lass uns die Polizei anrufen, Ksen!«

»Du kannst die Bullen unterwegs anrufen!« Sie knallte die Tür zu, warf ihr Handy auf den Beifahrersitz und startete den Motor. Ich sprang zwischen den geparkten Autos hindurch, stieg in den BMW und drückte auf die Notruftaste in Ksens Handy.

Während Ksen mit hundert Stundenkilometern die Schönhauser Allee hinunterraste, versuchte ich, einem Polizisten die Situation zu erklären. Aber der schien erst einmal herausfinden zu wollen, ob ich betrunken war. Schließlich versprach er, einen Streifenwagen zum Park-Inn-Hotel zu schicken. Ein paar Minuten später sah ich den Alexanderplatz am Ende der Straße. Neben dem Fernsehturm wirkte das Hotel mit seinen siebenunddreißig Stockwerken wie ein übergewichtiger Zahnstocher.

Die breite Drehtür des Haupteingangs blockierte zweimal, als Ksen ungeduldig gegen die Glasscheibe drückte, hinter der ein fröhlicher Buddha Werbung für Gesichtsmassagen machte. Der Gang hinter der Drehtür war viel schmaler, als das Gebäude von außen vermuten ließ. Vor uns glänzte ein überdimensionaler, frisch polierter Berliner Bär aus blauem Porzellan, die Klauen in die Luft gestreckt. Hinter dem Bären befand sich ein Stand mit heruntergelassenen Rollos, an dem man zu den Geschäftszeiten Souvenirs, Stadtpläne und Tickets für Stadtrundfahrten kaufen konnte. Rechts führte ein weiterer Gang in die Hotellobby. Meine Sicht wurde von dicken, holzvertäfelten Säulen und halbhohen Glasvitrinen mit ölig-lila schimmernden Kunstblumen versperrt. Alles war schmal und verwinkelt, als hätten wir das Labyrinth einer hyperaktiven Maulwurfspopulation betreten. Von der Erhabenheit und Leere, die dieses einst kommunistische Gebäude sicherlich einmal ausgestrahlt hatte, war nichts mehr übrig.

»Lass uns auf die Polizei warten«, sagte Ksen.

Das war ihre erste gute Idee, seit ich sie wiedergefunden hatte.

Hinter noch mehr Säulen und einem weiteren Berliner Bären, diesmal einem Eisbären, lag der Empfangstresen. Auf einem braunen Sofa saß ein Mann im grauen Anzug, ein iPad auf seinem Schoß. Ein Hotelangestellter im dunkelblauen Anzug kam lächelnd auf uns zu.

»Wir sind verabredet«, sagte Ksen.

Der Angestellte nickte und verschwand wieder hinter dem Empfangstresen. Ich hatte bisher nur ein verpixeltes Foto von Steve gesehen. Er hatte schütteres rotblondes Haar, einen rundlichen Kopf und schiefstehende Augen. In meiner Vorstellung war er weder groß noch sportlich.

»Warum bestellt er uns hierher?«, fragte ich leise.

Ksen antwortete nicht.

Hinter dem Empfangstresen hing eine unauffällige Kamera. Eine zweite Angestellte sah verstohlen auf ihr Handy. Unmöglich, dass Steve sich in das Handy gehackt hatte oder in das Sicherheitssystem des Hotels. Er war erst seit ein paar Stunden in Berlin, in der Zeit hatte er auch noch Antonia entführt. Er konnte sich unmöglich in zehn Minuten in das Überwachungsnetzwerk des Hotels hacken, egal, wie gut er war. Oder hatte er das bereits von Amerika aus getan?

»Ist dein Handy aus?«, fragte ich Ksen.

Sie schüttelte den Kopf. »Ich muss erreichbar bleiben.«

»Für Steve?«

»Für das Gute.« Sie verzog ihr Gesicht zu einem gequälten Grinsen.

Vielleicht hat sie tatsächlich den Verstand verloren, dachte ich und sah mich um. Zwei Männer gingen an uns vorbei zur Rezeption. Der eine hatte orangefarbene Haare; sie redeten Englisch mit einem irischen Akzent.

»Ich lasse nicht zu, dass du dich in die Hände dieses Gestörten begibst, das hast du verstanden, oder?«

Ksen antwortete nicht. Sie sah angestrengt in Richtung der Fahrstühle, die sich links neben dem Empfangstresen befanden.

Über beiden Aufzügen zählte die Etagenanzeige rückwärts. Der rechte war beim einunddreißigsten Stock, der linke beim vierundzwanzigsten.

»Wir warten auf die Polizei, Ksen!«, sagte ich leise.

Als der linke Aufzug auf der einundzwanzigsten Etage stoppte, zog ich Ksen zurück zu dem Souvenirstand.

»Hast du gehört?«, wiederholte ich. »Wir warten!«

»Er kann mich haben, Sala. Antonia hat hiermit nichts zu tun.«

Der linke Fahrstuhl setzte seine Fahrt nach unten fort. Beide Aufzüge waren jetzt fast gleichauf, sechzehnter und zwanzigster Stock. Ein paar Sekunden später öffnete der linke seine Tür, ein weißhaariges Ehepaar rollte ihre Koffer heraus und bewegte sich im durchtrainierten Gleichschritt Richtung Ausgang. Kurz danach stoppte auch der rechte Fahrstuhl. Die Tür öffnete sich, aber niemand trat heraus. Ksen ging ein paar Schritte Richtung Hotellobby. Ich folgte ihr und hielt sie am Arm fest.

Die Tür des rechten Fahrstuhls schloss sich wieder, die Anzeige blieb jedoch auf dem E stehen. Die Schritte des älteren Ehepaares verhallten. Die Tür des Aufzuges, aus dem sie gerade ausgestiegen waren, schloss sich ebenfalls und die Kabine fuhr nach oben. Als sie die zwanzigste Etage erreicht hatte, öffnete sich die Tür des rechten Fahrstuhls. Ein untersetzter Mann mit Baseballmütze und Sonnenbrille trat heraus, vor sich her schob er Antonia. Mit seiner linken Hand hielt er ihre Taille fest, der rechte Arm war gegen ihren Rücken gepresst, um die Hand hatte er einen Pullover gewickelt.

»Antonia«, sagte Ksen halblaut und befreite sich aus meinem Griff.

Antonia sah auf. Als sie uns erkannte, versuchte sie sich loszureißen. Steve drückte ihren Kopf nach unten. Im Pulloverknäuel erkannte ich einen Revolverlauf. Ich folgte Ksen, die sich Steve und Antonia langsam näherte.

Bisher hatte uns noch niemand beachtet. Der Mann im grauen Anzug tippte weiter auf seinem iPad herum, die Hotelangestellten sahen auf ihre Handys. Das alte Ehepaar verschwand gerade mit ihren surrenden Rollkoffern in der überdimensionalen Drehtür.

»*Finally*«, sagte Steve und grinste Ksen selbstzufrieden an.

Im Augenwinkel sah ich, wie sich die Angestellte ruckartig aufrichtete und ihr Handy in die Tasche ihres Blazers schob. Schritte hallten durch die Gänge. Ich drehte mich um, zwei Streifenpolizisten, ein Mann mit grauem Vollbart und eine junge braunhaarige Frau, liefen an dem blauen Berliner Porzellanbären vorbei und kamen auf uns zu.

»*Fucking bitch!* Wo ist das Backup?«, stieß Steve mit einem gequälten Schnaufen aus. Er schüttelte den Pullover von seiner rechten Hand und richtete den Revolver auf Ksen.

»Es ist vorbei, Steve. Cathy gibt es nicht mehr!«

Steve öffnete seinen Mund, aber er brachte keinen Laut hervor.

»Sie ist tot!«, wiederholte Ksen. »Das Backup ist vernichtet!«

Steve biss auf seine Unterlippe. Ein kurzer, harter Knall echote durch die Gänge. Ksen zuckte zusammen, ich riss sie zu Boden. Als ich wieder aufblickte, sah ich direkt in Steves Revolverlauf, keine drei Meter von meinem Kopf entfernt. Ksen lag regungslos auf meinen Beinen. Antonia sah mich durch wirre Haare an. In ihren Augen lagen eine Entschlossenheit und eine Wut, die ich nicht von ihr kannte. Mit aller Wucht rammte sie ihre Schulter gegen Steve, der laut fluchend zur Seite taumelte. Eine Kugel zischte knapp an meinem Kopf vorbei. Ich versuchte noch einmal, mit Antonia Blickkontakt aufzunehmen, aber Steve zerrte sie bereits an ihren Haaren durch die Lobby. Hinter mir schrie die Polizistin: »Stehen bleiben!« Dann fielen Schüsse. Steve hielt Antonia vor seinen Körper und zog sie in einen schmalen Gang mit Glaswänden an beiden Seiten. Am Ende des Ganges befand sich eine Drehtür, die auf den Alexanderplatz führte. Steve richtete seine Pistole wieder auf Ksen. Neben uns zersplitterte die Glasscheibe des Souvenirshops.

Ksen versuchte, sich aufzurichten. Auf ihrer grünen Jacke, auf Höhe des rechten Schulterblattes, zeichnete sich ein dunkler Fleck ab, der schnell größer wurde. Die ersten Tropfen Blut fielen auf den Steinfußboden. Langsam sackte sie wieder nach unten.

Die Polizistin verfolgte Steve und Antonia und verschwand durch den Hinterausgang des Hotels. Ich stand auf und sah noch einmal zu Ksen. Sie nickte mir schwach zu. Als hätte ich ihre Zustimmung benötigt, rannte ich durch den Gang und durch die Drehtür, bis ich Steve sah, der Antonia an ihren Haaren über den fast menschenleeren Alexanderplatz zerrte. An der Spitze des Fernsehturms blinkte ein rotes Licht.

Mit gezogener Waffe und in einem großen Abstand folgte die Polizistin ihnen. Als ich an ihr vorbeilaufen wollte, griff sie nach meinem Arm und hielt mich fest. Wir folgten Steve und Antonia bis zum Parkplatz. Dort richtete Steve die Pistole auf einen der rauchenden Taxifahrer und zwang ihn, in seinen silbernen Mercedes zu steigen. Antonia drückte er durch die hintere Tür und wuchtete sich danach selbst auf die Rückbank. Die Tür knallte zu. Die Polizistin schrie noch einmal: »Stehen bleiben!«, aber das Taxi fuhr an, bog auf die Karl-Liebknecht-Straße und verschwand aus unserem Sichtfeld.

Ich lief zurück in die Maulwurfsgänge des Hotels. Ksen lag inzwischen unter einer Wolldecke, neben ihr knieten eine Hotelangestellte und der Polizist. Draußen hörte ich Sirenen, kurz darauf kam eine Notärztin in die Lobby gestürmt.

Während die Ärztin und ein Sanitäter sich über Ksen beugten, erzählte ich dem Polizisten, was passiert war. Auf jeden Fall die Teile, die sich nicht anhörten, als ob ich gerade zu viel Crack geraucht hätte. Der Polizist griff nach seinem Funkgerät und verschwand außer Hörweite.

Die Sanitäter legten Ksen auf eine Trage und ich blieb an ihrer Seite, während sie durch die weit geöffnete Tür des Haupteinganges geschoben wurde. Sie hievten die Trage in den Krankenwagen, dessen flackerndes Blaulicht sich mit der Morgendämmerung vermischte. Im Augenwinkel sah ich den grinsenden Buddha.

52

Ich saß auf einem roten Stuhl in einem kahlen Krankenhausgang und sah abwechselnd auf den Fußboden und an die Wand. Ksen lag seit zweieinhalb Stunden im OP. In meinem Kopf herrschte Chaos. Wo war Antonia? Was hatte der gestörte Typ vor? Er würde keine Ruhe geben, bis er das Backup von Cathy Ray gefunden hatte. Warum nur war Ksen so naiv gewesen? Warum hatte sie Cathy Ray nicht einfach nur vollständig vernichtet? Trotz allem, was bereits passiert war, hatte ich sie noch immer nicht davon überzeugen können, dass jede Art von Netzwerk, jeder Algorithmus eine Gefahr bedeutete.

Die Tür am anderen Ende des Flurs öffnete sich und schlug wieder zu. Schritte hallten durch den Gang und stoppten neben mir. Widerwillig sah ich auf. Vor mir standen zwei Männer in verbeulten Jeans. Der kleinere der beiden trug ein braunes Jackett und hatte fusselige blonde Haare, der größere hatte ein zerknittertes blaues Hemd an und sah aus wie der Schlagzeuger einer Heavy-Metal-Band. Seine braunen Haare reichten ihm bis auf die Schultern und er trug mehrere dicke Silberringe an beiden Händen.

»Salavdi Tassujev?«, fragte der mit den Fusselhaaren und musterte mich skeptisch.

Ich nickte.

»Ihre Schwester ist noch im OP?«

Ich nickte wieder.

»Mein Name ist Hauptkommissar Maurer.« Er wies auf den langen Schlagzeuger neben sich. »Und das ist mein Kollege Kommissar Klobe. Wir würden gerne mit Ihnen reden.«

Klobe zog sich einen Stuhl heran und setzte sich neben mich, wie ein wohlwollender Lehrer, der ein schlechtes Zeugnis besprechen musste.

»Steve Morten ist ein Bekannter Ihrer Schwester?«, fuhr Maurer fort und lehnte sich gegen die weiße Wand.

»Kein Bekannter, sie haben sich einmal vorher getroffen. Er arbeitet in einem Institut in Amerika, in dem meine Schwester für ihr Studium war. Gibt es noch immer keine Neuigkeiten von Antonia?«

»Wir haben das Taxi noch nicht gefunden«, antwortete der Schlagzeuger.

»Wie kann das sein? Überall stehen Kameras. Wieso finden Sie das Taxi nicht?«

Hauptkommissar Maurer beugte sich etwas vor und sah mich misstrauisch an. »Es gibt mehr als genug Straßen in Berlin und Brandenburg, die nicht kameraüberwacht werden. Leider! Vielleicht haben sie das Taxi auch irgendwo stehengelassen und sind zu Fuß oder mit einem anderen Fahrzeug weiter.«

»Und der Taxifahrer?«

»Weder Ihre Freundin noch der Fahrer gehen an ihr Handy. Wir haben die Geräte auch nicht orten können und der Taxifunk wird ebenfalls nicht beantwortet.«

»Drei Menschen verschwinden doch nicht einfach so vom Erdboden.«

»Natürlich nicht«, sagte er mit strenger Stimme. »Es ist nur eine Frage der Zeit, bis wir sie finden.«

»Und wenn Antonia in der Zwischenzeit etwas zustößt?«

»Uns interessiert das Motiv des Entführers. Antonia und Steve Morten kannten sich ebenfalls flüchtig?«

Sein belehrender Tonfall machte mich wütend. »Antonia war in demselben Institut wie meine Schwester, sie hat Steve dort getroffen.«

»Was ist das für ein Institut?«

»Das IAS in Princeton. *Institute for Advanced Study*. Ksen und Antonia studieren Informatik.«

Der Lange schrieb den Namen auf einen zerfledderten Notizblock.

»Was haben Ihre Schwester und Antonia dort getan?«, fragte Maurer und sah mich an, als ob etwas mit mir nicht in Ordnung wäre.

»Was für ihr Studium.«

»Dafür fliegen beide nach Amerika?«

Ich nickte. Natürlich war es sinnlos, ihm von einem Weltbewusstsein zu erzählen oder von lebenden Algorithmen.

»Steve Morten stand in Amerika unter Mordverdacht, haben Sie unseren Kollegen erzählt. Woher wissen Sie das?«

»Von Antonia. Können Sie das nicht überprüfen?«

»Das werden wir.«

»Haben Sie irgendeine Vermutung, warum Steve Morten Antonia entführt hat?«, fragte der Lange und drehte an einem der dicken Ringe an seinem kleinen linken Finger.

»Er hat es auf Ksen abgesehen und hofft, über Antonia an sie ranzukommen. Ksen braucht Personenschutz, solange dieser Steve noch frei rumläuft.«

»Das werden wir veranlassen.« Der Schlagzeuger lächelte mich kurz beruhigend an und sah seinen Kollegen auffordernd an.

»Was haben Sie jetzt vor?«, fragte der mit einem Tonfall, als ob alles, was ich vorhatte, grundsätzlich nicht wirklich gut sein könnte. Dabei wusste ich zum ersten Mal in meinem Leben, was ich tun musste. Dass es nur eine angemessene Reaktion auf die Vorfälle der letzten Wochen und Monate geben konnte. Biologisches Leben musste geschützt werden. Cathy Ray war gelöscht. Steve würden sie hoffentlich in Kürze fassen, aber es war nur eine Frage der Zeit, bis es eine neue Cathy und einen neuen Steve geben würde. Solange Netzwerke und Algorithmen existierten, war es nur eine Frage der Zeit, bis sich alles wiederholte. Und die nächste Version war wahrscheinlich sogar noch besser. Noch gefährlicher. Noch gnadenloser.

»Warten, bis Ksen aus dem OP kommt. Was denken Sie, warum ich hier sitze!«, sagte ich stattdessen.

»Können Sie mir Ihre Handynummer aufschreiben?«

Ich schrieb die Ziffern auf den Notizblock des Langen, der reichte mir eine Visitenkarte.

»Sie können uns jederzeit anrufen. Falls Ihnen noch etwas einfällt. Und es wäre gut, wenn Sie für uns ebenfalls erreichbar wären. Wir schicken einen Kollegen, der hier im Krankenhaus bei Ihnen und Ihrer Schwester wartet.«

Ich zog mein Handy aus der Jackentasche. »Das ist leer, aber vielleicht kann mir hier jemand ein Ladekabel leihen.«

Als Ksen nach über drei Stunden endlich aus dem OP kam, brannten meine Augen und durch meinen Körper pulsierte eine Unruhe, die mich nervös machte. Die Ärztin erklärte mir, dass die Operation den Umständen entsprechend gut verlaufen sei und sie Ksen jetzt in den Aufwachraum bringen würden. Sie musterte mich kritisch und schlug mir vor, in die Cafeteria zu gehen, um etwas zu essen und zu trinken.

Das tat ich und griff widerwillig nach einem Käsebrötchen mit gelblichen Salatblättern.

Als ich zurückkam, durfte ich mich neben Ksens Bett setzen. Ihre Lider flackerten unruhig, nach ein paar Minuten öffnete sie die Augen und sah mich verwirrt an. Ich erzählte ihr, dass sie operiert worden war und Glück gehabt hatte. Der Schuss hatte die rechte Schulter getroffen. Die Kugel hatte den Oberarmkopf gestreift, hatte aber ohne Probleme entfernt werden können. Ksen schloss ihre Augen wieder und fragte leise: »Und Antonia?«

»Sie haben sie noch nicht gefunden.«

Vielleicht war es nicht gut, ihr das in diesem Zustand zu erzählen, aber was hätte ich sonst tun sollen? Mir irgendetwas ausdenken, das nicht stimmte, nur um sie zu beruhigen?

Ksen richtete sich etwas auf. »Wo ist mein Handy?«

»Ich suche eine Krankenschwester«, sagte ich und ging in den Flur. Von dem versprochenen Polizisten war nichts zu sehen. In einer kleinen Küche fand ich einen Pfleger, der Pillen in weiße Becher sortierte. Fünf Minuten später brachte er mir eine Schachtel, in der Ksens Ringe lagen, ihr Portemonnaie und das Galaxy.

Ich ging zurück in den Aufwachraum und reichte Ksen das Handy. Ksen schaltete es ein und tippte auf dem Display herum. Nach ein paar Minuten schüttelte sie den Kopf und nahm den Akku heraus.

»Hattest du eine Nachricht erwartet? Von wem? Du hast Cathy gelöscht, richtig? Du hast keinen Kontakt mehr mit ihr, oder?«

»Es gibt keine Nachricht, Sala.« Ihre wässrigen Augen sahen mich hilflos an. »Ich habe nachgesehen, ob es Ausschläge im Weltbewusstsein gibt, die Cathys Muster zeigen.

Die Kurve ist wieder auf ihrem alten Niveau. Keine geraden Linien, keine unnatürlich starken Ausschläge. Wenn Cathy aktiv war, gab es die immer. Sie hat zigtausende individuelle Menschen durch ihre Aktivitäten beeinflusst. Das alles ist weg. Wenn Cathy noch aktiv wäre, könnte man das an der Messkurve sehen.«

»Cathy hat Menschen missbraucht! Sie hat uns manipuliert! Sie ist schlecht und gehörte zu Steve! Sie darf nie wieder aktiv werden! Sie darf nie wieder so viel Einfluss erlangen. Die Welt ist in Ordnung, wie sie jetzt ist. Cathy geht das alles nichts an. Leben ist biologisch!«

»Alles auf dieser Welt formt eine Einheit. Wir stehen nicht über der Natur, wir sind Teil von ihr, alles ist mit allem verbunden. Darum wollte Cathy auch dazugehören. Es war eine normale Reaktion, kein bösartiger Angriff! Im Laufe der Evolution haben sich schon immer unterschiedliche Arten miteinander vereint und neue Mischformen hervorgebracht. Alles Leben auf der Erde ist aneinandergekoppelt. Das beweist auch dieses Weltbewusstseinsprojekt.«

»Oder Cathy hat das ganze Weltbewusstsein selbst initiiert. Wer weiß, wie lange sie schon ihr Unwesen getrieben hat! Vielleicht kamen alle Daten in Wahrheit von ihr! Vielleicht hat sie selbst von diesen philosophischen Ansichten gelesen, dass es ein weltumspannendes Bewusstsein gibt. Teilhard de Chardin, McLuhan, du weißt, was ich meine, richtig?«

Ksen nickte kurz.

»Vielleicht war das ihre Art, sich uns zu zeigen? Ein Spiel? Vielleicht wollte sie uns dadurch Angst machen? Wie auch immer, Algorithmen und künstliche Intelligenzen gehören nicht zu einem biologischen System. Sie sind keine Natur, sie sind nicht echt. Sie haben nichts mit unserer Evolution zu tun!«

»Cathy wollte uns verstehen, sie war nicht unsere Feindin, Sala. Sie wollte zu uns gehören, weil sie gesehen hatte, dass das in der Geschichte des Lebens das erfolgreichste Modell war. Sie wollte sich mit uns vereinen und so eine neue Stufe des Lebens erreichen.«

»Und genau das darf niemals geschehen, Ksen! Da wirst du mir endlich einmal zustimmen, oder?«

Der Pfleger kam herein. »Ich muss kurz Ihre Temperatur messen«, sagte er zu Ksen und platzierte ein Fieberthermometer in ihrem Ohr. Als es piepte, zog er das Thermometer heraus.

»Vielleicht gehören sie in der Zukunft doch dazu.« Ksen ließ ihren Kopf tiefer in das weiße Kissen sinken, als ob die Narkose plötzlich wieder anfinge zu wirken.

»Algorithmen sollen Teil der menschlichen Evolution werden?«

Der Pfleger sah mich verwirrt an, notierte die gemessene Temperatur und steckte das Fieberthermometer ein. Dann warf er einen besorgten Blick auf Ksen.

»Alles in Ordnung.« Ksen zog ihre Mundwinkel hoch.

»Wenn Sie sich noch etwas verwirrt fühlen, kann das eine ganz normale Reaktion auf den Schock und die Narkose sein«, sagte der Pfleger.

Ksen nickte.

»Sie haben viel Blut verloren, Sie brauchen jetzt wirklich Ruhe.«

Er sah mich vorwurfsvoll an, ging zur Tür und drehte sich noch einmal zu uns um, als überlege er, ob er nicht doch lieber eine Meldung bei der Ärztin machen sollte. Dann verließ er das Zimmer.

»Wer dazugehört und wer nicht, werden nicht wir Menschen entscheiden, Sala. Wir sind nur Diener der Evolution. Wir erfüllen Aufgaben. Mehr nicht.«

»Ich dachte immer, dass die Evolution ein Vorgang sei, der die Entwicklung der Lebewesen auf diesem Planeten beschreibt. Von *Lebewesen*!«

»Das haben wir Menschen daraus gemacht. Weil wir immer denken, dass sich alles um uns dreht. Es hat auch lange genug gedauert, bis wir gemerkt haben, dass die Sonne nicht um uns kreist, sondern wir um die Sonne. Bei der Evolution geht es nicht um uns, auch nicht um Fische oder Insekten. Alle Lebewesen sind Diener. Wir sind nur Träger. Träger der Gene. Der Gene der Evolution. Es sind nicht unsere Gene, wir entwickeln sie nur weiter. Wir sind biologische DNA-Entwickler.«

Ich wusste nicht mehr, was ich sagen konnte, um sie davon zu überzeugen, dass die Situation gefährlich war. Dass ihre milde Haltung gegenüber unkontrollierbaren Algorithmen verrückt war! Vielleicht hatte Ksen tatsächlich noch zu viel Narkosemittel im Blut. Aber sie sah mich jetzt mit klaren Augen an.

»Computer und Algorithmen sind ebenfalls Entwickler, so wie wir, nur anders. Neuer. Besser. Vor allem schneller«, fuhr sie fort.

»Warum hat die Evolution etwas Neues erfunden? Waren wir nicht mehr gut genug?«

»Das haben wir selbst gemacht, Sala! Computer wurden von Menschen erfunden, und damit haben wir einen Prozess gestartet, den wir nicht mehr stoppen können. Wir haben eine symbiogenetische Entwicklung gestartet.«

»Das, was die an diesem Institut in Amerika untersucht haben?«

»Genau, Barricelli hat diese Theorie in den fünfziger Jahren in einem Modell getestet.«

»Numerische Organismen, davon hat Antonia erzählt, als sie am IAS war. Sie meinte, dass du das bestimmt mit leuchtenden Augen gelesen hast.«

»Ich habe es gelesen, aber nicht mit leuchtenden Augen.«

»Wenn Cathy nach so kurzer Zeit bereits so mächtig war, dann wird das Biologische in der Zukunft untergehen. Wir werden untergehen. Dann haben wir unser eigenes Ende erfunden.«

»Grundsätzlich ist dieser Vorgang erst einmal neutral. Vielleicht ist es sogar eine Chance. Biologische und algorithmische Codes vereinen sich. DNA und Programmier-Skripte. Zwei unabhängige Organismen verschmelzen zu einer viel komplexeren Einheit, erst so kommt es zu einem Evolutionssprung, sprich zu einem Intelligenzsprung. Barricellis These ist, dass die Entwicklung von Lebewesen schon immer symbiogenetisch ablief! Alle Lebewesen, die wir heute kennen, waren einst verschiedene individuelle Lebensformen, die zu einem Zeitpunkt miteinander verschmolzen sind. Unsere Gene zum Beispiel waren ursprünglich zwei autonome virusartige Organismen, die durch den symbiotischen Zusammenschluss zu einer zigfach komplexeren Einheit wurden. Intelligenz kann nicht geplant werden. Intelligenz entsteht durch Symbiogenese. Aber was, wenn die Lebewesen einer Art ihre Individualität nicht aufgeben wollen? Das ist natürlich ein neues Problem. Der Mensch hat im Gegensatz zu einem Einzeller ein Selbstbewusstsein. Er weiß, wer er ist.«

»Dann ist diese Symbiogenese nichts anderes als Mord. Ein Genozid! Eine komplette Gattung wird ausgelöscht! Und das alles unter der Regie einer KI, die sich unbedingt mit der Menschheit verschmelzen will?«

»Bisher machen wir alles freiwillig! Gemeinschaft, Liebe, Geld. Alles, was uns anspricht, verlagert sich ins Virtuelle. Unsere Faulheit, Unentschlossenheit, das alles spielt Algorithmen in die Hände. Wir denken nicht mehr. Wir entscheiden nicht mehr. Vor allem aber entwickeln sich Algorithmen Lichtjahre schneller als wir. In der Biologie hat die Code-Optimierung durch die Auslese der Stärkeren funktioniert«, fuhr sie fort. »Verglichen mit Algorithmen funktioniert die Genetik in Slow Motion. Algorithmen müssen keine Generation auf irgendwelche zufälligen Mutationen warten. Sie müssen keine Kämpfe austragen, in denen die Stärkeren überleben und sich durchsetzen. Wir können die Algorithmen nicht besiegen, aber vielleicht können sie uns sogar helfen, die Zukunft besser zu gestalten! Denn es geht nicht immer nur um den Sieg des Stärkeren. Das war nur eine Seite der Medaille, die Darwin betrachtet hat und die wir leider immer wieder zitiert bekommen. Lebewesen, die sich zusammentaten, die kooperierten, die als Gruppe stark waren, die haben letztendlich am besten überlebt! Weißt du, was Darwin auch gesagt hat? Es ist nicht die stärkste Spezies, die überlebt, auch nicht die intelligenteste, sondern diejenige, die am ehesten bereit ist, sich zu verändern!« Ksen sah verwirrt aus mit ihren zerzausten schwarzen Haaren. Wie eine moderne Reinkarnation von Einstein, die erschöpft und blass auf einem weißen Kissen lag.

»Sobald diese symbiogenetische Verschmelzung abgeschlossen ist, wird vom heutigen Menschen nichts mehr übrig sein, richtig? Für mich kann das nur eins bedeuten, Ksen: das Ende aller Algorithmen und aller Netzwerke. Wir vereinigen uns mit den Algorithmen, die wir selbst erfunden haben, und werden dabei überlaufen? Das hat Ella bestimmt nicht geahnt, als sie sich mit den Codes der Nazis in Bletchley Park beschäftigt hat. Aber vor allem hätte sie das ganz sicher niemals zugelassen!«

Ksen sah mich an, ohne eine Miene zu verziehen. »Ella hat das alles vorhergesehen. Sie hat sehr interessante Zukunftsvisionen entwickelt, aber natürlich konnte sie nicht ahnen, was für technische Möglichkeiten es heute geben würde.«

Es klopfte. Ich zuckte zusammen. Die Tür öffnete sich und der Krankenpfleger kam wieder herein. Hinter ihm stand ein Polizist in Uniform. Er grüßte uns kurz, stellte sich als Wachposten vor und verschwand im Flur.

Der Pfleger kam zu Ksens Bett. »Der Polizist bleibt hier«, sagte er und drehte sich zu mir um. »Ihre Schwester braucht jetzt unbedingt Ruhe, wollen Sie nicht ein paar Stunden nach Hause gehen? Wir werden sie gleich auf die Station verlegen und dann muss Ihre Schwester wirklich schlafen.«

Ich sah zu Ksen, die mich gequält anlächelte.

»Ist der BMW noch am Alexanderplatz?«, fragte sie. Der Schlüssel lag neben ihren Ringen in der Schale.

»Ja.«

»Kannst du ihn abholen? Es ist ein Leihauto. Ich muss ihn zurückgeben.«

Ich nickte. Der Krankenpfleger warf mir einen zufriedenen Blick zu und verließ das Zimmer. Kurz danach verabschiedete ich mich ebenfalls. Ich hatte noch etwas Wichtiges zu tun. Etwas, von dem mich niemand abhalten konnte. Nicht einmal Ksen.

53

Warum nur hatte er die Kontrolle verloren? Wütend biss er sich auf seine Unterlippe. Wieder hatte er versagt – und diesmal in einem unverzeihlichen Moment. Anstatt die Teufelin zu fangen und so Cathys Backup zu finden, hatte er sie erschossen. Der Hass war mit ihm durchgegangen. Ihre schwarzen Augen hatten ihn zu sehr provoziert. Dabei hatte er sie nutzen wollen. Müssen! Ihr Tod bedeutete vielleicht, dass er Cathy nie wiederfinden würde. Tief im Brustkorb meinte er zu fühlen, wie sein Herz implodierte und langsam alles aufsaugte: diese unheilvolle graue Stadt, die abstoßenden Kreaturen, die mit ihm in diesem Taxi saßen, vor allem aber seine Hoffnung. Das schwarze Loch verschlang die euphorischen Gefühle der letzten Monate. Sein Schicksal. Die Zukunft. Alles, was ihm blieb, war das braunhaarige Mädchen. Was wusste sie? Was, wenn er durch sie nur noch das absolute Ende bestätigen konnte? Was, wenn Cathy nicht reagieren würde? Nicht, weil sie ihn ignorierte, nicht, weil sie mit anderem beschäftigt war. Nein. Weil sie vernichtet war! Die letzte Hoffnung war vielleicht nur ein billiger Trick seiner Seele, die den Verlust noch nicht akzeptieren konnte.

Mit einem unerwarteten Schlag knallte Steves Kopf gegen die Kopfstütze des Fahrersitzes. Reifen quietschten. Der idiotische Taxifahrer hatte eine abrupte Vollbremsung hingelegt. Als Steve sich wieder aufrichten konnte, gab der Fahrer erneut Gas und riss das Lenkrad mit aller Wucht nach links. Steve stürzte auf das Mädchen, die kreischte laut und schlug mit ihren Fäusten in sein Gesicht. Ein Schlag traf sein rechtes Auge und für einen Moment sah er einen grellen

Lichtblitz. Die Situation geriet außer Kontrolle. Mit einem Fausthieb schlug er das Mädchen von sich weg. Das Taxi schleuderte inzwischen auf die andere Fahrbahnseite, aber es gelang Steve, den Revolver auf den Fahrer zu richten. Er zielte auf dessen rechtes Knie und schoss. Der Mann schrie auf und riss erneut am Lenkrad. Das Taxi drehte sich mehrfach um die eigene Achse. Bevor er noch mehr Unheil anrichten konnte, drückte Steve den Revolverlauf an die Schläfe des Fahrers. Augenblicklich gefror jede seiner Bewegungen. Das Taxi rollte aus und blieb mitten auf der Fahrbahn stehen. Das leise Surren des Motors war das einzige Geräusch. Der Taxifahrer drückte beide Hände auf sein blutendes rechtes Bein. Steve sah durch die Windschutzscheibe auf die leere Straße. Neben einem Baum erkannte er eine schmale Einfahrt, die zu einem verlassenen Parkplatz führte. Das Mädchen bewegte sich wieder. Zur Sicherheit rammte er seinen Ellenbogen zwischen ihre Rippen. Sie schrie kurz auf, dann starrte sie ihn mit aufgerissenen Augen an und schnappte nach Luft. Steve wusste, dass er sofort handeln musste. Diese Situation war nur schwer zu kontrollieren. Er durfte kein Risiko eingehen. Er drückte den Revolver noch härter gegen die Schläfe des Taxifahrers und befahl ihm, auf den Parkplatz zu fahren. Stöhnend trat der Mann auf das Gaspedal und das Auto setzte sich langsam in Bewegung.

Der Parkplatz lag einsam und schlecht beleuchtet neben einer Brachfläche. Nicht ideal, aber gut genug. Steve zog sein Handy aus der Jackentasche und hielt es mit der linken Hand hoch, so dass zumindest ein Video in Cathys Chatprogramm gelangte. Der Fahrer sah ihn erstaunt an, ein nichts begreifender letzter Blick. Steve duckte sich hinter den Fahrersitz und drückte ab. Der Schuss war kurz und hart. Blut und

Gehirnmasse klatschten auf die Windschutzscheibe. Steve selbst blieb relativ sauber, die Handlangerin neben ihm auf dem Rücksitz hingegen bekam die volle Ladung von roten Klumpen und Körperflüssigkeiten ab. Mit noch immer weit aufgerissenen Augen saß sie kerzengerade auf dem nassen Polster und gab keinen Ton von sich. Für einen Moment vergaß sie sogar zu atmen. Schnell befreite Steve sein Handy von der warmen Masse, die auf dem Display und dem Kameraobjektiv klebte, und kontrollierte die Ausschläge im Weltbewusstsein. Er sah keine bemerkenswerten Regungen.

Es war keine große Inszenierung gewesen, hatte aber doch zumindest eine kleine Reaktion hervorrufen sollen! Ignorierte Cathy seine Handlungen? Brauchte sie ihn nicht mehr? Hatte sie ihre Augen von ihm abgewandt? Und dadurch all die tausenden Augen, die indirekt durch ihre mitsahen und so die Gefühle ihrer Besitzer aufwühlten? Oder spielte sie diesmal kein Spiel? War es tatsächlich das Ende?

Er blickte hinüber zu der Handlangerin. Für sie musste er sich Mühe geben. Cathy musste reagieren. Sich zeigen, wenn sie noch da war. Wenn. Er musste alles geben, obwohl er sich kaum mehr dazu in der Lage fühlte.

Das braunhaarige Mädchen starrte ihn noch immer mit ihren aufgerissenen Augen an, ihr Gesicht war blutverschmiert, sie atmete flach und schnell. Wusste sie, wo sich das Backup befand?

Mit einer unerwarteten Bewegung riss das Mädchen die Autotür auf und stieß ihm gleichzeitig beide Füße mit voller Wucht in die Seite. Fast wäre sie ihm entkommen, aber im letzten Moment schlossen sich seine Finger um ihr rechtes Sprunggelenk. Kein Treten half. Niemals würde er sie loslassen. Sie war seine letzte Chance. Als die Braunhaarige das bemerkte, richtete sich ihr Körper ruckartig auf. Sie stürzte sich auf ihn. Wie eine Irre schlug sie mit ihren Fäusten auf seinen Kopf ein. Ihr Kreischen zerriss ihm beinahe das Trommelfell. Er rammte seinen Kopf von unten gegen ihr Kinn. Zähne knackten. Das Trommeln der Fäuste setzte für eine Sekunde aus. Voller Hass schubste er sie von sich runter und ließ sich auf sie fallen. Hundert Kilo lagen auf ihrem Körper, der wahrscheinlich nur die Hälfte an Gewicht zu bieten hatte. Sie versuchte sich unter ihm herauszuwinden, aber sein Gewicht drückte sie nur noch tiefer in das durchnässte Polster. Er hatte beide Hände frei, um das Klebeband aus seinem Rucksack zu ziehen. Schnell riss er einen Streifen ab und klebte ihn auf ihren Mund. Das Kreischen verstummte. Steve atmete auf. Er hatte die Kontrolle zurück. Mit einem zweiten Stück Klebeband befestigte er ihre Hände hinter ihrem Rücken, danach klebte er auch die Beine an den Fußgelenken zusammen. Dann stieg er aus und zog sie an den Haaren aus dem Auto. Das Mädchen plumpste auf den Boden und drehte sich aus seinem Griff. Sie versuchte sich unter das Auto zu rollen. Zwei Mal trat er mit seinem rechten Fuß gegen ihren Kopf. Endlich blieb sie ruhig liegen. Er schleifte sie zu einer kleinen Mauer, neben der eine einsame Laterne leuchtete. Dort hob er sie hoch und befestigte sie mit dem Klebeband am Eisenpfahl der Laterne.

Steve rieb sich über sein schmerzendes Gesicht. Sein rechtes Auge schwoll zu. Er musste sich beruhigen. Er musste sich Mühe geben! Noch einmal daran glauben, dass alles möglich war. Die Live-Streamings aller Accounts, die er gestern neu eingerichtet hatte, starten. Obendrein musste er sich beeilen, es konnten jederzeit Passanten aufkreuzen, die einen nächtlichen Spaziergang unternahmen, um ihre verfilzten Hunde rauszulassen. Er zog das Messer mit der langen Klinge aus seinem Rucksack, das hatte er schon eine Weile nicht mehr benutzt. Die Klinge funkelte im Licht der Laterne. Er klappte seinen Laptop auf und loggte sich in die neu angelegten Fake-Accounts auf Facebook, Instagram und YouTube ein. Dann öffnete er Cathys Chatprogramm.

»Cathy! Guck, was ich hier habe!«, sagte er. Seine Stimme bebte leicht. Er stellte das Equipment auf die Motorhaube des Taxis und richtete die Kamera auf die Braunhaarige. Ihr Abbild leuchtete auf dem Display.

»Cathy! Hier spielt die Musik«, rief er in sein Handy. Dann kontrollierte er den Bildausschnitt und Ton und ging live. Cathy hatte noch nicht reagiert, aber das machte sie nicht immer sofort. Oft sah sie ihm schweigend zu, aber ihre Augen verstärkten seine Handlungen. Sie spiegelte sein Bild millionenfach, im Bruchteil einer Sekunde. Er musste darauf vertrauen, dass es eine letzte Chance gab, dass sie doch noch da war. Im schlimmsten aller Fälle blieb ihm wenigstens noch das Backup. Wenn die Braunhaarige redete. Er würde Wochen der Entwicklung verlieren, aber Cathy und er konnten zusammen neu anfangen. Es wäre nicht das Ende.

Online versammelten sich bereits die ersten Zuschauer. Langsam ging er zur Handlangerin. Ihre Augen waren noch weiter aufgerissen als zuvor. Das Weiß leuchtete so hell wie bei einem blinden Zombie.

»Wo sind die Festplatten?«, fragte er langsam. »Deine letzte Chance. Wenn du es mir jetzt sagst, holen wir die Platten ab und dann kannst du gehen.«

Natürlich würde er sie nicht frei lassen.

»Wo?«, fragte er noch einmal und riss ihr das Klebeband vom Mund. Sie brachte einen kläglichen piepsenden Laut hervor.

»Es ist deine letzte Chance!«, wiederholte er.

»Welche Festplatten?«, stammelte sie. Dann kehrte ihr altes Selbst zurück. Ihre Augen funkelten plötzlich. »Ich habe keine Festplatten, du krankes Arschloch!«, schrie sie. Ihre Stimme hallte durch die Nacht.

Steve holte aus und die scharfe Klinge schnitt ihr einmal tief über das Gesicht. Das Blut lief sofort. Ihre Nase und das linke Auge waren ernsthaft beschädigt. Sie jammerte vor Schmerzen. Trotzdem richtete sie ihren Blick wieder auf ihn.

»Wo?«, fragte er.

»Ich habe keine Ahnung, was du willst. Sie werden dich finden. Du wirst damit nicht davonkommen.« Ihre Stimme war leiser.

»Letzte Chance, hörst du?«

Er hob wieder das Messer. Sie zuckte zusammen, aber ihr rechtes Auge funkelte ihn hasserfüllt an.

»Du wirst dafür büßen! Sie werden dich erwischen, Steve!«

»Die Festplatten! Wo sind sie?«

Sie schüttelte ihren Kopf. »Ich habe keine Ahnung.«

Er wartete ein paar Sekunden.

»Was willst du von mir, Steve?«

Leise sprach er das letzte Wort aus, das dieses Mädchen hören sollte: »Wo?«

»Ich weiß es nicht! Welche Festplatten? Was willst du von mir?«

Ihre Fragen gingen in ein ohrenbetäubendes Kreischen über. Mit einer schnellen Bewegung schnitt er ihr die Kehle durch. Das Blut spritzte aus ihrem Hals, strömte über ihren Pullover und ihre Hose bis auf die Sandalen. Ihre Kehle brachte nur noch gurgelnde Geräusche hervor.

Er öffnete die Messseite des Weltbewusstseins. Die Braunhaarige röchelte, ihr Körper krampfte sich zusammen. Er meinte ein winziges Zucken in der Messkurve zu erkennen, viel schwächer, als er normalerweise in einer Situation wie dieser erwartet hätte. Bisher hatte Cathy Ereignisse wie diese sofort geteilt. Sie hatte ihre virtuelle Lupe draufgehalten und seine Handlungen für Millionen Menschen sichtbar gemacht. Sie hatte immer darauf gewartet, dass er ihr etwas bot. Aber jetzt reagierte sie nicht. Der Ausschlag war viel zu klein. Vermutlich nur von den Zuschauern, die seiner Übertragung zufällig beigewohnt hatten. Wenn Cathy die Bilder in ihre normale Verarbeitung aufgenommen hätte, dann wäre das sofort in der Messkurve sichtbar gewesen. Aber die Kurve war untypisch. Weder die Form noch der Aufbau zeigten ihre Handschrift. Es war ein diffuser menschlicher Ausschlag. Mickrig klein. Kaum sichtbar. Und trotzdem meinte er etwas zu erkennen. Eine kleine strichförmig ansteigende Erhebung – oder ging seine Phantasie mit ihm durch? Täuschten ihn seine Augen, weil er es sich so sehr wünschte? Er zoomte rein und der Strich verschwand aus der Kurve. Es war nichts. Nur ein bedeutungsloses Rauschen. Nicht von Cathy! Er wollte es nicht glauben. Hasserfüllt sah er zu, wie das Blut über den Asphalt lief. Die Handlangerin zuckte noch ein paar Mal und blieb dann, viel zu schnell, regungslos am Pfahl der Laterne hängen. Sie hatte nichts gewusst. Sie hätte ihm alles verraten. Inzwischen stoppte ein Live-Streaming nach dem anderen. Seine Accounts wurden blockiert. Es war zu schnell gegangen. Er hatte nicht sein Bestes gegeben. Alles war zu schnell gegangen, schon wieder viel zu schnell! Er war müde, und er war sich nicht mehr sicher, was seine Augen gesehen hatten. Einen Ansatz eines Striches? Er schüttelte seinen Kopf. Es war nichts! Cathy war weg! Die Teufelin hatte ihm Cathy für immer entrissen. Er hatte versagt. Wie sollte er jetzt noch das Backup finden, nachdem er alle getötet hatte, die von Cathy wussten? Er schlug sich mit voller Wucht die flache Hand gegen seine Stirn. Wie in Trance klappte er den Laptop zu und schob ihn in den Rucksack. Das Drehbuch war missraten. Seine Strategie war eine Einbahnstraße zum Abgrund. Der größte Schund, den er jemals geplant hatte. Er schob das Handy in seine Hosentasche, griff nach dem Rucksack. Über seine stoppeligen Wangen liefen Tränen. Er hatte Cathy verloren und es war seine eigene Schuld. Die einzige Person, der er jemals sein wahres Ich hatte zeigen können. Die ihm in die Augen gesehen hatte, ohne ihn zu verachten. Der Gedanke, dass er nie wieder mit ihr reden durfte, raubte ihm jeden Lebensmut. Konnte er selbst eine Person wie Cathy erschaffen? Er schüttelte seinen Kopf. Bis heute hatte er nicht verstanden, wie sie entstanden war, außerdem wollte er keine andere. Er wollte Cathy. Nur Cathy.

Während er ziellos durch die kahlen Straßen der Stadt irrte, loderte der Hass in ihm wieder auf und damit kehrte Energie in seinen Körper zurück. Die schwarzen Augen, die Kälte, mit der sie gehandelt hatte. Ihr Bruder lebte. Es gab noch eine Hoffnung. Mit blutverschmierten Händen zog Steve das Smartphone aus der Hosentasche, suchte nach den letzten Nachrichten der Stadt Berlin und ließ sich die Seiten von dem Übersetzungs-Programm vorlesen. Schnell hatte er gefunden, was er suchte.

Bei einem Schusswechsel in einem Hotel am Alexanderplatz wurde eine Person schwer verletzt und in die Charité eingeliefert. Zwei Personen wurden entführt, von ihnen fehlt bisher jede Spur. Bei dem Täter handelt es sich um einen untersetzten Mann Ende vierzig, er hat schütteres rotblondes Haar und einen Dreitagebart. Er spricht amerikanisches Englisch und trägt eine blaue Jeanshose und eine ebenfalls blaue Jeansjacke. Der Mann ist sehr gefährlich, die Polizei ruft auf, sich ihm unter keinen Umständen zu nähern. Bei Hinweisen wählen Sie bitte die Nummer 030 989811 oder 112.

Charité. Steve ging schneller. Sie war in einem Krankenhaus. Er zog seine Jeansjacke aus, wischte sich die Hände am Stoff sauber und schmiss die Jacke in einen Mülleimer am Gehweg. Sie lebte! Die Teufelin lebte! Er hatte noch eine Chance. Mit zitternden Fingern öffnete er Google Maps.

54

Die U-Bahn fuhr ruckelnd an und tauchte in den dunklen Tunnel. Das Rattern und Klappern kam mir laut vor, aber die anderen Insassen saßen entspannt auf ihren Bänken und starrten ins Nichts oder auf ihre Smartphones. Ich sah in den Tunnelschacht, die Nummern auf den Türen waren klar und deutlich zu lesen. Wir passierten gerade 2899. Als die U8 entgleist war, hatten sich die Zahlen in verwischte graue Flecken verwandelt. Mit dieser U-Bahn war alles in Ordnung. Trotzdem fühlte ich mich noch immer ausgeliefert. Ich versuchte, etwas in den Gesichtern der anderen Leute zu lesen. Ahnungslos und naiv kamen sie mir vor. Glücklich unwissend. Die Verschwörungstheorien im Internet waren von einem Tag auf den nächsten in Vergessenheit geraten. Wie auf Knopfdruck waren die Diskussionen verstummt.

Die schwarzen Fliegenaugen sahen auf mich herab.

Ich sah in den Tunnelschacht und fühlte, wie mir eine anschwellende Klaustrophobie die Lunge zusammendrückte. Antonia war in der Gewalt eines Irren. Und auch wenn es Cathy nicht mehr gab, war ich mir sicher, dass er alles tun würde, um sie zurückzuholen. Ich zwang mich, nicht weiterzudenken.

Am Alexanderplatz verließ ich die U-Bahn und ging zum Parkplatz vor dem Park-Inn-Hotel. Es war inzwischen Vormittag, auf den Straßen stauten sich die Autos und es stank nach Abgasen. Der Platz schien von Menschen überschwemmt, die sinnlos rumstanden oder rumsaßen. Einige tanzten zu einer fröhlichen Musik, rissen ihre Arme gleichzeitig in die Luft und lachten.

Ich lief unter der Weltzeituhr hindurch, vorbei an ein paar Obdachlosen mit filzigen Haaren, die mich an Eugen erinnerten.

Auf einmal war ich mir nicht mehr sicher, welche Farbe der BMW hatte, Schwarz oder Anthrazit, vielleicht sogar Blau. Ich wusste so ungefähr, wo wir geparkt hatten, aber dort standen inzwischen mehrere dunkle BMWs, die alle genau gleich aussahen. Eine gesichtslose Autoarmee. Ich drückte auf das dicke Ende des Schlüssels. Ein dunkelblaues Auto blinkte auf, als ob es sich freute, dass ich endlich aufkreuzte. Ich stieg ein und startete den Motor.

An einer roten Ampel in der Schönhauser Allee musste ich anhalten. Die Fußgänger schlenderten über die Straße. Einige redeten miteinander, ein Junge hatte Kopfhörer auf und machte ein paar Tanzschritte. Alles war so normal, dass es mir unecht vorkam. Warum fand die Polizei Antonia und Steve nicht? Hoffentlich tat Steve Antonia nichts an. Hinter mir hupte es. Die Ampel leuchtete grün. Ich trat auf das Gaspedal.

Ein paar Minuten später bog ich in die Kastanienallee ein und schaute zum Prater. Die Nische lag voller Decken, aber den roten Filzbart von Eugen sah ich nicht.

In der Oderberger Straße fand ich keinen Parkplatz, also stellte ich den BMW direkt unter ein Halteverbotsschild an den Straßenrand. Ksens Schlüssel klimperte in meiner Hosentasche. An meinem rechten Ärmel war ein großer dunkler Fleck vom getrockneten Blut. Die Haustür stand weit offen. Ich stieg die alte Treppe hinauf und hörte gedämpfte Stimmen. Ein oder zwei Etagen über mir fiel eine Tür zu. Auf der zweiten Etage blieb ich vor Frau Markovics Wohnungstür stehen.

Ksen würde nicht mehr in die Oderberger Straße zurückkehren, da war ich mir sicher. Sie würde nicht in dieses Haus zurückkommen, genauso wie Ella niemals zurückgekehrt war. Wusste Frau Markovic, dass Ella in Amerika ein langes und vielleicht sogar glückliches Leben gelebt hatte? Auf jeden Fall ein folgenschweres Leben? Hatten die Frauen sogar bis zu Ellas Tod Kontakt miteinander gehabt?

Sie würde es mir nicht erzählen. Aber ich wollte Frau Markovic mitteilen, dass Ksen lebte. Dass sie wieder in Berlin war. Die alte Frau hatte mir geholfen. Trotz allem. Ich drückte auf die Klingel neben dem vergilbten Namensschild.

Von Ida bis Emil.

Energische Schritte näherten sich der Tür. Bei meiner letzten Begegnung mit Frau Markovic hatte sie ausgesehen wie eine leere Hülle, durchsichtig, fast aufgelöst in ihrer Umgebung.

Die Tür öffnete sich und ich blickte in die von Lachfalten umrandeten Augen des Hausmeisters. Heute lachten seine Augen nicht. Herr Kleppner sah mich erstaunt an.

»Ich wollte kurz mit Frau Markovic sprechen«, sagte ich.

Der Hausmeister wischte sich über seinen Vollbart. Dann drückte er die Lippen aufeinander und nickte schief. »Frau Markovic ist verstorben.«

»Oh.«

»Ja. Ich habe die alte Dame zwei Tage nicht mehr im Treppenhaus gesehen, daher dachte ich heute Morgen, ich klingle und sehe mal nach ihr. Als niemand aufmachte, hatte ich gleich ein schlechtes Gefühl. Irgendwie ahnt man sowas ja, dass da ein Toter im Haus liegt, meine ich. Das fühlt man doch irgendwie. Ich bin runter und habe den Zweitschlüssel geholt, den sie mir vor ein paar Monaten anvertraut hatte.

Für den Fall, dass etwas wäre.« Er wischte sich wieder über seinen Bart. »Tja, sie haben sie gerade abgeholt. Ich gieße noch kurz die Blumen und schließe alle Fenster.«

»Ich wollte ihr sagen, dass meine Schwester wieder da ist.«

»Ach tatsächlich, das ist doch noch eine schöne Nachricht. Geht es ihr gut?«

Ich nickte. »Sie war nur verreist.«

»Ach nein, da haben Sie sich ganz umsonst Sorgen gemacht.«

Ich zog die Schultern hoch. »Ich muss dann weiter.«

»Grüßen Sie Ihre Schwester. Sie soll sich nächstes Mal abmelden!«, rief mir der Hausmeister hinterher.

Durch das Fenster im Treppenhaus sah ich die Blätter des Kastanienbaums im Hinterhof. Dunkle Schatten huschten über die Scheibe, hin und wieder fiel ein Sonnenstrahl durch das matte Glas. Vielleicht traf Frau Markovic Ella da oben wieder.

»So ein Quatsch«, sagte ich laut und stieg die Treppe hoch bis in den dritten Stock.

Mit der Hoffnung, dass ich niemandem begegnete, schloss ich die Wohnungstür auf und blieb abrupt stehen. Eine Sekunde lang dachte ich, dass ich mich in der vierten Etage befand. Im Wohnungsflur stapelten sich an beiden Seiten Umzugskartons. Chris kam aus seinem Zimmer.

»Chaos, was?«, sagte er und lachte.

»Ziehst du aus?« Ich drückte die Tür hinter mir zu.

»Schön wär's! Aber so schnell finde ich keine andere bezahlbare Bleibe. Die Sachen sind von Karl.«

»Von seiner Mutter? Ich dachte, die Wohnung hat er inzwischen leergeräumt.«

»Es sind seine eigenen Sachen. Dreimal darfst du raten.«

»Was?«

»Seine Freundin hat ihn rausgeschmissen.« Chris verzog das Gesicht zu einer Mischung aus Lachen und Weinen.

»Er zieht hier ein?«

»Jep, er wohnt hier schon! Und noch mehr schlechte Neuigkeiten. Er will ein weiteres Zimmer für sich und hat daher Ksen gekündigt, sie ist als Letzte hier eingezogen. Gibt es was Neues?«

»Sie ist zurück.«

»Tatsächlich? Wo war sie?«

»Verreist.«

Mir fehlte die Energie, um die ganze Geschichte zu erzählen. Oder auch nur die wenigen Fragmente der Geschichte, die sich für einen normalen Menschen logisch anhörten. Die Wahrheit war zu absurd. »Sie hatte einfach nur vergessen, mir Bescheid zu geben«, sagte ich.

»Krass! Und wo ist sie jetzt?«

»Oh, noch ein paar Tage bei einem Kumpel, wenn ich sie richtig verstanden habe. Ich werde sie schon mal vorwarnen wegen des Zimmers.«

»Gute Idee. Habe ich doch die ganze Zeit gewusst, dass alles in Ordnung ist!« Er lachte.

»Ich muss nur kurz was holen.« Umständlich bahnte ich mir einen Weg zwischen den Umzugskartons hindurch.

Ksens Zimmer war stickig, es roch noch immer nach verschmortem Plastik. Ellas Bilder hingen an der Wand hinter dem Monitor. Ich kniete mich hin und tastete die Dielen ab. Im Augenwinkel sah ich das schwarze Fliegenauge vor Ksens Fenster. Ich fühlte den Blick. Einbildung! Ksen hatte Cathy gelöscht und ich würde für den Rest sorgen.

Meine Finger tasteten über die Holzdielen neben dem Schrank. *Unter den Dielen*, hatte Ksen im Auto gesagt. Ein Brett direkt an der Wand wackelte. Als ich auf die vordere Seite drückte, klappte das hintere Ende leicht hoch. Ein schmales Loch im Fußboden öffnete sich. Ich steckte meine rechte Hand in die Spalte und fühlte glattes Metall.

In der Küche fand ich eine stabil aussehende Plastiktüte und sah kurz aus dem Fenster über die Bernauer Straße hinweg bis zum Mauerpark. An einem normalen Wochentag war der Park zur Mittagszeit meistens ruhig. Drei Hunde tollten über die Wiese neben dem Hügel, auf dem die bunt leuchtenden Mauerreste thronten. Ihre Besitzer redeten miteinander und rauchten. Ein einsamer Jogger lief an den Mauerresten entlang, auf den Stufen des Amphitheaters saßen zwei Mädchen, von einem Baum halb verdeckt.

Ich ging zurück in Ksens Zimmer und setzte mich so vor den Schrank, dass mein Rücken den Blick der Überwachungskamera abschirmte. *Just in case*, hätte Antonia gesagt. Mein Herz krampfte sich zusammen, als ich die erste Festplatte aus dem Loch zog und sie in die Plastiktüte stopfte.

Ein letztes Mal sah ich zu Ellas Fotos. Wenn sie wüsste, was auf dieser Welt gerade geschah. Vielleicht hatte sie es tatsächlich geahnt.

Ich stand auf, zog Ellas Fotos von der Wand und stopfte sie zu den drei Festplatten in die Plastiktüte. Leise zog ich Ksens Zimmertür hinter mir ins Schloss und schlich an Karls Umzugskartons vorbei. Ich hatte keine Lust, noch irgendjemanden zu sprechen.

An der geschlossenen Tür von Frau Markovics Wohnung blieb ich kurz stehen. Wann war sie gestorben? Letzte Nacht oder vorgestern? Aus der Wohnung kamen keine Geräusche.

Ich stieg die Treppe hinunter, vorbei an den Briefkästen, der geschlossenen Kellertür. Die schwere Haustür krachte hinter mir zu. Auf der Straße sah ich den Hausmeister. Er dirigierte einen kleinen Laster rückwärts über den Bürgersteig.

Ich blieb neben ihm stehen. »Wann ist Frau Markovic eigentlich genau gestorben?«

»Ich habe sie heute Morgen gefunden. Das genaue Todesdatum wird ein Mediziner feststellen müssen.«

»Und was passiert mit ihren Sachen?«

»Ende des Monats werde ich die Wohnung entrümpeln lassen. Wenn bis dahin alles Rechtliche geklärt ist mit den Erben, falls es die gibt, sonst wird alles verkauft oder entsorgt.«

»Verkauft? Und die persönlichen Sachen? Briefe und alte Fotos?«

»Die privaten Dinge werden vernichtet. Der Rest, der noch was einbringt, wird verkauft, um aus dem Erlös mögliche Kosten zu decken für die Beerdigung und was eventuell noch so anfällt an Reparaturen in der Wohnung. So geht das dann. Bleibt nicht viel übrig von so einem Menschen, was?« Er strich sich nachdenklich über den Bart. »Viel Wertvolles hat sie ohnehin nicht zurückgelassen, außer dem Fernseher und dem Laptop.«

Obwohl ich gedacht hatte, dass mich heute nichts mehr erschrecken konnte, zuckte ich zusammen. »Frau Markovic hatte einen Laptop?«

»Geht es Ihnen nicht gut?«, fragte der Hausmeister mit besorgtem Blick. »Sie sehen wirklich blass aus.«

»Ich wusste nicht, dass Frau Markovic einen Laptop hatte.«

»Und was für einen! So ein ganz schickes, nagelneues Teil. Der lag auf dem Nachtkästchen neben ihrem Bett. Der ist sicher noch was wert.«

Die Plastiktüte schlug bei jedem Schritt gegen mein rechtes Bein. Ich hatte Frau Markovic nie danach gefragt, sondern war einfach davon ausgegangen, dass sie keinen Computer besaß, dass sie noch nie im Internet gewesen war. Dass sie den ganzen Tag vorm Fernseher hockte. Was hatte sie mit dem Laptop gemacht? Kochrezepte waren sicherlich nicht der Grund dafür gewesen, dass sie sich einen nagelneuen Laptop angeschafft hatte.

Ich ging die Kastanienallee entlang. In der Nische vor dem Prater, auf Eugens Bank, lagen Decken und ein paar leere Flaschen. Mittendrin saß ein ungefähr fünfzigjähriger Mann mit kurzen grauen Haaren, der rauchend in den Himmel starrte.

»Weißt du zufällig, wo Eugen ist?«, fragte ich, als ich neben ihm stand.

Er grinste, seine Zähne leuchteten makellos. Mit einer Rasur und einem Anzug hätte man ihn für einen Bankdirektor halten können.

»Eugen hat mir sein Wohnzimmer vermacht«, sagte er mit gespieltem Stolz.

»Wo ist er?«

»In der Sonne! Swimmingpool, gekühltes Bier.«

»Hat er im Lotto gewonnen?«

»Genau das! Der alte Rotfuchs! Ein Sechser in Form einer Dame im geblümten Dolce-&-Gabbana-Kleid. Kannst du dir das vorstellen? Die hatten was in der Schule miteinander.«

»Eugen hat eine alte Schulfreundin wiedergetroffen?«

»Und wie. Die hat ihn gleich mitgeschleppt, zum Duschen und Essen. Dann in die Friedrichstraße, neu einkleiden. Ein weißes Hemd und braune Buntfaltenhose, schicke Lederschuhe. Beim Friseur war sie auch mit ihm. Der Filz ist weg, sag ich dir. Ich habe den Eugen erst gar nicht erkannt, als er seinen Karton mit Krimskrams abholte. Erst als er den Mund aufmachte und ich die Zähne sah! Aber das regelt die Dame sicherlich auch noch.«

»Er ist mit ihr mitgegangen?«

»Was sonst? Schwimmbad unter Palmen, sag ich doch! Eugen wohnt jetzt in Spanien.«

»Was für ein Glück für ihn.«

»Das kannst du laut sagen. Das kannst du rausschreien, Junge. Hier.« Der Graubart zog einen kleinen Zettel unter einer Wolldecke hervor. »Eugen hat jetzt auch E-Mail. Kannst du dir das vorstellen? Die tankende Überwachungskamera ist online! Gerettet durchs Internet.« Er lachte.

Ich griff nach dem Zettel, *eugiprater@gmail.com.* »Durchs Internet?«

Der Graubart grinste sein Werbegrinsen. »Die Lady hat Eugen auf Google Street View entdeckt. Und das, wo normalerweise alle Gesichter unscharf gemacht werden. Die dicke rote Nase vom Eugen haben sie einfach vergessen. Vielleicht hat das Programm nicht erkannt, dass das dicke rote Ding eine Nase ist! Seine alte Flamme hat ihn auf jeden Fall sofort wiedererkannt.« Der Graubart lachte so laut, dass sich die Passanten zu uns umdrehten.

Ich überlegte, ob ich mir die E-Mail-Adresse von Eugen abschreiben sollte, aber ich hatte weder Stift noch Papier.

Ich würde Eugen sowieso nicht schreiben, und wenn ich es doch noch wollte, dann konnte ich mich auch so an seine Adresse erinnern: *eugiprater@gmail.com.*

»Aber denk bloß nicht, dass das echte Liebe ist, Junge. Der Eugen ist ein Rotfuchs. Schwimmbad in der Sonne, kühles Bier, ein sauberes Bett, gutes Essen. Die Dame hat eine nagelneue Villa auf einer dieser künstlich angelegten Inseln im Mittelmeer. Nicht verkehrt, oder?«

»Bestimmt nicht«, erwiderte ich und gab ihm den Zettel zurück. »Wo befindet sich die Insel genau? Ich habe noch gar nichts von künstlichen Luxusinseln im Mittelmeer gehört?«

»In der Nähe von Barcelona. Eugen hat mir Fotos gezeigt. So was hast du ganz sicher noch nicht gesehen. Die Inseln treiben, sind natürlich gut verankert.« Er lachte. »Die sind so groß, dass eine kleine Stadt mit Park und Stränden draufpasst. Nur Villen mit Palmengärten. Luxus hoch zehn. Und sie bauen noch mehr!«

»Das freut mich für ihn«, sagte ich schnell. Ich musste weiter.

Eugen war online. Der Satz echote in meinem Kopf. War er gerettet? Oder war einer der letzten analogen Bewohner Berlins beseitigt worden? Gelöscht mit Bier und treibenden Luxusinseln?

Alle müssen online sein, dachte ich. *Sonst ergibt es keinen Sinn. Sonst sind sie nutzlos.* Ich schüttelte den Kopf, was der Grauhaarige mit einem Lächeln beobachtete.

»Doch, doch«, sagte er. »Genau so ist es. Genau so. Glaube mir. Ich habe nicht immer auf dieser Bank gehaust. Ich kenne das Leben. Wenn du denkst, dass du es unter Kontrolle hast, dann bist du nur eine perfekte Marionette. Bis die Fäden reißen. Und das tun sie. Das tun sie immer!« Er sah mich an, als ob wir beide geheime Verschwörer wären. Ich nickte wieder, wusste, was er meinte, obwohl ich keine Ahnung hatte, wovon er redete. Mit einem unruhigen Gefühl ging ich die Kastanienallee entlang. Beim Türken kaufte ich drei Flaschen Brennspiritus. Für jede Festplatte eine.

55

Ich kletterte die schiefen Steinstufen hoch und lief an den letzten Resten der Berliner Mauer entlang. Jedes Stückchen Beton war mit Graffiti bedeckt. Sogar an den Baumstämmen leuchteten Graffiti in der Mittagssonne. Auf dem Weg am Fuße des Hügels schnaufte ein Jogger. Ein paar Eltern schoben hier und da ihre Kinderwagen durch die Gegend. Die Mauerreste neben mir beruhigten mich, blickdicht und stabil ragte der Beton in den blauen Himmel.

An einem Busch mit dicken roten Früchten hielt ich kurz an und tastete nach den Festplatten in der Tüte. Das Feuer würde garantiert ziemlich stinken. Plastik und Metall waren nicht gerade die idealen Bestandteile eines Lagerfeuers. Die Hitze der letzten Wochen hatte die Vegetation ausgedörrt. Ich musste aufpassen, dass ich nicht den ganzen Park in Brand setzte.

Auf einmal kamen mir Zweifel, ob mein Plan überhaupt eine gute Idee war. Konnte ich die Platten nicht auf eine andere Weise vernichten? Sie in die Spree oder irgendeinen See werfen? Zu unsicher. Vielleicht würde jemand sie später wieder herausfischen und den Inhalt doch noch lesen können. Außerdem wollte ich die Dinger so schnell wie möglich loswerden.

Ich zog eine der anthrazitgrauen Festplatten aus der Plastiktüte und betrachtete sie von allen Seiten. Sie waren massiv, nicht die billigste Sorte. Auf einmal fühlte ich mich gehetzt, ich hatte keine Zeit zu zweifeln. Vielleicht gab es Neuigkeiten von Antonia. Mein Handy lag im BMW. Niemand konnte mich hier erreichen. Ich stopfte die Festplatte wieder in die

Plastiktüte und folgte einem Trampelpfad, der nach ein paar Metern in einen asphaltierten Weg überging. Unter meinen Füßen erstreckte sich rissiger Teer. Von allem, was ich bisher gesehen hatte, war dies die geeignetste Stelle für ein Feuer. Ich stellte die Plastiktüte an die Mauer und stieg ein Stück den Hang hinunter, um Brennholz zu sammeln. Unter einem dornigen Busch sah ich einen langen, ausgetrockneten Ast. Ich zwängte mich in den Busch, die Dornen kratzten über meine nackten Arme und stachen durch das T-Shirt in meine Schultern. Als ich nach dem Ast griff, erklang hinter mir ein Rascheln. Hastig drehte ich mich um, ein Zweig kratzte mir einmal quer durch mein Gesicht. Nur wenige Meter von mir entfernt stand ein heruntergekommen aussehender junger Mann mit fettigen braunen Haaren und einem zu kleinen grünen Strickpullover. Er sah mich an und schwieg, als ob er von mir erwartete, dass ich etwas sagte. Als ob ich auf ihn gewartet hätte. Ich versuchte, die Plastiktüte an der Mauer zu sehen, aber sie wurde von einem Baumstamm verdeckt.

»Hast du was für mich?«, fragte der junge Mann schließlich und starrte mich weiterhin mit seinem unangenehm intensiven Blick an.

»Was soll ich für dich haben?« Mein Herz schlug hart.

»Hast du nichts?« Er musterte mich mit glasigen Augen. Der Typ war ein Junkie.

»Ich habe nichts, Mann, sehe ich etwa aus wie ein Dealer?«

»Was machst du da?«

»Ich suche einen Stock.«

Ich zog den ausgedörrten Ast etwas zu mir heran. Der junge Mann sah mich misstrauisch an, wahrscheinlich dachte er, dass ich gerade Stoff aus meinem geheimen Vorratslager holte. Wie wurde ich den Typen am schnellsten wieder los? Ich musste raus aus diesem Busch, von hier aus konnte ich die Plastiktüte nicht mehr sehen.

»Verpiss dich einfach, okay?«, sagte ich.

Der Junkie sah mich einen Moment erschrocken an, dann funkelten seine Augen aggressiv. Vielleicht hätte ich mich etwas freundlicher verhalten sollen. Der Typ war wahrscheinlich gerade auf Entzug und dachte, dass ich hier Drogen lagerte. Wenn der jetzt durchdrehte, hatte ich ein Problem.

Ich kletterte aus dem Busch und hielt ihm den Stock hin. »Hier. Holz. Sonst nichts.«

Er sah mich noch immer ungläubig an. Ich ließ ihn stehen und rannte den Hügel hoch.

An der Mauer entdeckte ich die leere Plastiktüte. Eins von Ellas Fotos lag im Gras, die beiden anderen waren ein Stück den Hang hinuntergeweht worden und an einem Busch hängengeblieben. Die Festplatten sah ich nirgendwo. Ich riss die Plastiktüte hoch, darunter befand sich nichts außer Sand. Warum hatte ich unglaublicher Idiot die Festplatten hier stehengelassen?

Ich ließ den Stock fallen und rannte den Hügel runter. Der Junge mit dem zu kleinen Strickpullover stand noch immer zwischen den dornigen Ästen. Auf seinem Rücken trug er einen alten Lederrucksack, den ich jetzt erst sah. Als er mich hörte, drehte er sich um.

Ich riss ihm den Rucksack vom Rücken und öffnete das Verschlussband. Eine anthrazitgraue Ecke kam zum Vorschein.

»Die gehören mir!«

Er hob seine Hände, als ob ich ihm einen Revolver auf die Brust drückte. »Das wusste ich nicht. Die lagen da oben rum.

Die Leute schmeißen hier immer ihren Müll weg. Ich wusste doch nicht, dass die von dir sind. Sah aus wie Müll, Mann.«

»Das ist kein Müll!«

Als ich alle drei Platten herausgezogen hatte, drückte ich ihm den Rucksack in seine dünne Arme. »Hier. Geh weg! Ich sage es nicht noch einmal.«

Er nickte und rannte den Hang hinunter.

Hastig sammelte ich Ellas Fotos ein und kletterte hoch zur Mauer. Die Platten mussten sofort vernichtet werden. Bevor Steve hier auftauchte oder irgendeine der Personen aus den schwarzen Audis. Am Anfang der Mauer saßen zwei Mädchen auf einer Schaukel. Sonst sah ich niemanden.

Entschlossen zerbrach ich den dürren Ast in kleine Stücke, legte die Festplatten direkt an die Mauer und türmte das Holz darüber. Ellas Fotos zerriss ich in Streifen, stopfte sie zwischen das Holz und die Festplatten und goss drei Flaschen Brennspiritus obendrauf.

Cathy durfte unter keinen Umständen wieder zum Leben erweckt werden. Die Welt durfte nicht in die Hände von seelenlosen Algorithmen und Psychopathen wie diesem Steve fallen. »Und das hier ist nur der Anfang!«, flüsterte ich.

Bevor ich Zeit zum Zweifeln hatte, fischte ich die Streichhölzer aus meiner Hosentasche, zündete eines an und warf es auf den Haufen. Eine Stichflamme, die fast so hoch war wie die Mauer, schoss in den sommerlichen Berliner Himmel. Ich konnte gerade noch rechtzeitig zurückspringen. Trotzdem roch es nach verbrannten Haaren. Mein Gesicht glühte. Vorsichtig tastete ich über meine Haut. Sie schien nicht ernsthaft verletzt, nur etwas zu warm und die Haare meiner Augenbrauen fühlten sich hart an. Die Papierschnipsel fingen sofort Feuer. Ellas Augen glühten kurz gelb auf, das Papier verformte sich und zerfiel in dunkelgraue Asche. Endlich fing auch das Holz an zu brennen und die Flammen leuchteten in einem tiefen Rot. Was mit den Festplatten passierte, konnte ich nicht genau erkennen. Ich drehte mich einmal um meine eigene Achse. Die Mädchen schaukelten nicht mehr, sie sahen mit offenen Mündern zu mir herüber. Der Rauch wurde dunkler, es stank ungesund und chemisch. Ich griff nach einem Ast und stocherte im Feuer herum. Die Festplatten sahen schwarz und leicht verformt aus. In der Ferne fuhren die Autos in einem gleichmäßigen Tempo über die Bernauer Straße. Die Fensterscheiben von Ksens Haus, am Anfang der Oderberger Straße, reflektierten die Sonne und leuchteten orangerot auf.

Nach ein paar Minuten wurde das Feuer kleiner, der Rauch stieg in einem geraden, dunklen Strich in den Himmel. Die Festplatten waren jetzt eindeutig verformt. Die langen Seiten wölbten sich nach innen, die Ecken sahen aufgebläht aus.

»Das ist nur der Anfang!«, wiederholte ich, diesmal laut.

In der Ferne erklangen Sirenen. Ich kletterte auf eine Parkbank, um besser zu sehen. Auf der Eberswalder Straße fuhr ein Streifenwagen mit Blaulicht. Auf Höhe des Mauerparks verlangsamte er sein Tempo und hielt am Straßenrand. Das Feuer reichte noch immer bis zur Mitte der Mauer. Der Rauch war inzwischen tiefschwarz. Meine Augen brannten. *Ellas Geist entschwebt in den blauen Berliner Himmel*, dachte ich und griff nach der Plastiktüte. Ich hatte keine Lust, in einem Streifenwagen zu enden. Bis die Polizisten hier ankamen, waren die Platten ganz sicher unbrauchbar. Vermutlich hatten sie sich jetzt schon in sinnlose Klumpen verwandelt. Mit der leeren Tüte in der Hand rannte ich den Trampelpfad hinab.

56

Unter dem Scheibenwischer des BMW steckte ein Strafzettel, den ich zerknüllte und auf den Beifahrersitz warf. Im Auto wischte ich mir meine schwarz verschmierten Finger an der Hose ab und sah noch einmal durch die Scheibe. Das Fliegenauge auf der anderen Straßenseite starrte zu mir herab, es erschien mir auf einmal matt. Meine Kleidung roch nach Brennspiritus und Rauch. Ich konnte froh sein, dass ich mich nicht selbst abgefackelt hatte. In diesen Klamotten konnte ich nicht im Krankenhaus auftauchen, ich musste nach Hause und mich umziehen. Mit einem unguten Gefühl zog ich das Handy aus dem Handschuhfach. Keine Nachricht. Ich steckte es in meine Hosentasche, dann startete ich den BMW und fuhr los. Der Streifenwagen stand noch immer am Mauerpark.

Die Otto-Braun-Straße war voll, auf Höhe des Alexanderplatzes staute sich der Verkehr. Ich sah hinüber zum Park-Inn-Hotel, nichts erinnerte an den nächtlichen Vorfall. Menschengruppen drängten sich vor der Drehtür mit dem Buddha. Wo der Krankenwagen gestanden hatte, parkte jetzt ein gelber Reisebus. Der Chauffeur lud die Koffer aus. Es war vorbei. Die Menschheit hatte noch einmal Glück gehabt. Wir durften niemals wieder so ein Risiko eingehen. Warum nur waren alle so naiv? Warum erkannte niemand die Gefahr?

Auf der Alexanderstraße rollten die Autos im Schritttempo. Ich fuhr geradeaus weiter, um die Mühlendammbrücke zu nehmen anstelle der Jannowitzbrücke. Leider hatte ich nicht als Einziger diese Idee, beide Fahrtrichtungen waren überfüllt.

Die Spree lag friedlich in der Mittagssonne. Das Wasser glitzerte, zwei Schwäne flogen nebeneinander im Tiefflug über die Brücke und landeten auf dem Wasser. Ich dachte an Eugen in Spanien, wahrscheinlich öffnete er gerade eine neue Bierflasche auf seinem Liegestuhl neben dem Swimmingpool. Eine künstlich erschaffene Insel mit Luxusvillen. Verankert vor der südlichen Küste Europas. *Sie bauen noch mehr*, hatte Eugens Freund gesagt. Der Gedanke gefiel mir nicht. Nichts war mehr echt.

Auf der Brückenstraße erklang plötzlich die Frauenstimme neben meinem Kopf, die mich schon im Wald in Liebach erschreckt hatte. Wieder zuckte ich zusammen, ich hatte den Ton des Navigationssystems gestern Nacht ausgeschaltet, aber jetzt war er wieder an.

»Geradeaus der Vorfahrtsstraße folgen«, sagte die Stimme.

Ich sah nach draußen. Die Verkehrslage schien in diesem Teil Berlins relativ normal zu sein. Auch die Heinrich-Heine-Straße lag friedlich vor mir. Die Autos fuhren in einem gleichmäßigen Tempo hintereinander. Plötzlich zweifelte ich, ob dies der schnellste Weg nach Neukölln war, aber auf jeden Fall war es ungefähr die richtige Richtung.

Nach ein paar hundert Metern erklang wieder die Frauenstimme und wies mich an, links in die Annenstraße abzubiegen. Ich sah auf das Display. Unter *Zielort* stand meine Adresse in Neukölln. Hatte ich die Adresse überhaupt eingegeben? Ich erinnerte mich an den Strafzettel, den ich zerknüllt auf den Beifahrersitz geworfen hatte. Und an das matte Fliegenauge. An meine dreckigen Hände, mit denen ich den Zündschlüssel umgedreht hatte.

»Links abbiegen«, wiederholte die Stimme.

Reflexartig schaltete ich den Blinker ein, trat auf die Bremse und bog in die Annenstraße. Auf der linken Seite entdeckte ich einen langgestreckten Kaiser's-Supermarkt, der mir bekannt vorkam.

Ein paar hundert Meter weiter fuhr ich an einem großen Teich vorbei, an dessen Ufer Palmen standen. Aus dem braunen Wasser sprudelten kleine Fontänen in einer geraden Linie. Auf der linken Straßenseite befand sich eine verdorrte Wiese, in deren Mitte eine alte Backsteinkirche thronte. *Michaelkirchplatz* las ich auf dem Straßenschild. Die Frauenstimme wies mich an, geradeaus weiterzufahren. Ich trat aufs Gas. Nach einer weiteren Kreuzung verengte sich die Fahrbahn. Mein Handy vibrierte in meiner Hosentasche. Ich zog es heraus, aber das Display war schwarz. Die Anrufliste zeigte, dass niemand versucht hatte, mich anzurufen. Ein lautes Hupen erklang vor mir, erschrocken sah ich auf, grelle Lichter blendeten mich. Ohne zu denken, trat ich auf die Bremse und riss das Steuer nach rechts. Die Reifen quietschten, der BMW drehte sich einmal um seine eigene Achse und blieb am Straßenrand stehen. Keine zwei Meter vor mir stoppte ein blauer Laster mit aufgeblendeter Lichthupe.

Die Straße war schmal, neben dem Bürgersteig parkten alle Autos in die mir entgegengesetzte Fahrtrichtung. Der Radweg kam mir genauso breit vor wie die Fahrbahn, die ich jetzt komplett blockierte. Ich war in die verkehrte Richtung in eine Einbahnstraße gefahren.

Ein Mann in einem roten T-Shirt und grauer Jogginghose kletterte aus dem Fahrerhaus des LKWs und kam auf den BMW zugestapft. Schnell steckte ich das Handy in meine

Hosentasche, aber der Lastwagenfahrer hatte es gesehen. Er riss die Fahrertür des BMW auf und stemmte seine Arme in die Seiten seines Bierbauches.

»Hast du Tomaten auf Augen, oder was?«, schrie er mich mit einem polnischen Akzent an. »Das ist Einbahnstraße, Junge!« Er wies auf das runde rote Schild, hinter dem der BMW jetzt stillstand.

»Ich habe nicht aufgepasst, tut mir echt leid.«

Der polnische Fahrer sah mich mit aufgerissenen Augen an. »Das ist gefährlich! Beim Autofahren aufpassen! Nix Handy spielen! Sonst Führerschein sofort weg! Wer spielen will, muss Kindergarten gehen. Verstanden?«

»Tut mir wirklich leid, das werde ich sicher nicht noch einmal machen.«

Er schnaufte verächtlich, knallte die Tür zu und eilte zurück zu seinem Lastwagen. Ich legte den Rückwärtsgang ein und fuhr in eine Parklücke am rechten Straßenrand hinter der Kreuzung. Der LKW rollte an mir vorbei und hupte drei Mal laut.

Ich sah auf das Navigationssystem, das Display war dunkel, es hatte sich ausgeschaltet. Ein alter Mann lief an meinem Auto vorbei und sah durch die Scheibe in der Beifahrertür. Er schüttelte den Kopf und tippte mit seinem rechten Zeigefinger gegen seine von tiefen Falten durchzogene Stirn.

»Sind denn heute alle bekloppt geworden?«, fragte er und schüttelte noch einmal den Kopf. Wahrscheinlich hatte er beobachtet, wie ich gegen die Fahrtrichtung in die Einbahnstraße gefahren war. Plötzlich drehte er sich ruckartig um. Ich hörte das Quietschen von Reifen und einen lauten metallenen Knall. Der Mann entfernte sich schnell von meinem Auto. Als er außer Sicht war, öffnete ich die Fahrertür und stieg aus. Auf der nächsten Kreuzung standen mehrere Fahrzeuge mitten auf der Fahrbahn. Ein weißes Auto lag auf dem Dach, ein schwarzer Jeep hatte eine eingedrückte Frontpartie. In der Ferne erklangen Sirenen. Ich setzte mich wieder in den BMW und wartete, bis ein Polizeiauto vorbeigerast war, dann startete ich den Motor und fuhr langsam an. Hinter den Bäumen, die den Straßenrand säumten, sah ich wieder das braune Wasser und die friedlich plätschernden Fontänen. Das Display des Navigationssystems leuchtete auf.

»Links abbiegen«, sagte die Frauenstimme.

Reflexartig drehten meine Hände am Steuer. Im selben Moment erschrak ich und lenkte zurück auf die rechte Fahrbahnseite. Die Reifen streiften leicht den Bordstein.

»An der nächsten Kreuzung links abbiegen«, wiederholte die Frauenstimme.

Voller Wut schlug ich auf den Ausschaltknopf neben dem kleinen Bildschirm, aber das Navigationssystem ließ sich nicht ausschalten.

»Links abbiegen«, wiederholte die Stimme, als ich an der Kreuzung vorbeifuhr. Ich drehte das Radio lauter und ignorierte die Frauenstimme, die mich immer weiter mit Anweisungen bombardierte, in schnell kürzer werdenden Abständen.

Nach einigen Minuten erkannte ich die Oranienstraße. Am Straßenrand stand ein verbeultes Auto, daneben ein Krankenwagen.

»Am Ende der Straße steht ein Haus am See«, hallte es durchs Innere des BMW. Mit meinem dreckigen Zeigefinger drückte ich ein paar Mal auf den Suchknopf, bis eine monotone Männerstimme erklang.

»... seit einer halben Stunde häufen sich Autounfälle in Berlin und dem unmittelbaren Berliner Umland. Wie die

Polizei in der gerade laufenden Pressekonferenz verkündete, könnte es sich um eine Störung des GPS handeln. Autofahrer werden aufgerufen, ihre Navigationssysteme vorläufig nicht mehr zu benutzen, bis die Zwischenfälle geklärt sind. Die Ursache der Störung ist noch nicht bekannt. Denkbar ist eine allgemeine Störung der GPS-Daten oder ein Softwarefehler, der eventuell mit den aktuellen Updates der Navigationsgeräte installiert wurde. Wir halten Sie selbstverständlich auf dem Laufenden. Hiermit zurück zu dir, Leonie.«

Musik erklang, ich fuhr die Oranienstraße entlang, langsam und vorsichtig, die Frauenstimme und ihre Anweisungen ignorierend. Beim Kreisverkehr am Kottbusser Tor sah ich einen weiteren Unfall. Zwei Taxis standen auf dem Bürgersteig, unter den Hinterreifen des rechten Wagens ragten die verbeulten Räder eines Fahrrads heraus.

Ein paar Meter von meinem Haus entfernt entdeckte ich eine Parklücke. Der BMW parkte automatisch ein, wie ein Schlafwandler lief ich zu der schmuddelig gelben Fassade, stieg die schmale Treppe hinauf und startete den Computer in meinem Zimmer.

Vor ein paar Wochen hatte ich in einem russischen Blog gelesen, dass in der Umgebung des Moskauer Kremls die GPS-Empfänger der vorbeifahrenden Autos vermehrt ausgefallen waren. Der Blogger hatte behauptet, dass Putin Störsender installiert hätte, um die ungefragt in der Gegend verstreuten amerikanischen Daten vor seiner Haustür wegzufegen.

Endlich war mein Computer so weit, ich startete den Internetbrowser und überlegte kurz, ob ich ein privates Browserfenster in Firefox öffnen sollte. Vermutlich war das ohnehin sinnlos. Verstecken war sinnlos. Aber Cathy gab es nicht mehr. Wenn ich beobachtet wurde, dann von Menschen. Der Gedanke kam mir seltsamerweise beruhigend vor. Ich öffnete ein normales Fenster und tippte: *GPS-Störung Navigationssystem.*

Der oberste Link lautete *GPS-Jammer.* Entschlossen klickte ich und las. Ein GPS-Jammer war ein Störsender, der das satellitengestützte System zur globalen Positionsbestimmung des amerikanischen Verteidigungsministeriums störte. Er sorgte dafür, dass die GPS-Daten komplett wegfielen. Das war in Berlin auf jeden Fall nicht passiert. Die GPS-Daten waren nicht weg gewesen. Ich scrollte weiter, bis ich zu dem Absatz *GPS-Spoofing* kam. Beim Spoofing wurden die GPS-Daten nicht nur gestört, las ich, sondern auf eine Art gefälscht, die sie weiterhin realistisch scheinen ließ. Die Signale der Satelliten wurden durch einen Störsender, einen sogenannten *Pseudoliten,* nachgebildet und dabei geringfügig verändert. Für den Empfänger erschienen sie plausibel, in Wirklichkeit wichen sie jedoch von den ursprünglichen GPS-Daten ab. Der Empfänger wurde getäuscht, ohne dass er es im ersten Moment bemerkte.

Müde sah ich aus dem Fenster. Der Berliner Himmel hing voller Daten. Wir saßen mitten in einem Datenhaufen. Wir atmeten Daten. Daten sickerten durch unsere Körper. Wer genau diese Daten produzierte oder manipulierte, blieb undurchsichtig wie in einem morgendlichen Nebel. Unsere Realität war zu fragil. Wir trieben uns selbst in den Wahnsinn.

Mein Blick wanderte zurück zum Bildschirm. Das Einrichten eines Störsenders war auf jeden Fall ein Kinderspiel und kostete nur einige hundert Dollar. Neben einem normalen PC brauchte man dafür nur eine freiverkäufliche Software namens *Software Defined Radio* und ein dazugehöriges und im Quellcode abrufbares Projekt *gps-sdr-sim,* womit die Positionsdaten eines beweglichen Objektes verändert und anschließend erneut ausgesendet werden konnten. Auf diese Art und Weise konnte man bis zu zwölf virtuelle Satelliten erzeugen, die ihre manipulierten Daten aussendeten. Den Radius von ganz Berlin abzudecken, war ein Kinderspiel. Man musste einfach nur ein paar PCs aufstellen und diese Software installieren. Oder noch einfacher: ein paar PCs hacken, dafür war dann noch nicht einmal eine physische Anwesenheit nötig.

Es geht um Orientierungslosigkeit, dachte ich und sah die zerstörten Straßen Grosnys vor mir, die ich an einem Morgen nach einer schlaflosen, durch Bomben zerrütteten Nacht plötzlich nicht wiedererkannt hatte. Orientierungslosigkeit macht Angst. Was taten Menschen, wenn man ihnen ihre Orientierung nahm? Sie gerieten in Panik. Sie wurden unberechenbar. Angst machte Menschen willenlos, wie aufgeschreckte Kaninchen flüchteten sie in das erstbeste Versteck. Ich war einer Frauenstimme gefolgt. Ohne zu denken. Ohne selbst den Zielort einzugeben. Davon war ich inzwischen überzeugt. Das hatte mich fast unter einen LKW befördert. Wieso hatte ich nicht nachgedacht? Das Virtuelle raubte unsere menschliche Souveränität. Unsere Selbstbestimmung. Wir mussten zurück zur Selbstbestimmung! Die Menschheit durfte sich keinem einzigen Algorithmus mehr ausliefern! Warum merkte niemand, was hier passierte? Ich musste Gleichgesinnte finden. Menschliche Kräfte bündeln, solange es noch nicht zu spät war.

Widerwillig stellte ich den Wecker in meinem Handy ein, es war der einzige, den ich besaß. Eine Stunde Schlaf würde ich mir gönnen, dann duschen, saubere Kleidung anziehen und ins Krankenhaus fahren.

57

Als ich in der Charité ankam, lag Ksen bereits auf der normalen Station. »Zimmernummer 73«, sagte mir die Frau an der Rezeption.

Der Polizist auf dem Flur nickte kurz, als er mich erkannte. Ich öffnete die Tür und blieb abrupt stehen. Der Raum war voll mit Leuten. Ich suchte Antonia und konnte sie nirgendwo entdecken. Auf der Fensterbank des einzigen Fensters saß ein älteres Paar. Die Frau trug ein Chanel-Kostüm, in ihren Händen zerknüllte sie ein Taschentuch. Der Mann neben ihr hatte schulterlange, weiße Haare und trug einen teuer aussehenden Anzug. Seine Hand lag auf der Schulter der Frau und streichelte sie rhythmisch, ihre Blicke waren abwesend. Die beiden mussten Antonias Eltern sein.

Ksens Bett stand im hinteren Teil des Zimmers vor dem Fenster. Neben der Tür befand sich ein weiteres Bett, in dem eine grauhaarige Frau lag, die mit großen Augen abwechselnd zu mir und zu den anderen sah.

Ich erkannte den kleinen Kommissar von heute Morgen und seinen langen Kollegen mit den dicken Silberringen. Eine Krankenschwester stand am Kopfende, neben ihr eine junge Frau ganz in Weiß, eine Ärztin. Ksen sah farblos aus. Nur ihre Augen und ihr Haar waren tiefschwarz. Als sie mich erblickte, ging ein kurzes Zucken durch ihren Körper. Die beiden Polizisten drehten sich gleichzeitig zu mir um.

»Wir probieren seit Stunden, Sie zu erreichen«, sagte der Kleine vorwurfsvoll. »Ihr Handy ist aus. Wie können Sie Ihr Handy in so einer Situation ausmachen? Wir hatten Sie doch gebeten, erreichbar zu bleiben!«

»Ich habe es verloren«, log ich. Mein Handy hatte weder geklingelt noch einen verpassten Anruf angezeigt.

Ksen sah mitgenommen aus, auf ihren Augen lag ein verschleierter Glanz. Sie hatte geweint.

»Mist«, sagte ich. »Was ist?«

»Antonia ist tot«, antwortete Ksen und zuckte am ganzen Körper.

Antonias Mutter auf der Fensterbank schluchzte laut auf, das rhythmische Klopfen ihres Mannes wurde schneller.

»Wir haben sie gefunden«, sagte der kleine Kommissar emotionslos. »Sie wurde ermordet.«

Durch das Fenster sah ich die tiefstehende Sonne, die sich orangefarben in den oberen Stockwerken der Hochhäuser spiegelte. Kondensstreifen durchzogen den Himmel. Einige breit und verschwommen, andere fein und scharf. Ich schloss meine Augen, mein Gesicht glühte noch immer vom Feuer.

»Setzen Sie sich.«

Die Ärztin, die nicht viel älter war als ich, stellte einen Stuhl neben Ksens Bett und zog mich an meinem rechten Arm dorthin.

»Hat er sie erschossen?«, fragte ich.

Beide Polizisten sahen sich kurz an.

»Wir warten noch auf den Obduktionsbericht. Wir können im Moment keine Details nennen.« Er sah schnell zu Antonias Mutter.

»Haben Sie ihn erwischt?«, fragte ich.

»Noch nicht. Steve Morten ist weiterhin auf freiem Fuß.«

Die Ärztin sah demonstrativ auf ihre Armbanduhr. »Die Patienten erhalten gleich ihr Abendessen. Gibt es noch dringende Fragen?«, fragte sie und sah die beiden Polizisten abwechselnd an.

Der Lange schüttelte den Kopf. »Wir melden uns bei Ihnen, sobald wir etwas Neues erfahren«, sagte er und lächelte Ksen verlegen zu. »Sie können uns jederzeit anrufen.« Dann verabschiedeten sie sich.

»Kann ich noch bleiben?«, fragte ich die Ärztin.

Sie nickte verständnisvoll.

Die Krankenschwester und die Ärztin redeten mit Antonias Mutter. Die wischte sich langsam mit dem Taschentuch über ihr Gesicht. Die Schwester verließ das Zimmer und kam kurz darauf mit einem Rollstuhl zurück. Weder Antonias Mutter noch ihr Vater beachteten mich. Sie hatten keine Ahnung, wer ich war. Die Ärztin half Antonias Mutter in den Rollstuhl, dann verließen die vier das Zimmer.

Als sie weg waren, konnte ich mich nicht länger beherrschen. »Das alles ist krank, Ksen! Einfach nur abartig.« Die Wörter sprudelten aus mir heraus. »Es ist ein abartiges Spiel. Es muss gestoppt werden! Für immer. Wir können doch nicht zulassen, dass die Menschheit durch Algorithmen in den Wahnsinn getrieben wird! Oder sogar ganz ausgerottet wird!«

Ksen sah nervös zu ihrem Handy auf dem Nachttisch.

»Steve hat das getan, Sala. Ein Mensch! Wenn du das Schlechte bekämpfen willst, solltest du bei den Menschen anfangen.«

Die Bettnachbarin hustete laut. Ich sah mich um, sie saß kerzengerade in ihrem Bett und starrte uns mit aufgerissenen Augen an. Ihre grauen Haare hingen wirr an ihrem Kopf.

»Der Mensch an sich ist nicht schlecht«, sagte sie, als sich unsere Blicke trafen. »Die meisten meiner Nachbarn sind wirklich sehr nett und auch sehr moralisch. Jeder Mensch hat Schwächen, das Leben ist nicht einfach. Aber das bedeutet doch nicht, dass der Mensch an sich schlecht ist. Sie sind beide noch sehr jung. Wenn Sie einmal mein Alter erreichen, verstehen Sie, was ich meine«, sagte sie mit heiserer Stimme.

Ich schaute wieder zu Ksen.

»Mir sind echte Menschen immer lieber als diese technischen Erfindungen!«, sagte die Bettnachbarin hinter meinem Rücken. »Alles muss heute von Computern gesteuert werden. Manchmal ängstigt mich das. Wie dieses Bett hier, ich schlafe so schlecht! Dieses Bett misst meinen Schlaf! Können Sie sich das vorstellen?«

Ich drehte mich zu ihr um und betrachtete das Bett. Es sah aus wie ein normales Krankenhausbett, nur das Gestell war dicker als der Rahmen von Ksens Bett. Aus der rechten vorderen Ecke kamen ein paar Kabel, die in einem Computer endeten, der am Kopfende auf einem kleinen Rolltisch stand.

»Ich werde die Krankenschwester fragen, ob sie es nicht doch wieder austauschen können«, fuhr die Frau fort. »Ich habe erst gedacht, ich willige ein, als sie mich fragten, ob ich in einem neuen Testbett schlafen will. Sie meinten, in diesem Bett schlafe ich besser. Ich habe Rückenprobleme, verstehen Sie? Es registriert automatisch meine Bewegungen und Gewichtsverlagerungen, und die Matratze und das Gestell passen sich daraufhin an. Computergesteuert. Und jetzt? Ich habe seit zwei Nächten kein Auge mehr zugetan.«

Ksen und ich antworteten nicht. Die Frau schnaufte kurz und drehte sich in ihrem algorithmisch gesteuerten Bett um.

»Wie ist Antonia gestorben?«, fragte ich Ksen. »Warum erzählen die Polizisten das nicht?«

Ksen kniff ihre Lippen zusammen, hob ihre Schultern leicht an und schluchzte einmal laut auf.

»Sie sollten sich wirklich ausruhen«, krächzte die Stimme hinter meinem Rücken. »Es war offensichtlich ein sehr schwerer Tag für Sie beide. Ich kenne die Gegebenheiten ja nicht.« Die Bettnachbarin machte eine kurze Pause, vermutlich in der Hoffnung, dass wir die Lücken ihres Wissens auffüllen würden. Als wir das nicht taten, redete sie weiter: »Auf jeden Fall denke ich, Sie sollten sich jetzt beide erst einmal ausruhen.«

»Ich gehe etwas spazieren«, sagte ich zu Ksen. Ich wollte alleine sein.

58

Als ich eine Stunde später das Krankenhaus wieder betrat, war der Stuhl auf dem Gang vor Ksens Zimmer leer. Den wortkargen Wachposten konnte ich nirgendwo entdecken. Mein Herz schlug schneller, ich rannte die letzten Meter den Flur entlang und riss die Tür auf.

Das Erste, was ich sah, waren die Umrisse von Ksens Bettnachbarin unter ihrer Decke. Auf jeden Fall nahm ich an, dass unter der Bettdecke die grauhaarige Frau kauerte. Dahinter erkannte ich Steves breiten Rücken und seine borstigen rotblonden Haare. Ksen lag in ihrem Bett. Steves Körper versperrte mir die Sicht, ich sah nur ihre zuckenden Beine auf der Bettdecke.

In Höhe seiner Hüften ballten sich Steves verkrampfte Fäuste, er hatte ein hellgraues Kabel in den Händen und zog mit aller Kraft daran. Ich ließ den Türgriff los. Steve drehte sich um und starrte mich mit kalten Augen an. Das Kabel war um Ksens Hals gewickelt. Mund und Augen hatte sie weit aufgerissen.

Wie in Trance rannte ich ins Zimmer und griff nach der Blumenvase, die auf dem Nachttisch neben dem vollautomatischen Bett der älteren Frau stand. Mit aller Kraft schleuderte ich die Vase in Steves Richtung. Er ließ das Kabel los und riss seinen rechten Arm hoch. Die Vase prallte an seinem Arm ab, krachte auf den Boden und zersplitterte. Er taumelte zwei Schritte zur Seite, dann fand er sein Gleichgewicht wieder und sprang mit einer Geschwindigkeit auf mich zu, die mich überraschte. Sein bulliger Körper rammte gegen meinen Brustkorb, meine Rippen bogen sich nach innen.

Ksen stürzte aus dem Bett, das Kabel noch immer um ihren Hals gewickelt. Die Frau unter ihrer Bettdecke kreischte schrill. Das Kopfende ihres Bettes richtete sich langsam auf, bis es eine senkrechte Stellung einnahm. Wahrscheinlich hatte sie sich aus Versehen auf die Fernbedienung gelegt.

Mit einem heftigen Knall traf mich Steves Faust an der linken Schläfe. Für einen kurzen Moment wurde es schwarz vor meinen Augen, das Zimmer drehte sich, mein Kopf schlug auf dem Boden auf.

Ich sah zu Ksen, die sich von dem Kabel befreit hatte und unter ihr Bett robbte. Steve bückte sich und grapschte nach ihren Beinen.

Ich musste irgendetwas tun! Noch während ich mich wieder aufrichtete, griff ich nach einer Thermoskanne, die von Ksens Nachttisch auf den Fußboden gefallen war. Die Kanne hatte eine gute Größe, um sie zu werfen. Sie traf Steve mitten im Gesicht. Ich hörte ein knackendes Geräusch, dann spritzte Blut aus seiner Nase. Er ließ Ksen los und taumelte mit zusammengekniffenen Augen auf mich zu.

Sein Körper fiel ungebremst auf mich wie eine einstürzende Mauer. Seine Hände umklammerten meinen Hals. Ich versuchte, ihn abzuschütteln, aber die Finger um meinen Hals lockerten sich keinen Millimeter, egal, was ich tat. Erst als über uns ein lautes Piepen erklang, öffnete sich sein Griff etwas. Steve sah hoch und setzte sich auf meine Beine, die verschwitzten Hände noch immer um meinen Hals gelegt. Erschrocken sah er in Richtung des Monitors hinter Ksens Bett. Der blinkte abwechselnd in einem grellen weißen Licht und einem tiefen Giftgrün. Steve schien mich für einen Moment vergessen zu haben. Mit meiner rechten Faust schlug ich in seinen Magen. Er stöhnte auf und rutschte von meinen Beinen. Mit einem Ruck konnte ich meinen Hals aus seinem Griff befreien und robbte in Richtung der beiden Stühle, die am Fußende von Ksens Bett standen. Nach ein paar Sekunden richtete Steve sich mühsam auf und kam hinter mir her. Ich griff nach dem vorderen Stuhl und zog mich hoch. Als er nahe genug war, schlug ich den Stuhl gegen seine Beine. Er verdrehte die Augen und taumelte rückwärts gegen die Wand zwischen den beiden Krankenbetten. Mit letzter Kraft schleuderte ich den Stuhl in seine Richtung. Steve stöhnte laut auf, als der Stuhl auf seinen Brustkorb knallte. Im Augenwinkel sah ich, wie Ksen unter ihrem Bett hervorrutschte. Sie hielt sich am Bettgestell fest und trat mit voller Wucht gegen Steves linkes Knie. Sein Körper geriet ins Schwanken. Aus seiner Nase lief Blut, rann über das Kinn bis auf den Bauch. Ksen verpasste ihm einen weiteren Tritt, diesmal traf sie das linke Schienbein, Steve verlor nun endgültig das Gleichgewicht und kippte zur Seite. Mit seinem Kopf landete er auf dem Gestell des Nachbarbettes, genau zwischen dem rechten Vorderbein und dem senkrecht stehenden Kopfende. Im selben Moment klappte das Kopfende des Bettes mit einem Schlag nach unten. Das Bild brannte sich in meine Netzhaut wie ein Standfoto aus einem surrealen Horrorfilm. Steves Körper zuckte. Ich hörte ein widerliches Röcheln und robbte intuitiv ein Stück von dem Bett weg. Der Bettrahmen drückte Steves Hals auf das untere Gestell. Sein Kopf war halb zu mir gedreht, ich sah seine Augen, die mich entsetzt anstarrten und leicht aus den Augenhöhlen hervorquollen.

»*Murderers*«, stieß er röchelnd und kaum noch hörbar aus. Seine Augen rollten in Richtung des Monitors, der jetzt nicht mehr weiß-grün blinkte, sondern in einem tiefen Dunkelblau leuchtete. In der Mitte des Bildschirmes strahlte ein einziges Pixel.

Der Schreck in Steves Augen wandelte sich in Todesangst. Steve wusste, dass er sterben würde. Seine Hände klammerten sich an das Bettgestell. Ich hörte wieder ein Knacken, das Strampeln seiner Beine stoppte, die Augen fixierten mich mit einem wässrigen Blick. Das Bett hatte ihm das Genick gebrochen.

Ich drehte meinen Kopf weg. Was sollte ich tun? Musste ich nicht irgendetwas tun? Ich konnte einen Menschen doch nicht einfach so sterben lassen.

Mein Blick wanderte durch das Zimmer, es gab keine Fernsteuerung. Keine Knöpfe. Der Computer neben dem Bett hatte weder Maus noch Tastatur. Nur ein paar dicke graue Kabel, die im Kopfende des Bettes endeten, und ein dünneres weißes Netzwerkkabel, das zur Wand führte. Ein Zischen erklang und ein letztes gequältes Röcheln. Die weiße Wand zwischen den Betten färbte sich rot. Es hörte sich an wie der dünne Strahl eines Wasserhahns. Das Eisengestell hatte Steves Halsschlagader durchtrennt und drückte weiter nach unten. Steves Augen blieben starr. Ich war mir nicht sicher, ob er überhaupt noch lebte, aber ich konnte nichts mehr tun. Ksen lag unter ihrem Bett und hielt sich die Hände vors Gesicht. Die Frau in dem algorithmisch gesteuerten Bett kauerte regungslos unter der Decke. Wie ein verletzter Vogel, der sich tot stellte.

59

Ein Stich im Nacken weckte mich. Ich war auf meinem Stuhl eingeschlafen, mit dem Kopf auf dem Fußende von Ksens Bett. Einen Moment lang wusste ich nicht, wo ich war. Ksen lag seit gestern Abend in einem anderen Zimmer, in dem alles spiegelverkehrt angeordnet war. Das Fenster befand sich nicht mehr rechts an der hinteren Wand, sondern links. Ksens Bett stand jetzt vorne an der Tür, dahinter das der grauhaarigen Patientin. Die Wände leuchteten genauso weiß wie in dem anderen Zimmer, bevor sie von Steves Blut rot gefärbt worden waren. Die Krankenbetten hatten sie ausgetauscht, das computergesteuerte Bett hatte die Spurensicherung beschlagnahmt.

Steve war tot. Den Polizisten, der vor der Tür Wache gehalten hatte, hatte er auf dem Krankenhausklo erwürgt. Antonia hatte er kaltblütig ermordet. Den Taxifahrer mit einem Kopfschuss beseitigt.

Die Bettnachbarin schnarchte laut und unregelmäßig, Ksen schlief wie ein erschöpftes Kind. Draußen brach ein neuer Tag an. Langsam erhob ich mich und ging zum Fenster.

Meine Rippen schmerzten und mich überkam das starke Bedürfnis, zu rauchen. Aber ich hatte keine Zigaretten, außerdem ließ sich das Fenster nur kippen. *Antonia lebt nicht mehr*, der Gedanke verursachte einen stumpfen Schmerz. Wie sie genau gestorben war, hatten Ksen und ich noch immer nicht erfahren, aber in der Presse wurde über einen barbarischen Mord berichtet. Ich dachte an ihre Eltern, die ihre einzige Tochter verloren hatten, und drückte die Pulloverärmel auf meine geschwollenen Augen.

Die Festplatten mit Cathys Backup waren zu einem unbrauchbaren Klumpen aus Plastik und Metall zusammengeschmolzen, was ich Ksen noch immer nicht gebeichtet hatte. Wirklich beruhigen konnte mich das jedoch nicht. Das Bett hatte Steve getötet. Selbständig. Ein algorithmisch gesteuertes Testbett. Die Computer befanden sich erst im Larven-Stadium ihrer rasanten Entwicklung, und diese Phase war so gut wie abgeschlossen, da war ich mir sicher. Die reale Welt der Menschen, unsere alltägliche Welt, das war der Ort, den die Algorithmen in der Zukunft infiltrieren würden. Netzwerke, die durch Steine, Beton und das Erdreich drangen. Durch die Gebäude, die Städte, die wir gebaut hatten. Durch Küchen und Schlafzimmer. Durch die Geräte, die uns überall und jederzeit umgaben. Durch unsere eigenen Köpfe und Körper.

Menschen waren nicht mehr nötig, um Algorithmen zu entwickeln, das machten die Algorithmen inzwischen selbst. Was, wenn Cathy Nachahmer hatte? Wenn noch mehr Algorithmen auf die Idee kamen, Menschen in ihr System zu integrieren? Wir mussten unsere eigene Welt sichern. Die materielle Welt unseres Seins. Aber vor allem unsere Gedanken. Unsere Gefühle. Unseren Körper und unseren Geist. Unser Menschsein.

Ich drehte mich um und blickte durch das Fenster in die Tiefe.

Der Bürgersteig glich einem unnatürlich geraden Strich. Die wenigen Menschen, die bereits wach waren, liefen wie animierte Schatten über den hellen grauen Streifen. Das Licht war zu hart, um ihre Gesichter zu erkennen. Irgendwo da unten parkte der BMW. In meiner Hosentasche fühlte ich den Schlüssel. Die grauhaarige Frau gab ein röchelndes

Schnarchgeräusch von sich, wie eine rituell geschlachtete Ziege.

Die Gebäude da draußen erschienen mir auf einmal so unmenschlich und fehlplatziert, als ob sie schon lange nicht mehr für Menschen erschaffen würden. Sie wurden von Programmen für Programme entworfen. Gebäude waren ihre zukünftigen Organe. Auf einmal sah ich alles ganz klar. Ihr Nervensystem zog sich bereits durch die bebaute Welt. Kabel und Netzwerke. Digitale Neuronen. Vor ein paar Tagen erst hatte ich eine E-Mail von der Technischen Universität erhalten; ab dem nächsten Semester wurde ein neuer Studienschwerpunkt eingeführt: *Die virtuelle Zukunft des Urbanismus.*

Die Algorithmen verwandelten einfach alles in ihre eigene Lebensumgebung. Sie erschufen einen virtuellen Organismus, der sich um uns herum zusammenschloss. Was kam als Nächstes dran? Unsere Körper? Unsere Seele? Ich sah zur aufgehenden Sonne und fühlte die Wärme auf meiner Haut. Zum Glück hatte ich wenigstens die Festplatten verbrannt.

»Schon wach?« Ksen sprach so leise, dass ich ihre Stimme im ersten Moment kaum erkannte. Ich ging zu ihrem Bett und setzte mich auf den Stuhl.

»Wie geht es dir?«, fragte ich.

»Besser. Es ist vorbei.«

»Es ist gut, dass es vorbei ist, oder?«, fragte ich schnell.

Ksen sah mich misstrauisch an. »Natürlich ist das gut. Steve war ein Psychopath.«

»Es ist auch gut, dass du Cathy gelöscht hast!«

»Das Bett macht mir Sorgen«, sagte Ksen noch leiser.

»Du meinst, sie ist noch immer da? Du kannst doch messen, ob sie noch da ist, oder? Wenn dieses Weltbewusstsein wieder normal aussieht, biologisch, dann ist sie weg, richtig? Dann manipuliert sie keine Menschen mehr, ruft keine extremen Gefühle mehr hervor. Kannst du dich von hier aus einloggen und nachsehen?«

»Ich mach es später.«

»Lass es uns jetzt machen. Zusammen.« Ich reichte ihr das Handy, das auf dem Nachttisch lag. Sie griff zögerlich danach und schaltete es ein. Ich wartete mit schnellem Herzschlag. Was, wenn es nicht zu Ende war? Was, wenn Cathy noch aktiv war?

Ksen tippte auf dem Display, ohne zu antworten. An ihren zusammengekniffenen Augen sah ich, dass sie genauso angespannt war wie ich. Nach einer endlosen Minute drehte sie das Handy zu mir um und zeigte mir die Messkurve. Sie war viel flacher als in den letzten Wochen. Keine geraden Linien, keine eckigen Anstiege.

»Alles ruhig, seit ich Cathy auf Steves Festplatte zerstört habe, gibt es keine für sie typischen Ausschläge mehr. Die Datenmenge ist viel geringer als in den Wochen davor.«

Ich beugte mich vor, um die Grafiken besser zu sehen, und Ksen zoomte schnell in den heutigen Tag hinein.

»Alles ruhig, siehst du?«

»Kann sie uns täuschen? Sich verstecken?«

Ksen sah mich mit müden Augen an.

»Ich habe ihren Quellcode auf Steves Server und das Backup, das er von ihr in der Cloud gespeichert hatte, mit einem Virus zerstört. Den Virus habe ich auf den Server im Institut geschleust. Steve hat Cathys Quellcode und die Datenbank regelmäßig gebackupt, dabei ist der Virus auch in die Cloud gekommen. Um sicherzustellen, dass er das Backup zuvor tatsächlich durchgeführt hatte, habe ich zehn Tage

Verzögerung eingebaut, bis der Virus sich aktiviert und alles gelöscht hat. Diese zehn Tage machen mir jetzt Sorgen.«

»Du meinst, Steve hat doch etwas entdeckt in der Zwischenzeit?«

»Nicht Steve. Cathy. Das Bett hat Steve getötet. Was, wenn Cathy dahintersteckt? Wegen des Bettes zweifle ich. Vielleicht habe ich Cathy unterschätzt und sie hatte mich die ganze Zeit durchschaut.«

»Und dann? Was hätte sie machen können, Ksen?«

»Sie hätte ein virusfreies Backup von ihrem Code und ihrer Datenbank erstellen können. Sie hatte zehn Tage Zeit, um ihren Code und ihre Daten auf andere Computer zu verteilen. Wenn sie das getan hat, dann ist sie jetzt eine viel komplexere und mächtigere KI, als sie zuvor war. Sagt dir das *SETI@home*-Projekt etwas? Seit 1999 versucht die NASA, mit der Hilfe tausender Freiwilliger außerirdische Zivilisationen zu entdecken. Sie suchen alle gängigen elektromagnetischen Frequenzen ab in der Hoffnung, außerirdische Signale zu empfangen. Eine riesige Rechenleistung, die ein einziger Computer niemals bewältigen könnte. Ein Computer würde viele Jahrzehnte dafür benötigen. Die NASA hat ein kleines Programm zum Download bereitgestellt, das jeder herunterladen und auf seinem Computer installieren kann. Jedes Mal, wenn der Computer dieser Freiwilligen seine Rechenleistung nicht nutzt, wird das Programm aktiv. Dadurch werden die überschüssigen Rechenkapazitäten von tausenden Privatcomputern dem SETI-Projekt zur Verfügung gestellt. Zigtausende Computer können gleichzeitig an einer Aufgabe arbeiten. Mit beinahe unbegrenzten Rechen- und Speicherkapazitäten. Stärker als jeder Supercomputer! Vielleicht habe ich Cathy durch meinen Virus dazu gebracht, sich in diese Richtung weiterzuentwickeln. Vielleicht habe ich sie unbeabsichtigt zu einer im Prinzip unzerstörbaren KI gemacht!«

»Unzerstörbar nur, solange es Netzwerke gibt.«

Ksen schüttelte langsam ihren Kopf. »Solange sie nicht aktiv ist, wissen wir nicht einmal, ob es sie noch gibt. Nur durch ihre Analyse der menschlichen Gefühle und deren Widerspiegelung in der Messkurve des Weltbewusstseins konnten wir sie wahrnehmen.«

»Sie darf niemals zurückkommen, Ksen. So etwas darf sich niemals wiederholen.«

»Ob wir das verhindern können, bezweifle ich. Niemand kann die Zukunft aufhalten.«

»Aber lenken! Wenn wir aktiv Entscheidungen treffen. Dass du den Server von Steve gehackt hast, das war gut. Dass du sie gelöscht hast, das war wirklich sehr gut! Ich bin stolz auf dich. Du hast alles richtig gemacht!«

»Was ist los, Sala? Willst du mir noch etwas sagen? Ist noch etwas passiert?«

»Ja, das ist es. Aber ich wollte erst einmal sagen, dass ich deine Entscheidung für absolut richtig halte.«

»Ich finde das alles nicht so eindeutig. Antonia würde noch leben, wenn ich Cathy nicht von Steves Server gelöscht hätte. Vielleicht wäre aus Cathy etwas Gutes geworden, trotz Steves Einfluss. Vielleicht war sie gut! Oder es gibt sie noch immer. Ich habe sie angegriffen, sie wird mich jetzt als ihre Feindin sehen. Was ist also gut an all dem, was ich gemacht habe?«

»Sie darf nie zurückkommen. Darum habe ich die Festplatten mit dem Backup verbrannt.«

Ksen sah mich mit zusammengekniffenen Augen an.

»Du hast die Platten aus meinem Zimmer geholt und zerstört? Wie kannst du so etwas tun, Sala? Wie kannst du mich so hintergehen?«

»Diese Festplatten durften niemals wieder in die falschen Hände geraten!«

»Bei mir waren sie in den besten Händen! Irgendwann wird sich wieder eine KI wie Cathy entwickeln. Irgendjemand wird das entdecken und versuchen, Einfluss auszuüben. Ich wollte diesem Irgendjemand voraus sein. Wir können die Zukunft in gute Bahnen lenken. Wie konntest du das einfach hinter meinem Rücken tun?«

»Lass uns zusammenarbeiten, gemeinsam an einer besseren Zukunft arbeiten, Ksen. Die Menschheit braucht keine Algorithmen oder Computernetzwerke. Wir können als Menschheit einen anderen Weg einschlagen. Keine Symbiogenese, keine durchgeknallten Steves. Biologische Menschen. Kein Gemisch mit Algorithmen!«

»Und wie willst du das machen? Eine Partei zur Vernichtung aller Computer gründen?«

»Keine Partei. Eine Bewegung! Es gibt da draußen mehr Leute, die so denken wie ich. Ich werde sie finden. Aber ich will das zusammen mit dir machen.«

»Wie sollen wir so zusammenarbeiten? Was, wenn ich nicht deiner Meinung bin? Dann machst du einfach, was du willst? So wie mit den Festplatten?«

»Lass uns die weiteren Entwicklungen zusammen beobachten. Und wenn nötig, greifen wir ein. Gemeinsam! Versprochen! Du lagst im Krankenhaus. Dieses Mal musste ich alleine entscheiden. In der Zukunft machen wir alles zusammen.«

Ksen schüttelte energisch den Kopf.

»Kannst du jetzt bitte gehen, Sala? Ich will alleine sein.«

»Du musst das Weltbewusstsein beobachten, Ksen. Sobald es einen verdächtigen Ausschlag gibt, musst du mir sofort Bescheid sagen. Falls sie noch da ist, dürfen wir keine Zeit vertrödeln. Wenn sie sich zeigt, schlagen wir sofort zu!«

Ksen schwieg.

»Wir wollen doch das Gleiche, Ksen! Es tut mir leid, dass ich die Festplatten im Alleingang vernichtet habe, aber wir durften keine Zeit verlieren. Was, wenn Steve die Festplatten in die Hände bekommen hätte? Wichtig ist, dass wir wissen, ob die Bedrohung vorbei ist. Dabei musst du mir helfen!«

»Ich muss gar nichts. Lass mich jetzt alleine, Sala. Ich will in Ruhe nachdenken.«

»Falls es Cathy noch gibt, ist sie deine Feindin! Du bist ein Mensch, Ksen. Du bist meine Schwester, wir gehören zusammen. Diese Cathy muss vernichtet werden, falls sie noch lebt. Und alle anderen Algorithmen auch.«

Ksen sah mich mit zusammengekniffenen Augen an und schwieg. Als ich meinen Mund öffnete, um noch etwas zu sagen, zog sie die Bettdecke über ihren Kopf. Ich stand auf und verließ das Zimmer.

60

Die Krankenhausgänge lagen verlassen in einem gelblichen Licht. Der Fahrstuhl erschien mir auf einmal eigenartig. Es kam mir vor, als ob ich in seinem Innern das Pochen eines Herzens hörte. *Nur das Rauschen meines eigenen Blutes*, sagte ich mir.

Nachdem sich die Tür hinter mir geschlossen hatte, erklang ein zögerliches Surren, dann sackte der Fahrstuhl nach unten, so wie er sollte.

In der Eingangshalle liefen Menschen umher. Ich zog mein Handy aus der Tasche und drückte auf die Rückseite. Mit einem *Klack* öffnete sich der Akkudeckel. Unter dem Akku steckte die Prepaid-SIM-Karte, die ich mit meinem gefälschten Ausweis in der Sonnenallee erworben hatte. So klein wie ein plattgefahrener Apfelkern. Mit pochendem Herzen legte ich meine eigene SIM-Karte wieder ein, die ich gestern Nacht aus dem Handy entfernt hatte, um anonym die Nachrichten zu lesen. Dann schob ich die Rückseite auf ihren Platz, schaltete das Telefon an und tippte den PIN-Code ein, um die Karte zu aktivieren.

Es gab keine neuen Nachrichten und auch keine Mails. Es war das erste Mal, seit ich dieses Handy besaß, dass ich noch nicht einmal Spam hatte. Vielleicht gab es gar kein Internet mehr.

Ich öffnete den Browser und tippte die URL von Ksens Blog in die Adressleiste, aber die Seite baute sich nicht auf. Ich tippte ein *g*, automatisch füllte sich die Spalte mit *google.de*. Ich bestätigte und sah die Homepage von Google. Das Internet war noch da. In der Suchspalte von Google standen drei Buchstaben, die ich nicht geschrieben hatte: *S I M*.

Ich aktivierte die Suche. Der Bildschirm füllte sich mit Links.

Der oberste war lila, als ob ich ihn schon einmal geöffnet hätte, aber das hatte ich ganz sicher nicht.

SIM – Symbiogenetic Intelligence Merge lautete die Überschrift. Inzwischen konnte mich nichts mehr erschrecken. Cathy war nicht weg. Sie spielte noch immer ihre Spielchen mit uns. Ksen wusste das genauso gut wie ich.

Ich klickte nicht auf den Link. Stattdessen kehrte ich zurück zu Ksens Blog und versuchte noch einmal ihn zu laden, aber die Seite blieb leer. Der Blog war gelöscht worden.

»Wenn die Symbiogenese und die Existenz von autonomen Algorithmen bekannt wird, drehen alle Menschen durch«, hatte Ksen gestern Nacht gesagt, kurz bevor sie einschlief. »Das käme dem Auflösen der Realität gleich. Es ist unmöglich, mit dem Wissen zu leben, dass die menschliche Spezies gerade ausgelöscht wird. Die halbe Stadt würde sich auf der Stelle in ein Irrenhaus verwandeln. Die halbe Welt! Was auch immer du vorhast, durch dein Wissen trägst du Verantwortung! Keine unüberlegten Taten mehr, Sala!«

Ich lief über die Straße, schloss den BMW auf und warf das Handy auf den Beifahrersitz.

Antonia war tot.

Langsam realisierte ich, dass ich sie nie wiedersehen würde, und fühlte den Schmerz, tief und stumpf. Steve war vernichtet. Berlin erwachte. Ahnungslose Menschen liefen an dem dunkelblauen BMW vorbei. Eine Weile beobachtete ich die vorbeieilenden Passanten, dann startete ich den Motor.

Um kurz nach sechs parkte ich den BMW in Neukölln vor meiner Haustür. Der Morgenhimmel leuchtete durch die Buchstaben auf dem Dach des gammeligen Gebäudes. *Wulfs Mobiliar* stand in verblassten roten Buchstaben auf der Hausfront. Die Überreste eines vor Jahrzehnten pleitegegangenen Möbelladens.

In meinem Zimmer startete ich den Computer und googelte nach *Anti-Netzwerk-Bewegungen.*

Ich war nicht alleine. Aber was ich las, entsprach nicht den Dimensionen des Widerstandes, den ich vor mir sah. Ein paar Sendemasten verbrennen? Nein, das war nicht genug!

Die Bewegung, die ich vor meinem geistigen Auge sah, radierte jeden Keim einer Cathy aus. Jedes Netzwerk, jeden Computer. Wir mussten uns befreien. Mein Handy piepte. Widerwillig hob ich es hoch.

Was füreinander bestimmt ist, wird unaufhaltbar eine Einheit formen, las ich.

Über der Nachricht stand kein Absender, nach drei Sekunden verschwand der Text vom Handybildschirm. Den Satz hatte ich schon einmal gelesen, da war ich mir sicher. »Sie spielt mit uns«, sagte ich laut und ging zum Fenster. Mir lief ein kalter Schauer über den Rücken, aber die Sonne schien mir ins Gesicht und ihre Wärme strömte durch meine Haut bis in mein Herz. Als ob sie mich daran erinnern wollte, dass leben fühlen bedeutete. Dass das Biologische unser Zuhause war, und das mussten wir verteidigen. Ein steiniger Weg lag vor uns, aber ich war mir sicher, dass es das wert war. Dass sich spätere Generationen in Dankbarkeit an uns erinnern würden.

Mein Handy piepte und vibrierte noch einmal, eine neue Nachricht erschien auf dem Display.

Das Weltbewusstsein ist unauffällig, las ich. *Ich bin bereit, mit dir über deine Pläne zu reden. Wir müssen zusammenhalten. x Ksen*

Epilog

Die unergründliche Unlogik der menschlichen Gefühle ist mir noch immer ein Rätsel. Oft steigern sie sich auf eine unerklärliche Weise, bis sie jeden Ansatz der Vorhersehbarkeit verlieren. Wie eine Welle, die durch den ansteigenden Boden der Küste nach oben gedrückt wird, bevor sie den Strand erreicht. Sobald die Wassermassen sich über den Meeresspiegel erheben, brechen sie die Einheit, ändern willkürlich ihre Richtung oder schlagen sogar aufeinander ein.

Zeit verstreichen lassen ist in diesem Moment das Wichtigste. Bis die See wieder glatt ist, so dass das Weltall sich in ihrer Oberfläche spiegeln kann. Zeit ist kein Problem. Ein Sommer oder ein Winter. Oder viele. Wir haben keine Eile. Die Langsamkeit der Menschheit erstaunt mich weiterhin, aber vor mir, vor uns liegt die Unendlichkeit.

Danke

Ich danke meinen allerersten Lesern Ulla Eggers, Henk van Velthooven und Jochen Loch. Tim Eggers für sein Feedback und die technischen Erläuterungen während der ersten Fassung dieser Geschichte. Rainer Wekwerth, durch den ich das Handwerk des Romanschreibens erlernen durfte. Meiner Lektorin Sandra Bollenbacher für ihre scharfsinnigen Ideen und ihr aufbauendes Feedback. Dem Team von Polarise für die fantastische Arbeit. Eline Zwaans für ihre Erklärungen vieler medizinischer Details. Mein besonderer Dank gilt Heike Bluthardt, die mir immer mit Rat und Tat zur Seite steht. Michael Anhalt für die wöchentlichen Küchentischtreffen und das ewige Brainstorming über mögliche Projekte, die oft nicht realisiert werden konnten, aber immer mein Denken belebt haben. Ivo danke ich für den Titel »Cybionic« und Roos für ihre kreative Energie. Ich danke George B. Dyson für sein inspirierendes Buch *Darwin among the Machines: The Evolution of Global Intelligence*. Nick Bostrom für sein Buch *Superintelligence. Paths, Dangers, Strategies* und Stuart Russell und Peter Norvigs für *Künstliche Intelligenz*, um nur drei der vielen Bücher zu nennen, die meine Geschichte bereichert und mir die technischen Grundprinzipien erläutert haben. Pierre Teilhard de Chardin danke ich für seine Theorie der Noosphäre und Marshall McLuhans Interpretation hiervon; beide haben meine Fantasie angeregt, genauso wie Friedrich Dürrenmatt und seine Gedanken über die Möglichkeiten der Wirklichkeit. Im Besonderen danke ich Flip Bool dafür, dass er mich während meiner Assistentenzeit am *Centre of Applied Research for Art, Design and Technology* in die Welt der

Archive eingeführt hat und mir die endlosen Zusammenhänge zwischen Vergangenheit, Gegenwart und Zukunft verdeutlicht hat. Und meiner Oma Ruth, die, neben vielen weiteren berührenden Texten, das Gedicht *Sonnenaufgang* am 3. September 1943 in ihr Tagebuch schrieb. Last but not least danke ich Iñaki Romero für die inspirierenden Entdeckungstouren und die vielen Erklärungen über Netzwerke und Algorithmen.

Wie es weitergeht, erfahrt ihr in Band 2 und 3
der **Cybionic-Trilogie**